Brian Jacques

Redwall

Die Jagd nach dem Schatz

Übersetzt von

Claudia Kern &

Katharina Altreuther

Cross Cult

CROCU

Die deutsche Ausgabe von
REDWALL 5: DIE JAGD NACH DEM SCHATZ
wird herausgegeben von CROCU, Teinacher Straße 72, 71634 Ludwigsburg.
Herausgeber: Andreas Mergenthaler, Verlagsleitung: Luciana Bawidamann;
Übersetzung: Claudia Kern & Katharina Altreuther; verantwortlicher Redakteur
und Lektorat: Markus Rohde; Lektorat: Katrin Aust; Korrektorat: Peter Schild;
Satz: Rowan Rüster; Coverillustration: Christopher Dunn; Innenseiten- und
Backcover-Illustrationen: Gary Chalk; Titellogo: Timo Würz; Layout: Sina Keller;
Lizenzmanagement: Ruijing Qiu; Herstellung: Hannah Düser;
Vertriebsleitung: Peter Sowade; Marketing: Cécile Béran;
Druck: GGP Media GmbH, Pößneck. Printed in the EU.

First published as SALAMANDASTRON in 1992 by Random House Children's
Publishers UK, an imprint of The Random House Group Limited which is part of
the Penguin Random House group of companies.

Print ISBN 978-3-98743-077-0 (August 2024)
E-Book ISBN 978-3-98743-078-7 (August 2024)

WWW.CROCU.DE

Der
Salamandastron
und das
Umland
N
W
S

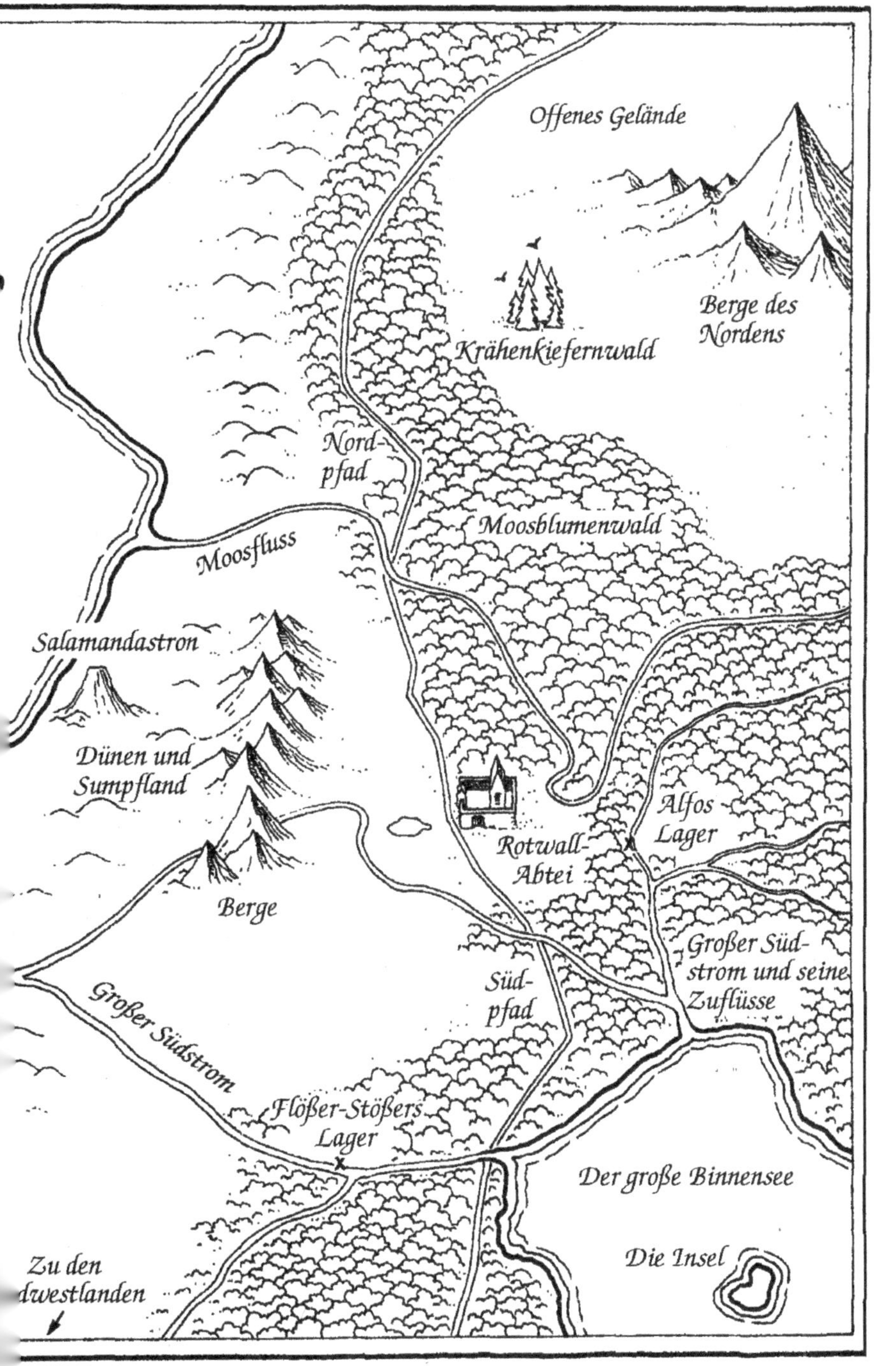

Offenes Gelände
Berge des Nordens
Krähenkiefernwald
Nordpfad
Moosfluss
Moosblumenwald
Salamandastron
Dünen und Sumpfland
Alfos Lager
Rotwall-Abtei
Berge
Großer Südstrom und seine Zuflüsse
Südpfad
Großer Südstrom
Flößer-Stößers Lager
Der große Binnensee
Die Insel
Zu den
dwestlanden

Der Haselmäuserich war ein fröhlicher, pummeliger alter Kerl, der ein rostfarbenes Wams trug und den weißen Bart sorgsam gestutzt und gezwirbelt hatte. Ein kleiner Maulwurf, der wegen des Frühlingsanfangs nicht schlafen konnte, saß im Obstgarten auf einem moosbedeckten Buchenast neben ihm. Sie teilten sich ein sehr zeitiges Frühstück, das aus frisch gebackenen, warmen Haferkeksen und Reinetten vom letzten Herbst bestand. Die Morgendämmerung streckte ihre rosa Pfoten zur Erde aus und versprach, den langen Winter, den die Rotwall-Abtei hatte erdulden müssen, durch sonnige Frühlingstage wiedergutzumachen. Am windstillen Himmel hingen weiche weiße Wolken, deren Unterseite golden schimmerte. Tautropfen glitzerten auf dem frischen grünen Gras, erblühende Narzissen und Schneeglöckchen warteten auf den Anfang des sonnig warmen Tages.

Der Haselmäuserich nickte weise. »Ich werde bald einen Namenstag für diese schöne Jahreszeit bestimmen. Ja, sehr bald schon.«

Der kleine Maulwurf kaute langsam auf seinem Haferkeks und zog die schwarze Knopfnase kraus, als er zu dem älteren Tier aufsah. »Ihr habt gesacht, dasser mir ’ne Geschicht verzähle würd.«

Der Haselmäuserich polierte einen Apfel an seinem Wams. »Gefallen dir meine Geschichten, Burrem?«

Der kleine Kerl lächelte. »Burr ja, die gefalle mer sehr!«

Sein Freund suchte sich einen bequemen Platz im Gras und lehnte sich mit dem Rücken an einen Stamm. »Dann werde ich dir eine erzählen, die schön lang ist. Wahrscheinlich werden wir zum Mittagessen und zum Tee eine Pause machen müssen, vielleicht sogar zum Abendessen. Also fangen wir besser gleich an. Es war einmal …«

Kälter als der Winterwind, der durch den Südwestwald heulte.

Kälter als der Schnee, der Bäume, Felsen und Erde unter seiner lautlosen Decke begrub.

Kälter als das Eis, das auf dem Wasser lag und in langen Zapfen von Ästen und Sträuchern hing.

Kälter als all das war das Lächeln von Ferago dem Meuchelmörder. Ferago war noch jung, aber mit den Jahreszeiten würde seine Boshaftigkeit und Niedertracht weiter zunehmen, bis jedes Tier den Namen des blauäugigen Wiesels fürchten würde.

Seine Bande durchsuchte den zerstörten Dachsbau und klaubte knurrend Winternahrung und die wenigen Habseligkeiten zusammen, die zwischen den Trümmern lagen. Ferago lächelte skrupellos, als er über die Leiche des erschlagenen Dachses Erdhund und seiner Frau Erdläuferin stieg, den beiden letzten tapferen Tieren, die sich ihm in den Weg gestellt hatten. Tarnung und Täuschung, das waren die Methoden des Meuchelmörders und seine Bande von Halsabschneidern unterstützte ihn dabei. Er hatte den Dachsen vorgegaukelt, dass er über Frieden verhandeln wolle. Diese Narren!

Das Hermelin Migru zog einen Haufen getrocknetes Moos zur Seite. »Chef, sieh mal!«

Zwei Dachskinder lagen aneinandergekauert dort. Zitternd und winselnd hoben sie den Kopf und bettelten um Muttermilch, indem sie die Lippen spitzten.

Migru lachte. »Der eine sieht wie sein Vater aus, Chef, aber der andre is weiß. Ich dachte, alle Dachse hätten Streifen.«

Ferago kitzelte ihre Nasen mit seiner Messerspitze. »Das sind beides Männchen. Der eine ist 'n richtiger Dachs, der andre 'n Albino. Wenn sich ihre Eltern mir nicht widersetzt hätten, wären sie heute vielleicht nicht zu Waisen geworden.«

Migru betrachtete Feragos Messerspitze. »Was willste mit denen machen?«

Der Meuchelmörder zuckte mit den Schultern und steckte seine Klinge ein. »Nichts. Der Winter wird sich um Erdhunds Welpen kümmern.«

Er spielte mit dem runden goldenen Orden, den er Erdhund abgenommen hatte, während er einen letzten Blick in den Bau warf. »Jetzt gibt es im ganzen Südwesten kein Tier mehr, das sich gegen mich wehren könnte. Kommt, meine Leichenmacher!«

Das Wiesel lief mit seiner Bande in den winterlichen Wald hinein. In seinen schönen hellblauen Augen funkelte noch immer ein Lächeln.

Im zerstörten Bau hinter ihnen kuschelten sich die beiden Dachskinder, das gestreifte und das weiße, an den kalten Körper ihrer Mutter. Sie wimmerten leise und kläglich, während sie darauf warteten, dass sie aufwachen und ihnen Trost spenden würde. Draußen wirbelte ein tosender Wind Schneeflocken durch Bäume und Sträucher.

Es war kalt.

Aber nicht so kalt wie das Lächeln auf dem Gesicht von Ferago dem Meuchelmörder.

ERSTES BUCH

Sucher und Ausreißer

1

Seit diesem schicksalshaften Wintertag in den Südwestlanden waren viele lange Jahreszeiten gekommen und gegangen.

Nur die klagenden Rufe der Seevögel, die über dem Meer kreisten, unterbrachen die Stille des Sommermittags. Die gewaltige See war so glatt wie ein Teich. Keine Welle und keine Gischt trübte das blassblaue Wasser, in dem sich der wolkenlose Himmel spiegelte. Die Sonne lag hinter einem Hitzeschleier verborgen, den sie selbst erzeugt hatte. Ihre Strahlen tauchten den Sand und die Felsen in ein weiches bernsteinfarbenes Licht.

Über der Flutlinie erhob sich die gewaltige Zitadelle des Salamandastron. Sie bestand aus einem ausgehöhlten Berg, einem ehemaligen Vulkan aus einer Zeit, als die Welt noch jung war. Seit unzähligen Zeitaltern lebten dort die geheimnisvollen Dachsherrscher und ihre Freunde, die Hasen der Fernpatrouille. Die riesige Festung nahm mit ihren Höhlen,

Gängen und Sälen den gesamten Berg ein und wachte über die Strände und ganz West-Moosblume.

Vom Haupteingang des Salamandastron führte eine einsame Pfotenspur durch den Sand zu einem von Napfschnecken bedeckten Felsen am Meer. Dort saß, das Kinn auf die Tatze gestützt, Erdstreif der Starke und betrachtete das Meer. Er trug seine dicke Schmiedeschürze, aber weder Rüstung noch Schwert. Der Dachsherrscher war eins mit der Erde, der See und dem Himmel, während er allein auf dem Stein saß und seinen Gedanken nachhing. Mara war seit zwei Nächten nicht nach Hause gekommen und das machte ihm Sorgen. War es richtig gewesen, die junge Dächsin zu adoptieren? Nur wenige Dachsmädchen hatten je im Berg gelebt. Traditionell war er alleinstehenden männlichen Dachsen vorbehalten. Vor fünf Jahreszeiten hatten seine Hasen sie in den Dünen gefunden: ein winziges, wimmerndes Dachskind, verloren und allein. Erdstreif war überglücklich gewesen, als sie ihm das Kind gebracht hatten. Er behandelte es wie die Tochter, die er nie gehabt hatte. Doch damals war sie noch ein Säugling gewesen. Er war ein Dachsherrscher, der sich um vieles kümmern musste, und als sie größer wurde, lebten sie sich auseinander.

Das Leben hielt einige Hürden für Mara bereit. Sie fing an, sich den strikten Bräuchen und dem Soldatenleben im Salamandastron zu widersetzen. Erdstreif reagierte darauf mit Unsicherheit und Strenge, was Mara nur dazu brachte, sich gegen seine unbeholfene Autorität aufzulehnen. Entgegen Erdstreifs Wünschen war sie vor zwei Tagen mit ihrem guten Freund Patsch Folger, einem jungen Hasen, losgezogen.

Der Dachsherrscher schnaubte. Patsch war viel zu wild und ungestüm. Solange Mara mit diesem Unruhestifter umherzog, würde sie bestimmt nicht zu einer anständigen Dachsdame heranreifen. Ihre Beziehung war heute meist sehr angespannt und wenn er ihr eine Standpauke hielt oder Strafen androhte, fühlte er sich stets wie ein Oger. Also gingen sie sich aus dem Weg. Sie machte, was sie wollte, und er musste sich zähneknirschend seinen Aufgaben widmen.

Feldwebel Splintholz hoppelte langsam über den Felsen. Er duckte sich und boxte gegen Schatten, bis Erdstreif ihn bemerkte. Der kräftige, schlaksige Hase tänzelte elegant zur Seite, zog das Kinn ein und schlug mit der linken Pfote nach der leeren Luft. »Hier draußen ist nicht viel zu tun. Wollt Ihr nicht reinkommen und etwas essen? Es gibt Wildhaferkekse, Blaubeerkuchen und kalten Apfelwein. Ihr habt seit gestern Morgen nichts mehr gegessen.«

Erdstreif kletterte von seinem Felsen und knurrte dem Hasen besorgt zu: »Ist Mara aufgetaucht, Feldwebel?«

»Nein, noch nicht. Aber macht Euch keine Sorgen. Sie und der junge Patsch werden schon zurückkommen, wenn sie hungrig genug sind. Soll ich das Fräulein zu Euch schicken, wenn es hier ist?«

»Nein, aber sagt mir sofort Bescheid, wenn sie nach Hause kommt. Gebt ihr etwas Vernünftiges zu essen … *dann* schickt sie zu mir!«

Auf dem Weg über den Strand duckte sich Splintholz und schlug in die Luft, während er um Erdstreif herumtänzelte. »Na los. Versucht, mir eins auf die Nase zu geben!«

Der Dachsherrscher versuchte, seinen boxenden Freund zu ignorieren, doch Splintholz gab nicht auf. »Probiert doch mal eine schöne Schlagkombination, na?«

Erdstreif blieb stehen und funkelte den Hasen an, der vor ihm hin und her sprang. »Ich bin wirklich nicht in der Stimmung für Sport, Splintholz.«

Der Hase schlug mit der geballten Pfote spielerisch nach Erdstreifs Gesicht. »Ach, probiert es doch mal. Vielleicht habt Ihr ja Glück!«

Der Dachs war zwar kräftig und groß, aber auch erstaunlich schnell. Er fuhr herum und wollte Splintholz einen leichten Klaps versetzen. Der Feldwebel wurde von den Hinterläufen gerissen und landete auf dem Rücken.

Der Dachsherrscher lief sofort zu seinem Freund. Sein riesiges, gestreiftes Gesicht war voller Sorge. »Splint, ist alles in Ordnung? Ich habe dich doch nicht verletzt, oder?«

Splintholz setzte sich auf. Er richtete seine verdrehten Augen nach vorne aus, rieb sich das Kinn und schmunzelte reumütig. »Danke der Nachfrage. Mir geht es ganz prima, aber den Schlag habe ich nicht kommen sehen. Gut, dass Ihr nicht Euer ganzes Gewicht hineingelegt habt, sonst wäre mir glatt die Rübe weggeflogen.«

Die Pfote um die Schultern des anderen gelegt, plauderten die beiden Freunde über alte Kämpfe und vergangene Schlachten, bis sie den Salamandastron erreichten.

Bevor Erdstreif den Berg betrat, warf er einen letzten sehnsüchtigen Blick auf das weite Land. Er seufzte enttäuscht und einsam, da er Mara nirgends entdeckte, und folgte dann Splintholz ins Innere.

Ein massives Gebirge zog sich wie ein Rückgrat durch das Land östlich des Salamandastron. Seine südlichen Ausläufer endeten in einem Sumpfgebiet, das wiederum bis zu den Dünen im Westen reichte. Die Vormittagssonne ließ die Grashüpfer in den von Felsen übersäten Hügeln zirpen und rascheln.

Ferago der Meuchelmörder zielte mit seinem Abhäutemesser auf ein Insekt, das gerade springen wollte. Geschickt warf er es und traf sein Ziel. Die scharfe Klinge teilte den Grashüpfer in zwei Hälften. Die Messerspitze zitterte noch, als Ferago sie aus dem Dreck zog und am Gras abwischte. »Der Grashüpfer springt nie wieder«, gluckste er. »Hab ich recht, Migru?«

Das Hermelin nickte energisch. »Ja, Chef, das war 'n toller Wurf!«

Ferago schob die Waffe in einen der beiden Gurte, die er über Kreuz auf der Brust trug. Die anderen beiden Messer steckten dort ebenfalls. Sie waren so scharf und tödlich wie das, das er gerade geworfen hatte. Lächelnd legte er die Pfoten auf den breiten Gürtel, der seinen aus gegerbten Häuten gefertigten Kilt zusammenhielt. Er war größer und sehniger als andere Wiesel. Je mehr Jahreszeiten vergingen, desto stärker schien das Funkeln in seinen Augen zu werden. Es waren wunderschöne mandelförmige Augen, so blau wie ein kühler Frühlingshimmel und umgeben von tiefen Lachfalten. Vielen

Fremden hatte die Hinterlist und Grausamkeit, die sich hinter diesen unschuldig lächelnden Augen verbarg, den Tod gebracht. Alle Wiesel, Hermeline, Ratten, Frettchen und Füchse in seiner Armee der Leichenmacher wussten, dass Ferago der Meuchelmörder umso brutaler und boshafter wurde, je mehr er lächelte. Seine Schreckensherrschaft hatte sich durch den Südwesten ausgebreitet und nun erzitterte das ganze Land, wenn sein Name erklang. Ferago!

In diesem Sommer hatte er beschlossen, weiter nach Norden vorzustoßen. Kein Tier in seiner Armee wagte es, diese seltsame Entscheidung zu hinterfragen. Heimlich diskutierten sie natürlich über seine Beweggründe für diesen langen Marsch. Die Horde räkelte sich auf den Dünen und Hügeln. Einige streckten sich im sonnenverbrannten Sand und im Gras aus, andere zogen den Schatten der Felsen vor. Sie schienen zu faulenzen, lauschten aber stets auf einen Befehl ihres Kommandanten. Ungehorsam gegenüber Ferago wurde mit dem Tod bestraft.

Der Meuchelmörder streckte sich genüsslich auf dem trockenen, gewellten Gras aus. Er schloss die Augen und erfreute sich an der stillen Sommerluft. Plötzlich öffnete er ein Auge und wandte sich an ein Wiesel, das auf den höhergelegenen Felsen hockte: »Fidel, halt die Augen nach meinem Sohn und Goffa offen. Schlaf da oben nicht ein.«

Fidel suchte theatralisch mit seinen Blicken das Gelände im Norden und im Osten ab, bevor er zurückrief: »Ich sag Euch Bescheid, sobald Klitsch und Goffa auftauchen, Herr. Macht Euch keine Sorgen.«

Feragos Antwort ließ den Späher hellwach werden. »Ach, ich mach mir keine Sorgen, Fidel ... aber du solltest dir welche machen. Wenn du sie verpasst, werd ich dich nämlich bei lebendigem Leib mit meinen Messern häuten. Also halt die Augen auf. Braves Wiesel.«

Er sprach beiläufig und gelassen, doch alle Tiere in Hörweite wussten, dass der Meuchelmörder nicht scherzte. Ferago machte selten Witze, obwohl er oft lächelte.

Der Fuchs Todfeger und seine sechs Spürratten näherten sich von Süden. Er hörte, wie Fidel seine Ankunft von seinem Ausguck meldete: »Todfeger und die Fährtenleser kommen, Herr!«

Der Fuchs stand vor dem weiterhin mit geschlossenen Augen am Boden liegenden Ferago und ließ sich verhören.

»Hast du Dellauge und Tura nicht mitgebracht?«

Todfeger war erschöpft, wagte aber nicht, sich zu setzen oder zu entspannen. »Nein, Herr. Wir haben sie zwei Monde lang verfolgt. Sie sind nach Osten zur Ebene gegangen, auf der anderen Seite dieser Berge.«

Feragos Pfote tastete nach dem Griff seines Lieblingsmessers. »Ich mag's nicht, wenn meine Befehle nicht befolgt werden.«

Todfeger versuchte, nicht zu zittern. Er schluckte schwer und leckte sich über die trockenen Lippen. »Herr, wir haben sie ohne Unterlass Tag und Nacht gesucht. Sie müssen irgendwie den Südstrom durchquert haben. Da hab ich ihre Spur verloren. Ich dachte, es wär besser, Euch das zu berichten, statt mich in diesem seltsamen Land zu verlaufen.«

Ferago öffnete die Augen. Er lächelte nicht. »Du hast richtig gehandelt, Todfeger. Iss und ruh dich bis morgen aus. Dann wirst du mit deinen Spürratten erneut losziehen. Vergiss nicht, dass ich Dellauge und Tura haben will, oder ihren Kopf. Es schadet der Moral der Leichenmacher, wenn sie erkennen, dass Deserteure sich meiner Strafe entziehen und in Freiheit leben können. Hast du das verstanden?«

Todfeger atmete erleichtert auf und nickte. »Verstanden, Ferago. Ich werd Euch nicht noch mal enttäuschen.«

Ferago schloss die Augen. »Das will ich hoffen, mein Freund.« Er lächelte knapp und entließ den Fuchs mit einer Geste.

Todfeger machte sich auf die Suche nach Wasser. Sein Mund war vor Angst wie ausgetrocknet.

2

Die Rotwall-Abtei schlummerte friedlich in der Mittagssonne. Eine Drossel zwitscherte im grünen Moosblumenwald jenseits der Mauern. Ihre süße Melodie hallte vom roten Sandstein des Hauptgebäudes bis zu den Zinnen. Im Abteiteich hüpfte eine Forelle träge aus dem Wasser, schnappte nach einer vorbeifliegenden Mücke und ließ sich zurückfallen.

Zwei Maulwürfe, die einen mit Gemüse beladenen Karren in Richtung Küche zogen, drehten sich bei dem Geräusch um und kommentierten es in ihrem urigen Maulwurfdialekt. »De dicke Forell’ macht ganz schön Krach, gell net, Burrell?«

Burrell, der kleinere der beiden, kräuselte seine Knopfnase. »Hurr, da sachste was. Ich wär auch dick un’ faul, wenn ich ’n ganze Tach im Teech liege un’ nix tun würd. Ho urr!«

Sie trotteten in die Abtei und unterhielten sich über das angenehme Leben, das Forellen in Teichen führten.

Traute Dickicht pflückte Obst im Garten. Die reizende Igeldame murmelte leise vor sich hin, während sie den Inhalt ihres Korbs überprüfte. »Frühreife Pflaumen, Stachelbeeren, kleine Birnen ... Meine Güte, die sind aber wirklich klein. Nicht schlimm, daraus machen wir leckeren Saft. Die Zwetschgen sind noch nicht so weit ... Schade, ich mag doch Zwetschgenpudding so gern. Mal sehen, was habe ich vergessen?«

Der Anblick eines Baums half ihrem Gedächtnis auf die Sprünge. »Natürlich die Äpfel! Die großen grünen sind genau richtig für Kuchen.«

Sie stellte sich auf die Pfotenspitzen und griff nach einem großen grünen Apfel, der an einem der unteren Äste hing.

Ein Pfeil zischte um Haaresbreite an Traute Dickichts Pfote vorbei. Er traf den Apfel, der vom Ast gerissen wurde und im Gras landete. Die Igeldame ließ ihren Korb fallen, lief geduckt los und schützte ihren Kopf mit beiden Pfoten, während sie entsetzt aufschrie: »Ojemine, Hilfe, Mörder! Wir werden von Unholden angegriffen!«

Rasch traf Hilfe in Form eines stämmigen Otters ein. »Da versenk mich doch einer! Was ist denn los, Gnädigste?«

Traute Dickicht versteckte sich hinter einem Stachelbeerstrauch. Sie hatte sich die Schürze über den Kopf geworfen, spähte aber daran vorbei zum Otter. »Oh weh oh weh! Läute sofort die Warnglocke, Trugg. Sieh doch nur den Apfel, der dort hinten im Gras liegt!«

Trugg stolzierte mutig zu der Stelle und hob den Apfel auf. »Ganz ruhig, Gnädigste. Rauf dir nicht die Stacheln. Alles ist

Klarschiff. Ich habe zwar den Schurken, der den Pfeil abgeschossen hat, nicht gesehen, aber ich verwette mein Ruder darauf, dass ich weiß, wer's war!«

Trugg legte das Obst, das herausgefallen war, zurück in den Korb und fügte den Apfel hinzu. Traute Dickicht standen die Stacheln zu Berge, deshalb führte er sie vorsichtig zurück zur Abtei und trug den Korb für sie.

Der sommerliche Nachmittagstee in Rotwall war immer sehr schön. Die Mäuse des Ordens saßen inmitten der anderen Tiere im Großen Saal. Es gab keine Unterschiede zwischen den Klassen und Spezies. Sie alle waren Bewohner Rotwalls oder deren Freunde und es herrschte ein fröhliches Durcheinander, während sie die leckere Mahlzeit genossen. Es gab warmes Gebäck, Haselnussbrot, Apfelgelee, Wiesensahne, Törtchen aus roten Johannisbeeren, Pfefferminztee und Erdbeersaft, den sie in großen Mengen verschlangen.

Äbtissin Lebewohl, die Nachfolgerin des alten Abt Saxtus, wirkte winzig auf dem großen Dachssessel am Kopf der langen Tafel. Seit vor vielen Jahreszeiten die alte Mutter Mellus in den wohlverdienten Ruhestand gegangen war, gab es in Rotwall keine Dachswächterin mehr. Neben der Äbtissin saß Bremmun, ein ehrenwertes Eichhörnchen.

Bremmun beugte sich zur Seite, um mit ihr zu reden. Er musste lauter sprechen, sonst hätte er sich über das fröhliche Geschnatter an den Tischen nicht verständlich machen können. »Habt Ihr gehört, was Trugg über Samkim gesagt hat?«

Lebewohl stellte ihren Krug ab. »Ja, ich habe es gehört.«

Bremmun nahm sich eine Scheibe Johannisbeerkuchen und bestrich sie dick mit Wiesencreme. »Wollt Ihr Euch als Äbtissin darum kümmern oder soll ich die Sache in die Pfote nehmen?«

Die Äbtissin drehte den Krug langsam zwischen ihren Pfoten. »Ihr seid beide Eichhörnchen. Ich glaube, es wäre besser, wenn du das übernehmen würdest. Samkim ist manchmal sehr ungezogen, aber ich mag den kleinen Kerl. Ich bringe es nicht übers Herz, ihn auszuschimpfen. Würdest du bitte mit ihm reden, Bremmun?«

Die Tiere, die Tischdienst hatten, fingen an, das Geschirr abzuräumen, und die ersten standen auf. Bremmun schlug fest mit einem Holzlöffel auf die Tischplatte. »Einen Moment, Freunde. Ich bitte um eure Aufmerksamkeit.«

Das Geplauder verstummte sofort. Diejenigen, die hatten gehen wollen, blieben respektvoll sitzen. Bremmun griff unter die Tischdecke und zog den Pfeil hervor, den Trugg ihm gegeben hatte. Er hielt ihn hoch, damit alle ihn sehen konnten. »Dieser Pfeil wurde heute Nachmittag im Obstgarten abgeschossen. Würde das Tier, das das getan hat, bitte vortreten.«

Als Holz über den Boden schrammte, drehten sich alle zu den beiden kleinen Gestalten um, die vom Tisch neben der Tür aufstanden. Viele nickten wissend. Samkim und Arula mal wieder.

Das junge Eichhörnchen Samkim war ein kräftig gebauter Kerl, der eine Zaunkönigfeder in seiner schief sitzenden Mütze trug. Er strich die weiche grüne Tunika glatt und schlenderte zu dem langen Tisch. Ein verschmitztes Funkeln lag in seinen haselnussbraunen Augen. Arula, die junge Maulwürfin, tapste neben ihm her. Auch sie trug eine Mütze und eine Tunika, doch der Blick ihrer kleinen, runden Augen war auf den Boden gerichtet.

Samkims Kopf reichte kaum über die Tischplatte, als er sein Geständnis ablegte. »Das war mein Pfeil. Ich habe ihn abgeschossen. Arula hatte nichts damit zu tun.«

Die Maulwürfin schüttelte ihren Samtkopf. »Ho, nee, ich hab 'em Sankin gesacht, er soll de Appel abschieße. Es is meene Schuld, Herr Bremm'n.«

Die Stimme des Eichhörnchens war laut und streng. »Ruhe, Mädchen. Samkim, das ist nicht das erste Mal. Vor Kurzem fanden wir einen Pfeil, der in der Küchentür steckte. Eines der Fenster im Wachhaus wurde von einem anderen Pfeil zerbrochen. Später fiel Bruder Heimerich einem weiteren Pfeil zum Opfer. Er hat nun eine lange kahle Stelle im Kopffell … etwas tiefer und er wäre heute nicht mehr bei uns. Jetzt hat es die arme Frau Dickicht erwischt. Deine Bogenkunst hat sie fast zu Tode erschreckt. Was hast du dazu zu sagen, junges Eichhörnchen?«

Samkim hob entschuldigend die Schultern. »Tut mir leid, ich wollte niemandem wehtun.«

Bremmun eilte um den Tisch herum und stellte sich vor den Übeltäter. »Du wolltest niemandem wehtun? Pfeil und Bogen sind eine Waffe, kein Spielzeug! Aber das willst du wohl nicht begreifen. Nein, nein, du läufst herum und schießt wild um dich, ohne an die Tiere in deiner Nähe zu …«

Arula unterbrach ihn und zeigte auf sich. »Des war meene Schuld, Herr. Ich hab 'em Sankin gesacht, er soll schieße.«

»Jaja, Arula.« Bremmun winkte beiläufig ab. »Jetzt zu dir, Samkim, du kleiner Schurke. Wenn ich dich sehe, schäme ich mich, ein Eichhörnchen zu sein. Die Mutter Äbtissin war über dein schlimmes Benehmen so entsetzt, dass sie nicht mit dir sprechen konnte. Deshalb ist das nun meine unerfreuliche Pflicht. Ihr beide, Samkim und Arula, werdet bis auf Weiteres in die Infirmerie gesperrt. Bruder Winterbeere wird bestimmt viel für euch zu tun haben: Waschen, Bettenmachen, Bödenschrubben. Ihr werdet eure Mahlzeiten dort oben einnehmen. Ihr werdet in der Infirmerie schlafen und sie erst verlassen, wenn Mutter Äbtissin und ich entschieden haben, dass ihr bei den anständigen Rotwall-Tieren leben könnt. Außerdem wirst du, Samkim, dich nie wieder einem Bogen oder Pfeilen auf Pfotenlänge nähern. Wenn du es doch tust, bekommst du großen Ärger. Habe ich mich klar ausgedrückt?«

Die beiden jungen Tiere nickten niedergeschlagen.

»Ja, Herr.«

»Hurr, klarer als 'n helle Sommamoge. Danke, Herr.«

Es wurde still im Großen Saal, als die beiden Übeltäter von Bruder Heimerich abgeführt wurden. In der friedlichen Abtei wurden Tiere nur selten bestraft.

Bremmun kehrte an seinen Platz zurück, beugte sich zur Seite und flüsterte Äbtissin Lebewohl zu: »Ich bin froh, dass das vorbei ist. Findet Ihr, dass ich zu streng war?«

Sie legte die Pfoten in den Schoß. »Allerdings, Bremmun. Ach, ich weiß, dass Samkim und Arula oft ungezogen sind, aber sie sind jung. Sie in der Infirmerie einzusperren ist sehr hart.«

Bremmun wirkte zerknirscht und hob entschuldigend die Schultern. »Keine Sorge, ich werde sie dort nicht lange festhalten. Sie werden ihre Lektion schnell lernen. Ist Euch die kleine Arula aufgefallen? Ich hätte beinahe gelächelt, als sie fest wie ein Fels dastand und die Schuld auf sich nahm.«

Die Äbtissin presste die Lippen zusammen, um ihr Lächeln zu verbergen. »Die Gute, ja, das war sehr tapfer. Die beiden sind echte Freunde, auch wenn sie Schlingel sind. Solche Jungtiere sind das Rückgrat unserer Abtei: mutig und ehrlich. Wir brauchen solche Tiere. Sie werden eines Tages die Leitung übernehmen und anderen in späteren Jahreszeiten mit gutem Beispiel vorangehen.«

Samkim und Arula saßen auf dem Bett und hörten Bruder Winterbeere zu. Der alte Heiler und Krankenwächter lehnte sich in seinem Sessel zurück und schmunzelte. »Ihr könnt von Glück sagen, dass heute kein Dachs auf diesem Stuhl saß. Beim Fell! Dann hättet ihr beide herausgefunden, wie eine richtige Bestrafung aussieht. Diese Dachse waren sehr, sehr streng.«

»Da hammer wirklich Glück, Brud'r. Ich denk, 'n Dachs hätt uns de Schwänz' ab'schlage un' innen Teech 'worfe.«

Winterbeere nickte mit aufgesetzter Ernsthaftigkeit. »Ja, so etwas hätten die Dachse von früher bestimmt getan. So, ihr beiden, jetzt wird nicht mehr getrödelt. Es müssen Wände, Türen, Schränke und Regale abgestaubt und ausgewischt werden. Dann müssen die Fenster geputzt, die Bettlaken gezählt und gefaltet, viele Nachthemden geflickt und Böden geschrubbt werden …«

Er sah, wie die Verzweiflung auf ihren Gesichtern mit jeder weiteren Aufgabe zunahm. Winterbeere stand schmunzelnd auf und tätschelte ihnen den Kopf. »Damit fangen wir morgen an. Den Rest des Tages habt ihr frei. Es tut mir leid, dass ihr nicht rausdürft. In dem großen Schrank könnte ein Kiesel-und-Eicheln-Spiel liegen. Oh, und in meinem kleinen Spind hier habe ich kandierte Kastanien. Damit solltet ihr euch bis zum Schlafengehen die Zeit vertreiben können.«

Samkim rieb sich begeistert die Pfoten. »Danke, Bruder Winterbeere, Ihr seid ein echter Kumpel. Äh, wart Ihr als junger Mäuserich auch manchmal ungezogen?«

Der alte Krankenwächter sah sich verschwörerisch um und flüsterte dann: »Ungezogen? Kleiner, man nannte mich Winterbeere den Wahnsinnigen, als ich ein kleiner Mäuserich war. Der alte Abt Saxtus sagte, dass er meinetwegen grau und krumm geworden wäre. Hört zu, ich muss mich um meinen Kräutergarten kümmern. Werdet ihr euch benehmen, während ich weg bin?«

Arula zog sich ein frisches Laken über den Kopf. »Gude Herr, ich werd weeß wie de Unschuld sein.«

3

Patsch Folger durchsuchte seinen Rucksack und fand einen einzelnen Wildhaferkeks, mit dem er Mara vor dem Gesicht herumwedelte. »Die letzte verdammte Leckerei für zwei kräftige und hungrige Reisende, kannst du dir das vorstellen, meine Liebe?«

Die stämmige junge Dächsin riss ihm das Gebäck aus den Pfoten. »Bevor ich letzte Nacht schlafen gegangen bin, waren vier Haferkekse im Rucksack. Du schlappohriger Vielfraß hast sie verschlungen!«

Patsch legte eine Pfote auf sein Herz. Auf seinem Gesicht stand gekränkte Unschuld. »Verschlungen? Hast du das Wort ›verschlungen‹ verwendet, du treue Gefährtin und Spielkameradin aus Kindertagen? Geknabbert, träge davon genascht, vielleicht sogar einen Bissen genommen oder so. Aber verschlungen? Niemals!«

Mara brach das Gebäck in zwei Teile und warf ihm eine Hälfte zu. »Hör zu, Folger, alter Freund, versuch nicht, mich mit blumigen Worten zu verwirren. Du bist unersättlich und das warst du schon immer, also hier.«

Patsch grinste über beide Ohren und verschlang seine Gebäckhälfte. »Na ja, die Wahrheit kommt immer heraus, altes Mädchen, nicht wahr? Es wird wohl die ganze Nacht dauern, bis wir zum guten alten Salamadingsda zurückkommen. Ich wette, wir beide dürfen uns ziemlich was anhören, wenn uns der alte Erdstreif erwischt.«

Mara ließ sich missmutig in der Mulde zwischen zwei Dünen nieder. Bei dem Gedanken, dem Dachsherrscher gegenüberzutreten, war ihr plötzlich der Appetit vergangen. »Pah, der Salamandastron – ich wünschte, ich müsste nie wieder zu diesem trostlosen Berg zurück, Patsch. Tag und Nacht, vom Morgengrauen bis zur Abenddämmerung sagt man uns: Achte auf deine Manieren, lern die Dachskunde, halt dein Zimmer sauber, sitz gerade, tu dies, tu das, tu jenes nicht. Ich hab die Schnauze so voll davon! Gibt es nicht irgendwo einen Ort, an dem junge Leute tun können, was sie wollen, wo sie den ganzen Tag Spaß haben können, ohne dass die älteren und erwachsenen Tiere sie zu dummen, langweiligen Dingen zwingen?«

»Dann kommt mit uns – wir machen, was wir wollen.«

Mara und Patsch sahen sich überrascht um. Zwei junge Tiere, ein Wiesel und ein Frettchen, tauchten auf der Düne auf.

Der geschwätzige Patsch zwinkerte ihnen zu und grinste sie frech an. »Hey ho, Leute. Wer seid ihr?«

Das Wiesel lächelte zurück. Es sah gut aus und hatte die strahlendsten blauen Augen, die Mara je gesehen hatte.

»Hey! Ich bin Klitsch und das ist Goffa. Wir kommen aus den Südwestlanden.«

Mara musterte die beiden. Das Frettchen war ein verschlagen aussehendes Tier, das eine lange Tunika trug, die offensichtlich gekürzt worden war, damit sie ihm passte. In einem Stück Seil, das ihm als Gürtel diente, trug es einen Speer und einen Dolch. Das junge Wiesel war ganz anders. Seine Kleidung passte perfekt. Es trug eine schicke gelbe Tunika und an seinem geflochtenen Gürtel hing ein Kurzschwert mit Scheide. Außerdem schmückten es ein Paar dicke weiße Knochenarmbänder. Alles in allem sah es ziemlich schneidig aus. Mara war verlegen, denn sowohl sie als auch Patsch trugen die schlichte sandfarbene Kutte der Salamandastron-Bewohner.

»Ich heiße Mara, und das ist mein Freund Patsch Folger. Wir kommen von der Bergfestung Salamandastron ungefähr einen Tagesmarsch nördlich von hier.«

Klitsch lächelte sie seltsam an. »Aber ihr wollt nicht zurück, oder?«

Mara stand auf und klopfte sich den Sand ab. »Oh, wir stöhnen und murren ein bisschen, aber wir kehren immer wieder zurück. Es ist unser Zuhause, verstehst du? Sag mal, sind Goffa und du den ganzen Weg aus dem Südwesten hier raufgekommen?«

Klitsch und Goffa tauschten ein kurzes Lächeln aus, dann zuckte das Wiesel beiläufig mit den Schultern. »Och, mehr oder weniger. Wir machen nur, was wir wollen, und gehen dahin, wo's uns gefällt. Stimmt's, Goffa?«

Das Frettchen lehnte sich auf seinen Speer und nickte. »Stimmt!«

»Aber ihr beide seid doch noch so jung, genau wie wir«, unterbrach ihn Patsch. »Wer erlaubt euch eigentlich, solche Waffen zu tragen?«

Klitschs blaue Augen funkelten vergnügt. »Kein Tier erlaubt uns irgendwas – wir haben Lust drauf, Waffen zu tragen. Also tragen wir sie und scheren uns einen Dreck um andre!«

Je mehr Mara hörte, desto größer wurde ihre Bewunderung für Klitsch.

Er zog sein Schwert, schwang es und schlug zwei Löwenzahnblüten, die im Schilfgras wuchsen, sauber die Köpfe ab. »Ihr kommt also vom Salamandastron. Höllenzahn, das ist ein ziemlich langer Name. Ich sag dir was, Goffa und ich werden euch begleiten. Ich würd diesen Ort gern sehen und auf dem Weg könnt ihr uns alles darüber erzählen.«

Ohne weitere Vorrede machten sich die vier Jungtiere plaudernd und lachend auf den Weg zum Berg. Klitsch war ein unterhaltsamer Redner, der viele interessante Geschichten zu erzählen hatte. Außerdem war er ein guter Zuhörer und lauschte gebannt allem, was Mara oder Patsch über ihr Zuhause zu erzählen hatten – es war so viel, dass irgendwann nur noch sie redeten und er zuhörte. Goffa sprach nur selten.

Mit ihren neuen Freunden wirkte die Reise nur halb so beschwerlich. Trotzdem war es bereits Nacht, als sie in Rufweite des großen Berges kamen.

Windpfote, eine ausgewachsene Häsin, kam ihnen entgegen, als sie das Ufer erreichten. Sie nickte den beiden Neuankömmlingen zu und streckte Mara und Patsch eine mahnende Pfote entgegen. »Wir waren schon kurz davor, Suchtrupps loszuschicken. Mara, du siehst derangiert aus. Wo um Meeres willen wart ihr denn?«

Patsch winkte lässig mit einer Pfote ab. »Ach, hier und da, du weißt schon. Wir haben uns treiben lassen, wie man so schön sagt ...«

Windpfote brachte ihn mit einem eisigen Blick zum Schweigen. »Das kannst du Herrn Erdstreif erzählen, junger Folger. Aber zuerst solltet ihr beide besser mit mir kommen. Habt ihr heute schon etwas gegessen?«

Mara deutete auf das Frettchen und das Wiesel. »Das sind unsere Freunde Klitsch und Goffa. Sie werden auch was zu essen brauchen.«

Windpfote schüttelte zweifelnd den Kopf bei dem Gedanken, dass ein Frettchen und ein Wiesel die Festung betreten sollten. Sie musterte sie von oben bis unten und schnaubte. »Hm, sie sehen wirklich jung und hungrig genug aus. Folgt mir.«

Klitsch verbeugte sich anmutig und setzte ein Lächeln auf, das einen Vogel aus seinem Nest gelockt hätte. »Habt recht vielen Dank, Gnädigste.«

Windpfote schnaubte und führte sie durch einen verborgenen Eingang. »Der Speisesaal befindet sich in diesem Tunnel. Dort gibt es eine Schüssel mit Wasser und ein Handtuch für euch. Wascht euch die Pfoten, bevor ihr euch zum Essen hinsetzt.«

Klitsch zwinkerte seinem Gefährten zu. »Wir würden nicht im Traum dran denken, mit schmutzigen Pfoten zu essen, nicht wahr, Freund Goffa?«

Das Frettchen zuckte zusammen, als Klitsch ihm auf Pfote trat. »Aua! Was, äh, oh nein, natürlich nich!«

Es gab eine deftige heiße Pilzsuppe, Gemüsepasteten, einen Krug Bergbirnensirup, Salat und einen in Honig eingelegten Bucheckernkuchen. Sie aßen mit großem und gesundem Appetit, wobei Patsch Folger doppelt so viel verschlang wie die anderen.

Herr Erdstreif und Feldwebel Splintholz betraten den Speisesaal, als das Essen gerade beendet war. Der Kiefer des Dachses klappte herunter, als er ihre beiden Besucher sah. Splintholz verschränkte die Pfoten auf seinem Rücken und hielt den Atem an. Sowohl Patsch als auch Mara hantierten umständlich mit ihren leeren Schüsseln herum und betrachteten konzentriert die Tischplatte, um dem furchterregenden Blick des Dachsherrschers zu entgehen.

Mit tadellosem Benehmen erhob sich Klitsch und stupste Goffa an, damit er seinem Beispiel folgte. Die blauen Augen des Wiesels leuchteten aufrichtig, als es sprach. »Herr Erdstreif, nehme ich an. Ich hoffe, es geht Euch gut. Ich bin Klitsch und das ist mein Freund Goffa. Wir beide möchten uns für das gute Essen und die Gastfreundschaft bedanken.«

Eine Weile herrschte Schweigen. Erdstreif starrte das Wiesel seltsam an, als suche er nach einer Erinnerung. Patsch ließ seinen Löffel fallen und das Klappern schien den

Dachsherrscher in die Gegenwart zurückzuholen. Er neigte den Kopf, um das Kompliment des Wiesels anzunehmen, doch die Abneigung in seiner Stimme war nicht zu überhören. »Dies ist mein Berg, junger Klitsch. Solange ihr hier seid, werde ich euch beide wie Gäste behandeln. Wenn ihr mit dem Essen fertig seid, zeigt euch der Feldwebel das Zimmer, in dem ihr die Nacht verbringen werdet. Morgen nach dem Frühstück müsst ihr den Salamandastron verlassen. Ihr erhaltet Proviant für eure Reise. Nun wünsche ich euch eine gute Nacht. Feldwebel!«

Splintholz salutierte zackig. Mit grimmiger Miene führte er Klitsch und Goffa in ihr Schlafgemach.

Als sie weg waren, faltete der Dachsherrscher seine Pfoten über seiner breiten Brust und sah Mara an. »Junge Dame, hast du nichts zu deiner Verteidigung zu sagen? Du warst zwei Nächte lang verschwunden, ohne ein Wort zu sagen. Und jetzt kommst du zurück und bringst ein Frettchen und ein Wiesel mit.«

Mara schüttelte fassungslos den Kopf. »Wie kannst du so unhöflich zu diesen beiden jungen Tieren sein? Sie sind meine Freunde …«

Erdstreifs Pfote knallte laut auf die Tischplatte. »Freunde? Ein Frettchen und ein Wiesel sind keine Freunde, sondern Gesindel! Hast du den Verstand verloren, Mara? Frettchen, Wiesel, Hermeline, Ratten und Füchse haben schon vor den Tagen meiner Ahnen Mord und Krieg über Moosblume gebracht. Zu wem gehören sie? Wo ist der Rest ihrer Bande?«

Patsch nahm seinen Mut zusammen und mischte sich ein. »Herr, immer mit der Ruhe! Die beiden Kerle waren ganz allein, als wir sie trafen. Sie sind aus dem Südwesten gekommen. Eigentlich sind sie sogar ziemlich lustig ...«

Erdstreifs Gebrüll unterbrach ihn. »Schweig, Folger! Wenn ich deine Meinung hören will, frage ich danach. Geh auf dein Zimmer, sofort! Es wird Zeit, dass du lernst, erwachsen zu werden und ein bisschen Hasenverantwortung zu übernehmen.«

Patsch verließ eilig den Speisesaal, wohl wissend, dass es sinnlos war, mit einem Dachsherrscher von Erdstreifs Temperament zu streiten. Dicke Tränen quollen aus Maras Augen und tropften auf den Tisch.

Der Dachsherrscher stieß einen tiefen Seufzer der Hilflosigkeit aus und schüttelte seinen großen gestreiften Kopf. »Mara, Kleines, bitte weine nicht. Es tut mir leid, dass ich die Beherrschung verloren habe, aber ich dachte, du wüsstest über unsere Feinde Bescheid.«

Das Dachsmädchen rieb sich mit den Pfoten die Augen und schniefte. »Nicht alle sind Feinde, aber das scheint dich nicht zu interessieren. Du willst nicht mal, dass ich mit Patsch befreundet bin. Manchmal wünschte ich, ich wäre tot, anstatt in diesem elenden alten Berg festzusitzen!«

Erdstreif zog ein geflecktes Tuch aus seiner Schmiedeschürze und wischte ihr sanft über die Augen. Traurigkeit und Sorge zeichneten sich auf seinen strengen Zügen ab. »Bitte sag so etwas nicht, Mara. Du bist alles, was ich habe, und eines Tages, wenn ich nicht mehr bin, wird es deine Aufgabe sein, über diesen Berg zu herrschen. Ich weiß, dass es ein einsames und anstrengendes Leben ist, aber es ist unsere heilige Pflicht als Dachse, Moosblume und seine Ufer zu schützen. Nur so können gute, ehrliche Tiere, die nicht so stark sind wie wir, in Frieden und Glück leben. Du musst mir glauben, Braunauge.«

Der Kosename, den er ihr als Kind gegeben hatte, löste eine Flut von Tränen aus. Mara stürzte aus dem Zimmer und rief auf dem Weg zu ihrem Schlafgemach: »Ich weiß nicht mehr, was ich glauben soll. Ich will einfach nur irgendwo sein, wo ich glücklich sein kann!«

Erdstreif setzte sich an den Esstisch. Er schloss die Augen und krallte sich in die Tischkante, bis seine stumpfen Krallen tiefe Furchen ins Eichenholz gruben. Als er wieder aufsah, stand Feldwebel Splintholz vor ihm. Schnell fasste sich Erdstreif und fragte mit rauer Stimme: »Ist das Gesindel für die Nacht sicher in seinem Zimmer eingeschlossen?«

Der Hase setzte sich neben ihn. »Jawohl, Herr. Ich habe den Schlüssel selbst herumgedreht.«

Die Augen des Dachsherrschers verengten sich zu Schlitzen. »Gut. Ich möchte unter keinen Umständen, dass ein Frettchen und ein Wiesel in der Nacht in unserem Berg herumschleichen.«

Splintholz tippte sich mit einer Pfote an die Nase. »Keine Sorge, Herr. Ich habe zwei Wachen vor ihrer Tür postiert – Weidenkätzchen und Großes Ochsenauge. Wenn sie es schaffen sollten, sich aus dem Zimmer zu schleichen, bekämen die beiden wirklich Probleme. Großes Ochsenauge mag kein Gesindel.«

Erdstreif konnte sich ein kleines Glucksen nicht verkneifen. »Da wünscht man sich fast, sie würden es versuchen, oder? Es ist schon ein paar Jahreszeiten her, dass Ochsenauge einen Feind bestraft hat.«

Der Feldwebel nickte aus voller Überzeugung. »Hoho, dabei bestraft er so gern und gut. Es hat sich noch kein Tier je eine zweite Bestrafung von Großes Ochsenauge abgeholt.«

Die sanfte Sommernacht warf ihre Schatten über die Bergfestung. Die beiden Freunde saßen noch bis in die frühen Morgenstunden zusammen, diskutierten und schwelgten in Erinnerungen an vergangene Jahreszeiten. Draußen strahlte der Vollmond auf das verlassene Ufer und tauchte die unzähligen kleinen Wellen in ein fahles silbernes Licht.

Hoch oben auf den Felsen des Aussichtspostens versuchte Fidel, wach zu bleiben. Er spuckte auf seine Pfoten und rieb sich kräftig die geröteten Augen. Blinzelnd spähte er zwischen den mondbeschienenen Dünen hindurch, aus Angst, Klitschs Rückkehr zu verpassen.

Ferago saß abseits vom Rest seiner Bande, spielte nachdenklich mit dem goldenen Dachsorden an seinem Hals und stocherte in den Flammen eines lodernden Feuers. Mit leiser Stimme sprach der Meuchelmörder zu einer kleinen, dürren Seeratte, die dicht neben ihm saß. »Krankohr, sag mir noch mal, wie du von dem Berg erfahren hast.«

»Ich war 'ne Seeratte und hab den Ort ein paarmal gesehen, Herr, aber nur aus der Ferne. Sie nennen ihn Salamandastron.«

Ferago strich über den Dachsorden und wiederholte den Namen langsam, als wäre er ein Zauberspruch. »Salamandastron. Ich mag den Klang. Salamandastron. Aber berichte mir den Rest. Du weißt schon, den Teil, den ich gern höre.«

Krankohr erzählte die Geschichte weiter, wie er sie Ferago schon so oft heimlich erzählt hatte, seit er sich im letzten Winter seiner Bande angeschlossen hatte. »Die Kapitäne der Seeratten berichten, dass im Inneren des Bergs ein großer Schatz versteckt sei – ihre alten Legenden sind voll davon. Die Festung wird von starken Hasenkämpfern bewacht und von 'nem Dachsherrscher regiert – das war schon immer so. Kein Tier kennt es anders. Der derzeitige Herrscher heißt Erdstreif der Starke, ein großer und furchterregender Krieger.«

Ferago trat näher an ihn heran. Seine Augen leuchteten blau im Feuerschein und glitzerten vor Gier. »Der Schatz – erzähl mir von dem Schatz!«

Krankohr schluckte schwer, als sich die Krallen des Meuchelmörders um seine Schulter schlossen. Er wiederholte, was Ferago hören wollte. »Es heißt, dass es den großen Dachsen nie an Reichtümern gemangelt hat. Wenn ein Dachs sein Leben aushaucht oder im Kampf stirbt, werden seine Besitztümer irgendwo im Inneren des Bergs versteckt. Perlen aus dem Meer, bunte Edelsteine, Rüstungen aus Silber, Gold und Kupfer, Speere und andere große Waffen, die alle von den Dachsen in ihrer Schmiede hergestellt wurden. Glänzende Kriegsäxte, die durch Stein schneiden können, Schilde, die wunderschön anzusehen sind, Schwerter mit Klingen, die Rüstungen wie Butter zerschneiden können, rote und grüne

Steine, die in ihre Griffe eingelassen sind, umhüllt von Scheiden aus den feinsten … Aaaarrghh!«

Feragos Krallen hatten die Schulter des Rätterichs durchbohrt. Krankohr wimmerte vor Schmerz und Tränen rannen über sein schmales Gesicht. Der Wieselanführer befreite seine Klauen mit einem schnellen Ruck aus verfilztem Fell und Fleisch. Krankohr sackte zur Seite, stöhnte jämmerlich und versuchte, sich die verletzte Schulter zu lecken.

Ferago grinste und seine seltsamen blauen Augen funkelten im Feuerschein wie die eines glücklichen Kleinkindes. »Oh, das tut mir leid, mein Freund. Ich hab mich wohl mitreißen lassen. Aber das macht nichts, es ist nur ein Kratzer. Das Beste ist jetzt frische Luft und etwas, das dich auf andere Gedanken bringt. Hör zu, du kletterst auf die Aussichtsfelsen und leistest Fidel den Rest der Nacht Gesellschaft. Das wird dir guttun. Hör jetzt auf zu weinen und zu stöhnen. Komm schon, hoch mit dir!«

Ein breites, unschuldiges Lächeln stand in den Augen des Meuchelmörders, als er zusah, wie der verletzte Krankohr sich unter Schmerzen die Felsen hochhievte. Mit einem Hauch trügerischer Besorgnis rief er dem erschöpften Ausguck leise zu: »Noch nicht müde, Fidel?«

Dieser starrte hinab in die verlogenen blauen Augen, die ihn anlächelten. Er lehnte sich mit dem Rücken an den Felsen und rief alarmiert: »Noch keine Spur von Eurem Sohn oder Goffa, Herr. Ich bin hellwach!«

Die fröhliche Antwort ließ Fidel Angst und Bange werden. »Gute Arbeit! Bleib da oben und leiste Krankohr Gesellschaft.

Haltet die Augen offen, alle beide. Ich hab mein Abhäutemesser frisch geschärft und seitdem noch nicht benutzt.«

Fidel streckte sich nach unten. Er griff Krankohrs Pfote und half ihm auf den Beobachtungsposten. Unter ihnen lag Ferago flach auf dem Rücken und beobachtete sie aus halb geschlossenen Augen.

4

Das rosige Licht der Morgendämmerung streifte die Mauern der Abtei, als Bremmun, das Eichhörnchen, die Treppe zur Infirmerie hinaufstieg. Er klopfte leise an die Tür und trat ein. Bruder Winterbeere schlief nie in einem Bett. Er saß auf Kissen gestützt in seinem Sessel und sah zu, wie ein weiterer Sommertag jenseits des Fensters erwachte. Arula und Samkim lagen schlafend in ihren Betten. Bremmun nickte in ihre Richtung und sagte leise: »Guten Morgen, Bruder. Wie geht es dir heute?«

Winterbeere gähnte und streckte sich in seinem Sessel. »Guten Morgen, Bremmun. Sieh selbst. Ich habe die beiden bis in die späte Nacht hinein schuften lassen. Sie haben Nachthemden gewaschen und Kopfkissenbezüge genäht. Das sind zwei sehr bedauernswerte kleine Tiere, die sich nach all der Arbeit in den Schlaf geweint haben.«

Bremmuns Miene wurde sanfter und er blickte schuldbewusst auf die beiden jungen Schläfer – Arula, die an ihrer

Pfote nuckelte, und Samkim, der seinen buschigen Schwanz unter dem Kissen zusammengerollt hatte.

»Fell und Schnurrhaar, Bruder, du musst sie ganz schön auf Trab gehalten haben. Sie sehen völlig erschöpft aus.«

Winterbeere zog die Augenbrauen hoch. »Ich habe nur deine Anweisungen befolgt. Du hast die Strafe festgelegt.«

»Meinst du, sie haben genug?«

Winterbeere schnaubte. »Hmpf! Was glaubst du denn?«

»Ja, natürlich, sie wurden ausreichend bestraft. Wenn sie aufwachen, kannst du ihnen sagen, dass es ihnen freisteht zu gehen. Weißt du, ich fühle mich ziemlich schlecht wegen der ganzen Sache. Ich hoffe nur, die Kleinen haben ihre Lektion gelernt.«

Winterbeere hauchte seine Brillengläser an, polierte sie, rückte sie auf seiner Nasenspitze zurecht und starrte Bremmun ernst an. »Oh, ich bin sicher, dass sie das haben. Mhm, ganz sicher.«

Ein etwas beschämter Bremmun schlich auf leisen Pfoten hinaus und schloss die Tür vorsichtig hinter sich.

Samkim öffnete ein Auge und unterdrückte ein Kichern.

Bruder Winterbeere drohte ihm mit der Pfote. »Du quirliges kleines Ding hast gelauscht!«

»Hurrhurrhurr! Ich hab's auch gehört, Herr Beer'wint.«

Der alte Mäuserich schüttelte reumütig den Kopf. »Es ist nicht gut für die Jungen, wenn sie die Älteren Lügen erzählen hören.«

Samkim sprang grinsend vom Bett auf. »Aber Ihr habt keine Lügen erzählt, Bruder. Ihr habt nur vergessen, was für Aufgaben Ihr uns gegeben habt. Kandierte Kastanien zu essen ist harte Arbeit – mein Kiefer tut immer noch weh!«

Arula purzelte auf den Boden und klammerte sich an ihr Kissen. »Japp, hurr, un' dein Spiel spiele. Oioioi, de Kieselsteen un' Eecheln sin' furch'ba' schwer. Meene junge Muskeln sin' sicher für imma en'zünd', hurr!«

Ein Lächeln huschte über Winterbeeres Gesicht. Es wurde bald von einem Grinsen abgelöst, als sich sein Glucksen in ein zwerchfellzerreißendes Lachen verwandelte. Arula und Samkim wälzten sich vergnügt auf dem Boden.

»Ahahahahoho! Der alte Bremmun hat ein Gesicht gemacht wie ... ahahaha! ... wie ein Frosch, der an 'nem Stein lutscht. Hehehe!«

Ein kleiner Haselmäuserich folgte Äbtissin Lebewohl über den Rasen von der Abtei bis zum Torhaus. »Mudda Lebe, Mudda Lebe, wann is 'n Namenstag?«

Die alte Maus richtete ihre Augen verzweifelt gen Himmel. »Dummel, hör bitte auf, mich zu nerven. Ich habe noch nicht gefrühstückt und ich kann nicht richtig denken, wenn ich hungrig bin. Jetzt verschwinde endlich!«

Der kleine Haselmäuserich zupfte weiter an Lebewohls Gewand und schrie. »Oooch! Büdde, Mudda Lebe, sag endlich, wann Namenstag is, sonst wird Dummel gans rot un' weint!«

Die Äbtissin hielt inne und hob streng die Pfote. »Du wirst rot und weinst, ja? Drohst du mir?«

Der Kleine lächelte und nickte. »Mhm, ja, Dummel wird gans rot un' weint un' weint un' weint gans doll!«

Hektor Dickicht humpelte aus dem Pförtnerhaus und wedelte mit seinem Gehstock in der Luft. »Holla, wer ist denn für das ganze Geschrei hier draußen verantwortlich? Na, piks mich einer, wenn das nicht der junge Dummel ist. Was ist los mit dir, Kleiner?

Die Äbtissin bemühte sich, Dummels Pfoten von ihrem Gewand zu lösen. »Ist das zu fassen, Hektor? Dieser Schlingel sagt, dass er rot werden und ganz doll weinen wird, wenn ich keinen Namenstag festlege.«

Der Igel warf seinen Eschenstock in die Luft und fing ihn wieder auf. »Dummel, du kleiner Pudding, das ist eine gute Idee. Kommt schon, Gnädigste, legt einen Namenstag fest, sonst schließe ich mich ihm an. Ihr habt mich noch nicht weinen hören – ich bin ein Meisterheuler und ich kann auch rot werden!«

»Schäm dich, Hektor. Mir ist noch nicht einmal ein passender Name für die Jahreszeit eingefallen.«

Dummel klammerte sich wieder an ihr Gewand. »Ooooch, snell, denk nach, Mudda Lebe!«

Wieder versuchte sie, ihn loszuwerden. »Der Sommer der lästigen Haselmaus – das ist alles, was mir im Moment einfällt!«

Traute Dickicht eilte aus dem Pförtnerhaus. »Der Sommer des boshaften Bogenschützen trifft's wohl eher. Oh, dieser furchtbare junge Samkim!«

Trugg und seine Schwester Trugan kamen auf sie zu. Zwischen sich trugen die beiden Otter ein feines Netz voller Süßwasserkrabben. Trugg hielt es stolz hoch. »Wir haben sie im Morgengrauen im Abteiteich gefangen, Gnädigste.«

»Das gibt eine leckere Suppe mit viel Pfeffer und Rohrkolbenspitzen. Da brat mir einer ’nen Storch, ich hab noch nie so viele Krabben in diesem Teich gesehen wie in dieser Jahreszeit. Schätze, die alte Forelle frisst sie nicht – sie ist zu fett und faul geworden. Seht mal, da ist sie.«

Die alte Forelle planschte laut an der Oberfläche herum. Als sie in Richtung des Teichs gingen, wedelte Hektor mit seinem Stock. »Der Fisch ist älter als ich. Ich erinnere mich, dass er schon fast ausgewachsen war, als ich noch ein kleines Jungtier war. Grundgütiger!«

Sie standen am Rande des Teichs. Knapp unter der Oberfläche beobachtete die Forelle sie, während sie ihr Maul langsam öffnete und wieder schloss. Trugg schwenkte das tropfende Netz vor ihr. »Guck mal, Matrose, wir haben all deine Krabben geklaut!«

Der große Fisch machte einen halbherzigen Sprung und bespritzte sie mit Wasser, als er zurück in den Teich fiel.

Dummel streckte ihm die Zunge heraus und rümpfte die Nase. »Faule, olle Forelle!«

Traute Dickicht zog eine getrocknete Pflaume aus ihrer Schürzentasche und steckte sie dem Kleinen triumphierend in den Mund. »Das ist es, der Sommer der faulen Forelle!«

Die Äbtissin verzog das Gesicht. »Ach, ich weiß nicht, ob mir das gefällt. Jahreszeiten werden normalerweise nach Bäumen oder Blumen benannt. Sommer der faulen Forelle ... Hm, ein bisschen ungewöhnlich, aber in Ermangelung eines besseren Namens wird er wohl reichen müssen. Wann soll das Fest stattfinden?«

»Morgen!«, riefen alle zusammen.

Äbtissin Lebewohl sah ihre Freundin an. »Das ist sehr kurzfristig für einen Namenstag. Schaffst du das, Traute?«

Traute Dickicht richtete entschlossen ihre Schürze und ihre Mütze. »Ich bin bereit, es zu versuchen, Lebewohl.«

Daraufhin jubelten alle. Hektor Dickicht stolperte über seinen Stock und fiel hin und der kleine Dummel wurde übermütig und sprang über Hektor hinweg direkt in den Teich. Trugan watete schnell hinein und zog den tropfenden Haselmäuserich heraus.

Nach dem Frühstück sprach sich das Ereignis in der ganzen Abtei herum. Hinten an der Südmauer johlten und sprangen die jungen Tiere vor Freude in die Luft, darunter auch Samkim und Arula.

»Er ist morgen! Hurra! Der Namenstag ist morgen!«

»Es wird ein Fest geben! Wir feiern ein Fest!«

In einen sauberen, trockenen Kittel gekleidet marschierte Dummel die Treppe hinauf und die Mauer entlang, wobei er den traditionellen Reim sang, den die Kleinen in Erwartung des Festes aufsagten.

»Essen un' Spiel'n zu Hauf.
Sag mir, warum, sag mir, wosu.
Servier's un' iss es auf.
Probier's mal, probier's, nur su.
Namenstag, Namenstag, Spaß- und Spieltag,
Kommt, Bruda, Schwesta, so wie ich's mag.
Die Jahreszeit hat 'nen Namen!«

Die große Joseph-Glocke hallte freudig durch den sonnigen Morgen und die Vögel zwitscherten aufgeregt über den fröhlichen Lärm. Alte Abteibewohner, die nicht in den Küchen beschäftigt waren, versammelten sich auf der Wiese, um die Jungen zu beobachten und sich an längst vergangene Namenstage zu erinnern, an denen sie gern teilgenommen hatten.

Auch andere Geschöpfe außerhalb von Rotwall hörten an diesem Morgen den Jubel – Dellauge und Tura, die beiden Hermeline, die einige Wochen zuvor aus Feragos Armee desertiert waren. Sie lagen im Graben auf der gegenüberliegenden Seite des Weges, der an der Westmauer vorbeiführte. Das tage- und nächtelange Umherstreifen durch die westliche Ebene, bei dem sie plündernd, bettelnd und stehlend ihr armseliges Dasein gefristet hatten, hatte Spuren in ihren hageren Gesichtern hinterlassen. Dellauge schlief in der warmen Morgensonne und träumte von gebratenem Fleisch und Rotwein, als Tura ihn rüttelte. »Hörste das, Kumpel?«

Dellauge setzte sich auf. Er rieb sich das Gesicht mit einem zerlumpten Hemdsärmel, stocherte mit einer Pfote in seinem Ohr herum, um es zu säubern, und legte den Kopf schräg. Allmählich verzog sich sein hässliches Gesicht zu einem schiefen Grinsen und er bewegte seine Pfote im Takt des Gesangs. »Ja, jaha, genau! Hört sich an wie 'n guter, altmodischer Rummel. Was hältste davon, Kumpel?«

Tura kaute auf einem Grashalm herum. Sein Magen knurrte laut. Er verzog das Gesicht und spuckte das Gras aus.

»Ähm, ähem, ich würd sagen, für mich hört sich's genauso an wie für dich. Irgend 'n Tier, das 'ne Glocke läutet, und 'n Haufen junger Tiere, die Krach machen. Klingt alles ziemlich gut. Hey, was glaubste, was das für 'n Ort is, Kumpel?«

»Das is 'ne Abtei.«

»Neabtei? Was is 'n 'ne Neabtei?«

Dellauge schubste Tura zur Seite und er rollte hinunter in den Schlamm. »Eine Abtei, Spatzenhirn, eine *Abtei*. Das muss Rotfall sein oder so ähnlich. Hat mir mal 'n Fuchs von erzählt.«

Tura stand auf und wrang die Feuchtigkeit und den Schlick aus seinem schmutzigen Hemd. »Hä? Du kennst doch gar keine Füchse, Schlabbergesicht. Und wenn doch, dann würden die dich wahrscheinlich nich kennen wollen. Rotfall Neabtei, pah!«

Dellauge sprang ihn an und drückte ihm eine Pfote auf den Mund. »Schnauze, da kommen Tiere.«

Mehrere Maulwürfe kamen im Schlepptau ihres Anführers, des Steigerwurfs, den Weg entlanggetrottet. Die Hermeline beobachteten vom Graben aus, wie der Steigerwurf etwas zur Mauerspitze hinaufrief.

»Jurr, gude Moge, Sankin und 'rula. Seid gude Tier un' öffnet's Tor für uns.«

Die Jungen hüpften die Stufen der Westmauer hinunter, um das große Haupttor von Rotwall zu öffnen.

Als die Maulwürfe eintraten, stupste Dellauge Tura an. »Komm schon, Kumpel. Auf geht's. Stell dir vor, du wärst 'n Maulwurf. Wir schließen uns der Reihe an und marschieren mit ihnen rein!«

Sie huschten über den Pfad und reihten sich hinter dem letzten Maulwurf ein, kauerten sich zusammen und machten maulwurfsähnliche Geräusche. »Huar, Kumpel, ei jurr Gumpel, hurr hurr!« Mit gesenkten Köpfen marschierten sie geradewegs auf Trugg zu.

Der bullige Otter packte die beiden Hermeline am Nacken. »Bei meinen Ruderpinnen, Leute. Wo wollt ihr denn hin?«

Dellauge fiel auf alle viere. Er umklammerte Truggs linkes Bein und jammerte erbärmlich: »Oh, wehe uns, Herr. Die Güte wird Euch ewig treu sein, wenn Ihr Mitleid mit zwei sanftmütigen Tieren habt, die in schwere Zeiten geraten sind!«

Tura schloss sich seinem Gefährten an und umklammerte Truggs anderes Bein. »Wahaah! Ihr seid so ein liebenswertes Geschöpf, Herr. Wir hatten auch mal 'ne Mutter genau wie Ihr. Schickt mich und mein Kumpel nicht weg, mein Herr. Zeigt Erbarmen mit zwei hungernden Unglücklichen. Wahahaah!«

Trugg verschränkte seine Pfoten vor der Brust. Bewegen konnte er sich nicht. Er rief Samkim über das Heulen hinweg zu: »Lauf los und hol Äbtissin Lebewohl, Kleiner. Schnell!«

Als die Äbtissin eintraf, lagen die beiden Hermeline mit dem Gesicht nach unten auf dem Rasen der Abtei, strampelten mit den Gliedmaßen und schluchzten hemmungslos.

Sie hielt beide Pfoten hoch. »Ruhe bitte. Hört auf mit dem Gejammer. Ihr seid nicht verletzt.«

Dellauge schien untröstlich zu sein. Er streute Gras auf seinen Kopf, schlug mit allen Pfoten auf die Erde und schluchzte heiser. »Nicht verletzt?! Aaaaauuuh! Gütige Dame, wenn Ihr nur wüsstet, wie schlimm es ist. Wenn Ihr Hunger, Unglück und das Hinken durchs Land, bis Eure Pfoten bis auf die Knochen abgelaufen sind, nicht verletzt nennt, dann bitte. Und erwähnt auch nicht die Tage voll Kummer und die eiskalten, regnerischen Nächte, in denen ich und mein Kumpel keinen einzigen Lumpen hatten, der uns warm und trocken gehalten und vor Blitz und Donner geschützt hätt. Nicht verletzt, sagt Ihr? Wahahahaah!«

Samkim und Arula mussten über die tragikomische Darbietung der beiden Hermeline kichern.

Äbtissin Lebewohl brachte die Jungen mit einem strengen Blick zum Schweigen. Sie drehte sich zu den Hermelinen um und wandte sich sachlich an sie: »Na, na! Wenn ihr in unserer Abtei bleiben wollt, müsst ihr mit diesem blamablen Schauspiel sofort aufhören. Habt ihr mich verstanden?«

Sofort hörten Dellauge und Tura auf zu heulen und setzten sich auf.

»Heißt das, wir können bleiben?«

»Wir können zu Eurem Rummel kommen und spachteln … ich mein, was zu essen bekommen?«

Die Äbtissin nickte. »Die Rotwall-Abtei ist ein Ort des Friedens und des Überflusses, aber solange ihr hier seid, müsst ihr euch an unsere Regeln halten: in Harmonie mit den Tieren um euch herum leben und den Kranken, den Alten und den ganz Jungen helfen. Außerdem dürft ihr im Zorn niemals eine Pfote gegen ein Tier erheben. Wir sind ein friedlicher Orden, wir bestellen das Land und leben von seinem

Reichtum. Wenn ihr bereit seid, euch an unsere Gesetze zu halten, könnt ihr gern hierbleiben.«

Die Worte der Äbtissin ließen die beiden von Neuem beginnen.

»Waahaah! Verzeiht mir, dass ich weine, werte Dame, aber Ihr erinnert mich an meine alte Mutter – sie sah genauso aus wie Ihr!«

»Waaaah! Ich hab meine Mutter zwar nicht gekannt, aber ich bin mir sicher, dass sie auch so ausgesehen hat wie Ihr! Seid gesegnet, gnädige Frau, mit Euren gütigen Augen und Eurer sanften Stimme und ...«

Trugg und der Steigerwurf zogen die Hermeline hoch.

Hektor Dickicht sah die Äbtissin zweifelnd an. »Was meinst du, Gnädigste? Mir persönlich gefällt das Aussehen der beiden nicht.«

Der Steigerwurf schloss sich Hektors Meinung an. »Pff, mir auch net. Die seh'n aus wie 'n richtich's Paar Gulliwäscha!«

Die Äbtissin strich sich nachdenklich über das Kinn. »Hm, ich verstehe, was ihr meint. Was denkst du, Bremmun?«

Das alte Eichhörnchen erinnerte sich an sein hartes Urteil über Samkim und Arula und zuckte unbehaglich zusammen. »Nun, sie sehen wirklich bemitleidenswert aus, Mutter Äbtissin, aber ich denke, die Entscheidung liegt letztendlich bei Euch.«

Dellauges Stimme zitterte angespannt. Er erschlaffte im starken Griff des Steigerwurfs und schüttelte verzweifelt seine Pfoten. »Die Entscheidung liegt bei Euch. Er hat recht, Gnädigste. Schickt uns raus, zurück in die grausame Welt.

Wir hätten nie vor Eurer Tür stehen dürfen, zwei so unglückliche Kerle wie wir!«

Trotz seiner Größe hatte Trugg ein weiches Herz. Er schniefte laut. »Sag so was nicht, Kumpel. Unsere Äbtissin hat kein Herz aus Stein.«

Truggs Worte schienen die Äbtissin zu überzeugen, sie nickte entschlossen. »Also gut, ihr könnt bleiben. Aber vergesst nicht: Solange ihr in Rotwall zu Gast seid, müsst ihr euch benehmen, eure Manieren wahren und eure Pfoten bei euch behalten. Ist das klar?«

Dellauge und Tura lösten sich von ihren Fürsprechern. Sie fielen auf alle viere und küssten den Gewandsaum der Äbtissin.

Sie versuchte, sich ihren Ekel nicht anmerken zu lassen, und schüttelte sie ab. »Hier, Samkim und Arula, ich habe eine Aufgabe für euch. Ihr seid für diese beiden Tiere verantwortlich, solange sie bei uns sind. Wenn ihr Hilfe braucht, fragt Trugg oder den Steigerwurf. Ach, wie sehr wünschte ich mir, Rotwall hätte wieder eine Dachsmutter. Gut, zurück an die Arbeit, Bewohner von Rotwall. Es gibt viel zu tun, wenn wir morgen einen prächtigen Namenstag feiern wollen.«

Die Abteibewohner zerstreuten sich, während das Eichhörnchen und die Maulwürfin sich vorstellten. »Ich bin Samkim und das ist Arula.«

»Freut mich, eure Bekanntschaft zu machen, Jungchen. Ich bin Dellauge, das is mein Kumpel Tura. Also, wo essen und schlafen wir?«

Der Geruch von ungewaschenen Hermelinen ließ Arula die Nase rümpfen. »Nee, nee, jurr. Mer müsse noch 'ne Weel' arbeite, bevor mer esse un' schlafe könn'. Mer wer'n inne Küch helfe, beim Koche un' Backe.«

Tura strahlte bei der Erwähnung von Essen. »Kochen und Backen, das hört sich doch gut an, Kumpel!«

Samkim wurde blass. Auch ihm stieg der unappetitliche Geruch des zerlumpten Paars in die Nase. Er packte beide an den Pfoten. »Nicht so schnell, Freunde. Zuerst müsst ihr ein Bad nehmen und saubere Kutten anziehen.«

Dellauge und Tura zuckten entsetzt zurück.

»Baden? Ich nich, Kumpel. Das is ungesund!«

»Dellauge hat recht, Kleiner, baden wär unser Tod!«

Samkim zwinkerte Trugg und dem Steigerwurf zu. »Vielleicht habt ihr Lust, mit unseren Freunden einen Spaziergang am Teich der Abtei zu machen? Im Sommer ist er wunderschön.«

Kurze Zeit später lagen zwei saubere Kutten auf dem Gras am Rande des Teichs. Der Steigerwurf stand da und bedrohte die Hermeline mit einer langen Gardinenstange. Trugg stand mit einem Stück Seife und einem Schrubber im Wasser. Dellauge und Tura klammerten sich in Panik aneinander, als der Steigerwurf sie mit der Stange in Richtung Teich stupste. »Na los, ihr dreckiche Biesta. Wasche wird euch schon net umbringe, hurr hurr.«

»Gnade, Euer Ehren. Das Zeug is Wasser – es is ganz nass!«

»Ja, und da is ’n Fischmonster drin. Ich kann’s sehen!«

Trugg bespritzte sie spielerisch mit Wasser. »Beruhigt euch mal, Leichtmatrosen, wenn ihr ihn nicht stört, stört er euch nicht. Jetzt macht euch die Pfoten nass. Kommt schon, das ist die beste Flieder-Heide-Seife, die es gibt. Versenk mich einer, wenn ihr nicht wie zwei schöne Blumen riecht, sobald ihr hier rauskommt.«

Ein letzter Schreckensschrei ertönte, als der Steigerwurf die beiden Hermeline mit der Gardinenstange ins Wasser schob und drohend am Ufer stehen blieb. »Still jetz, während Meester Trugg eure schmutziche ale Häls’ schrubbt.«

Der Otter stürzte sich auf seine Aufgabe, bückte sich und schrubbte.

»Auua, au au! Die Seife is in meinem Auge, Herr. Ich bin blind.«

»Hilfe, Hilfe!«

»Uaaah! Das Wasser is mir in die Nase gestiegen. Bitte ni… Gluggerblubb!«

5

Bruder Blasebalg war so breit wie hoch. Der dicke Mäuserich sah vom Trimmen der Kuchenkruste auf und zwinkerte Samkim und Arula zu. »Hoho, was kann ich heute für euch zwei kleine Racker tun?«

Arula band sich eine Schürze um. »Arr, Herr Blas'balg, Ihr wolltet uns doch zeige, wie mer 'nen Großaal-Kuche macht, wisster noch?«

Der Bruder gab jedem von ihnen eine in Honig eingelegte Zwetschge aus einem großen Krug. »Das wollte ich, ja. Hm, man braucht saubere Pfoten, um einen Großer-Saal-Kuchen zu backen. Zeigt sie mir.«

Er begutachtete die vier frisch geschrubbten Pfoten. »Sehr gut! Hm, gut, klettert auf diese Hocker und überprüft mit mir die Zutaten. Hier ist die Liste.«

»Pfeilwurz und Pollenmehl.«

»Gehackte Esskastanje und in Honich eingelegte Zwetschge.«

»Sehr gut. Gezuckerte Veilchen und Himbeeren.«

»Bucheckernflocken, getrocknete Pflaumen und Hagebuttensirup.«

»Wilde Butterblumesahn', arr, un' Brombeersahn', hurr.«

»Sehr gut. Mandelpaste, Grünsaftmilch und junge gezuckerte Ahornblätter. Das scheint alles zu sein.«

Während sie die Zutaten mischten, behielt Bruder Blasebalg sie im Auge. Gleichzeitig beaufsichtigte er die anderen Küchenhelfer. Blasebalg entging nur selten ein Detail.

»Bruder Heimerich, pass auf den Löwenzahnpudding auf, er kocht gleich. Sehr gut. Reibe die Pfeilwurzel und das Pollenmehl zusammen und träufle langsam die Grünsaftmilch hinein. Sehr gut. Dummel! Du sollst die kandierten Kastanien zerkleinern, nicht verschlingen. Ich werde dir den Schwanz mit einer Bratpfanne abschlagen, mein Junge! Jetzt fügst du die gehackten Bucheckern hinzu, wobei du ein paar aufhebst, um sie auf das Mandelmus zu streuen, und gib noch ein paar getrocknete Pflaumen dazu. Arula, bestäube den Boden der Auflaufform mit etwas Pollenmehl. Gut so. Lege die in Honig eingelegten Zwetschgen und Himbeeren so hin: eine Zwetschge, eine Himbeere – in schönen, ordentlichen Reihen. Sehr gut! Wie läuft es mit der Käse-Lauch-Pastete, Schwester Kapuzinerkresse? Dummel! Was habe ich dir gesagt?«

Als der Großer-Saal-Kuchen angerührt und in die Form gegeben war, schoben die beiden Gefährten ihn mit langen Holzschiebern tief in den Ofen hinein. Der herrliche Duft von Heidelbeerküchlein, Haselnuss-Muffins und Haferrosentaschen stieg ihnen aus den oberen Etagen des vierstöckigen

Ofens in die Nase. Sie wuschen sich den Kuchenteig von den Pfoten, während Bruder Blasebalg ihnen den nächsten Schritt erklärte. »Sehr gut, ihr zwei! Der Kuchen wird gebacken und zum Abkühlen herausgenommen. Sobald er fest genug ist, macht ihr Folgendes: Schneidet ihn dreimal der Länge nach durch, bestreicht die unterste Schicht mit Hagebuttensirup und gezuckerten Veilchen und setzt die nächste Schicht vorsichtig darauf – diese wird mit Brombeercreme bestrichen und mit gezuckerten Ahornblättern bestreut. Die nächste Schicht wird leicht mit Mandelpaste bestrichen und mit Bucheckernflocken bestreut. Sehr gut. Jetzt aufpassen. Die oberste Schicht bekommt eine dicke Schicht Butterblumensahne, dann kommen ein paar gehackte Kastanien darauf, eine dünne Schicht Hagebuttensirup, damit die Torte eine schöne hellrosa Farbe bekommt, und fertig! Schon haben wir einen Großer-Saal-Kuchen. Sehr gut!«

Da die Küche sehr heiß und überfüllt war, hatte Traute Dickicht ein leichtes Mittagessen mit Sommersalat und Minzcremewaffeln an der Torhausmauer vorbereitet. Die Helfer aßen dankbar, einige faulenzten im Gras in der Sonne, andere saßen auf den Mauertreppen im Schatten.

Samkim und Arula saßen mit Dellauge und Tura im Gras und kicherten fröhlich, als die Hermeline die Liste der Gräueltaten aufzählten, die ihnen seit ihrer Ankunft angetan worden waren.

»Ich schwör euch, Leute, ich weiß nich, was schlimmer war: draußen zu verhungern und zu marschieren oder an diesen Ort Rothall verschleppt zu werden. Das is 'n grausames Leben, sag ich euch!«

»Hast recht, Dellauge. Das soll Gastfreundschaft sein, wenn man von 'nem wilden Wasserhund fast ertränkt und von 'nem Monsterfisch beinahe gefressen wird und einem blumige Seife in die Nase gestopft wird? Ha! Und dann wird man auch noch von 'nem Maulwurf mit 'ner Stange auf die Rübe geschlagen.«

»Stimmt, Kumpel. Wenn ich bis zum Abend nich tot bin, weil ich baden musst, dann bin ich kein Hermelin!« Tura zitterte heftig und zupfte an den Ärmeln einer sauberen, aber oft gestopften Kutte, die er auf Anweisung des Steigerwurfs hatte anziehen müssen.

Dellauge bohrte mit einer Pfote in seinem Ohr, um Seifenreste zu entfernen. »Puh! Das is ja 'n toller Empfang für zwei arme Hermeline, Kumpel – und unsre guten Klamotten hamse auch noch verbrannt. Da fragt man sich, was aus diesen Wäldern geworden is. Ich sag euch, das war das erste Bad, das ich in meinem Leben genommen hab, und auch das letzte, vielen Dank!«

Samkim und Arula konnten vor Lachen kaum etwas essen und auch der kleine Dummel prustete.

Samkim schenkte Apfelwein für alle ein. »Hahahaha! Was – hahaha – ist dann passiert?«

Dellauge nippte entrüstet an seinem Getränk. »Das darfste gern fragen, Kumpel. Dieser langschwänzige Raufbold von 'nem Koch und dieser wilde kleine Maulwurf ham uns in die Küche geschleppt, um zu helfen.«

Tura lief das Wasser im Mund zusammen. »Japp, der ganze Raum war voll von Gebäck, Kuchen, Torten, Flans, Puddings, Cremes und …«

Dellauge nahm noch einen Schluck, um den Seifengeschmack wegzuspülen, während er sich bitterlich beklagte. »Aber durften wir bei den Leckereien arbeiten? Keine Chance, Kumpel! Die fette alte Brudermaus hat uns angeguckt und geschnaubt. Ja, geschnaubt hat er! Dann hat er dem Koch und seinem Kumpel, dem Steckerwurf, gesagt, dass wir fettige Pfannen schrubben sollen. Wir standen bis zur Nase im Wasser – ich sag's euch, es war grauenhaft. Zwei edle Hermeline wie wir, in Kutten gekleidet wie 'n Paar Hunde, die schwarze Töpfe und alte, verkrustete Schüsseln spülen und schrubben. Gut, dass wir hier an die frische Luft durften. Ich war kurz davor, mich in die Spüle zu werfen und im fettigen Spülwasser zu ertränken!«

Arula trank gerade aus ihrem Becher, als er diese Aussage machte. Da sie nicht gleichzeitig lachen und trinken konnte, fiel sie nach vorne und spuckte einen Schwall Apfelwein aus. »Buaharrhahaharr! Ihr arme Viech hattet de schrecklichste Zeit von uns alle. Hurhuhurr!«

Trugg schlenderte fröhlich heran und schnappte sich die unglücklichen Hermeline. »So, Matrosen, das Essen ist beendet. Zurück in die Kombüse, ihr faulen Glückspelze!«

Tura stöhnte verzweifelt und aus tiefstem Herzen auf. »Bin ganz schlapp geworden, Kumpel. Das Abwaschwasser is in mein Hirn eingedrungen und hat sich auf meine Pfoten ausgewirkt. Keine Töpfe und Pfannen mehr, bitte!«

Dellauge zappelte kraftlos in Truggs Griff. »Wenn ich sterb, Kumpel, versprich mir, dass du 'nen Topf und 'ne Pfanne auf mein Grab stellst, um zu zeigen, wer schuld war!«

Samkim legte bei dem Otter ein gutes Wort für sie ein. »Lass sie eine Weile hierbleiben, Trugg. Sie lassen den Kopf tiefer hängen als Sonnenblumen im Winter. Oh, seht mal, Schwester Kapuzinerkresse ist da!«

Die Schwester war eine pummelige Maus, sehr hübsch und fröhlich und beliebt bei den Jungen. Sie schubsten sich gegenseitig, um ihr Platz zu machen.

»Jurr, Gnädigst, kommt zu uns.«

Sie setzte sich zu ihnen und nahm sich etwas zu essen. Samkim überredete sie, ein Lied zu singen, denn Kapuzinerkresse war in ganz Rotwall für ihre schöne Stimme bekannt. »Schwester, diese armen Hermeline haben Euch noch nie singen hören. Singt ihnen doch ein Lied. Bitte?«

Sie lachte gutmütig. »Du willst doch, dass ich singe, Samkim, nicht die beiden.«

Das junge Eichhörnchen errötete. »Oh bitte, Schwester, wir alle wollen Euch hören.«

Kapuzinerkresse stellte ihr Essen zur Seite und ölte ihre Kehle mit einem Schluck Apfelwein. Die anderen Bewohner Rotwalls rückten näher zusammen, um ihrer klangvollen Stimme zu lauschen.

»Vor langer Zeit, da kam von weit,
Ein großer, tapf'rer Krieger.

Durch Kälte und des Winters Leid,
Martin, ja, so hieß er.
Martin, Martin, Krieger von Rotwall,
Mit Mut und seinem treuen Schwert
  rettete er uns all'.
Das Land ward geknechtet,
In jenen längst vergang'nen Tagen,
Von Gesindel, das heut' würd' geächtet,
Die Tiere damals konnten nur klagen.
Doch ehrliche Tier' kamen von nah und weit,
Und Ehr' und Mut kamen zum Tragen.
Singend standen sie an Martins Seit':
Martin, Martin, Krieger von Rotwall,
Mit Mut und seinem treuen Schwert
  rettete er uns all'.
Die Bösen vertrieb er mit Leichtigkeit,
Sein Herz war stark, er wurd' geehrt,
Er brachte uns Gerechtigkeit,
Mit seinem mächt'gen Schwert.
Mit ihm entstand die Abtei in Moosblum',
Jetzt herrscht hier Frieden,
  die Angst ist vertrieben.
Das ganze Land durchzieht sein Ruhm,
Nur Martins Name ist geblieben.
Martin, Martin, Krieger von Rotwall,
Mit Mut und seinem treuen Schwert
  rettete er uns all'.«

Alle Tiere stimmten in den letzten mitreißenden Refrain ein und jubelten laut. Das Echo hallte von den einfachen roten Mauern wider und stieg in den blauen Sommerhimmel hinauf.

Dellauge und Tura jubelten so laut wie alle anderen Tiere, dann sahen sie sich verwirrt an.

»Wieso jubeln wir eigentlich? Wir wissen doch gar nich, wer Martin is.«

»Na ja, wer auch immer er is, ich wette, er muss keine Töpfe und Pfannen spülen. Ich glaub nich, dass sie sagen würden: ›Ey du, mit dem mächtigen Schwert, schrubb die fettigen alten Töpfe.‹«

Samkim erklärte den Hermelinen die Geschichte von Martin. »Martin der Krieger ist das Symbol unserer Abtei. Er lebte vor vielen, vielen Jahreszeiten.«

Dellauge winkte abfällig mit einer Pfote. »Ach, du meinst, er is tot. Kein Wunder, dass sie ihn nie Töpfe spülen lassen, hehehe! Auaaa!«

Trugg hatte Dellauge eine Ohrfeige verpasst. »Zeig etwas Respekt, Matrose. Martin ist unser Abteikrieger.«

Reumütig rieb das Hermelin sein brennendes Ohr und beschwerte sich: »Woher soll ich das wissen? Außerdem, wenn 'n Tier tot is, isses erledigt und das is alles, was zählt.«

Schwester Kapuzinerkresse klopfte dem Hermelin auf den Rücken. »Du verstehst das nicht. Martin mag schon lange tot sein, aber sein Geist lebt in den Mauern von Rotwall und seinen Bewohnern weiter. Vielleicht hat man ihn lange nicht gesehen oder gespürt, weil dies eine friedliche Zeit ist, aber in unruhigen Zeiten hat er einige aufgesucht und sie zu großen Taten inspiriert.«

Tura kratzte sich am Kopf. »Haste Martin je gesehen?«

Schweigen senkte sich über die Gruppe, als sie Kapuzinerkresse beobachtete. Sie sah aus, als würde sie träumen. Mit weit geöffneten Augen, die auf die roten Steinmauern vor ihr gerichtet waren, rezitierte sie langsam Worte, die keiner von ihnen je gehört hatte.

»Ich bin nur ein Schatten
    an einem sonnigen Mittag.
Staub vergangener Zeiten, der auf Steinen lag.
So lautlos wie des Mondes Licht so fahl,
Schleiche ich durch der Erinnerung Saal.
Magst hören mich als Flüstern,
    das im Wind sich wiegt,
Oder als die Ruh',
    die im Licht des frühen Morgens liegt.
Wenn ich da bin, im Schlaf fühlst dich geborgen,
Selbst in Zeiten des Leids
    und der großen Sorgen.
Mein Freund, ich stehe neben dir
    in der Welt des Traums,
Und gebe dir die Stärke eines Kriegers
    und eines Baums,
Der selbst beim schwersten Sturm
    über alle wacht.
Ich gebe sie dir, diese Macht.

Das Böse wird fliehen, und die Despoten,
›Seht ihn an, er wurde berührt
von des Kriegers Pfoten‹,
Wird man überall um dich herum meinen.
Also warte, eines Tages
werd' ich dir erscheinen.«

In der gespenstischen Stille, die darauf folgte, ertönte die Stimme des kleinen Dummel. »Aaaahhh Dummi! Ich weiß gar nich, worum's geht, Schwesta.«

Kapuzinerkresse blinzelte und erschauderte. »Da sind wir schon zwei, Dummel. Ich weiß nicht, was mich dazu gebracht hat, diese Zeilen zu sagen. Ich habe sie noch nie gehört. Es war ... es war, als hätte jemand anders gesprochen und nicht ich.«

Bruder Heimerich, der in der Nähe saß, stand schnell auf. »Kannst du dich noch an das Gedicht erinnern, Schwester? Warte hier, ich hole Federkiel und Pergament. Als Chronist ist es meine Pflicht, alles aufzuschreiben.«

Kapuzinerkresse schüttelte den Kopf. »Seltsam, ich kann mich an kein einziges Wort erinnern. Ich fürchte, ich habe die komplette Geschichte vergessen. Wie merkwürdig. Es war, als hätte ein anderes Tier meine Zunge kontrolliert und auch meinen Verstand.«

Bruder Blasebalg kam schnaufend heran. Er wedelte mit einer Schöpfkelle. »Kommt schon, ihr alle. Morgen ist Namenstag. Das Essen bereitet sich nicht von selbst zu. Auf die Pfoten und fleißig sein!«

Ein paar stöhnten, aber die meisten Helfer machten sich bereitwillig ans Werk. Dellauge und Tura gehörten zu den Nachzüglern.

»Ich wünscht, wir könnten den Töpfen und Pfannen beibringen, sich selbst zu schrubben. Los, Kessel, spring in die Spüle und schrubb dich gründlich!«

»Oder wir könnten den Martinsgeist dazu bringen, 'n paar zu spülen. Auaa!«

Dellauge hatte nicht bemerkt, dass Trugg noch in Hörweite war.

6

An diesem Morgen hing eine düstere Wolke über der Festung des Salamandastron. Mara blieb so lange wie möglich liegen, bevor sie aufstand und sich auf den Weg in den Speisesaal machte. Erdstreif saß auf seinem großen Stuhl und Feldwebel Splintholz und Großes Ochsenauge saßen neben ihm. Mara kam herein und nahm neben Patsch am anderen Ende des großen Tisches Platz. Klitsch und Goffa saßen auf ihrer anderen Seite. Normalerweise wurde beim Essen viel gescherzt und geplaudert, aber heute war das Frühstück eine trostlose Angelegenheit. Eine drückende Stille lag über der Gruppe.

Patsch reichte Mara eine Schüssel mit Wildhaferbrei und einen Becher mit Salbeitee, senkte seine Stimme zu einem Flüstern und sagte: »Ein lustiger Haufen, was? Sag mal, altes Mädchen, hast du gestern Abend eine üble Schimpfkanonade von Herrn Erdstreif zu hören bekommen?«

Maras Appetit hatte sie verlassen. Sie stocherte mit einer Roggenbrotkruste im Brei herum. »Ach, es war so wie immer.

Ein Wort gab das andere und am Ende bin ich davongestürmt, weil ich es nicht ausgehalten habe.«

Klitsch beugte sich vor und die durchtriebenen blauen Augen, die er von seinem Vater Ferago geerbt hatte, strahlten nun Offenheit und Mitgefühl aus. »Du bist doch nicht wegen Goffa und mir in Schwierigkeiten geraten, oder?«

Die junge Dächsin zuckte mit den Schultern. »Das hatte nichts mit dir zu tun, Klitsch. Ich bin es nur leid, wie ein dummes Jungtier herumkommandiert zu werden.«

»Hat dein Vater dich angebrüllt?« Goffa füllte seine Schüssel von einer in der Nähe stehenden Servierplatte auf.

Patsch wischte seine Schüssel mit Roggenbrot aus. »Er ist nicht ihr Vater.«

Klitsch warf einen kurzen Blick auf Erdstreif. »Warum muss Mara dann tun, was er sagt? Ich würd das nicht tun. Goffa und ich machen, was wir wollen – kein Tier gibt uns Befehle!«

Erdstreif saß da und starrte auf sein unangetastetes Frühstück. Mara hatte ihn heute Morgen noch keines Blickes gewürdigt. Ein Teil von ihm sehnte sich danach, mit ihr befreundet zu sein, aber die andere Hälfte hasste, was er sah: eine anständige Jungdächsin, die mit einem Frettchen und einem Wiesel plauderte, als wären sie schon ihr Leben lang Freunde. Der Dachsherrscher bemerkte, wie ihn das Wiesel ansah. Das Tier hatte hellblaue Augen, die so ehrlich leuchteten wie die eines neu geborenen Kindes. Eine ferne, schwache Erinnerung kämpfte sich in Erdstreifs Gedanken an die Oberfläche, wurde aber davongefegt, als Ochsenauge ihn anstupste und zum anderen Tischende zeigte. »Der Kerl könnte mit seinen babyblauen Augen die Vögel aus den Bäumen locken. Trotzdem wäre ich nur ungern der putzige Vogel, der ihm in die Klauen fällt. Was meint Ihr?«

Ein tiefes Knurren drang aus Erdstreifs gewaltiger Brust. »Ich kannte mal einen Wasserrätterich, der konnte singen wie eine Lerche, wunderschöne Balladen. Er sang seinen Opfern vor, während er sie zerstückelte. Gesindel ist Gesindel, egal wie es sich verhält – so viel habe ich gelernt. Splintholz, ich ertrage den Anblick der beiden an meinem Tisch nicht länger. Gib ihnen Proviant und schaff sie von meinem Berg. Ich werde mich erst besser fühlen, wenn sie weg sind.«

Der Hasenfeldwebel stand auf und salutierte. »Ja, Herr. Ich werde sie persönlich zur Tür geleiten.«

Die rund vierzig Hasen, die im Salamandastron lebten, sahen schweigend zu, wie sich Splintholz den Weg zum Tischende bahnte. Er nickte Mara und Patsch zu, bevor er sich an Klitsch und Goffa wandte: »Habt ihr beide eure Mahlzeit beendet?«

Klitsch gluckste, als er die Stimme des Feldwebels nachmachte. »Ja, Euer Hochwohlgeboren!«

Der Hase ließ sich nicht provozieren und seine Stimme blieb ruhig. »Also gut, dann erlaubt ihr mir sicher, dass ich euch hinausführe.«

»Sie hinausführen?« Mara legte eine Pfote auf Splintholz' Arm. »Aber das sind meine Freunde, Feldwebel!«

Splintholz stand steif vor ihr und wich ihrem Blick aus. »Herr Erdstreif sagt, dass sie gehen müssen. Keine Sorge,

Fräulein, sie bekommen Verpflegung und werden unversehrt auf den Weg geschickt. Los, folgt mir, ihr zwei. Beeilt euch!«

Goffa und Klitsch standen auf, wobei Letzterer Mara reumütig anlächelte. »Wir kommen schon klar, mach dir keine Gedanken um uns. Ich wünsch dir viel Glück mit Erdstreif. Auf Wiedersehen, Mara. Vielleicht sehen wir uns eines Tages wieder.«

Als Splintholz sie durch den Speisesaal führte, konnte Mara die Anspannung nicht länger ertragen. Die junge Dächsin wusste, dass Erdstreif sie liebte und sich um sie sorgte, so wie sie sich um ihn sorgte, aber er war wie ein Diktator, der ihr Leben bestimmte und ihr sagte, wie sie sich zu verhalten hatte. Jetzt hatte er auf seine übliche schwerfällige Art ihre neu gewonnenen Freunde beleidigt. Das war zu viel. Ohne nachzudenken, brüllte Mara Erdstreif plötzlich wütend über die schweigende Versammlung hinweg an: »Na los, schick meine Freunde weg. Es ist dein Berg. Du kannst tun, was du willst, und jedes Tier muss dir gehorchen!«

Alle anwesenden Hasen zuckten auf ihren Plätzen zusammen, als die Pfoten des Dachsherrschers mit voller Wucht auf die Tischplatte krachten. »Mara, geh auf dein Zimmer!«

Doch Mara war schon aufgestanden und aus dem Saal geeilt. Sie hatte sich endlich entschieden, was sie tun würde. »Ich werde nicht mehr in dieses Zimmer gehen. Ich verlasse diesen Berg, um mit meinen Freunden wegzugehen, und du kannst mich nicht aufhalten!«

Windpfote sprang auf, um Mara abzufangen, aber Erdstreif schüttelte den Kopf. »Lass sie gehen.«

Patsch rannte hinter seiner Gefährtin her. »Mara, warte, ich komme mit dir!«

❧

Als sie gegangen waren, kehrte Splintholz zu seinem Platz zurück. Der zähe Hase blickte flehend zu Erdstreif, der mit steinerner Miene auf Maras leeren Stuhl starrte. »Sie ist weg, Herr – sie und Patsch. Soll ich sie zurückholen?«

Erdstreif wandte den Blick ab und wischte sich mit einer kräftigen Pfote schnell eine Träne aus dem Augenwinkel. »Nein, ich muss sie gehen lassen. Sie ist hier nicht mehr glücklich.«

Großes Ochsenauge stand auf. Der riesige Hase salutierte vor seinem Herrn. »Verzeihung, Herr, ob mit oder ohne Euer Einverständnis werden der alte Sappeur hier und meine Wenigkeit ihnen folgen. Wir passen auf, dass sie nicht in Schwierigkeiten geraten, und behalten sie im Auge. Einverstanden?«

Erdstreif ergriff ihre beiden Pfoten. »Danke, meine Freunde!«

Splintholz und Ochsenauge schnappten sich je einen leichten Wurfspeer aus einem Waffenständer und machten sich eiligen Schrittes auf die Spur von Mara und Patsch.

Erdstreif ging zu seiner Schmiede. Den ganzen Tag über war das Innere des Berges vom Dröhnen seiner Schmiedehämmer erfüllt und glühende Metallstücke sprühten Funken, als er sie so flach wie totes Laub schlug.

❧

Klitsch und Goffa versteckten sich in den Dünen südlich des Salamandastron und beobachteten, wie Mara und Patsch näher kamen, während sie ihrer Spur folgten.

Klitsch stupste seinen Begleiter an. »Sie werden jeden Moment hier sein, also hör zu. Du sagst kein Wort – überlass das Reden mir. Mein Plan hat bis jetzt gut funktioniert.«

Goffa tätschelte die beiden Säcke mit Essen, die in der Nähe lagen. »Dein Vater wird das nicht so sehen. Zwei Säcke mit Essen sind nicht grade ein Dachsschatz, oder?«

Er zuckte leicht zusammen, als Klitsch ihm einen Stoß in die Rippen versetzte. »Wenn Hirne Eicheln wären, wärst du ’ne tote Eiche!«

Spott lag in der Stimme des Wiesels. »Wir waren im Inneren des Bergs und haben selbst gesehen, dass Erdstreif vierzig Kampfhasen hat, und die sind nicht umsonst dort. Ich verwette meinen Schwanz drauf, dass sie ’nen Schatz bewachen. Jetzt hab ich Ferago einen zusätzlichen Spielzug verschafft – ich biete ihm ’ne Geisel an, Herrn Erdstreifs kostbare kleine Mara. Wir hätten auch ohne den Hasen Patsch auskommen können, aber wenn sie ihn mitbringen will, umso besser.«

Erkenntnis dämmerte in Goffas Augen. »Du hast recht. Heilige Klauen, du bist ganz schön schlau, Klitsch!«

Ohne seinen Blick von den beiden sich nähernden Tieren abzuwenden, murmelte das junge Wiesel grimmig: »Stimmt, Goffa, ich bin schlau. Ich bin schlauer als Faran, Todfeger, Migru oder irgendjemand sonst von dem hohlköpfigen Pack. Deshalb erlaubt mir Ferago, für ihn zu spionieren. Aber was mein Vater nicht begreift, ist, dass er alt wird und ich noch jung bin. Eines Tages werd ich ihm zeigen, wer der Gerissenere ist. Halt jetzt das Maul, da sind sie.«

Als Mara und Patsch den Hügel erklommen hatten, tat Klitsch so, als wäre er überrascht. Er drehte sich zu ihnen um und seine offenen blauen Augen strahlten glücklich. »Mara, Patsch! Was macht ihr denn hier?«

Patsch ließ seine Ohren auf lustige Art nach vorne klappen. »Was ein Spaß. Hier sind zwei weitere Rekruten für eure Vagabundenbande!«

Mara nickte zustimmend, ihr Gesicht leuchtete vor Freude über die neu gewonnene Freiheit. »Ich habe es geschafft, ich habe den Salamandastron für immer verlassen! Wie ihr seht, ist Patsch mit mir gekommen. Er ist mein einziger Freund.«

Klitsch ergriff ihre Pfote liebevoll. »Na, jetzt hast du zwei weitere gute Freunde – Goffa und mich. Wir werden dir zur Seite stehen wie wahre Gefährten. Stimmt's, Goffa?«

Das Frettchen lehnte sich auf seinen Speer und wiederholte die Worte: »Wie wahre Gefährten!«

Mara konnte noch immer den Salamandastron sehen, der sich in der Ferne hoch und finster erhob. Sie wandte sich ab und verbannte alle Gedanken daran aus ihrem Kopf. Als sie ihre unmittelbare Umgebung in Augenschein nahm, erschauderte das Dachsmädchen vor Freude. Sie befanden sich in einer kleinen Senke inmitten der Dünen und genossen die Wärme des neuen Sommertages. Hinter den grasbewachsenen Hügeln konnte sie in der Ferne eine Bergkette erkennen, die vor ihnen aufragte. Sie wurde von einem wolkenlosen, strahlend blauen Himmel majestätisch eingerahmt. Ihr Herz klopfte bei der Aussicht auf diese grenzenlose Freiheit. »Oh, ist das nicht aufregend, Klitsch? Von nun an werden Patsch und ich genauso sein wie ihr – reisen, wohin wir wollen, unter den Sternen schlafen, essen, wann wir wollen, und niemand wird uns herumkommandieren. Wir sind frei!«

Goffa verzog das Gesicht und knurrte: »Wo is 'n euer Essen?«

Patsch spreizte seine Pfoten und lachte. »Frag Mara, die galoppierende Dächsin hier. Sie hatte es so eilig, dass sie ohne einen einzigen Krümel davongeflitzt ist. Natürlich musste ich ihr folgen, also habe ich mich nicht damit aufgehalten, mich noch mit Futter einzudecken. Aber hier sind wir, gesund und hungrig.«

»Ihr habt nichts mitgebracht?« Klitsch wirkte besorgt.

Mara wedelte heiter mit den Pfoten. »Nein, nicht ein einziges Gebäckstück. Aber ich denke, wir werden schon was finden.«

Goffa hob bedeutungsvoll seinen Speer. »Ihr meint, ihr habt nicht mal Waffen mitgebracht?«

»Keine Waffen, was?« Klitschs Blick wurde noch besorgter.

Patsch setzte sich und kritzelte in den Sand. »Wer braucht schon schimmlige alte Waffen? Ich mein, ich kann hier keine Feinde sehen, gegen die ich kämpfen müsste, nicht wahr?«

Das blauäugige junge Wiesel setzte sich neben ihn. »An deiner Stelle würd ich die Sache nicht so auf die leichte Schulter nehmen, Patsch. Allein in diesem Land und unbewaffnet weiß man nie, was passieren könnte. Mara, hast du nichts, was du als Bestechung verwenden könntest, irgendwas, womit du dich freikaufen könntest, vielleicht einen Dachsschatz?«

»Dachsschatz ... Was meinst du, Klitsch?« Mara war verwirrt von dieser seltsamen Frage.

Das Wiesel zuckte mit den Schultern, als wäre es nicht wirklich wichtig. »Och, du weißt schon, Gold- oder Silberschmuck, Orden vielleicht oder Juwelen und so. Ich dachte, alle Dachse haben irgendwelche Schätze versteckt.«

Mara kratzte sich nachdenklich an ihren Streifen. »Hm, ich kann mich nicht erinnern, jemals einen Schatz im Salamandastron gesehen zu haben. Du vielleicht, Patsch?«

»Ich? Nein, keine einzige Münze, altes Mädchen.«

Klitsch lächelte spitzbübisch. »Ich wette, der alte Erdstreif hat 'ne Menge davon irgendwo versteckt, aber er würd's dir nicht verraten, Mara. Oh nein, er würd dich lieber rumkommandieren und dich wie 'ne Sklavin rumschubsen. Er denkt wohl, dass jeder Schatz, der im Berg versteckt ist, ihm gehört und dich nichts angeht, weil du zu jung bist, um von so was zu wissen. Aber verzeiht mir, ihr müsst hungrig sein. Wir werden unsere Vorräte mit euch teilen. Lasst uns früh zu Mittag essen – euer erstes Essen als freie Tiere, Mara und Patsch.«

Dankbar nahmen sie die Weizenkuchen, den Käse und die Äpfel aus den Bündeln entgegen, die dem Wiesel und dem Frettchen mitgegeben worden waren.

Patsch stürzte sich mit seinem gewohnt guten Appetit auf das Essen. »Dafür sind Freunde doch da, nicht wahr? Sehr gute Kerle, die beiden. Was sagst du, Mara, mein Mädchen?«

Mara senkte ihre Stimme, während sie einen Apfel mampfte. »Du hast recht, Patsch. Weißt du, ich fühle mich gleich weniger wie ein Junges. Vielleicht liegt es daran, dass Klitsch uns als Gleichberechtigte und nicht als Untergebene behandelt. Einige der Dinge, die er gesagt hat, haben mich zum Nachdenken gebracht. Diese ganze Geheimniskrämerei, dass er keine anderen Tiere in den Berg lässt – vielleicht hat Erdstreif wirklich etwas zu verbergen. Ich wette, er hat einen verborgenen Schatz. Nicht dass es mich stören würde. Von mir aus kann er seinen gammeligen alten Schatz behalten.«

Sie übersahen das wissende Zwinkern zwischen Klitsch und Goffa.

Das Wiesel warf Mara den Sack zu. »Hier, nehmt etwas Käse. Bedient euch, Freunde.«

7

Der gedämpfte Schlag der großen Joseph-Glocke kündigte die Dämmerung über der Rotwall-Abtei an. Amseln, Singdrosseln und die letzten Lerchen verabschiedeten mit ihren Abendmelodien den ausklingenden Tag. Äbtissin Lebewohl wollte gerade an die Tür des Torhauses klopfen, als Traute Dickicht sie leise aufschob.

Die Igeldame legte eine Pfote an den Mund. »Pst, der kleine Dummel schläft heute Nacht hier. Ich habe ihn grade ins Gästebett gelegt. Lass uns einen Spaziergang durch den Obstgarten machen. Da können wir in Ruhe reden.«

Traute schloss leise die Tür und seufzte erleichtert auf. »Meine Stacheln! Ich weiß nicht, was schlimmer ist: erwachsene Igel oder kleine Haselmäuse. Mein alter Hektor und Dummel haben zusammen gespielt – du hättest sie sehen sollen, wie sie herumgealbert haben. Kein Wunder, die sind ein gutes Pfotengespann. Sie toben immer bis zum Umfallen. Mein Hektor ist im Schaukelstuhl eingeschlafen und Dummel hat sich auf dem Boden zusammengerollt. Jetzt schlafen beide selig.«

Das Gras war noch warm von der Sommersonne, als sie Pfote in Pfote zum Teich schlenderten. Die Äbtissin schnupperte die Luft und blickte in den Himmel. »Das Wetter sollte morgen für unseren Namenstag schön werden, Traute. Wie laufen die Vorbereitungen?«

»Alles läuft wie am Schnürchen, Lebewohl. Mach dir keine Sorgen. Mein Hektor hat Burrell geholfen, die besten Getränke aus dem Keller zu holen – Erdbeersirup, jungen Apfelwein, Löwenzahn-Kletten-Saft, Zwetschgenwein und das beste Fass vom Oktoberbier, das wir seit zehn Jahreszeiten getrunken haben. Hektor und Burrell müssen es wissen, sie haben es heute immerhin schon oft genug probiert. Ich muss schon sagen, der junge Samkim und Arula waren Bruder Blasebalg beim Backen und Kochen eine große Hilfe, als wären sie in der Küche geboren.«

Die Äbtissin hob die Augenbrauen. »Es ist schön zu hören, dass jemand ein gutes Wort für die beiden übrig hat. Ich nehme an, du hast ihnen den Vorfall mit dem Pfeil verziehen?«

»Meine Güte, ja«, kicherte Traute. »Jungtiere sind nur einmal jung, Gott sei's geklagt. Sie sind beide nette kleine Dummköpfe. Sie wollen eigentlich niemandem etwas Böses.«

Äbtissin Lebewohl beobachtete, wie die Forelle mit dem Schwanz auf die Wasseroberfläche schlug und Wellen auf dem ruhigen Teich erzeugte. »Was hältst du von den beiden Hermelinen? Können wir darauf vertrauen, dass sie sich anständig benehmen?«

»Oh, du meinst Dellauge und Tura? Das sind nur zwei alberne Hermeline. Ich würde mir keine Sorgen um sie machen, Lebewohl.«

Die Äbtissin führte ihre Freundin am Teichufer entlang. »Ich hoffe, du hast recht, Traute.«

Im Schlafsaal im ersten Stock wurde eine Laterne angezündet. Bruder Winterbeere, Schwester Kapuzinerkresse und Trugan, die Otterin, saßen zusammen auf der Seite eines Bettes. Um sie herum auf dem Boden hockten die Jungen in ihre Decken gehüllt, aßen dicke Scheiben frischen Abteibrots mit Kornblumenbutter und Holundermarmelade und nippten an Bechern mit heißem Löwenzahnsirup. Samkim und Arula hatten die beiden Hermeline mitgebracht.

»Haaach! Diese Marmelade is köstlich«, sagte Tura. »Damit könnt ich locker zehn Scheiben essen!«

Arula hielt eine Pfote hoch. »Mer wolle 'ne Geschicht verzählt bekumme, still jetz.«

Tura nahm einen Schluck des heißen Sirups und verbrannte sich die Zunge. »Autsch! Das is heiß, Kumpel. Aber wie verzählt man sich denn bei Geschichten?«

Dellauge schnippte ihm auf die Nasenspitze. »Halt die Klappe, Flaschenhirn. Wir kriegen 'ne Geschichte *erzählt.* Ich mag Geschichten.«

Bruder Winterbeere beugte sich vor und musterte die neugierigen jungen Gesichter, während er mit tiefer Stimme flüsterte: »Wer will eine Geschichteeee?«

Die Jungen kicherten und umarmten sich aufgeregt. Sie dehnten ihre Stimmen und riefen zurück: »Wiiiiir wollen ’ne Geschichteeeeee, bitteeeeeee!«

Der alte Krankenwächter nahm einen Schluck von seinem Getränk und begann:

»Alte Reisende erzähl’n,
  wenn die Mitternachtsglocke erklingt,
Wenn die dunkle Nacht verschlingt all’,
Mitten im fallenden Schnee,
  wenn der kalte Wind singt,
Vom Geist, der wandelt durch Rotwall ...«

Ein kleiner Maulwurf stieß ein schrilles Quieken aus und versteckte sich zitternd unter seiner Decke. »Buääāh, ich hab Ries’nangst vor Geesta!«

Ein kleiner dicker Otter gesellte sich zu ihm. »Ich hab auch Angst. Komm zu mir, Matrose. Die werden uns nich kriegen!«

Als wieder Ruhe eingekehrt war, fuhr Winterbeere fort:

»Ja, der Geist streift umher auf leisen Beinen,
Stöhnt leise auf seiner nächtlichen Reise:
›Fressen will ich die Kleinen!‹«

Mehrere junge Mäuse quiekten und huschten unter das Bett und Turas Becher schlug gegen seine Zähne, als er nervös versuchte, einen Schluck Sirup zu nehmen. »Ich b...b... bin f...f... froh, dass ich nich mehr jung bin, Kumpel!«

Dellauge verpasste ihm einen kräftigen Schlag auf den Kopf. »Halt die Schnauze und hör zu, Froschgesicht!«

Der Geschichtenerzähler fuhr mit seiner grausamen Schilderung fort:

»Dann eines Nachts, als Blitzes Strahl,
Und Donner zerrissen den Traum,
Das grässliche Phantom sich stahl,
Genau hierher, in diesen Raum.
Ein Junges stand auf, so blass wie der Geist.
›Du schleichst herum um Mitternacht‹,
Sagt' es zu ihm. ›Das ist zu dreist!
Mich aus dem Schlaf zu reißen, hab acht.‹
Der Geist sprang zu ihm und schrie:
›Buuhuu, ich fress dich mit Haut und Pfoten!«
Der Mäuserich schlug lachend sich aufs Knie:
»Da machst du dir aber in den Magen
'nen Knoten!
Denn ich bin Martin der Krieger,
Der Geist von Rotwall sagt dir:
Hier bin ich der Sieger,
Und du wirst fressen kein Tier!‹«

Die Mäuse unter dem Bett jubelten, als sie den Namen ihres Helden hörten. »Hurra! Der gute alte Martin. Was hat er gemacht, Bruder?«

Winterbeere stand auf und holte eine lange Kelle aus seinem Kuttenärmel.

»Dann zog Martin sein treues Schwert,
Und schlug den Geist in Stücke.
Er schnitt die Nas' ab und die Ohren,
Die Knochen er zerhacket,
Er schlug ihm fürwahr ab das Haar.
›Heb es auf, dein Skelett‹,
sagt' er dann zu dem Mahr:
›Ich gehe jetzt zu Bett!‹«

Beifall und erleichtertes Lachen feierten das verdiente Ende des Gespenstes von Rotwall. Die Tiere machten es sich gerade gemütlich und warteten auf die nächste Geschichte, als Tura schelmisch eine mit Marmelade verschmierte Brotkruste in Dellauges Schoß warf und rief: »Oje, pass auf, das is der Schwanz des Gespensts. Uaaaahh!«

Das in Panik geratene Hermelin warf Thur und Arula um, als es erschrocken aufsprang.

Es dauerte eine Weile, bis das Gelächter verstummte und die Ordnung wiederhergestellt war. Dellauge tastete mit seinen Pfoten den Boden ab und lachte nervös, während er sich umsah. »Haha, das war gar kein Geisterschwanz, haha, das war 'n Trick.«

Tura hatte die Kruste verschlungen. Er schlug Dellauge heftig auf die Ohren. »Selbstverständlich war's der Schwanz des Gespensts, Wackelkopf. Er is verschwunden, oder nich? Nur 'n echter Geisterschwanz kann verschwinden!«

Dellauge starrte auf den leeren Boden und erschauderte. »Wir hätten nie nach Rothall kommen sollen, Kumpel.«

Plötzlich ertönte die klare Stimme von Schwester Kapuzinerkresse. Sie starrte an die Wand und rezitierte:

»Wenn Nacht wird Tag, dann halt dich fern,
Von der Abtei, die du hast so gern.
Bleibe an der Festungsmauer,
Und leg dich dort auf die Lauer,
Bis der Feuersturm trifft meine Klinge,
Ich dem Dachsherrscher helfe, er ist es wert,
Und Rotwall eines Tages bringe,
Einen Wächter und ein Schwert.«

In der darauffolgenden Stille zog Bruder Winterbeere am Ärmel von Kapuzinerkresse, die wie in Trance dasaß und ins Nichts starrte. »Schwester, was ist los? Ist alles in Ordnung mit dir?«

Sie blinzelte und sah sich um. »Oje, habe ich es wieder getan? Meine Güte, was habe ich denn gesagt? War es etwas Schreckliches?«

Trugan legte ihr schützend eine Pfote um die Schultern. »Nein, nein, es war nur ein altes Gedicht, Schwester – kein Grund zur Aufregung. Du siehst müde aus. Komm, du gehst jetzt ins Bett. Ihr Jungtiere müsst auch ins Bett, sonst verschlaft ihr den morgigen Namenstag.«

In dieser Nacht fiel Samkim sofort in einen tiefen Schlaf und hatte einen seltsamen Traum, in dem er in den Großen Saal ging. Er näherte sich dem riesigen Wandteppich. Das Bildnis von Martin dem Krieger schien sich vom Rest des kunstvollen Gewebes abzuheben. Er war in seine Rüstung gekleidet, hielt sein Schwert locker in der Hand und ein freundliches Lächeln erhellte seine tapferen Züge.

Ohne Vorwarnung schleuderte er das Schwert. Es wirbelte einmal in der Luft herum, flog aus dem Wandteppich und grub sich mit seiner Spitze in eine Spalte zwischen den Steinen neben Samkim. Das junge Eichhörnchen empfand keine Angst. Ohne zu wissen, warum, zog es das Schwert aus dem Boden und hielt es dem Krieger von Rotwall hin.

Martin nahm es. Obwohl sich seine Lippen nicht bewegten, konnte Samkim seine Stimme hören: »Eichhörnchen, Maus – es macht keinen Unterschied, du bist ein Bewohner Rotwalls, Samkim. Sei tapfer und mutig, steh treu zu deinen Freunden. Eines Tages wirst du mein Schwert zurückbringen und dieser Abtei einen neuen Wächter schenken. Hüte dich vor dem Gesindel, suche den Weißen.«

Trugg schlich aus der Küche. Der stämmige Otter konnte nicht schlafen, vor allem wenn er wusste, dass ein riesiger Topf mit Krabben-Binsen-Suppe, gewürzt mit Brunnenkresse und Paprika, auf der Glut des Küchenfeuers köchelte.

Trugg konnte nicht eher ruhen, bis er sie gekostet hatte. In seinem wallenden weißen Nachthemd schlüpfte der große Otter in die Küche und war dabei seltsam anzusehen. Er verschlang zwei Schalen seiner Lieblingssuppe, schmatzte, gähnte und fügte dem Topf noch mehr Pfeffer hinzu, bevor er sich zurück in sein Bett schlich. Als er den Großen

Saal durchquerte, war er überrascht, Samkim zu sehen. Das junge Eichhörnchen stand im Schein des Mondlichts vor dem Wandteppich. Trugg hatte schon öfter Schlafwandler gesehen und wusste, was zu tun war. Er schlich sich heran und nahm Samkim mühelos auf seine starken Pfoten.

Das junge Eichhörnchen öffnete seine Augen und starrte Trugg an. »Bist du der Weiße?«

Trugg warf einen Blick auf sein langes weißes Nachthemd und grinste. »Ja, das bin ich, Matrose, der Weiße.«

Samkim kuschelte sich in Truggs Arme und murmelte fröhlich: »Oh, das ist gut. Ich hab dich gesucht.« Er schloss seine Augen und fiel sofort in einen tiefen Schlaf.

Zurück im Schlafsaal legte Trugg ihn sanft in sein Bett. »Er ist kein Leichtgewicht, das muss man ihm lassen. Das viele Tragen hat meinen Appetit wieder angeregt. Ich gehe schnell wieder runter und teste, ob die Suppe mit dem Pfeffer besser schmeckt.«

8

Der Mond über den Dünen warf dunkle Schatten auf den graubraunen Sand, der sich deutlich vom Himmel abhob und noch immer die Wärme des heißen Tages in die sanfte Sommernacht abstrahlte.

Erst dachte Fidel, dass seine Augen ihn täuschten, doch als er in die mondbeschienenen Dünen spähte, sah er die elegant gekleidete Gestalt von Klitsch, der auf das Lager zueilte. Fidel atmete tief ein und brüllte aus voller Kehle: »Herr, seht, es is Euer Sohn Klitsch und er is allein!«

Der Wieselanführer wurde unsanft aus seinem Schlummer geweckt und zischte den unglückseligen Wachposten an: »Wurmhirn! Kannst du nicht noch lauter schreien, um unsere Anwesenheit dem ganzen Land zu verkünden?«

Krankohr rang um sein Gleichgewicht, als er von dem plötzlichen Schrei geweckt wurde.

Fidel hielt ihn fest, während er in übertriebenem Tonfall zurückflüsterte: »Aber Herr, Ihr sagtet doch, ich soll Euch wissen lassen ...«

Ein gezielter Kieselstein traf ihn an der Ohrenspitze, dann ertönte Feragos verächtliche Stimme: »Fidel, du nutzlose Kröte, komm hier runter. Krankohr, du bleibst da oben und passt auf.«

Der Meuchelmörder saß bei seinem Sohn, abseits der anderen und außer Hörweite. Er nickte anerkennend, als Klitsch ihm berichtete, und sagte dann: »Ich wusste, dass an den Geschichten über den hohlen Berg und den Dachsschatz was dran ist. Aber du sagst, du hast nichts davon gesehen. Woher weißt du, dass er da ist, du schlaues Kerlchen?«

Klitschs blaue Augen blitzten in der Dunkelheit. »Pah! Er ist wirklich da, du alter Mörder. Dieses Dachsmädchen, Mara, hat's ausgeplaudert. Sie muss wissen, wo der Schatz vom Salamandastron versteckt ist, das kannst du mir glauben.«

»Wo ist sie jetzt?«

»In den Dünen, mit ihrem Freund, einem Hasen namens Patsch. Goffa passt auf sie auf, während ich weg bin. Kein Grund zur Sorge, sie haben geschlafen wie Säuglinge, als ich los bin.«

»Gut gemacht, Klitsch. Jetzt wissen wir genau, wo der Berg ist. Die nächste Frage ist, wie wir da reinkommen und uns den Schatz schnappen.«

Klitsch spielte mit dem Schwert, das an seiner Seite hing. »Das wird nicht einfach. Ich hab dir ja gesagt, dass der Ort 'ne Festung ist, in der's mehr als zwei Dutzend Hasen gibt – erfahrene Kämpfer, nicht wie die hilflosen Tiere, die wir gewohnt sind. Aber das Wichtigste ist dieser Dachs, Herr

Erdstreif. Ich hab noch nie 'ne so große und wilde Bestie gesehen. Er ist 'n echter Kämpfer. Ich würd nur ungern gegen ihn antreten.«

Feragos langes Abhäutemesser tauchte unter Klitschs Nase auf. »Überlass ihn mir, ich hatte schon mit großen Dachsen zu tun. Sie sind zwar wilde Kämpfer, aber es fehlt ihnen an Gerissenheit und sie lassen sich von albernen Kleinigkeiten wie Ehre und Gewissen zurückhalten. Jetzt geh zurück zu deinen neuen Kameraden und führ sie hierher zu mir. Es gibt mehr als eine Art, 'nen Frosch zu braten. Hau ab, du junger Verräter!«

Klitsch verschwand in den nächtlichen Dünen, ohne die beiden schattenhaften Gestalten am Rand eines Hügels zu bemerken.

Feldwebel Splintholz und Großes Ochsenauge waren ihm gefolgt. Obwohl sie nicht gehört hatten, was zwischen Klitsch und Ferago vor sich ging, erkannten sie schnell, dass die große Horde, die in den Hügelausläufern lagerte, Tod und Zerstörung bringen würde. Das junge Wiesel trottete an den beiden vorbei, ohne zu ahnen, dass sie nur eine Haaresbreite von ihm entfernt waren.

Ochsenauge hob die leichte Wurflanze und prüfte ihr Gleichgewicht, während er den sich entfernenden Klitsch beobachtete. »Weißt du, ich könnt dem fiesen kleinen Mistkerl von hier aus den Hals durchstechen, sogar bei dem vermaledeiten Licht, nicht wahr.«

Der Feldwebel hielt die Wurfpfote seines Freundes zurück. »Waffe runter, altes Haus, du würdest uns nur auffliegen lassen. Jetzt, wo es an die Drecksarbeit geht, müssen wir unseren Verstand gebrauchen. Ich denke, wenn einer von uns Herrn Erdstreif Bericht erstattet, kann der andere dem Wiesel folgen und nach neuen Hinweisen Ausschau halten. Du gehst zurück zum Berg und ich folge dem Wiesel.«

»Das mag ich so an dir, Splint, altes Haus«, lachte Ochsenauge gut gelaunt, »stets bereit für eine demokratische Entscheidung, nicht wahr?«

Großes Ochsenauge hob abwehrend die Pfoten, als Splintholz in eine Kampfhocke ging. »Langsam! Das war nur ein Scherz. Du hast natürlich recht. Ich werde zurückgehen und im guten alten Salamandastron Alarm schlagen und du bleibst in der Nähe von Patsch und Mara. Wir beide kennen das Land so gut wie unsere Vorderpfoten. Es sollte kein Problem sein, einander aufzuspüren, wenn wir Kontakt aufnehmen müssen. Nicht wahr, alter Knabe?«

Nach einem stummen Pfotenschütteln trennten sich ihre Wege in den schattigen Dünen.

Am frühen Morgen landete eine Fliege auf Maras Augenlid. Sie verscheuchte sie mit einer verschlafenen Pfote, als sie erwachte und die pfirsichgoldene Morgendämmerung sich sanft über die schlafenden Dünen stahl. Das Land lag in ruhiger Gelassenheit da. Der Sand, nun still und kühl, erwartete den sonnengewärmten Tag. Irgendwo trällerte eine Lerche und flatterte in luftige Höhen auf.

Patsch öffnete ein Auge und schloss es schnell wieder. »Es ist sinnlos, mich zu wecken, ich schlafe schon wieder tief und fest.«

Das Dachsmädchen nahm zwei Pfotenvoll Sand und ließ ihn auf die Nasenspitze seines Freundes rieseln.

Er nieste, setzte sich auf und spitzte seine langen Ohren. »Heilige Hasenpfote, ist es schon so spät? Meine alte Bauchuhr sagt mir, dass es bald Frühstück geben sollte. Hoffe, es gibt was Leckeres.«

Goffa zog sich an seinem Speerstiel hoch. »Du hast letzte Nacht alles aufgegessen, Gierschlund!«

»Selber Gierschlund.« Patsch klopfte sich den Sand vom Fell. »Ich wüsste nicht, dass du dich zurückgehalten hättest, als es darum ging, dir den Bauch vollzuschlagen. Ich dachte schon, du hättest von einer zehn Jahreszeiten anhaltenden Hungersnot gehört und würdest für alle Fälle Reserven anlegen.«

Goffa grinste boshaft und testete seine Speerspitze. »Pass auf, was du sagst, du übergroßer Hase ...«

»Hey, hey, was soll das? Freunde, die sich streiten?«

Als Klitsch an Goffa vorbeiging, rammte er ihm eine Kralle in den Rücken und warf ihm einen wütenden Blick zu. Als er sich Mara und Patsch zuwandte, blickte er sie verwundert an. »Also, Freunde, worum geht es bei dem Streit?«

»Eigentlich gibt es keinen Streit«, lachte Patsch. »Ich habe mich nur nach dem Frühstück erkundigt. Der alte Goffa muss heute Morgen mit der falschen Pfote aufgestanden sein, denn er hat mich beschuldigt, gestern Abend die ganze Verpflegung verputzt zu haben. So eine Frechheit! Sehe ich wie ein Halunke aus, Klitsch? Na los, sei ehrlich, schone meine Gefühle nicht.«

Das blauäugige Wiesel schüttelte die leeren Säcke aus. »Eigentlich schon, Patsch, aber es hat keinen Sinn, sich darüber zu streiten. Die Wahrheit ist, dass wir nichts mehr zu essen haben.«

Mara leckte sich Sandkörner von ihren trockenen Lippen. »Nicht mal einen Apfel und ich habe schrecklichen Durst.«

Kurz dachte sie an den kühlen, dunklen Speisesaal im Inneren des Berges, wo die Tische mit einfachen, gesunden Speisen und Kannen mit kaltem Apfelwein, Grünsaftmilch und Minztee gedeckt waren. Sie verdrängte die Erinnerung und sah sich um. »Ich kenne nur das Land nördlich und westlich von hier. Es ist ähnlich wie das hier: Berge, Vorgebirge, Dünen und Sandhügel, die bis zur Küste reichen. In dieser Richtung werden wir nicht viel zu essen finden. Was ist mit dem Weg Richtung Süden?«

Klitsch schüttelte den Kopf. »Auf dem Weg sind wir hergekommen. Ganz im Süden gibt's 'nen breiten Fluss, aber dazwischen liegt 'n großes Sumpfgebiet, das wir umgehen mussten. Da wimmelt's von großen Kröten und ich würd sagen, das ist 'ne schlechte Idee.«

Patschs Magen knurrte hörbar und er tätschelte ihn. »Ja, ich weiß, alter Knabe, aber du musst warten, bis wir was zu essen finden. Kommt schon, Leute. Hat jemand eine Idee, in welche Richtung wir gehen sollten, um das Bauchstechen zu lindern?«

Klitsch zwinkerte Goffa zu. »Ich schlag vor, wir gehen weiter in die Bergausläufer im Osten, was meinst du, Goffa?«

»Bergausläufer, ja, gute Idee!«, stimmte das Frettchen eifrig zu.

Mara blickte nach Osten zu den fernen Ausläufern, hinter denen sich die Bergkette grün und graublau abzeichnete. »Meinst du, wir finden dort was zu essen, Klitsch?«

Das Wiesel klopfte ihr auf die Schulter und wandte sich nach Osten. »Die Chancen stehen gut. Normalerweise fließen Bäche von den Bergen runter und an denen wächst immer irgendwas – Pflanzen, Wurzeln, Beerensträucher.«

Goffa folgte Klitsch. »Er is gut im Aufspüren von Nahrung.«

Patsch gab Mara einen Schubs in Richtung Gebirge. »Worauf warten wir dann noch? Führt uns zu den Beerensträuchern, Freunde.«

Im Ausguck hatte Krankohr etwas zu essen bekommen. Es war nicht viel – eine Pfotevoll Beeren, eine Brotkruste und etwas Wasser –, aber er aß es dankbar und sparte ein wenig von dem Wasser auf, um seine zerkratzte Schulter zu säubern.

Der heiße Sommermorgen verging und Krankohr rieb sich die Augen, um wach zu bleiben, während unterhalb des Ausguckfelsens der normale Lageralltag weiterging. Such- und Jagdtrupps kamen und gingen. Sie hielten sich vom Salamandastron fern und zogen nach Süden, um in den Sumpfgebieten nach Kröten, Fröschen und Vögeln Ausschau zu halten. Sollten sich keine finden, gab es immer noch Pflanzen und Wurzeln.

Obwohl alle Tiere Ferago fürchteten, gab es ein oder zwei, die anzweifelten, ob sein Marsch nach Norden klug war. Fuchsgrien, der Fuchs, und Klopfschwanz, die Wasserratte, waren zwei von ihnen. Sie trugen den Brotsack und verteilten altes Brot an die Horde.

Ein Frettchen namens Fledermausauge klopfte seine Brotkruste gegen einen Felsen und murmelte Beschwerden vor sich hin: »Sieh dir das an – Brot nennen sie das. Das is mehr wie Stein!«

Fuchsgrien wühlte mit spöttischer Stimme in dem Brotbeutel herum. »Oje, haste das gehört, Klopfschwanz? Das Brot des alten Fledermausauges is nich mehr frisch. Warte kurz, Kumpel, ich seh nach, ob noch Kuchen da is. Was mögt Ihr lieber, Eure Hoheit, den mit Pflaumen oder den mit Sahne obendrauf?«

Fledermausauge hob seine Pfote und schleuderte Fuchsgrien das Brot entgegen. »Grins nich so blöd, du Idiot ...«

Es zischte, als Feragos Abhäutemesser zwischen Fuchsgrien und Klopfschwanz hindurchsauste und die Brotkruste in Fledermausauges Pfote durchbohrte. Das Blut wich aus dem schmalen Gesicht des Frettchens, als der Meuchelmörder vortrat und das Messer mit der Kruste an der Klinge aufhob.

»Stimmt was nicht mit deinem Brot, Fledermausauge?«

Das Frettchen blieb sitzen und starrte in die lachenden blauen Augen, dann schüttelte es energisch den Kopf und verneinte. »Nein, Herr, nichts. Das Brot is prima, danke!«

»Ausgezeichnet. Dann lass uns mal sehen, wie du es aufisst.« Ferago lächelte bösartig und hielt das vom Messer durchbohrte Brot, während Fledermausauge versuchte, es unter seinen Blicken zu essen.

Fledermausauge war nicht mehr der Jüngste, ihm fehlten Zähne und die steinharte, trockene Kruste schnitt ihm ins Zahnfleisch, aber er fraß verbissen weiter, zu verängstigt, um aufzuhören.

Ferago beobachtete ihn aufmerksam und fragte: »Was ist das für 'n Geräusch? Ist einer deiner Zähne abgebrochen? Oh, sieh nur, er ist rausgefallen. Na, na, Fledermausauge. Du hättest besser auf deine Backenzähne aufpassen und sie jeden Morgen mit 'nem weichen Zweig putzen sollen. Aber wenn du das Brot isst, werden sie stärker. Was meinst du?«

Fledermausauge versuchte, um die Messerklinge und das trockene Brot in seinem Mund herum zu sprechen, aber er schaffte es nur, ein ersticktes Geräusch hervorzubringen.

»Verstehe, mein Freund.« Ferago nickte wohlwollend. »Du hättest gern mehr. Fuchsgrien, Klopfschwanz, gebt mir mehr Brot aus dem Sack. Das arme Frettchen ist immer noch hungrig.«

Fuchsgriens Kiefer spannte sich angesichts der mutwilligen Grausamkeit von Ferago an, doch er gehorchte.

Gerade als Klopfschwanz Ferago das Brot reichen wollte, kam ein Hermelin namens Taunase angerannt. »Herr, Krankohr sagt, Ihr sollt schnell kommen, er hat was entdeckt, das Ihr sehen solltet!«

Der Meuchelmörder riss die Klinge aus Fledermausauges offenem Maul, rannte zum Aussichtsfelsen und erklomm ihn flink.

Krankohr rutschte auf dem Felsvorsprung zur Seite, um ihm Platz zu machen, und zeigte mit seiner Kralle auf etwas.

»Da drüben, Herr. Das sind Klitsch und Goffa mit zwei anderen!«

»Ja, das seh ich. Gute Arbeit, Krankohr.«

»Aber seht Ihr, Herr? Direkt hinter ihnen auf den Hügeln ist 'n Hase, der ihnen folgt.«

»Hm, allerdings. Ich frag mich, ob der Dachs weiß, dass wir hier sind, oder ob das nur 'n einsamer Hase ist, der uns ausspioniert. Das werden wir bald rausfinden.«

Patsch schirmte seine Augen gegen die Mittagssonne ab, als er das bergige Land vor ihnen betrachtete. »Hey ho, wie weit gehen wir noch? Ich bin total im Eimer!«

»Hast gestern Abend zu viel gegessen, Patsch, das ist dein Problem.« Klitsch schüttelte vorwurfsvoll den Kopf. »Guck, ist nicht mehr weit. Warum rasten Mara und du nicht 'ne Weile hier bei Goffa und ich geh voraus und erkunde das Land.«

Patsch warf sich dankbar auf den Boden. »Absolut prächtig, altes Haus. Du spielst weiter den fröhlichen, unerschrockenen Späher und wir lassen uns hier nieder.«

Mara widersprach nicht, sie war froh über die Pause. Goffa nickte Klitsch nur zu und setzte sich in einigem Abstand von Mara und Patsch. Das Dachsmädchen lehnte sich mit dem Rücken an einen Felsen und schloss die Augen.

Plötzlich flüsterte eine Stimme in der Nähe eindringlich: »Mädchen, dreh dich nicht um, bleib, wo du bist. Du und Patsch müsst schleunigst von hier verschwinden. Das ist eine Falle!«

Erschrocken öffnete Mara die Augen und lugte um den Felsen herum. »Feldwebel Splintholz, was tust du hier?«

Goffa sprang auf. Er stürmte herbei, den Speer im Anschlag. »Was is hier los? Mit wem redest du?«

Splintholz sprang vor ihm auf, bereit zum Angriff. Mit einem Schrei stieß das Frettchen den Speer nach vorne.

Splintholz wich geschickt aus und wehrte den Speer mit seinen langen Hinterbeinen ab. Goffa versuchte, nach dem Speer zu greifen, aber er sah sich dem Meisterboxhasen des Salamandastron gegenüber. In rascher Folge schlugen zwei saubere linke Pfotenhaken seitlich auf seinen Kopf ein, gefolgt von einer kräftigen rechten Geraden, die ihn direkt am Kinn traf.

Goffa sackte bewusstlos zu Boden.

Patsch kam mit verwirrtem und besorgtem Gesicht herbeigeeilt. »Ganz ruhig, Splint, alter Knabe ...«

Feldwebel Splintholz packte ihn am Ohr. »Ihr kleinen Holzköpfe, da drüben ist ein ganzes Lager voller Gesindel. Ihr seid in eine Falle getappt. Rennt um euer Leben!«

Eine schreiende Horde von Feragos Tieren stürmte vor ihnen über den Hügel.

Splintholz warf Mara einen eindringlichen Blick zu, dann holte er seinen Speer hinter dem Felsen hervor und drückte ihn ihr in die Pfoten. »Zu spät, Mädchen, aber lauft. Ihr zwei habt vielleicht eine Chance. Ich halte sie auf!«

9

Die Feierlichkeiten zum Namenstag in der Rotwall-Abtei waren in vollem Gange. Am frühen Morgen begannen sie damit, dass die Jungen zum Obstgarten marschierten, wo sie von Trugg empfangen wurden. Da es keinen Dachs gab, der sie herausfordern konnte, hatte sich der große Otter verkleidet. Er hatte sein Gesicht schwarz-weiß angemalt und sich in staubige alte graue Tücher gekleidet. Er schwang eine Kelle nach ihnen, als wäre sie ein Knüppel, und rief die Herausforderung aus:

»Was wollt ihr hier, kleine Pest, kleine Pest,
Was wollt ihr hier auf meinem Fest, meinem Fest?«

Zwei junge Mausemädchen, Turzel und Knospe, traten vor. Sie tanzten um Trugg herum, während sie sangen:

»Oh Streifenhund, großer Wächter, wir bitten,
uns Essen zu geben,

Denn wir sind gute Jungtiere, die in Rotwall leben!«

Trugg gab sich Furcht einflößend und schwang seine Kelle vor ihnen.

»Etwas zu essen, sagt ihr? Nein, nein, hinfort,
Uns're Äbtissin meint dazu,
  es ist Namenstag an diesem Ort!«

Es war Tradition, dass Dummel als Jüngster die Äbtissin aufforderte, das Festmahl zu eröffnen. Mit einem Blumenkranz auf dem Kopf und einem Weidenstab in der Pfote wurde er nach vorne geschoben. Zweimal vergaß er seine Worte, als er den Weidenstab schwenkte, aber schließlich fasste er Mut und sagte es richtig, und die Schwestern und Brüder lachten und applaudierten den unbeholfenen Worten des Kleinen.

»Liebe Mudda, gude Mudda, äh, äh,
  oh bidde sag diesem Tier,
dass der Namenstag is da, un', un',
  un' schlemmen woll'n wir!«

Alle jubelten laut, als Äbtissin Lebewohl in ihrer besten Festtagskleidung nach vorne kam und lauthals verkündete:

»Pfui, du große Wächterin, siehst du denn nicht?
Den Hunger der Jungen zu stillen ist meine Pflicht!«

Alle Jungen schrien Trugg an:

»Geh zur Seite und lass uns vorbei!«

Trugg trat beiseite, als sie jubelnd zu den Tischen eilten. Samkim nahm Trugg an die Pfote und führte ihn zum Festmahl.

»Herr Trugg, ich habe letzte Nacht von Euch geträumt.«

»Hohoho, ich wette, das hast du, junger Mann!«

»Herr Trugg, warum nennen Euch alle Tiere ›Großer Wächter‹?«

»Oh, das ist nur am Namenstag so, Samkim, wenn ich mich als Dachs verkleide. Früher wurde der Abteidachs oft Wächter genannt. Für gewöhnlich war es ein weiblicher Dachs, wie eine große Mutter für die Bewohner Rotwalls. Warum fragst du?«

Aber die Aufregung über das Festmahl hatte Samkim gepackt und er rannte zu seinem Platz am Tisch zwischen Arula und den beiden Hermelinen und knotete sich eine Serviette um den Hals, während er rief: »Hey, Frau Dickicht, sind die Apfeltaschen warm? Gebt mir bitte eine. Oh, sieh dir unseren Großer-Saal-Kuchen an, Arula. Das ist der beste Kuchen in ganz Moosblume, stimmt's, Bruder Blasebalg?«

Weiter unten am Tisch machten sich der Steigerwurf und seine Mannschaft mit großem Eifer ans Werk.

»Wurr, gib mer ma 'n Zwetsch'npudd'n, hurr hurr!«

»Meene Güt, was für 'n lecka Honichkreem. Ich streech se uff all's.«

»Hurr, du verteelt se auf meem Gemies!«

»Yurr, Otta, warste widder anne Supp?«

Bremmun zeigte zwei staunenden Feldmäusen einen speziellen Wanderhasensnack. »Als ich so alt war wie ihr, habe ich gesehen, wie ein Wanderhase das gemacht hat, als er uns eines Namenstags besuchte. Hasen sind wahre Vielfraße. Passt auf! Zuerst nahm er eine schöne flache Apfeltasche wie diese – gib mir mal die Wiesencreme –, dann bestrich er sie dick und drückte ein paar Brombeertörtchen darauf, so. Als Nächstes begoss er sie mit Honig, so, dann legte er ein riesiges Stück Haselnuss-Birnen-Torte darauf und aß alles auf. Und zwar genau so! Mmmfff, schnurf, mampf!«

Dellauge, dessen Gesicht mit Erdbeerschlagsahne bedeckt war, stürzte sich gleichzeitig auf kandierte Kastanien und Minz-Sahne-Waffeln. Tura tauchte eine warme Gemüsepastete in Honigpflaumen und Waldbeerenschichtdessert und hielt ab und zu inne, um große Schlucke Löwenzahn-Kletten-Saft zu trinken.

»Puuh! Kumpel! So kann's bleiben. Gutes altes Rotwall, sag ich!«

»Recht haste, Kumpel. Hat sich fast gelohnt, all die fettigen Pfannen zu spülen und 'n Bad zu nehmen.«

»Es gibt nix, wofür's sich lohnt, 'n Bad zu nehmen, Sprudelnase. Autsch! Das is meine Pfote, die du da fressen willst!«

Arula sah zu, wie die beiden Hermeline einander grimmig anfunkelten. Die kleine Maulwürfin zog ihre Nase lange genug aus einem Stück Großer-Saal-Kuchen, um zu kichern.

»Davon muss ich Brudr Blasbalg verzähle. Herm'linpudd'n, hurr hurr! Jurr, Dummel, nimm de Nas aus meem G'tränk!«

Der kleine Haselmäuserich schluckte den letzten Apfelwein von Arula hinunter und machte sich an den Holunderwein der Äbtissin. »Bin durstig, furchtbar durstig!«

Bohrer, der Maulwurf, und Hektor Dickicht hatten einen großen Haufen Käse und Oktoberbier erbeutet, die sie mit Bedacht verkosteten.

»He, Hektor, probier ma de große gelbe Käs' mit Kastanje drin. Des is meen Leebspees.«

Der alte Igel pustete den Schaum von einem Bierkrug. »Mhm, schön nussig. Nimm was von meinem speziellen Feldweißkäse mit Sellerie und Zwiebeln – sehr lecker mit Haferbrot.«

Trugg und Schwester Trugan forderten einander heraus, wer von ihnen eine Schüssel Krabben-Binsen-Suppe mit dem meisten Heißwurzelpfeffer essen konnte.

Trugg warf eine Pfotevoll in seinen Napf und löffelte sie aus. Prompt würzte Trugan ihre Suppe mit zwei Pfotenvoll und stürzte sich mit leuchtenden Augen darauf. Trugg ließ sich nicht lumpen und fügte seiner Suppe eine ganze Kelle Pfeffer hinzu, woraufhin Trugg den vollen Pfefferbeutel über ihre Schüssel kippte. Mit Tränen in den geröteten Augen löffelten beide Otter tapfer weiter, bis die Äbtissin rief: »Ich verkünde ein Unentschieden, die Gewinner sind Trugg und Trugan!«

Beide Otter stürzten vom Tisch und tauchten ihre Köpfe in ein offenes Fass mit altem Apfelwein. Inmitten des Gelächters an den Tischen konnte man im ganzen Obstgarten hören, wie Trugg und Trugan einen kräftigen Schluck Apfelwein einsogen, um ihren brennenden Mund zu kühlen.

Bruder Winterbeere kippte beide Schüsseln in seine eigene und löffelte alles hinunter, ohne auch nur mit der Wimper zu zucken. Er sagte nur: »Hm, diese Suppe könnte etwas mehr Pfeffer vertragen. Ich mag sie schön scharf.«

Bruder Blasebalg lehnte sich zurück und lockerte seinen Taillengurt. »Puh, sehr gut! Ich weiß nicht, was schwieriger ist: alles zuzubereiten oder alles zu essen. Gib mir bitte eine Ahornsahnetorte, Bruder Heimerich.«

Der Bruder brach ein mit Sommersalat gefülltes Haferbrot auf. »Na, na, du lässt doch nicht etwa nach, oder, Blasebalg?«

Der Bruder setzte sich aufrecht hin und trank einen Becher Pfefferminztee. Die Ahornsahnetorte verschwand schnell, obwohl es ein großer Teller war.

»Nachlassen? Hör zu, gute Maus, nachlassen ist etwas für junge Kerle wie dich. Ich bin jemand, der weiß, wie man ein gleichmäßiges Tempo beibehält. Schneid mir bitte ein Stück von dem Großer-Saal-Kuchen ab.«

Am unteren Ende des Tisches hatten mehrere Mausekinder und junge Igel eine große Fruchtsahnetorte unter dem Tisch versteckt. Außer Sichtweite der älteren Tiere, die darauf bestanden, dass sie Löffel benutzten, saßen sie auf dem Boden und aßen mit ihren Pfoten. Überall war Gebäck verteilt.

»Ohne Löffel is besser!«

»Hehehe, kann mit allen vier Pfoten essen. Guck!«

Bis zum Mittag hatten die meisten Tiere die Festtafel verlassen und lagen unter den Bäumen und Büschen im ganzen Obstgarten verteilt. Dummel und die anderen Jungen schnarchten laut in einer Hängematte, die Schwester Kapuzinerkresse zwischen zwei Apfelbäumen gespannt hatte. Samkim und Arula gesellten sich zu Bruder Winterbeere und Bruder Blasebalg in den Schatten eines großen alten Ahorns, der in der südlichen Ecke wuchs, und Winterbeere gähnte und streckte sich, als er sich für sein Nickerchen niederließ. »Na, Samkim, wie gefällt den beiden Hermelinen der Namenstag?«

Samkim verfolgte aus halb geöffneten Augen eine große Biene, die träge in Richtung der Blumenbeete surrte. »Haaach, die beiden. Ist das zu fassen, Bruder? Die sitzen immer noch am Tisch und essen. Ich bin sicher, sie denken, dass es eine Hungersnot geben wird. Ha, wo wir von Futtern sprechen ...«

»Die wer'n heut Abend net für de Spiel' zu brauche sein, jurr.«

Arula unterdrückte ein Kichern, als sie auf Bruder Blasebalg zeigte. Der dicke kleine Bruder lag auf dem Rücken, schlief fest und schnarchte mit weit geöffnetem Mund. Eine Spinne an ihrem Faden hing direkt über seinem Mund. Jedes Mal, wenn er ein- und ausatmete, flog sie in seinen Mund und wieder heraus. Alle lachten leise, weil sie ihn nicht wecken wollten.

»Wenn de Brud'r net kräftich genuch auspust', hat er 'n Spinne'pudd'n.«

Mara und Patsch rannten los, während Splintholz in die entgegengesetzte Richtung davonschoss. Ferago und Klitsch führten die Gruppe an, die über den Hügel gekommen war. Sie hatten das Überraschungsmoment verloren und stürmten los, als sie Goffa schreien hörten.

Der Meuchelmörder schätzte die Situation schnell ein, als er den Hügel erklomm. Sofort rief er seinen Gefolgsleuten zu: »Dem Hasen nach, schnappt euch den Spion – die andern beiden sind abgeschnitten!«

Als Mara und Patsch über die Dünen nach Süden rannten, sahen sie zu ihrem Entsetzen zwei Frettchen und einen Fuchs, die sie einkreisten. Ferago hatte sie in einem weiten Bogen hinter ihnen hergeschickt, um Splintholz von hinten anzugreifen, und nun liefen sie direkt auf die beiden Jungtiere zu.

Als sie näher kamen, spürte Mara, wie Wut in ihr aufstieg. Ihre falschen Freunde hatten sie getäuscht. Eilig reichte sie Patsch den Speer und raunte ihm zu: »Überlass den Fuchs mir. Du nimmst eins der Frettchen und wir kümmern uns gemeinsam um das andere.«

Der Fuchs trug einen Speer. Er knurrte Mara an und kam direkt auf sie zu. Sie erinnerte sich an Splintholz' Finte, sprang zur Seite, fegte den Speer beiseite und schlug mit beiden Pfoten hart zu. Der Fuchs hatte nicht mit einer derartigen Aggression von einer jungen Dächsin gerechnet und mit einem lauten Knall trafen Maras Vorderpfoten die Seite seines Kiefers. Seine Augen blickten einen Moment lang überrascht, dann verdrehten sie sich, bis nur noch das

Weiße zu sehen war, und der Fuchs knickte ein und brach zusammen.

In der Zwischenzeit rannte Patsch direkt auf die beiden Frettchen zu und brachte das erste von ihnen zu Fall, indem er ihm den Speer hart zwischen die Ohren schlug. Das klappte wunderbar, doch durch die Wucht des Schlags zerbrach die Waffe.

Mara stürmte heran. Sie schnappte sich eine spitze Hälfte, schwang sie wild und knurrte bedrohlich: »Komm schon, Patsch. Mal sehen, ob dieses Gesindel wie Krieger sterben kann!«

Das Frettchen, das einen Dolch in der Hand hielt, verlor völlig die Nerven – zwei wütende Tiere mit einem abgebrochenen Speer kamen auf es zu, in ihren Augen loderte Kampfgeist. Mit einem Angstschrei ließ es den Dolch fallen und rannte um sein Leben.

Mara hob den Dolch auf. Sie atmete schwer und knurrte vor sich hin. »Ihr versucht, mich aufzuhalten, ja? Nur zu!«

Patschs Ohren hingen vor Erstaunen herab. »Meine Güte, altes Mädchen. Ich hätte nie gedacht, dass du so eine Haudegenkriegerin bist!«

Die junge Dächsin zitterte am ganzen Körper nach ihrer ersten Kampferfahrung. »Ich auch nicht, Patsch, ich auch nicht. Es ist beängstigend, wenn das Kämpferblut eines Dachses durch deine Adern rauscht.«

Ein lautes Gejohle und Gebrüll von der anderen Seite der Dünen kündigte an, dass noch mehr von Feragos Armee kommen würden.

»Jetzt ist keine Zeit zum Tratschen, alte Freundin.« Patsch schnappte sich Maras Pfote. »Komm, wir rennen besser los – es sind zu viele, als dass wir mit ihnen fertigwerden könnten!«

Gemeinsam rannten sie wie wild über die Sandhügel davon.

Splintholz war in die entgegengesetzte Richtung gelaufen, während die Hauptgruppe ihm dicht auf den Fersen war. Der Feldwebel war ein erfahrener Kämpfer und legte ein Tempo vor, mit dem seine Verfolger nicht mithalten konnten. Er wusste allerdings, dass er nicht lange in diesem Tempo weiterlaufen konnte. Als er über seine Schulter blickte, sah er, dass sich drei Spitzenreiter, allesamt Wiesel, von der Gruppe abgesetzt hatten und sich bemühten, ihn einzuholen. Grimmig lächelnd versteckte sich Splintholz hinter einer Düne und schätzte innerlich ihre Entfernung ab. Genau im richtigen Moment sprang er mit erhobenen Pfoten vor ihnen auf. Bevor sie stehen bleiben konnten, hatte er zwei von ihnen zu Boden geschickt, einen mit einem großartigen Doppelschlag mit der Vorderpfote auf die Nase und den anderen, indem er mit seinen langen Hinterbeinen ausholte und das Wiesel direkt unter dem Kinn erwischte. Beim dritten hatte er sich verschätzt und dem Wiesel nur einen Schlag in die Magengrube versetzt. Als er sich umdrehte, um die Sache mit einem Haken seiner linken Pfote zu beenden, holte das schwer atmende Tier mit seinem Krummschwert aus und verpasste Splintholz einen heftigen Schnitt an der Pfote. Der Rest der Verfolger war inzwischen zu nah, also stieß Splintholz ein schmerzhaftes Stöhnen aus und rannte schnell davon, wobei er sich duckte, auswich und Haken schlug.

Ferago und Klitsch blieben auf einer Düne stehen. Ferago beobachtete, wie die Hauptgruppe Splintholz hinterherjagte. Er spuckte wütend in den Sand. »Höllenzahn! Sie sind kein Gegner für 'nen rennenden Hasen – er könnte halb so schnell laufen und ausweichen und diese Trottel würden ihn niemals einholen. Wie sieht's bei den anderen aus?«

Klitsch stand auf Zehenspitzen und suchte die Dünen in der anderen Richtung ab. »Ich kann sie nirgends sehen. Sie sollten sie einfangen können. Es gibt genug von uns, die die beiden jagen.«

Ferago ließ sich fallen und stieß sein Abhäutemesser verärgert in den Boden. »Wie ich immer gesagt hab: Wenn du willst, dass was erledigt wird, mach's selbst und verlass dich nicht auf andere. Dummköpfe und Tölpel!«

Klitsch verzog verächtlich die Lippen. »Goffa und ich haben alles ausspioniert. Wir haben sie hergebracht – du hättest sie nur umzingeln müssen.«

»Du Knirps!« Ferago stand auf und richtete sein Messer drohend auf ihn. »Willst du damit sagen, dass ich sie habe entkommen lassen?«

Klitschs Schwert blitzte auf. Seine Augen waren hart wie blaues Eis. »Ich stell nur die Tatsachen fest, alter Mann!«

Der Meuchelmörder bebte vor Wut. Er wirbelte sein Messer herum, sodass er es in einer Wurfposition hielt. »Alter Mann, ja?«

Klitsch trat vor, sodass Ferago sein Messer nicht mehr werfen konnte und seine Schwertspitze Feragos Kehle fast berührte. »Ja, alter Mann – und du wirst nicht viel älter werden, wenn du mit dem Froschspieß irgendwas versuchst!«

Zwei wütende, herausfordernde blaue Augenpaare blickten sich einen Moment lang an, dann knurrte Ferago und steckte seine Klinge weg. »Was bringt es, wenn wir uns gegenseitig bekämpfen? Was nützt uns das? All unsere Verstecke und Spione sind aufgeflogen, also versammeln wir die ganze Horde und marschieren heute Nacht zum Salamandastron!«

10

Die Bewohner Rotwalls hatten die Festtafel verlassen und die beiden gefräßigen Hermeline zurückgelassen, die nur ungern etwas übrig ließen.

»Ich platz gleich, Kumpel. Wirf mir noch 'n Stück von dem Große-Mauer-Kuchen rüber!«

Ein halb aufgegessener Apfelkuchen fiel aus Dellauges Mund, als er die Reste des Großer-Saal-Kuchens in Turas Richtung schob. Er rülpste laut und schüttete sich Oktoberbier aus einem übergroßen Krug in den Mund. »Ach, du platzt gleich? Guck mich an, Hermelin! Uaaaaaagh, mein Magen is wie 'ne große Trommel. Wie wir all das Futter bewältigen sollen, is mir 'n Rätsel!«

Tura stopfte sich den Kuchen in den Mund und griff nach einer Kanne mit altem Johannisbeerwein. »Unsre schlechte Erziehung is schuld, sag ich dir. Ich kann nich aufhören zu essen. He, ich frag mich, was Ferago sagen würd, wenn er uns jetz sehen könnt, Kumpel!«

Dellauge verschluckte sich an seinem Getränk und spuckte Oktoberbier über den Tisch, während er sich eine weitere Gemüsepastete schnappte. »Wag's nich, diesen Namen zu erwähnen! Willst du etwa Unglück über uns bringen? Denk nich mal an diesen blauäugigen Schurken. Egal, hör auf zu quatschen und mach weiter, Kumpel. Wir müssen mit dem ganzen Haufen noch fertig werden.«

Tura massierte seinen geschwollenen Bauch, während er eine Schöpfkelle in eine Schüssel mit Wiesencreme stieß. »Uaaaah, das is Folter, Kumpel, reinste Folter!« Er kippte die Wiesencreme über mehrere Johannisbeer-Muffins, grub seine Pfoten in die Mischung und aß weiter.

»Hast recht, es is furchtbar, schrecklich und furchtbar.« Dellauge tauchte die Pastete in eine Schüssel Schichtdessert. »Wer auch immer unsre Mütter waren, sie hätten uns nich in Hunger und Armut aufziehen dürfen. Das Leben is grausam, wenn man nich aufhören kann zu futtern, stimmt's?«

Die Geräte für die abendlichen Spiele wurden auf dem westlichen Rasen aufgebaut. Zielscheiben, Stangen, Seile, Reifen und andere Sportutensilien wurden auf die Felder gelegt, auf denen die Spiele stattfinden sollten. Arula und Samkim halfen Hektor Dickicht dabei, die Pflöcke für das Wurfspiel in den Boden zu schlagen, als Traute Dickicht herbeigeeilt kam und besorgt den Kopf schüttelte. »Meine Güte, die beiden Hermeline fressen immer noch. Ihr hättet sie sehen sollen, diese furchtbaren Vielfraße. Ich habe zweimal versucht, sie zu stoppen, aber sie ignorieren mich einfach. Tu was, Hektor, bevor sie sich zu Tode fressen!«

Eine Gruppe mit Trugg an der Spitze marschierte zum Obstgarten. Er wedelte mit einer Pfote vor Arula und Samkim. »Drückt ihr euch vor eurer Pflicht, Leichtmatrosen? Die Äbtissin hat gesagt, dass ihr für diese beiden Racker verantwortlich seid. Aber keine Sorge. Trugan und ich werden sie fertigmachen!«

Dellauge und Tura stöhnten jämmerlich, während sie sich immer noch das Essen in ihre übervollen Münder schoben.

»Uuoooaaaaah! Reich mir den Käse, Kumpel.«

»Buöööörgh! Es is 'ne Qual, den ganzen Kuchen und die Creme aufessen zu wollen.«

Mit der Pfote schob Trugg das restliche Essen aus ihrer Reichweite und Trugan packte sie an den Ohren, als sie versuchten, auf den Tisch zu klettern.

Bremmun schloss beim Anblick der beiden aufgedunsenen Hermeline angewidert die Augen. »Ihr dummen, gierigen Tiere, habt ihr denn kein bisschen Verstand? Bringt sie bitte in die Infirmerie.«

»Gott segne Euch, gütiger Herr, es is die Armut, die uns das angetan hat.«

»Aaaaah, mein Bauch! Tragt mich nich so, ich bitte euch!«

Trugan warf sich Dellauge über die Schulter. Tura rülpste und flehte Trugg an, als auch er so behandelt wurde. »Bringt uns nich in die Infirmerie, Herr. Seid 'n guter Flusshund und lasst uns hier in Ruhe sterben. Auaaaa, mein Bauch tut weh!«

Bruder Winterbeere tätschelte sie mitfühlend. »So, ihr könnt euch jetzt auf zwei weichen Betten ausruhen – natürlich erst, nachdem ihr das geschluckt habt.«

Die Hermeline liefen grün an und sprachen wie aus einem Mund: »Geschluckt?«

»Ganz genau.« Winterbeere grinste schelmisch. »Ich habe hier eine Mischung aus Bärlauch, Ulmenrinde, bitterer Aloe-Wurzel und zerstoßenem Ampferblatt, gemischt mit Brennnesselsaft und Schwarzkümmelpräparat. Zwei große Schöpflöffel für jeden und ihr seid wieder fit.«

»Waahahaha, Hilfe! Oh Gnade, Herr!«

Schwester Kapuzinerkresse zwinkerte Samkim zu. »Oh, ich weiß nicht, ob zwei große Schöpfkellen ausreichen – beim Zustand dieser armen Tiere würde ich sagen, es braucht eher drei.«

Trugg stieß die Tür der Infirmerie auf. »Dann also drei. Du weißt es am besten. Hektor, Bremmun, ihr setzt euch auf die Hinterpfoten, Trugan und ich halten die Vorderpfoten fest. Samkim, Arula, haltet ihnen die Nasen zu, damit sie ihr Maul richtig aufmachen.«

»Auuuaaa! Mörder! Habt Mitleid, gütige Bewohner Rothalls. Hilfe!«

Winterbeere füllte eine Kelle mit der übel riechenden Medizin. »Seid still, meine kleinen Vielfraße. Wenn einer von euch noch einmal schreit, verdopple ich die Dosis.«

Die Spiele begannen kurz vor der Dämmerung. Samkim und Arula machten den Anfang und gewannen das

Dreipfotenrennen mit Bravour. Einige der älteren Brüder und Schwestern machten eine Kissenschlacht, während sie auf einer eingefetteten Stange hockten, und es wurde viel gelacht. Die Äbtissin und Bremmun, die sich schon immer beim Wurfringspiel hervorgetan hatten, waren erstaunt über die Geschicklichkeit des kleinen Dummel – er konnte einen Ring präziser werfen als jeder erwachsene Abteibewohner und heimste mehrere Preise ein.

Hektor Dickicht wurde auf dem Krocketrasen zum Sieger gekürt, wo er seinen Spazierstock anstelle des Schlägers benutzte. Turzel und Knospe, die beiden kleinen Mausemädchen, gewannen zusammen mit Trugan den Staffellauf um das Abteigelände, während Bruder Blasebalg und Bruder Heimerich alle anderen beim Eichelschlagwettbewerb schlugen.

Die Spiele waren in vollem Gange, als der Steigerwurf eine Pfote hochhielt und die Luft schnupperte. »Jurr, es riecht nach Donna un' Blitz!«

Bremmun schüttelte den Kopf. »Nein, das ist nur die Nacht, die hereinbricht.«

»Nee, nee, hör zu, Bremm'n!«

Das ferne Grollen des Donners bewies, dass der Instinkt des Steigerwurfs richtig war. In der noch warmen Abendluft breitete sich eine drückende Schwere aus und weiter östlich leuchtete der Himmel blitzartig über den Baumkronen von Moosblume auf. Die Kleinen rissen ihre Pfoten vors Gesicht und fingen an zu weinen, aber Schwester Kapuzinerkresse munterte sie mit dem Vorschlag auf, im Großen Saal Spiele zu spielen.

Traute Dickicht schloss sich dem Vorschlag an. »Kommt schon, Bewohner Rotwalls. Sammelt all eure Sportsachen ein und bringt sie in den Großen Saal. Ich werde sehen, ob ich ein paar kleine Leckereien für das Abendessen vorbereiten kann – warmen Honig-Nuss-Dip und kalten Erdbeersirup aus dem Keller. Wie wäre das?«

Die Jungen jubelten und fingen an, die Ausrüstung einzusammeln. Samkim und Arula wollten gerade die Bögen und Pfeile vom Schießstand hereintragen, als Bremmun ihnen einen strengen Blick zuwarf. »Erinnert ihr euch, was ich über Bögen und Pfeile gesagt habe, ihr zwei? Überlasst sie lieber mir und haltet die Versuchung von euren Pfoten fern. Holt das lange Tauziehseil herein – das wäre eine große Hilfe.«

Der Donner grollte über ihren Köpfen und Blitze durchzuckten den Himmel, als kastaniengroße Regentropfen herunterprasselten.

Die Ausrüstung war hereingebracht worden und Schwester Kapuzinerkresse und Äbtissin Lebewohl waren dabei, nasse kleine Köpfe abzutrocknen. Hektor Dickicht tastete in seinen Westentaschen und überprüfte seine Vorderkopfstacheln. »Oh, Wildblumen und Unkraut!« Er stöhnte verärgert. »Ich habe meine Brille auf den Stufen der Westwand liegen lassen. Ich werde klatschnass, wenn ich sie jetzt suche!«

Samkim trat hilfsbereit vor. »Ich hol Eure Brille, Herr Dickicht. Ich bin eh schon ganz nass, weil ich die Sportsachen reingetragen habe. Komm mit, Arula!«

Der Regen war warm und heftig, es regnete in Strömen, ohne dass eine Brise oder ein Windhauch ihn verwehte.

Samkim und Arula hüpften zu den westlichen Mauertreppen und planschten mit ihren Pfoten in den Pfützen, die sich langsam bildeten. Sie fanden die Brille, wo Hektor gesagt hatte. Die beiden Jungtiere genossen den starken Regen und liefen langsam zur Abtei zurück. Ohne Angst vor Blitz und Donner neigten sie ihre Köpfe nach hinten und fingen die Regentropfen mit dem offenen Mund auf. Plötzlich gab es einen gewaltigen Donnerschlag, ein langer, heller Blitz schlug in die Wetterfahne auf dem Dach der Abtei ein und die ganze Szene wurde von einem unheimlichen Licht erhellt. Samkim und Arula starrten ehrfürchtig zum hohen Dach auf, während sie auf die Abtei zugingen.

»Donnerwetter! Hast du das gesehen, Arula?«

»Un' ob. Des war 'n ganz große, Sankin!«

Es folgte ein surrendes Geräusch über ihnen. Arula befürchtete, dass es noch mehr Blitze waren, und schmiss sich mit den Pfoten über dem Kopf zu Boden. Samkim schloss die Augen, als etwas an ihm vorbeirauschte.

Dicht neben ihm hatte sich ein Schwert um die Hälfte seiner Klingenlänge in den nassen Rasen gebohrt. Er keuchte vor Schreck.

Arula riskierte einen Blick durch ihre Grabklauen. »Was war des, mehr Blitz'?«

Samkim befreite die Klinge. »Das hier. Guck doch, Arula!«

Vom roten Stein im Knauf über das feste, schwarze, lederumwickelte Heft bis hin zur massiven silbernen Parierstange rann der Regen an den messerscharfen Kanten hinunter, durch die Blutrinne bis hin zu einer Spitze, die so schneidend war wie ein Schneesturm im tiefsten Winter. Sie starrten das Schwert ehrfürchtig an. Es glitzerte und glänzte im Regen und reflektierte einen Blitz über der Abtei in einem schimmernden Glanz aus weißem Feuer.

Samkim hielt es flach auf seine Pfoten. »Das Schwert von Martin, dem Krieger!«

Mara und Patsch hörten das Donnergrollen im Osten, als sie taumelnd und keuchend in die Dünen rannten. Die Truppen von Ferago waren noch immer hinter ihnen her. Sie hatten eine lange, atemlose Flucht hinter sich, die den ganzen Nachmittag angedauert hatte. Manchmal hatten sie sich für eine kurze Verschnaufpause zwischen den Sandhügeln versteckt, andere Male waren sie quer über die Hügelkuppen geprescht, während ihre Verfolger in Sichtweite waren. Mara stolperte und fiel hin. Sie schnappte nach Luft und Patsch versuchte, ihr aufzuhelfen.

»Nein ...« Sie stieß ihn weg. »Lauf du weiter ... Ich kann nicht mehr rennen ... Als Hase kannst du es schaffen ... Geh, Patsch ... bitte!«

Patsch stand kopfschüttelnd da, seine schmale Brust bebte. »So läuft das nicht, Sportsfreundin. Ich fürchte, du musst mich weiter ertragen, nicht wahr.«

Dann fing es an zu regnen, erst langsam, dann immer stärker und schließlich in Strömen. Der Donner grollte über ihnen und Blitze zuckten über die Dünen.

Patsch sah sich um. Er wischte sich das Regenwasser aus den Augen und grinste. »Na, das ist doch mal eine Chance.

Siehst du die hohe, gerade Düne dort drüben? Da ist eine Art Dingsbums, eine winzige Ausbuchtung wie eine Höhle an der Kuppe. Siehst du, die mit dem langen, hängenden Gras?« Mit aller Kraft zog er Mara auf die Beine. »Du hast nichts zu verlieren, alter Dachsschädel. Komm schon!«

Sie umrundeten den Hügel und erklommen ihn von der anderen Seite, wo er nicht so steil war. Der Regen peitschte und prasselte auf die beiden ein, als sie über den Grat kletterten und sich in das kleine Loch oben auf der Düne schwangen, das kaum mehr als eine Vertiefung war, über der ein Grasstreifen hing. Schnell schaufelten sie sie tiefer, bis sie flach liegen und wieder zu Atem kommen konnten, während sie durch den Grasvorhang hinausspähten.

Die Sintflut hatte alle Spuren ihrer Pfotenabdrücke weggespült und die Nacht brach herein. Schon bald konnten sie Umrisse ausmachen und die Stimmen ihrer Verfolger hören, die unterhalb von ihnen suchten.

»Haste sie in die Richtung laufen sehen, Krankohr?«

»'türlich hab ich das. Hab ich doch gesagt.«

»Und wo sind sie jetzt?«

»Was weiß ich? Der Regen hat alles verwischt.«

»Ferago wird sauer sein, wenn wir ohne sie zurückkommen.«

»Erinner mich nich daran. Kommt schon, Leute. Verteilt euch und seht euch um.«

»Ich bin völlig durchnässt!«

»Och, du Armer. Denkste, wir andern sind knochentrocken? Idiot!«

»Können wir nich Fackeln zum Suchen basteln? Es is schon dunkel.«

»Aus was willst du denn Fackeln machen, du Idiot? Aus nassem Gras? Und wer hat schon Zunder und Feuerstein? Ich nich!«

»He, warum hört ihr nich auf, wie alte Froschweiber zu quatschen, und fangt an zu suchen?«

Im Versteck der beiden Flüchtigen war es gemütlich und trocken.

Patsch gähnte leise und flüsterte Mara zu: »Heute Nacht werden sie uns nicht finden. Ich werde ein Nickerchen machen. Weck mich später, dann halte ich Wache. Einverstanden?«

Mara nickte und ließ sich nieder, um Feragos Tiere zu beobachten.

Nach einer Weile zogen sie weiter und tadelten Krankohr für sein schlechtes Sehvermögen und seine falschen Informationen. Mara lauschte auf ihre Stimmen, als sie in der Dunkelheit und im Regen der Nacht verschwanden.

»Hey, Migru, vielleicht sind sie in die Richtung gegangen.«

»Aber es is zu dunkel und nass, um heute Nacht überhaupt was zu finden.«

»Sag das dem Meuchelmörder oder dem schlauen kleinen Welpen, den er Sohn nennt. Such einfach weiter, Taunase. So lauten die Befehle!«

Patschs Magenknurren weckte ihn und er streckte seine verkrampften Glieder, als er durch den überhängenden

Grasstreifen in die Dunkelheit spähte. »Heilige Hasenpfote, ich bin am Verhungern. Sind sie weg?«

Mara zupfte an einem Grashalm und knabberte daran. »Sie sind längst weg. Warum versuchst du nicht, deinen Appetit zu vergessen und weiterzuschlafen? In unserer jetzigen Lage können wir nicht viel anderes tun.«

Patsch stöhnte. Sein Magen rumorte wie Bachwasser, das über Steine gurgelte.

Mara kraulte ihm mitfühlend die Ohren. »Wenn es hell wird, finden wir was zu essen. Schlaf erst mal, Kumpel. Mach schon, ich halte Wache – ich bin noch hellwach.«

Patsch schob weiteren Sand aus ihrer Höhle, um mehr Platz zu schaffen, und ließ sich etwas mürrisch nieder. Nach einer Weile konnte Mara an seinem gleichmäßigen Atem erkennen, dass er eingeschlafen war. Sie stützte ihr Kinn auf die Pfoten und fasste im Geiste ihre Notlage zusammen. Sie waren Gejagte in einem fremden Land und ihr einziger Schutz war ein Loch in der Seite eines Hügels. Was ihre Bewaffnung anging, waren sie etwas besser dran, aber nicht viel: ein zerbrochener Speer und ein alter Dolch. Nahrung und Wasser hatten sie nicht. Der Regen und die Nacht hatten ihnen Schutz geboten, doch sie sehnte sich nach Tageslicht und der Wärme der Sonne. War Feldwebel Splintholz entkommen? Sie hoffte es inständig. Er könnte die Nachricht über ihre missliche Lage zum Salamandastron bringen.

Nein! Sie würde nie wieder dorthin zurückgehen. Mara stellte sich die rechtschaffene Empörung von Erdstreif und einigen der älteren Hasen vor. Hatten sie es ihr nicht gesagt?

Hatte man sie nicht vor diesem Gesindel gewarnt? War sie nicht ein törichtes junges Ding?

Nein, ganz bestimmt nicht! Aber was, wenn Splintholz gefangen worden war? Dann wäre es ihre Pflicht, zurück zum Berg zu gehen und die anderen vor der drohenden Gefahr zu warnen.

Die junge Dächsin zermarterte sich das Hirn und überlegte, was sie als Nächstes tun könnten. Sie fühlte sich für Patsch verantwortlich. Er hatte den Berg mit ihr verlassen, seine Loyalität und Freundschaft standen außer Frage und ihretwegen durfte ihm kein Schaden zugefügt werden.

Allmählich wurden ihre Augenlider schwer. Sie blinzelte träge und freute sich auf den nahenden Schlummer.

Ein raschelndes Geräusch im Gras über ihr ließ sie aufschrecken. Plötzlich ertönte ein bösartiges Zischen und ein schmaler Reptilienkopf schob sich in das Loch. Die Augen glitzerten und die Zunge schnellte bedrohlich heraus.

Maras Pranke tastete wie wild nach dem Dolch, als sie vollends wach wurde und schrie: »Patsch! Wach auf, Patsch!«

11

Im Großen Saal war alles still. Die Bewohner Rotwalls drängten sich um den langen Tisch, um einen Blick auf die legendäre Waffe zu erhaschen. Bruder Winterbeere trocknete sie ehrfürchtig mit einem weichen Tuch ab, dann lag sie auf der Tischplatte und glänzte im Lampenlicht. Draußen grollte der Donner in der Ferne und der Regen prasselte noch immer an die Türen und Fensterscheiben.

Hektor Dickicht setzte seine Brille auf und begutachtete die Waffe genau. »Das Schwert von Martin dem Krieger! Es kann nichts anderes sein.«

Samkim und Arula hatten die Geschichte des Fundes mehrmals wiederholt. Samkim konnte nicht widerstehen, den roten Stein im Schwertgriff zu berühren, als er Hektors Worte wiederholte: »Das Schwert von Martin dem Krieger!«

Bruder Winterbeere nahm Samkims Gesicht in beide Pfoten und sah dem jungen Eichhörnchen eindringlich in die Augen. »Und du sagst, es ist vom Himmel gefallen? Bist du dir sicher, junger Mann? Das ist doch nicht nur ein dummer Scherz, den du dir ausdenkst, oder?«

»Nein, Bruder, ehrlich! Arula, sag es ihm!«

»Oh ja, jurr. Sankin verzählt keene Lüg'. 's is wahr.«

»Ich für meinen Teil finde das alles ziemlich schwer zu glauben.«

Bremmun schnaubte. »Zugegeben, es ist ein wunderschönes Schwert und es könnte sogar das Schwert sein, das Martin gehörte, aber Schwerter fallen nicht einfach vom Himmel wie Regen.«

»Ich bin mir sicher, da steckt mehr dahinter. Hör zu, Samkim, junger Mann, wenn sich das als Scherz herausstellt, ist das Aufräumen der Infirmerie nichts im Vergleich zu der Strafe, die ich dir auferlegen werde – und dir auch, Arula.«

»Warte einen Moment, Bremmun, bevor du etwas sagst, das du später bereust. Ich glaube Samkim.«

Schwester Kapuzinerkresse trat vor. Ihr sonst so fröhliches Gesicht war ernst, als sie Samkim eine Pfote auf die Schulter legte. »Ich glaube, Martin der Krieger gibt sich in unserer Abtei zu erkennen. In letzter Zeit sage ich seltsame Gedichte auf und singe Lieder, die ich noch nie zuvor gehört habe – die meisten von euch haben mich gehört. Wenn der Geist von Rotwall uns etwas sagen will, dann sollten wir zuhören.«

Äbtissin Lebewohl hob ihren Blick von der glänzenden Waffe. »Ich stimme dir zu, Schwester. Bruder Heimerich, als Chronist und Historiker der Abtei möchte ich, dass du die vergangenen Aufzeichnungen von Rotwall durchgehst. Aus der Vergangenheit kann man viel lernen und ich habe keinen Zweifel daran, dass die alten Schriften einen Hinweis auf die seltsamen Ereignisse von heute Abend geben werden. Du kannst gleich morgen früh damit anfangen. In der Zwischenzeit werden wir das Schwert vor unseren großen Wandteppich legen, in die Nähe des Bildes von Martin. Was die Feierlichkeiten zum Namenstag angeht – es ist schon ziemlich spät, ich schlage vor, dass wir die Spiele in der Halle ausfallen lassen …«

Ein Protestschrei ertönte von den Jungen, aber die Äbtissin brachte sie mit einer Pfotengeste zum Schweigen, als sie fortfuhr: »Morgen wird das Wetter wahrscheinlich gut, sodass die Spiele den ganzen Tag im Freien stattfinden können. Ist das eine zufriedenstellende Lösung?«

Das Wehklagen wurde schnell durch Freudenschreie ersetzt.

Trugg schlug mit seinem ruderartigen Schwanz auf den Boden. »So, meine Lieben. Ab in eure Kojen und schlaft!«

Bruder Heimerich betastete die kahle Stelle an seinem Kopf, die Samkims Pfeil vor einiger Zeit hinterlassen hatte. Er lächelte reumütig und fing Samkim und Arula ab, als sie auf dem Weg nach oben an ihm vorbeigingen. »Ihr jungen Strolche. Keine Sorge, ich werde dieses Geheimnis für euch lüften. Ich werde sofort in mein Arbeitszimmer gehen und in meinen Unterlagen stöbern, und wenn es sein muss, werde ich die ganze Nacht durcharbeiten. Macht euch keine Sorgen. Die alten Schriftrollen sollten bis morgen früh eine Antwort liefern, dann könnt ihr euch auf die Spiele am Namenstag konzentrieren. Wie klingt das?«

»Danke, Bruder Heimerich, Ihr seid ein echter Sportsmann!« Samkim schüttelte ihm energisch die Pfote.

»Ja, danke, jurr. Des wird Herrn Bremm'n davon abhalte, uns anzuschreie.«

Bruder Heimerich lächelte ihnen zu, als sie zum Schlafsaal huschten. »Gute Nacht, ihr Kleinen!«

Dellauge wachte kurz vor Sonnenaufgang auf. Er war angenehm überrascht, dass er sich recht munter fühlte. Er beugte sich vor und schüttelte Tura. »Ey, Kumpel. Geht's dir gut?«

Tura setzte sich auf und befühlte seinen Bauch, dann betastete er seinen Kopf. »Zum Teufel, Kumpel, ich fühl mich wie 'n neu geborenes Hermelin!«

Bruder Winterbeere murmelte im Schlaf und kuschelte sich tiefer in seinen Sessel. Dellauge hob mahnend eine Pfote. »Pst! Wir wollen die alte Schlafmütze doch nich aufwecken. Komm, lass uns von hier verschwinden.«

Leise tapsten die beiden Hermeline hinaus und schlossen die Tür vorsichtig. Es war ziemlich dunkel, als sie die Treppe hinunterstiegen. Dellauge war noch immer erstaunt, dass es ihnen gut ging. »Ich sag's dir, Kumpel, das Zeug hat scheußlich geschmeckt, aber ich fühl mich großartig. Kann kaum das Frühstück erwarten, um mehr zu essen. Der alte Winterbeere weiß, was er tut.«

Tura tastete sich mit einer Pfote an der Wand entlang nach unten. »Ja, und er sagt auch die Wahrheit. Tut mir leid, dass ich ihn 'nen alten Schwindler genannt hab, als er gesagt hat, wir sollten das Zeug nehmen, weil's zu unserm Besten wär. Er hatte recht.«

Durch den Gang am Fuß der Treppe konnten sie die Lichter des Großen Saals sehen. Dellauge gluckste. »Komm, Kumpel. Wir ham das Haus ganz für uns allein, während die andern schlafen. Holen wir uns was zu essen.«

Das gefräßige Duo stürzte sich auf den Nuss-Honig-Dip, den man für die Jüngeren aufgehoben hatte, trank einen Schluck Erdbeersirup und mampfte einen Teller mit Gebäck, den es gefunden hatte.

»Das muss bis zum Frühstück reichen. Man sollte meinen, dass sie mehr übrig lassen würden. Manche Tiere nehmen keine Rücksicht.«

»Ja, wo is denn der ganze Rothall-Kuchen und das Oktoberbier?«

»Hast du alles gefressen, du Schweinehirn!«

»Selber Schweinehirn, Trottel! Guck mal, was für Sportzeug hier rumliegt. Die schlauen Schufte ham Spiele gespielt, während wir krank und sterbend in der Infirmerie gelegen ham.«

Dellauge schnappte sich ein paar Fassreifen und schleuderte sie auf Turas Kopf. »Hahaha, roll dich ein und gewinn 'nen Preis!«

Sein Gefährte revanchierte sich und warf mit den Pflöcken des Wurfspiels nach ihm.

Bruder Heimerich saß inmitten von verblassten Pergamenten und vergilbten Schriftrollen und trank kalten Pfefferminztee. Er kratzte sich an der kahlen Stelle in seinem

Kopffell, während er ein Rindenpapiermanuskript aus der Zeit überflog, als der alte Abt Saxtus noch eine junge Maus war.

> *Das Schwert von Martin dem Krieger ist wieder zu seinem rechtmäßigen Zuhause zurückgekehrt, der Rotwall-Abtei. Heute hat Rufus Bürste, unser Eichhörnchen-Meisterkletterer, die Waffe genommen und ist bis zur Spitze des Abteidachs geklettert. Dort hat er das Schwert am Nordpfeil der Wetterfahne befestigt. So wird Martins Schwert in Frieden ruhen, während sein Geist über unsere Abtei wacht. Ich hoffe inständig, dass das Leben in Rotwall ruhig und beschaulich sein wird und dass das Schwert zu meinen Lebzeiten nie wieder heruntergeholt werden muss.*

Heimerich saß nachdenklich da und grübelte über den Text. »Hm, dunkle Nacht, Donner, Regen, Sturm ... Das ist es!« Er sprang auf und verschüttete Minztee über sein Gewand. »Der große Blitz – Samkim sagte, dass er in die Wetterfahne einschlug, kurz bevor er das Schwert fand. Natürlich, der Blitz löste das Schwert von der Wetterfahne, es rutschte das Dach hinunter und stürzte mit der Spitze voran herab. Heilige Hasenpfote! Nach dem, was der junge Bursche sagte, ist es gut, dass er keinen Schritt nach rechts gemacht hat. Wenn sie aus dieser Höhe gefallen ist, hätte ihn die Klinge in zwei Teile spalten können!«

Die beiden Hermeline hatten die Bogenschießausrüstung gefunden. Sie verschmähten die runden Zielscheiben, nahmen sich je einen Bogen und begannen, Pfeile nach oben auf die hohe Balkendecke des Großen Saals zu schießen. Keiner von beiden war besonders gut im Bogenschießen.

»Hey, Glotzauge, du triffst die Decke ja nich mal!«

»Das liegt daran, dass ich in Armut aufgewachsen bin, Kumpel. Meine alte Mutter konnt sich Pfeil und Bogen nich leisten.«

»Ach, halt die Klappe, Rotznase. Wenn du jemals 'ne Mutter gehabt hättest, hätt sie versucht, dich mit Pfeil und Bogen zu erschießen, weil du gebissen und gekratzt hast.«

»Wahauu! Guck dir das an. Wette, der schafft's bis zur Decke!«

»Niemals! Pass auf, er kommt auf uns zu!«

Sie sprangen aus dem Weg und der Pfeil landete zitternd in der Tischplatte. Dellauge schoss einen Pfeil ab, der Turas Ohr nur knapp verfehlte, und versteckte sich unter dem Tisch. »Was sollte das? Das war nur 'n Versehen!«

»Ich verseh dich gleich, du Mistkerl. Ich wär fast gestorben!«

»Das liegt daran, dass wir nie richtige Waffen hatten, Kumpel. Wir hatten nur rostige Messer, als wir bei Ferago waren ...«

»Klappe, Schwachkopf. Was hab ich dir über die Erwähnung des Namens dieser Höllenbrut gesagt? Komm her, ich zeig dir, wie man diese Waffen richtig abfeuert.«

Dellauge spannte den Bogen mit beiden Pfoten, Tura legte einen Pfeil an und zog mit aller Kraft. Gemeinsam dehnten sie den Eibenholzbogen bis zu seiner maximalen Belastbarkeit.

»So macht man das, Kumpel«, hauchte Dellauge aufgeregt. »Jetz halt ihn grade. Er sollte genau entlang dieser Wand fliegen, über den Gang und direkt die Treppe hoch. Fertig … Feuer!«

Bruder Heimerich kam die Treppe heruntergerannt und wedelte mit dem Pergament, während er triumphierend vor sich hin murmelte: »Ha, gelöst. Ich werd's dem alten Bremmun zeigen. Von wegen Schwerter fallen nicht wie Regen vom Himmel. Es gibt für alles eine Erklärung, das beweisen die Aufzeichnungen. Hoho, warte nur, bis der junge Samki…«

Der Pfeil tauchte aus der Dunkelheit auf und bohrte sich in Bruder Heimerichs Kehle. Er stieß einen kurzen gurgelnden Schrei aus und sank schlaff zu Boden.

Der Bogen fiel aus Dellauges zitternden Pfoten. »Argh! Guck nur, was du angerichtet hast, Idiot!«

Tura ließ die Sehne los und der Bogen klapperte auf den Boden. »Ich hab nix gemacht, Klugscheißer. Das warst du!«

»Ach, quatsch nich. Dann waren wir's beide. Da! Fühlste dich jetz besser?«

»Nein. Glaubst du, er is tot?«

»Er sieht nich sehr lebendig aus, wie er mit dem Pfeil im Hals daliegt, oder? Schätze, er is toter als die Blätter vom letzten Herbst.«

Tura fand die Reste eines Gebäckstücks und fing an, es ängstlich zu mampfen, während er die reglose Gestalt von Bruder Heimerich betrachtete. »Oooooh! Was machen wir denn jetz, Kumpel?«

Dellauge hob den Bogen auf und versuchte wütend, ihn zu spannen. Das starke Holz hielt seinen armseligen Bemühungen stand und er schleuderte den Bogen weg. Er landete in der Nähe von Bruder Heimerich.

»Dummer Idiot, hat er nich gemerkt, dass wir nur 'n bisschen Sport treiben wollten? Warum is er so nach unten gestürmt? Ich sag dir, Kumpel, das Beste, was wir tun können, is, aus Rothall zu verduften. Das bringt sowieso nur Pech. Es is noch niemand da, also können wir weg sein, bevor sie auf den Beinen sind. Nimm mit, was du tragen kannst, und folg mir.«

Tura sah sich um. Er fand noch mehr Gebäck, einen Topf mit Honig und eine Schale mit Nüssen. Dellauges eindringliches Zischen ließ ihn aufblicken.

»Bei der Klaue des Höllenfeuers und der Finsternis, guck dir das an!«

Turas Augen weiteten sich, als er sah, dass sein Gefährte das Schwert hochhielt. »Wow! Was 'n Schwert! Nich mal Ferago hat so eins!«

Dellauge war zu erfreut, um ihn dafür zu tadeln, dass er den Namen des Meuchelmörders benutzt hatte. Er schwenkte das große Schwert. »Das is 'n Schatz – 'n ganz großer, sag ich dir. So 'ne Waffe gibt's nirgendwo sonst!«

Kurz darauf begann die Morgendämmerung den östlichen Himmel zu erhellen. Die beiden Hermeline schlichen sich aus der Abtei und verließen sie durch ein kleines Weidentor in der Südmauer, dann rannten sie über die offene Wiese und verschwanden im Wald von Moosblume.

Unglücklicherweise war Samkim beim ersten Licht des Tages wach. Der Gedanke an die Ereignisse des vergangenen Abends ließ ihm keine Ruhe. Er musste das Schwert noch einmal sehen, um sich zu vergewissern, dass er nicht geträumt hatte.

Arula schlummerte noch, als er auf Zehenspitzen aus dem Schlafsaal schlich und sich auf den Weg nach unten machte. Samkim hatte es so eilig, dass er über die Leiche von Bruder Heimerich stolperte und fiel. Mit einem entsetzten Aufschrei purzelte er die Stufen hinunter und sprang auf die Füße, nur um erneut zu stolpern und zu fallen. Seine Pfoten hatten sich in der Bogensehne verheddert. Er befreite sich und stand mit dem Bogen in der Hand auf.

Bruder Blasebalg war zu seiner üblichen Zeit aufgestanden, um das Frühstück für die Abteibewohner vorzubereiten. Er kam eilig die Treppe hinunter und blieb auf der untersten Stufe stehen, sein rundes Gesicht war eine Maske des Entsetzens. Vor ihm stand Samkim mit einem Bogen in den Pfoten und ganz in der Nähe lag Bruder Heimerich mit einem Pfeil in der Kehle. Der Bruder sank auf die Treppe, seine Stimme war heiser vor Ungläubigkeit. »Samkim, was hast du getan?«

12

Windpfote verband Splintholz' verletzte Pfote mit einem Brei aus lindernden Kräutern und einem gewebten Weidelgraswickel.

Erdstreif schritt in der Schmiedehöhle auf und ab wie eine wahnsinnige Bestie. Obwohl der Feldwebel seine Geschichte schon mehrmals erzählt hatte, brüllte der Dachsherrscher immer wieder Fragen in den Raum.

»Haben sie Mara gefangen oder nicht?«

»Das glaube ich nicht, Herr. Ich habe sie an der Nase herumgeführt, damit die junge Mara und Patsch entkommen konnten.«

»Kannst du mir keine klare Antwort geben? Haben sie oder haben sie nicht? Wer ist ihr Anführer? Wie viele sind es?«

Splintholz schüttelte verzweifelt den Kopf, während er Windpfote, Weidenkätzchen, Sternlot, Meerholz und Großes Ochsenauge ansah. Alle Hasen wussten, dass Erdstreif jegliche Vernunft hatte fahren lassen.

Ochsenauge stellte sich zwischen Splintholz und Erdstreif. »Gnädiger Herr, ich schlage vor, Ihr lasst Splintholz in Ruhe. Genau wie ich hat er Euch schon alles gesagt, was er weiß. Euch so aufzuregen bringt gar nichts, wenn ich mal so ehrlich sein darf. Wir alle wissen, dass noch vor Ende der Jahreszeit eine Horde Gesindel an unsere Haustür klopfen wird. Sich Sorgen um Mara zu machen und Splintholz anzuschreien wird das Problem nicht lösen, Herr. Kein bisschen.«

Erdstreif hielt inne und sah Ochsenauge an. So groß er auch war, der Kampfhase erschauderte unter dem grimmigen Blick von Erdstreif dem Starken. Aber er hatte keinen Grund zur Sorge – der Dachsherrscher tätschelte ihm leicht die Pfote. »Danke, Ochsenauge. Du hast recht. Splintholz, mein Bester, wie geht's deiner Pfote?«

»Ob mit oder ohne Verband, ich kann immer noch gut zupacken, Herr.«

Erdstreif nickte. »Gut. Jetzt lasst uns die Dinge in Angriff nehmen. Ochsenauge, Sternlot, Weidenkätzchen, nehmt eure Patrouillen und versiegelt alle Eingänge außer dem Vordereingang. Windpfote, Meerholz, ihr prüft, ob der Berg mit allem versorgt ist, und kümmert euch um die Füllstände der Wasserfässer. Splintholz, du kommst mit mir. Wir werden ein paar Waffen zusammensuchen, um dem Abschaum, der uns besuchen kommt, einen warmen Empfang zu bereiten. Ich hoffe, dass Klitsch und sein Kumpel unter ihnen sind. Ich würde mich freuen, sie wiederzutreffen.«

So rüstete sich die Festung des Salamandastron für den Krieg.

Ferago bereitete seine Horde darauf vor, am Vormittag des nächsten Tages zum Salamandastron zu marschieren. Fuchsgrien, der Fuchs, und Klopfschwanz, die Ratte, kümmerten sich um ihre Waffen.

Fuchsgrien schliff mit einem flachen Stein die Spitze seines langen Rapiers und Klopfschwanz befiederte seine Pfeile mit Blattfedern. Während sie arbeiteten, unterhielten sich die beiden leise und schwiegen, wenn Ferago oder Klitsch in der Nähe waren.

»Weißt du, warum wir diesen Dachsberg angreifen, Kumpel? Ich mein, was is der wahre Grund dafür?«

»Das darfst du nich fragen, Fuchsgrien. Der Chef hat gesagt, dass er 'ne gute Festung für uns wär, die wir als Basis nutzen könnten.«

Der Fuchs leckte sich die Pfote und testete die Spitze seines Rapiers. »Ha, der denkt wohl, dass wir alle so dumm sind wie Migru. Beim Reißzahn, 'ne Festung als Stützpunkt! Sein Rotzbengel Klitsch, sein Kumpel Goffa und die jammernde Seeratte Krankohr scheinen was zu wissen, das wir nich wissen.«

Klopfschwanz blickte an einem Pfeilschaft entlang und prüfte, ob er gerade war. »Ja, das ist das Los eines Soldaten, Kumpel: Befehle ausführen und keine Fragen stellen. Aber ich hab keine Lust, in der Schlacht für irgendwas getötet zu werden, von dem ich keine Ahnung hab. Das gilt auch für dich, Kumpel. Ganz unter uns: Ich hab Augen und Ohren offen gehalten und ich glaub, dass ein Schatz dahintersteckt ... Aber Klappe jetz, sonst gibt's Ärger!«

Ferago und Klitsch kamen vorbei und die beiden Soldaten hielten ihre Köpfe gesenkt und arbeiteten eifrig an ihren Waffen. Der Meuchelmörder setzte ein gefährliches Lächeln auf und nickte erfreut.

Klitsch fuchtelte mit seinem Kurzschwert herum und sah sich ungeduldig um. »Wir haben das Überraschungsmoment verloren. Diese Armee hätte sich schneller bewegen müssen. Erdstreif wird bereit sein und auf uns warten. Sag schon, wann wirst du deinen Zug machen?«

Ferago spielte mit dem goldenen Dachsorden, der um seinen Hals hing. »Geduld, mein junger Verräter, Geduld. Wenn Migru und seine Jäger zurückkommen, marschieren wir los.«

»Aber warum auf Migru und die anderen warten? Wir könnten ihnen ein Zeichen hinterlassen, damit sie uns folgen.«

Ferago setzte sich auf einen Felsen und starrte nach oben. Seine Augen wurden noch blauer, als sie den klaren Himmel widerspiegelten. »Was für ein schöner Sommermorgen nach dem schweren Sturm der letzten Nacht. Mein Sohn, riechst du, wie wunderbar klar die Luft ist? Ich hab auch gern alles geklärt, bevor ich was angeh. Hast du das Murren und Knurren meiner Armee von Leichenmachern bemerkt? Ich schon. Wenn Migru mit den andern zurückkehrt, werd ich ihn je nachdem, ob er Gefangene dabeihat oder nicht, als leuchtendes Beispiel oder als Warnung benutzen. So oder so, ich werd denen, die hinter meinem Rücken tuscheln, Loyalität einflößen. Du wirst schon sehen.«

»Ha, das sagst ausgerechnet du, Alter!«, schnaubte Klitsch und schlenderte missmutig davon.

Ferago lächelte spöttisch, als er ihm nachrief: »Mit dem Alter kommt die Weisheit. Hitzköpfe gibt's wie Sand am Meer, Junge.«

Zur Mittagszeit rief ein Hermelin namens Hundskopf vom Ausguck herunter: »Migru und die Jägerbande kommen von Süden her, Herr!«

Ferago klopfte Goffa leicht auf die Seite seines stark geschwollenen Gesichts. Das Frettchen zuckte zusammen und krümmte sich. »Von 'nem unbewaffneten Hasen niedergestreckt, was? Du bist echt 'n kluges Kerlchen. Hol Klitsch und trommle die Armee für einen Marsch zusammen.«

Als Migru und seine Jäger das Lager erreichten, war die gesamte Horde zwischen den Felsen versammelt.

Ferago stand abseits von ihnen, seine Augen so gefährlich wie dünnes blaues Eis auf einem tiefen See. »He da, Migru. Wo bist du gewesen?«

Das Hermelin war nicht gerade das schlaueste Tier. Es stand da und kratzte sich am Kopf, während es über die seltsame Frage nachdachte. »Ich hab den Dachs und den Hasen gejagt, Chef, wie du's uns aufgetragen hast.«

Ferago lächelte nachsichtig. Er genoss dieses Schauspiel. »Nein, nein, du hast das falsch verstanden, Migru. Ich hab nie Jagen gesagt. Ich sagte, ihr sollt sie fangen und hierher zurückbringen. Richtig?«

Das Hermelin wurde nervös. Es schluckte schwer. »Stimmt, Chef – fangt sie und bringt sie hierher zurück, das haste gesagt.«

Der Meuchelmörders sah sich mit einem Lächeln unter der umstehenden Horde um. Er ließ die Spannung wirken und zuckte dann beiläufig mit den Schultern. »Ich seh keinen Dachs und keinen Hasen, du etwa, Migru?«

Das Hermelin wich zurück und streckte flehend seine Pfoten aus. »Arr, wir sind nich schuld, Chef. Wir ham sie den ganzen Tag und die ganze Nacht über die Dünen verfolgt, im Dunkeln und im Sturm. Wir haben's versucht, Chef, ganz ehrlich, aber sie sind einfach in der Nacht verschwunden, als der Regen am stärksten war! Auaaaahhh!«

Feragos Abhäutemesser hatte sich blitzschnell bewegt. Migru krümmte sich am Boden und hielt sich die Seite seines Kopfs. Der Kriegsherr wischte seine Klinge an Migru ab, während er über ihn stieg.

Als er zur Horde sprach, erhob er seine Stimme nicht, doch alle Tiere hörten jedes Wort deutlich. »Wenn ich einen Befehl gebe, erwarte ich, dass er auch ausgeführt wird. Migru hier hatte Glück: Er hat nur ein Ohr verloren. Der Nächste, der mir nicht gehorcht, wird seinen Kopf verlieren. Oh, ich weiß, einige von euch denken, dass Ferago alt wird ...« Dabei zwinkerte er Klitsch zu. »Oder dass Ferago seine Macht verloren hat. Einige von euch denken sogar, dass Ferago taub wird, also tratscht ihr hinter seinem Rücken ...«

Er lächelte Fuchsgrien und Klopfschwanz an, die sichtlich erbleichten, als er fortfuhr: »Lasst mich euch sagen, ihr Leichenmacher – denn wer weiß besser über mich Bescheid als ich selbst? –, ich bin Ferago der Meuchelmörder, die Geißel der Südwestlande oder wo auch immer ich meine Krallen reinschlagen will. Ich hab schon gemordet und gehäutet, als die meisten von euch noch milchschlürfende Säuglinge waren. Kein Tier kann mich überlisten, besiegen oder hintergehen. Jetzt führ ich euch gegen eine Bergfestung, damit ihr das tut, was ihr am besten könnt: kämpfen. Und ihr werdet kämpfen, bluten und sterben, wenn ich es sage. Ihr werdet entweder wohlhabend und wohlgenährt sein oder den Tag eurer Geburt verfluchen …«

Der Meuchelmörder sprang auf einen nahe gelegenen Felsen und wirbelte seine Dolche herum, bis sie wie Lichträder in der Sonne blitzten. Seine blauen Augen funkelten wie strahlende Zwillingsgruben des Bösen, als er den Kopf zurückwarf und brüllte: »Tod den Feinden von Ferago!«

Speere, Lanzen, Messer, Schwerter, Spieße und Bögen wurden in die Luft gereckt, während die Felsen von einem furchterregenden Gesang widerhallten, der aus der Kehle eines jeden Leichenmachers ertönte.

»Fe-ra-go! Fe-ra-go! Tod! Tod! Fe-ra-go!«

Als sich der böse Reptilienkopf in die kleine Höhle schob, suchte Mara verzweifelt nach dem Dolch, konnte ihn aber nicht finden. Patsch Folger schon. Von Maras Schrei geweckt, rollte sich der Hase vor Schreck auf den Dolch und die Spitze stach scharf in sein Hinterteil. Mit einem gequälten Schrei sprang Patsch nach vorne und rammte den Kopf des Reptils. Es fiel nach hinten und Patsch umklammerte seinen Hals. Umschlungen stürzten die beiden aus der Höhle. Brüllend, fauchend, knurrend und spuckend fielen und rollten sie die steile Seite der hohen Düne hinunter.

Mara schlug alle Vorsicht in den Wind und hechtete Patsch hinterher. Sie landete mit einem dumpfen Aufprall im Sand und wurde sofort vom Schwanz einer gelbbäuchigen Zauneidechse angegriffen.

Die Kreatur hatte ihre Krallen in Patschs Fell gekrallt, während der junge Hase sie im Schwitzkasten hatte. Beide ließen nicht los und schrien und knurrten sich heftig an.

»Wah! Lass mich los, du schleimiges altes Reptil.«

»Nimm deine Pfoten weg, Kanincechen, ksss!«

»Selber Kaninchen. Wenn du mich loslässt, lass ich dich auch los!«

»Kkssss! Nee nee, du lässsst zuerssst losss. Kksss!«

»Keine Chance, Schuppenknabe. Du zuerst, dann ich!«

Mara löste das Problem, indem sie kräftig an dem Echsenschwanz zog. Zu ihrem Entsetzen löste er sich in ihren Pfoten.

Sofort ließ die Echse Patsch los, drehte sich zu Mara um und zischte sie an: »Kkkkssssss! Sssieh mal, wasss du gemacccht hassst, du dummer Ssschtreifenhund!«

Maras Temperament ging mit ihr durch. Sie versetzte der Eidechse einen Schlag, der sie Hals über Kopf die Düne hinunterbeförderte, und schleuderte ihr den Schwanz hinterher. »Wage es nicht, mich anzuspucken, du dreckiges Reptil! Und nenn mich noch einmal Streifenhund und ich verpass dir ein paar Streifen, über die du nachdenken kannst. Was zum Fell glaubst du eigentlich, wer du bist?«

Die Echse setzte sich auf und entblößte ihren leuchtend gelben Bauch. Ihre Unterlippe begann zu zittern, als sie ihren abgetrennten Schwanz aufhob. »Kksss! Kaahaa! Sssieh dir dasss an, der bessste Ssschwanzzz, den ich je hatte. Kksss! Esss hat mich viel Zzzeit gekossstet, ihn wacccchsssen zu lasssen. Und jetzzzt ssseht euccch an, wasss ihr gemacccht habt. Kaahaakkssss!«

Weder Mara noch Patsch hatten Mitleid mit der Echse.

Patsch wedelte mit einer strengen Pfote nach ihr. »Geschieht dir recht, verdammter Butterbauch. Uns so aus unserer Höhle zu scheuchen!«

Dem Reptil traten Tränen in die Augen, als es den abgetrennten Schwanz nach ihnen schwang. »Na und? Kksss, dasss issst meine Höhle. Ich hab sssie gegraben. Kksss! Wer hat gesssagt, dasss 'n Kanincccchen und 'n gessschtreifter ... Daccchsss sssie benutzzzen können? Kksss!«

Patsch machte einen Schritt vorwärts, die Ohren empört aufgerichtet. »Hör auf mit dem Kaninchen, Kumpel, oder ich zeig dir, wie ein doppelter Hasentritt aussieht!«

Mara ging dazwischen, um eine weitere Rangelei zu verhindern. »Es tut mir leid, wir wussten nicht, dass die Höhle dir gehört. Wir hatten nur vor, die Nacht dort zu verbringen, um unsere Verfolger abzuschütteln. Wahrscheinlich hast du gesehen, wie sie nach uns gesucht haben. Du solltest dankbar sein, dass wir die Höhle ein bisschen umgegraben und für dich erweitert haben. Übrigens, mein Name ist Mara und das ist Patsch Folger.«

Die Zauneidechse saß schmollend da und rieb sich den Schwanzstummel. »Nennt mich Ssswinkie. Bin aber nicccht erfreut, euccch kennenzzzulernen. Kkssss! Ruiniert meine Höhle – issst jetzzzt viel zzzu großßß für mich. Kaahaa!«

Patsch setzte sich neben das Reptil. »Hör auf zu flennen, Stinkie oder wie auch immer du heißt. Wir machen die Höhle kleiner, wenn dir das lieber ist, alter Knabe. Du hast nicht zufällig was zum Frühstücken dabei, oder?«

Swinkie grub eine Vertiefung, um seinen geliebten Schwanz zu verscharren, während er die ganze Zeit murmelte und zischte: »Kssss! Dasss Frühssschtück könnt ihr hier vergessssen, kaahaa. Ich brauccch ewig, um mir ssso 'nen Ssschwanzzz wacccchssen zu lasssen. Kssss!«

Mara versuchte, mit ihm zu reden. »Wir haben uns verirrt. Kennst du den Salamandastron, den großen Dachsberg an der Küste? Wenn du ihn kennst und uns dort hinführen kannst, bekommst du von uns so viel Frühstück, wie du willst.«

»Kksssss, Sssumpffliegen, Sssumpfwürmer, ein gutes Frühssschtück für Ssswinkie.« Die Zauneidechse ließ mehrmals ihre Zunge herausschnellen. »Kksssss, für viel davon bring icccch Euccch dahin. Ich kenn den Berg.«

Patsch stupste Mara an, während er die Eidechse selbstbewusst ansprach: »Also schön, alter Knabe, nicht wahr. Wir haben jede Menge Sumpffliegen und Sumpfwürmer auf dem Berg. Ich denke, wir können dir ein oder zwei Säcke voll besorgen. Wie magst du sie, Stinkie – gebraten, gekocht oder als Salat mit Grünzeug und so?«

Swinkie verzog das Gesicht, als er aufstand und sich abtrocknete. »Kksss, nicccht gebraten, Eideccchsssen mögen sssie lebendig, damit sssie sssicccch im Mund winden, kkssss, mmmmmh! Folgt mir!«

Der Tag brach heiß und hell über das Dünenland herein, während sie zwischen endlosen Sandhügeln hinter der Echse herliefen, völlig verwirrt über die Richtung, in die sie unterwegs waren.

»Patsch, bist du sicher, dass dieses Tier uns nach Hause führt?«, fragte Mara leise.

Der Hase riss Löwenzahn an den Wurzeln aus. Er reichte Mara ein paar Stängel und spuckte die Sandkörner aus, während er unablässig kaute. »Wer weiß, altes Mädchen. Wir sind ihm wirklich ausgeliefert. Er könnte uns überall hinführen. Wir müssen uns wohl auf seine Gier und das Versprechen von zwei Beuteln voll Gekringeltem verlassen. Igitt!«

Um die Mittagszeit hielten sie an. Als sie in einem feuchten Sandstück gruben, fanden sie eine kleine schlammige Pfütze, aus der sie dankbar tranken. Mara gähnte herzhaft und streckte sich. Dort, wo sie angehalten hatten, war es ruhig und angenehm warm.

»Huaaaaah! Ich habe letzte Nacht kaum ein Auge zugemacht. Was ist mit dir, Patsch? Bist du auch müde?«

»Ich bin total kaputt, altes Haus. Ich könnte auf einem Stachel schlafen.«

Swinkie streckte sich genüsslich im Sand aus. »Kksss, ihr wart letzzzte Nacccht in meiner Höhle. Iccch hab nicccht geschlafen, kksss. Am bessten wir ssschlafen jetzzzt. Wir haben noch einen weiten Weg vor uns. Kksssnnrrrr!«

»Na, da brat mir einer 'nen Storch! Sieh dir den alten Stinkie an, er schnarcht.« Patsch knabberte an den letzten Löwenzahnwurzeln.

Mara klopfte eine Mulde in den Sand und bettete ihren Kopf hinein. »Gute Idee, würde ich sagen. Weck mich, wenn du zuerst aufwachst, Patsch.«

Eine Stunde war verstrichen. Patsch und Mara hatten sich im weichen Sand zusammengerollt und verschliefen friedlich den goldenen Nachmittag, ohne dass auch nur ein Windhauch sie störte.

Swinkie schlug die Augen auf und beobachtete sie einen Moment lang. Als er sich vergewissert hatte, dass sie ruhig schliefen, huschte er davon und zischte vor sich hin: »Kksss, diesssesss Kanincccchen und der Ssschtreifenhund, reißßßen mir den Ssschwanzzz ab, ssschlagen Ssswinkie, ssschlafen in meiner Höhle, erzzzählen mir Lügen über Sssumpffliegen. Ich zzzeig ihnen, dasss sssie sssiccch nicccht mit Eideccchsssen anlegen sssollten, kksss!«

13

Die Bewohner der Rotwall-Abtei bemerkten die Schönheit des sanften goldenen Sommermorgens nach dem Sturm der vergangenen Nacht gar nicht. Der Sport am Namenstag war abgesagt worden und Trauer und Schock hingen wie ein Leichentuch über allem. Samkim saß allein in der Infirmerie und war wie betäubt. War der arme Bruder Heimerich wirklich tot? Wer hatte die schreckliche Tat begangen? Das junge Eichhörnchen wusste nichts von dem, was außerhalb der Infirmerie vor sich ging, denn es war von Bruder Blasebalg und Äbtissin Lebewohl eilig dort hingebracht worden, gleich nachdem es mit dem Bogen in der Pfote neben der Leiche des Bruders entdeckt worden war. Sie hatten ihm das Versprechen abverlangt, dort zu bleiben und mit niemandem zu sprechen, bis die Untersuchungen begonnen hatten.

Während die Bewohner Rotwalls draußen auf dem Rasen frühstückten, wurde im Höhlenloch eine Versammlung einberufen. In der abgeschiedeneren Umgebung des Raums, der durch eine Treppe vom Großen Saal getrennt war, versammelten sich die Äbtissin, der Steigerwurf, Winterbeere, Bremmun und Kapuzinerkresse, um die Ereignisse zu besprechen.

Bremmun schob sein unangetastetes Frühstück zur Seite. »Freunde, es ist unglaublich: Bruder Heimerich ist tot! Wo ist der junge Samkim jetzt?«

Äbtissin Lebewohl hob eine Pfote, um um Ruhe zu bitten. »Er ist in der Infirmerie eingesperrt. Wir sind alle ebenso schockiert und traurig über Heimerichs Tod wie du, Bremmun, aber bitte lass uns nichts überstürzen oder voreilige Schlüsse ziehen, die wir später bereuen könnten. Hat uns also irgendein Tier etwas zu sagen, das wir noch nicht wissen? Und ich möchte hinzufügen, dass wir wenig oder gar nichts darüber wissen, was passiert ist, außer dass der arme Heimerich nicht mehr unter uns weilt.«

Schwester Kapuzinerkresse meldete sich zu Wort. »Ich kann keine Beweise beisteuern, Mutter Äbtissin, aber ich muss aussprechen, was ich in meinem Herzen fühle. Ich glaube nicht, dass es einen einzigen Bewohner Rotwalls gibt, der glaubt, dass Samkim so leichtsinnig wäre, das Leben eines anderen zu gefährden. Es wäre schrecklich, auch nur daran zu denken, ihn zu beschuldigen.«

Die Äbtissin faltete ihre Pfoten in den weiten Kuttenärmeln. »Ich stimme dir zu, Schwester, und niemand hat ihn bisher beschuldigt.«

Bremmun war anderer Meinung. »Bruder Blasebalg hat mir erzählt, als er ihn mit dem Bogen in den Pfoten über

Heimerich stehen sah, sagte er zu ihm: ›Samkim, was hast du getan?‹«

Bruder Winterbeere unterbrach ihn. »Ja, und der junge Mann hat kein Wort gesagt. Es war, als wäre er vor lauter Schreck verstummt. Aber ich habe etwas zu erzählen, das vielleicht etwas Licht in die Sache bringt. Die beiden Hermeline Dellauge und Tura – hat sie heute Morgen jemand gesehen? Sie waren nicht in ihren Betten, als ich aufwachte.«

Der Steigerwurf stand entschlossen auf. »Hurr, dann bleebt ihr gude Tier' hier, währ'nd ich se such. Villeech' wisse se ja was.«

»Gesindel!« Bremmun knirschte laut mit den Zähnen.

Die Äbtissin klopfte energisch auf die Tischplatte. »Bremmun, du schon wieder. Wie ich sehe, bist du bereit, Dellauge und Tura ohne jeden Beweis zu verurteilen. Das muss sofort aufhören. Rotwall hat den Ruf, aufgeschlossen und gerecht zu sein. Wir sind hier, um das zu bewahren!«

Bremmun entschuldigte sich beschämt. Um ihm weitere Peinlichkeiten zu ersparen, entfaltete Winterbeere ein Pergament auf dem Tisch. »Bruder Blasebalg hat mir das gegeben. Es war in Bruder Heimerichs Pfote.«

Sie lasen die Aufzeichnungen, die vor vielen Jahreszeiten niedergeschrieben worden waren, und kamen durch einfache Schlussfolgerungen zum selben Ergebnis wie Heimerich.

Kapuzinerkresse sprach für sie alle. »Jetzt wissen wir, wie das Schwert von Martin von Samkim gefunden wurde – der Blitz riss es von der Wetterfahne und es fiel auf die Erde. Nur zu welchem Zweck, frage ich mich.«

Der Steigerwurf kam kopfschüttelnd zurück. »Jed's Tier is auffe Such nach de' Herm'lin, aber net nur des. Martens gudes Schwert is auch wech. Da muss sich doch schnell was ergeb'n.«

Bremmuns wütende Stimme durchbrach die schockierte Stille. »Das große Schwert von Martin dem Krieger ist weg? Dieses dreckige diebische Gesindel! Das werden sie teuer bezahlen, wenn wir sie in die Finger kriegen. Ich würde ja gern ...«

Empörte Stimmen gesellten sich zu dem Eichhörnchen, bis die Äbtissin energisch auf die Tischplatte klopfte, um die Ordnung wiederherzustellen. »Ruhe bitte.« Sie hielt eine Pfote hoch. »Mit Schreien und Drohungen kommen wir nicht weiter.«

Es klopfte an der Tür und Hektor Dickicht trat ein. »Morgen, ihr alle. Tut mir leid, ich kann nicht ›Guten Morgen‹ sagen, denn es ist keiner. Steigerwurf, hast du gestern Abend alle Mauertorschlösser überprüft?«

Der Steigerwurf nickte nachdrücklich. »Ja, hab ich, wie imma.«

Hektor schüttelte seinen Gehstock. »Ich wusste es, du bist ein guter und gründlicher Kerl. Ich habe grade die Tore überprüft und das östliche ist nicht verschlossen.«

In der darauffolgenden Stille zählte der Steigerwurf weitere Informationen an seinen Pfoten ab. »Burr hurr, un' 's Esse' für de Kleene is auch ausm Große Saal wech, Pfeile sin' innen Tisch gestoche wor'n un' Spottgerät' liege übberall rum.«

Äbtissin Lebewohl stand auf. »Sobald wir Bruder Heimerich auf dem Gelände beerdigt haben, werden wir eine Gruppe zusammenstellen, die nach den Hermelinen sucht und sie hierher zurückbringt. Jetzt muss ich sofort zu Samkim gehen und ihm sagen, dass er sich nichts vorzuwerfen hat. Er wird nach dem Tod des armen Heimerich etwas Trost brauchen.«

Aber Arula hatte am Schlüsselloch gelauscht und war schon auf dem Weg zur Infirmerie.

Die Vormittagssonne schien hell auf eine traurige kleine Zeremonie auf dem Gelände der Rotwall-Abtei herab. Bruder Heimerich wurde unter großer Trauer zur letzten Ruhe gebettet. Es gab Kränze und Sträuße aus Wildblumen und kleine Geschenke von seinen Freunden. Trugan legte ehrfurchtsvoll einen kleinen Federkiel zu Ehren des Chronisten der Abtei nieder und der kleine Dummel platzierte seine Lieblingsstrohmaus daneben auf den ordentlichen Erdhaufen, der von bunten Kieselsteinen umgeben war. Traute Dickicht trug ein paar Zeilen vor:

»Deine Jahreszeiten sind vorüber, alter Freund.
Stolz waren wir, teilzuhaben an deinem guten Leben,
Auch in künft'gen Lenzen und kommenden Sommern,
wirst du im Herzen eines jeden weiterleben.«

Während die Zeremonie auf dem westlichen Rasen stattfand, schlängelte sich ein Seil aus einem Fenster im ersten Stock an der Ostseite des Abteigebäudes nach unten. Samkim und Arula waren im Nu auf dem Boden und rannten zum Osttor. Neben einem Proviantbeutel trug Samkim einen Köcher mit Pfeilen und den Bogen, mit dem der Pfeil abgefeuert worden war, der Bruder Heimerich niedergestreckt hatte. Arula hatte ein großes Gartenmesser und eine Schleuder mit einem Beutel voller Kieselsteine dabei. Schnell öffneten sie das kleine Tor und begaben sich in die grünen Tiefen des Moosblumenwaldes.

Nach der Zeremonie machten sich Bruder Winterbeere und die Äbtissin auf den Weg zur Infirmerie. Die Äbtissin trocknete ihre Augen mit einem gepunkteten Tuch. »Oh, Bruder, ich kann verstehen, dass der arme Samkim zu aufgewühlt war, um an der Beerdigung von Bruder Heimerich teilzunehmen. Nun, vielleicht wird es ihn trösten, dass wir ihn Trugg für seinen Suchtrupp vorgeschlagen haben, um die beiden Hermeline aufzuspüren.«

Die Tür der Infirmerie stand weit offen. Winterbeere trat ein, sah sich in dem leeren Raum um und hob einen Kissenbezug auf, auf den mit Kohle eine Nachricht gekritzelt war:

> Die Hermeline haben es getan. Wir werden sie zurückholen und das Schwert auch. Sagt Bruder Blasebalg, dass ich es nicht war. Macht euch keine Sorgen, mir und Arula wird nichts passieren.
> *Samkim*

Die Äbtissin holte erneut ihr Tuch hervor und wischte sich die Augen trocken. »Winterbeere, sie könnten in Gefahr sein, wir können sie nicht allein gehen lassen.«

Der alte Krankenwärter nahm das Tuch und trocknete Lebewohls Augen. »Wir müssen. Ich spüre, dass Martins Schwert nicht umsonst vom Dach gefallen und an Samkims Seite gelandet ist. Das Schicksal und das Zeichen unseres Abteigeistes haben ihn auserkoren. Ruft den Suchtrupp zurück, Lebewohl. Lasst uns auf zwei junge Freunde und Martin den Krieger vertrauen.«

Weit draußen auf dem Meer begann die Sonne ihren unaufhaltsamen Abstieg zum Horizont. Am Ende eines langen, heißen Tages blieb der Himmel wolkenlos. Der monolithische Felsen des Salamandastron nahm eine dunkelviolette Färbung an, die sich von der dunkler werdenden staubig braunen Küstenlinie abhob.

Die Hasen der Fernpatrouille hielten auf dem Gipfel des Kraters Wache. Bewaffnet und wachsam überblickte jeder von ihnen still die fackelbeschienene Horde, die sich durch die Dünen bewegte. Unzählige Lichtpunkte, die wie ein Strom von Sternen dahinzogen, trennten sich in der Ferne wie die Hörner eines großen Tiers und schlossen sich wieder zusammen, um den Berg zu umstellen.

Ferago der Meuchelmörder kam zum Salamandastron!

Eine junge Häsin namens Goldstück schluckte nervös, während sie an der Sehne ihres Bogens spielte. Großes Ochsenauge tätschelte sie sanft, als er vorbeiging. »Bleib ganz ruhig, Goldie.«

Er ging weiter zu einem anderen Jungtier, Küstenbock, das gerade seine besten Schleudersteine sortierte. Ochsenauge nickte anerkennend. »So ist es richtig, junger Mann. Deine erste Schlacht, ja?«

»Ja. Ich habe mir vorgenommen, gute Steine auszuwählen und mich vor dem Abschaum zu behaupten.«

Ochsenauge grinste. »Das habe ich auch gemacht, als ich noch ein Kurzlöffel wie du war.«

»Glaubst du, dass sie bald hier sein werden?« Küstenbock testete seine Schleuder.

»Mach dir keine Sorgen, junger Hase. Wenn sie kommen, bin ich an deiner Seite.«

Küstenbock entspannte sich etwas, beruhigt durch die Anwesenheit des erfahrenen Kämpfers. Er behielt die sich nähernden Lichter im Auge und murmelte: »Noch keine Spur von Herrn Erdstreif. Was glaubst du, wo er ist?«

»Oh, er wird schon irgendwo sein und sich fertig machen. Bleib jetzt wachsam, das Abendessen sollte jeden Moment kommen. Das willst du doch nicht verpassen, nicht wahr?«

Ochsenauge ging um die Spähposten herum und murmelte aufmunternde Worte, wobei seine gelassene Präsenz Ruhe und gute Laune unter den Kämpfern der Fernpatrouille verbreitete.

Im Inneren der Bergfestung des Salamandastron führten in den Felsen getriebene Gänge zu Höhlen und Kammern. Einige wurden von Fackeln beleuchtet, andere von Fensterschlitzen, sodass der ganze Ort wie ein riesiger urzeitlicher

Bau wirkte. Am Ende eines dieser Gänge war eine große Felsplatte zur Seite gerollt worden und das Licht der Laterne warf einen warmen Schein auf die glatte Steinwand der Kammer, in der Erdstreif stand. An diesem Ort suchte er die Einsamkeit, wenn seine Gedanken aufgewühlt waren. An den Wänden waren die Aufzeichnungen und die Geschichte des Salamandastron und seiner Dachsherrscher durch kunstvolle Schnitzereien dargestellt: Grimbaum, Speermaid Ginster, Blaustreifen der Wilde, Bauherrscher der Weise, Keiler der Kämpfer, Sonnenstrahl der Knüppel ... sie alle waren vertreten. Es war ein geheimnisvoller Ort, der von uralten Dachsüberlieferungen geprägt war.

Erdstreif stellte die Laterne auf einen Felsvorsprung und nahm einen feinen, spitzen Meißel in die Hand. Er wählte eine freie Stelle an der flachen Felswand und begann, sein Abbild in den Stein zu meißeln. Während er geschickt in den Felsen schnitt, griff er in seine Schmiedeschürze und holte eine Pfotevoll Kräuter hervor. Diese streute er über die von den Flammen erhitzten Seiten der Laterne. Bald war die Höhle erfüllt von einem wirbelnden grauen Rauch, der nach herbstlichen Wäldern roch.

Der Dachsherrscher begann zu singen und die Worte formten sich in seinem Kopf, während er tranceartig in den Wandstein ritzte:

»Meere und Leben kommen und gehen,
Was war und sein wird hier vereint.
Wie Wind die Bergherrscher verwehen,

Niemand weiß, was die Zukunft meint.
Dachskrieger in Schatten weit,
Kommt zu mir, helft beim Gefecht.
Oh weiser Herr und zarte Maid,
Bezähmt meine Wut, bewahrt unser Recht.«

Feldwebel Splintholz deponierte Lanzen an einer versteckten Schießscharte im unteren Stockwerk. Er nahm eine Schüssel mit heißer Pilz-Lauch-Suppe von einem kleinen, drahtigen Hasen entgegen, der zwei Kurzschwerter auf dem Rücken trug. Gemeinsam saßen sie auf der Fensterbank und nahmen ihr Abendessen ein, während sie den scheinbar endlosen Fackelzug beobachteten, der von den Dünen in die mondlose Nacht strömte.

Splintholz pustete auf seine Suppe, um sie abzukühlen. Sein markantes Gesicht war ausdruckslos. »Meinst du, sie wollen uns Angst einjagen, Distel?«

Bart Distelwolle von den Westküsten-Distelwolles starrte müde an seiner langen, aristokratischen Nase entlang auf die Lichter, die in zwei Speerspitzen in Richtung Berg flackerten und zuckten. »Eigentlich sieht das alles ziemlich hübsch aus, findest du nicht, Splint? Aber wenn ich dieses verflixte Gesindel wäre, würde ich ausschlafen, statt wie ein Schwarm Glühwürmchen um die Wette zu flattern. Dummköpfe, wenn du mich fragst, alter Knabe.«

»Recht hast du, Distel«, gluckste Splintholz bewundernd. »Du regst dich nicht schnell auf. Das muss man dir lassen.«

Distelwolle schnaubte verächtlich. »Es ist schlechtes Benehmen, wenn man sich über Gesindel aufregt, nicht wahr?«

Klitsch schüttelte missbilligend den Kopf. »Wenn sie vorher noch nicht wussten, dass wir kommen, dann wissen sie's bestimmt jetzt. All diese Fackeln – das ist dumm!«

Feragos blaue Augen funkelten im Fackelschein. »Ja, sie sehen uns. Genau das sollen sie ja auch. Erkennst du nicht, dass das 'ne Machtdemonstration ist? Jeder von uns trägt zwei Fackeln, und das lässt's so aussehen, als wären wir doppelt so viele. Außerdem können sie die Fackellichter sehen, aber aus dieser Entfernung wissen sie nicht, ob wir Füchse oder Frösche, Frettchen oder Kröten sind, groß oder klein, schlecht oder gut bewaffnet. Das wird sie rätseln lassen und nervös machen. Sie wissen, dass wir hier sind, aber sie können uns nicht genau ausmachen. Jetzt passt mal auf, Grünschnabel.«

Ferago stieß einen schrillen Pfiff aus und warf seine beiden Fackeln in den Sand, wo sie sofort erloschen. Alle Mitglieder der Horde folgten seinem Beispiel. Überall um den Salamandastron erloschen die Lichter wie von Geisterhand.

»Jetzt wissen sie, dass wir hier sind, aber sie können uns nicht sehen.« Ferago ließ sich zufrieden grinsend im Sand nieder. »Wir können bis zum Morgengrauen schlafen, aber sie müssen wach und aufmerksam bleiben.«

Klitsch ließ seine Fackeln mit dem Kopf nach unten in den Sand fallen. »Ich halt das trotzdem für 'ne dumme Idee. Ich hab dir doch gesagt, dass das ausgebildete Kämpfer sind. Die kennen alle Tricks.«

Von den beiden Wieseln sollte Klitsch Recht behalten.

»Also, Jungs und Mädels, Licht aus und Kopf runter.« Großes Ochsenauge hatte Feragos Plan durchschaut. Als er vom Gipfel des Kraters aus zusah, warf er verächtlich seine Schleuder weg. »Die müssen denken, dass wir in Eimern dahergerudert sind, diese hirnlosen Trottel. Meerholz, stell sechs Wachen auf. Der Rest von euch kann bis zum Morgengrauen die hübschen kleinen Äuglein schließen.«

Die Schatten der Laternen flackerten in der verborgenen Höhle, als der kräftige Dachsherrscher sich bewegte. Der Rauch der Kräuter hatte sich verzogen und Erdstreif rieb sich die Augen und gähnte, als wäre er aus einem tiefen Schlaf erwacht. Er legte den Meißel beiseite, nahm die Laterne in die Hand und hielt sie dicht an die Wand, wo sie die frischen Kerben beleuchtete. Die schroffe Stimme des Dachsherrschers hallte in der Höhle wider, als er die Bilder laut übersetzte: »Zwei Dachse. Der kleine hier – das ist meine Mara, da bin ich mir sicher. Der andere, bin ich das? Nein, das kann nicht sein. Ich habe Streifen, er hat keine.«

Der Blick des Bergherrschers trübte sich. Er schüttelte den Kopf, während halb vergessene Bilder durch seinen Kopf huschten.

»Seltsam, ein Dachs ohne Streifen … Ohne Streifen?«

Er blinzelte und richtete seine Aufmerksamkeit wieder auf die Wand.

»Was ist das? Gesindelaugen? Ja, das sind die Augen von Gesindel – zwei Paar, wahrscheinlich Wieselaugen. Das runde Ding dazwischen, ist das der Mond oder die Sonne? Nein, da sind Schnitzereien drauf, aber ich kann sie nicht erkennen, sie sind zu klein. Ah, hier ist ein Schwert, die Waffe eines Kriegers, und hier bin ich, Erdstreif, der Herrscher des Salamandastron.«

Neben der Figur Erdstreifs standen ein paar Zeilen in Dachsrunen geschrieben. Er kniff die Augen zusammen und studierte sie.

»Schwaches Herz, deine Stärke erwacht.
Des Kriegers Schicksal den Bergherrn find'.
Blauauge bringt hierher die Schlacht,
Die Maid kommt an diesen Ort geschwind.
Dachse beherrschen den Berg seit alt,
Befreit wird Moosblume vom Schwert.
Die Abtei einen neuen Wächter erhalt'.
Von Fels und Meer er sich abkehrt.«

Erdstreif stand aufrecht, in seinen nachdenklichen Augen zeichnete sich die Erkenntnis um sein eigenes Schicksal ab. Er fühlte sich, als hätte ihn die schwere Pfote des Schicksals berührt, doch der Gedanke an die bevorstehende Schlacht schien alle Gefühle von Traurigkeit oder Angst auszulöschen.

Splintholz' Stimme durchbrach seine Gedanken, als sie hohl durch den Kammergang dröhnte: »Es ist drei Stunden vor Sonnenaufgang, Herr. Das Gesindel umzingelt den Berg.

Alle Tiere sind in Position und warten auf Euren Befehl. Soll ich ihnen sagen, dass Ihr kommt, Herr?«

Der Dachsherrscher legte seine Schmiedeschürze ab. »Sie werden mich in der Morgendämmerung sehen, Feldwebel, und ich werde sie sehen. Dann werden wir uns diese Horde von Gesindel im Morgenlicht mal genauer ansehen. Leg meine Rüstung, meinen Helm, mein Schwert und meinen Speer bereit.«

14

Dellauge und Tura machten sich auf den Weg nach Süden durch den Moosblumenwald. Sie hatten einen ordentlichen Vorsprung und wollten diesen nutzen, denn sie wussten, dass die Tiere von Rotwall sie verfolgen würden, sobald Bruder Heimerichs Leiche und der Verlust des Schwerts entdeckt würden. Bis auf das Rascheln der Blätter und das Trillern der Vögel lag der Wald groß, grün und still da.

Dellauge war vorausgegangen und hatte sich mit seiner neuen Waffe einen Weg durch Farne und Brennnesseln gebahnt. Als die Mittagszeit näher rückte, hinkte Tura merklich hinterher. Sein Gefährte wischte die Klinge des wundersamen Schwerts an seinem Ärmel ab, während er ungeduldig auf ihn wartete und durch die Reihen der Baumstämme rief: »Beweg dich, Kumpel. Los, beweg deine Stümpfe, du Stinknase!«

Tura wischte sich über die Stirn. Er lehnte sich an eine Eiche und atmete schwer. »Ich muss mich ausruhen, Dell. Ich weiß nich, was mit mir los is. Ich fühl mich total fertig. Das muss das Bad gewesen sein, in das sie mich gesteckt ham.«

Dellauge grinste und schlug mit dem Schwert nach einem vorbeifliegenden Schmetterling. Er bewunderte die grünen Lichtreflexe, die seine Klinge im Sonnenlicht, das durch das smaragdgrüne Blätterdach fiel, erzeugte. »Pah! Ich wurd auch gebadet und mir hat's nich geschadet. Jetzt gib deinen Pfoten 'nen Ruck, sonst lass ich dich zurück. Beeil dich!«

Turas Gesicht hatte eine ungesunde graue Blässe angenommen, seine Glieder zitterten und Schweißperlen standen ihm auf der Nasenspitze, als er weiterstolperte, um mit seinem Kameraden Schritt zu halten, und ihm zurief: »Mach langsam, Kumpel. Du willst mich doch nich hierlassen, damit mich die Leute aus Rothall erwischen. Hier, nimm den Proviant, dann komm ich ein bisschen besser voran.«

»Ich soll den Proviant tragen?« Dellauge verzog den Mund und schnitt missmutig in eine junge Eberesche. »Hm, eher nich. Du hast ihn geklaut, du trägst ihn. Ich hab alle Pfoten voll damit, dieses Schwert zu schleppen. Aber ich sag dir was, wir machen 'ne Pause und essen zu Mittag. Dann ham wir weniger Essen zu schleppen.«

Dankbar ließ Tura den Sack mit dem Proviant fallen, als er am Rande einer kleinen Lichtung zusammenbrach.

Dellauge machte sich sofort daran, sich mit Honig, Brot und Nüssen aus dem Sack vollzustopfen, und ignorierte Turas erbärmlichen Zustand. »Hör zu, wir können nich lange hierbleiben, sie werden uns schon auf der Spur sein. Aber wir sind schon mal entkommen und können's wieder schaffen.

Wir bleiben im Wald – der is besser als das Flachland und bietet mehr Schutz.«

Tura rollte sich zu einer Kugel zusammen und zitterte unkontrolliert, seine Zähne klapperten und sein Schwanz zuckte unruhig.

Dellauge hörte auf zu essen und stupste ihn an. »Ha, du zappelst ja wie ’n kahler Käfer. Guck dich nur an, Kumpel. Was is denn los?«

Turas Kopf zuckte unentwegt, während er eine Antwort stotterte. »K…K… Krank! I…I… Ich bin k…k… krank, mir geht’s m…m… mies!«

Instinktiv wich Dellauge von ihm zurück. »Fieber? Haste Fieber? Siehst ja furchtbar aus!«

»H…H… Hilf mir!« Tura streckte eine zitternde Pfote aus.

Dellauge schulterte den Sack. »Ach, komm schon, ich trag den Proviant. Aber dich trag ich nich, Hermelin. Ich will kein Fieber kriegen.« Er ging ein paar Schritte und sah wütend zu Tura zurück, der sich auf dem Waldboden zusammengerollt hatte. »Kommste jetzt oder nich? Ich werd sicher nich auf dich warten!«

Tura gab keine Antwort. Dellauge schnaubte missmutig. »Na gut, dann bleibste hier, bis es dir besser geht. Ich werd nich zu schnell laufen, damit du mich noch einholen kannst.«

Als er keine Antwort von seinem Gefährten erhielt, machte er sich auf den Weg in den Wald, in Richtung Süden und leicht nach Westen. Er sprach laut, um sich selbst zu beruhigen. »Er muss was im Schilde führen, diese gierige alte

Kröte. Wahrscheinlich holt er mich in der Nacht ein, wenn er wieder Hunger hat.«

Die Spur der beiden Hermeline war nicht schwer zu verfolgen. Samkim und Arula konnten die Schneise deutlich erkennen, die Dellauge mit dem Schwert in die Vegetation geschlagen hatte. Trotz der Dringlichkeit ihrer Mission konnten die beiden Jungtiere nicht umhin, die Schönheit von Moosblume zu bewundern, das in sommerliches Grün gehüllt und mit kleinen Farbinseln aus blühenden Büschen und Sträuchern übersät war.

Ihre Pfoten machten kaum ein Geräusch, als sie über den Teppich aus weichen braunen Blättern liefen. Samkim deutete auf eine Stelle, an der ein Streifen Rinde mutwillig vom Stamm einer Silberweide abgeschnitten worden war, sodass das blasse, ausgelaugte Holz darunter zum Vorschein kam.

»Man kann leicht erkennen, in welche Richtung sie gegangen sind. Sieh dir das an.«

Arula nickte. »'nem lebende Baum so was anzutun, de Steigerwurf würd 'n 's Fell über de Ohr'n zieh'n. Hurr, des sin bestimmt zwee fiese Tier.«

Samkim berührte den Baumstamm und fühlte den feuchten Saft an seiner Pfote. »Wenn wir ein bisschen schneller laufen, holen wir sie vielleicht am späten Nachmittag ein. Sie können nicht allzu weit voraus sein. Komm schon, Arula.«

»Kein Grund zur Sorge, junge Bewohner Rotwalls, hehehe!«

Die dünne, nasale Stimme kam aus dem Nichts.

Samkim und Arula blieben stehen und spähten in das dichte Laub um sie herum.

Die Stimme sprach erneut. »Sorge und Eile, das ist alles, was manche Tiere kennen. Keine Zeit, um ein hohes Alter zu erreichen. Seht mich an – ich kann die Sommer nicht zählen, die ich erlebt habe, und ich bin munter wie ein Floh. Hehehe!«

Samkim legte einen Pfeil an. »Zeig dich!«

Eine Wand aus hohen Farnen bewegte sich und ein Waldwühlmäuserich trat ins Blickfeld. Er war klein und dünn, trug einen langen Mantel aus braunem Rindenstoff und sein Gesicht wurde von dem größten weißen Bart eingerahmt, den sie je bei einem Tier gesehen hatten – er wucherte wie eine Wolke und nur seine strahlenden schwarzen Augen waren zu erkennen. Der Waldwühlmäuserich lachte und machte einen kleinen Luftsprung. Für ein so altes Tier war er erstaunlich agil.

»Hehehe! Du kannst den Bogen weglegen. Ich werde dir nichts tun, Kind von Rotwall. Woher ich weiß, dass du aus Rotwall bist? Ganz einfach! Du sprichst mit dem Akzent eines Abteibewohners. Ich bin Furgel, der Einsiedler. Ich lebe hier ganz allein – das war schon immer so. Ich ertrage die Gesellschaft anderer Tiere nicht allzu lange und bin lieber allein. Ich nehme an, ihr verfolgt die beiden Hermeline, die vorhin hier vorbeigekommen sind?«

»Ihr habt se also geseh'n, Herr?«

Furgel führte einen wütenden kleinen Tanz um Arula herum auf. »Warum können Maulwürfe nie lernen, richtig zu sprechen? Gesehen? Natürlich habe ich sie gesehen, zwei übel riechende Halunken, die meinen Wald verwüstet haben, als würde er ihnen gehören. Ihr braucht euch aber nicht zu beeilen, um die beiden zu fangen.«

Samkim verbeugte sich höflich vor dem Einsiedler. »Mein Name ist Samkim. Das ist Arula. Ihr habt natürlich recht – wir kommen beide aus der Rotwall-Abtei. Warum sagt Ihr, dass wir uns nicht beeilen müssen?«

Furgel wartete, bis Samkim seinen Pfeil weggesteckt hatte. »Weil einer von ihnen sehr krank ist. Er wird nicht mehr weit kommen. Ich war in meinem ganzen Leben noch nie krank. Dann kommt, Bewohner Rotwalls. Ich komme mit euch – ich kenne Moosblume besser, als ihr es je tun werdet. Bei der Eiche und der Esche, ich werde diesem Hermelin eine Standpauke halten, wenn ich ihm begegne. Wie kann er es wagen, meine Wälder zu zerhacken?«

Kurzerhand machte sich der Waldwühlmäuserich auf den Weg. Schon nach kurzer Zeit hatten sowohl Samkim als auch Arula Schwierigkeiten, mit seinem energischen Tempo Schritt zu halten.

Eine Stunde später standen sie am Rande einer Lichtung.

Arula erblickte Tura, der zusammengerollt dalag. »Sieh ma an, turr. Des muss de Kranke sein!«

»Wartet!« Furgel hielt die beiden davon ab, zu Tura hinüberzulaufen. »Bei Gesindel kann man nie wissen. Gib mir einen Pfeil, Samkim. Wir werden sehen, ob er krank ist oder simuliert – besser Vorsicht als Nachsicht, sage ich immer, aber meistens nur zu mir selbst.«

Furgel brach die Spitze des Pfeils ab und ersetzte sie durch ein Blatt, dann gab er ihn Samkim zurück. »Schieß damit auf das Tier, junges Eichhörnchen.«

Samkim schoss den Pfeil perfekt ab. Er flog gegen Turas Rücken und landete auf dem Gras. Das Hermelin rührte sich nicht.

»Wie ich es mir dachte, er ist erledigt.« Der Einsiedler nickte wissend.

Die beiden Jungtiere rannten zu dem Körper hinüber. Furgel hatte recht: Tura war gerade erst gestorben. Samkim drehte das Hermelin um. »Tot? Ich kann es nicht glauben. Erst gestern war er noch so munter wie du und ich.«

»Hm, er is wirklich tot. Noch töta als 'ne schwazze Eich'l.« Arula kratzte sich mit ihrer riesigen Grabklaue am Kopf.

Furgel zog sie von der Leiche weg. »Geht nicht zu nah ran – das Hermelin ist an einer Art Fieber oder Schüttelfrost gestorben. Nun, es war schön, euch kennenzulernen, aber jetzt muss ich mich um meine Angelegenheiten kümmern. Wenn ihr ihn begraben wollt, beeilt euch, aber versucht, ihn nicht zu berühren. Äh, tut mir leid, ich muss mich um eine dringende Angelegenheit kümmern. Wir sehen uns später. Bis dann.«

Im Handumdrehen war er wieder in den Tiefen von Moosblume verschwunden. Samkim und Arula sahen sich an, leicht enttäuscht über Furgels abruptes Verschwinden.

»Burr, des verstehste auch net, oda?«

Samkim schüttelte den Kopf. »Das ist nicht das Verhalten eines echten Waldbewohners, würde ich sagen. Aber ich nehme an, er hatte seine Gründe. Jetzt werden wir den hier begraben und seinen Freund Dellauge aufspüren. Puh, ein Freund, der seinen Kumpel hier zum Sterben zurücklässt. Ich kann das Schwert nirgendwo sehen – Dellauge muss es haben. Arula, wo bist du?«

Die kleine Maulwürfin grub schnell einen Tunnel neben Turas Körper. Ein Schauer aus dunkler Erde flog nach oben, als sie sich mit ihren kräftigen, stumpfen Krallen eingrub. Bald war sie in dem Loch verschwunden und der Boden bebte und hob sich neben dem toten Hermelin. Samkim blinzelte überrascht, als sie in der Nähe von Turas Ohren aus dem Boden auftauchte.

Arula wischte sich den Staub ab. »Turr, des war's! Stoß'n einfach mit 'm Boge, Sankin.«

Samkim drehte die Leiche mit seinem Bogen um. Sie plumpste auf die dünne Erdschicht über dem Tunnel und die Erde gab nach. Arula bedeckte sie mit der Erde, die sie aus der Grube geschoben hatte.

»'s Beste, was ich für dich tun kann, arm's Hermlin, obwohl de sehr bös warst.«

Obwohl das Mittagessen in Rotwall nur aus einem leichten Sommersalat und ein paar Brombeertörtchen bestanden hatte, war Bruder Blasebalg müde und schwitzte. Er verließ die Abteiküche und setzte sich an den Teich, wo es kühl war. Der dicke Mäuserich zog seine Mütze und Schürze aus und wischte sich mit einem Ampferblatt über die Stirn.

Trugg kam herüber und schüttelte sein Krabbennetz aus. »Moment mal, alter Blasbalg. Musst du nicht für die Teestunde backen?«

Der Mönch setzte sich schwerfällig hin und schüttelte den Kopf. »Ach, das Teegebäck. Dazu komme ich später. Sehr gut, ja … Weißt du, Trugg, mir ist heute furchtbar schwindlig.«

Trugg setzte sich neben ihn. »Das kommt wohl von der Arbeit an den heißen Öfen, Matrose.«

»Nein, ich habe die Öfen heute nicht angezündet. Brrrr! Ist das kalt hier draußen!«

Der fröhliche Otter sah ihn verwundert an. »Kalt? Es ist mitten im Sommer, Leichtmatrose. Ich weiß nicht, wie du sagen kannst, dass es kalt ist, wo du doch so verschwitzt bist.«

Blasebalg lehnte sich zurück und wischte sich über die Schnurrhaare. »Du hast recht. Ich schwitze, aber mir ist kalt. Das Teegebäck, ich muss die Öfen anheizen. Traute Dickicht wird mir beim Anrühren helfen … Sehr gut, sehr gut … Hm.«

Bruder Winterbeere schüttelte am Fenster der Infirmerie eine Decke aus, als Trugg ihm zurief: »Ahoi, Bruder. Bruder Blasebalg sieht nicht besonders munter aus. Soll ich ihn in die Infirmerie bringen, damit du nach der armen Maus sehen kannst?«

Winterbeere faltete die Decke fein säuberlich zusammen. »Bring ihn hoch, Trugg, sei so lieb.«

Als Trugg gegangen war, wandte sich Winterbeere einem sehr niedergeschlagenen jungen Igel zu, der auf der Kante eines der Betten saß. »Schließ deine Augen und öffne deinen Mund, junger Brinkel. Sei tapfer, mit dieser Medizin wird es dir besser gehen und du wirst nicht mehr so zittern und schwitzen. Bis zum Abendbrot wird es dir wieder besser gehen, glaub mir, junger Freund.«

Hektor Dickicht fand seinen alten Freund Burrell Maulwurf mit dem Rücken an ein Fass Oktoberbier im Weinkeller lehnend. Er schüttelte missbilligend seinen Stock. »Hast du wieder zu viel von unserem Oktoberbier getrunken, Burrell?«

Den sonst so strahlenden Augen des Maulwurfs fehlte der Glanz. Mit einer kräftigen Grabkralle winkte er ab. »Hm! Hau ab, Hektor. Ich fühl mich furch'ba' un' schrecklich. Mir is noch keen Troppe vom nächste 'toberbier über de Lippe kumme!«

Hektor zog Burrell auf seine Pfoten. »Komm schon, alter Freund. Vielleicht bist du ja krank. Wir bringen dich in die Infirmerie.«

Am Abend war die Infirmerie voll. Äbtissin Lebewohl und Winterbeere diskutierten gerade darüber, eine der oberen Galerien der Abtei zusätzlich zu nutzen, als der kleine Dummel anfing, unaufhörlich an ihrem Gewand zu zerren.

»Mudda Lebwohl, Mudda Lebwohl, da is so 'n lustiga oller Mann am Haupttor mit 'ner Wolke im Gesicht. Will dich sehen, Mudda!«

Die Äbtissin löste Dummels Pfoten von ihrer Robe. »Jaja, Dummel. Jetzt geh und spiel wie eine brave kleine Haselmaus. Ich komme runter, so schnell ich kann.«

Die Äbtissin brauchte jedoch nicht zum Haupttor zu gehen. Traute Dickicht hatte es dem Fremden geöffnet und führte ihn auf die obere Galerie.

»Lebewohl, meine Liebe, das ist Furgel Waldwühlmaus, der Einsiedler. Er hat heute Samkim und Arula getroffen. Ich glaube, er möchte mit dir sprechen.«

Äbtissin Lebewohl nahm Furgels Pfote. »Wie schön, dass Ihr mit Neuigkeiten von unseren Jungtieren herkommt, Herr Furgel. Ihr müsst müde und hungrig sein nach dem langen Weg. Kommt mit und ich sorge dafür, dass Ihr zu essen bekommt und Euch ausruhen könnt. Traute, würdest du dich hier um Bruder Winterbeere kümmern, während ich mich unserem Besucher widme?«

Furgel saß in der Abgeschiedenheit des Zimmers der Äbtissin und nahm genüsslich Holunderwein und Pflaumenkuchen zu sich. Als er seinen Hunger gestillt hatte, wandte er sich mit einem besorgten Gesichtsausdruck an die Äbtissin: »Ihr seht wie eine vernünftige Frau aus, Äbtissin. Ich habe Euch etwas Ernstes zu sagen, also hört gut zu.«

Lebewohl zupfte nervös mit den Pfoten an ihrem Ärmel. »Geht es um Samkim oder Arula? Oh bitte, Herr Furgel, sagt mir, dass es ihnen gut geht!«

Der Einsiedler füllte seinen Becher mit dem dunkelroten Wein nach. »Oh, ihnen geht es gut, Gnädigste, ganz gut. Es ist das Hermelin, von dem ich Euch erzählen wollte – eines der beiden, die hier in Rotwall waren. Heute Mittag ist es tot umgefallen. Auf dem Weg zu Eurer Abtei habe ich alle Möglichkeiten durchgespielt. Inzwischen bin ich mir sicher: So wie diese Kreatur aussah, ist sie am Trockengrabenfieber gestorben.«

Die Äbtissin krallte ihre Pfoten in den Saum ihres Ärmels und ihre Augen weiteten sich vor Schreck, als sie den schrecklichen Namen aussprach. »Trockengrabenfieber! Seid Ihr sicher, Herr Furgel?«

Der Waldeinsiedler nickte traurig. »Ich wünschte, ich wäre es nicht, Äbtissin, aber es ist wirklich das Trockengrabenfieber.«

15

Mara wurde von etwas Schwerem geweckt, das sich auf ihr niederließ. Die Luft war erfüllt von wildem, fröhlichem Quaken, als sie versuchte aufzustehen, unter dem erdrückenden Gewicht jedoch sofort wieder zusammenbrach. Ihre Stimme klang gedämpft, als sie rief: »Was ist hier los? Patsch, wach auf!«

Neben ihr spürte sie, wie Patsch sich rührte. »Uagh! Was ist los? Das Ding stinkt!«

Mara schaffte es, ihn zu Boden zu drücken. Sie blieb einen Moment still liegen und versuchte, sich einen Reim auf die Situation zu machen.

Sofort wurde es ihr klar und die eisige Pfote der Angst packte sie. Sie waren von den Schlingen eines weit gespannten Netzes aus zähem, getrocknetem Schilfgras umgeben, das rundum mit Felsbrocken beschwert war. Durch die kleinen Öffnungen konnte sie Hunderte von großen Kröten sehen. Die schleimigen Kreaturen watschelten und hüpften in einem primitiven Siegestanz umher, wobei sich ihre Kehlen aufblähten, während sie einen schrecklichen, unmelodischen Gesang quakten. Die meisten von ihnen waren mit Dreizacken oder einer seltsamen Art von Morgenstern mit steinbesetzten Zacken bewaffnet.

Die Zauneidechse Swinkie sprang triumphierend vor und schwang den Dolch und den zerbrochenen Speer, die ihre einzigen Waffen gewesen waren. Er schob sein feixendes Gesicht dicht an das Netz heran und streckte seine Zunge heraus, während er die Notlage von Patsch und Mara beobachtete.

»Ksss! Wie fühlt ihr euccch jetzzzt? Kaha kaha! Wollt ihr mir den Schwanzzz abreißßßen, miccch ausssrauben und miccch verprügeln? Kksss!«

Mara wollte gerade sagen, dass sie ihm nicht wehgetan hatten, überlegte es sich jedoch anders. Unwissentlich hatten sie sich einen gefährlichen Feind geschaffen. Sie versuchte, mit Swinkie zu reden. »Es tut mir leid, was passiert ist. Wir wollten dich nicht verärgern. Wir haben versprochen, dich zu belohnen, wenn du uns nach Hause bringst.«

»Kksss! Lügner!« Die Eidechse spuckte sie durch die Maschen an. »Ihr könnt Ssswinkie nichtsss vormachen. Kahaha! Ich bekomme viele Sssumpffliegen und Sssumpfwürmer von König Kuarket im Tausch für euccch. Swinkie will Raccche. Kksss!«

Patsch zerrte wütend an dem Netz. »Du bist ein absoluter Schurke, Stinkie. Hast du mich verstanden? Wenn ich aus dieser verdammten Krabbenfalle herauskäme, würde ich dir eine Beule auf der Birne verpassen, die in einer Jahreszeit nicht mehr verschwinden würde!«

Bevor sie einander weiter beleidigen konnten, wurde die Eidechse von einer riesigen, aufgedunsenen Kröte beiseitegefegt, die rote Augen hatte und mit widerlichen gelben Warzen übersät war, die ihre schleimgrüne Haut von Kopf bis Fuß bedeckten. Die Kröte stieß einen langen Dreizack durch die Maschen und verfehlte dabei nur knapp ihre Augen. »Trrruk! Essenssklaven, seid still, Krrik! Oder ihr sterbt!«

»Tu lieber, was er sagt – ich glaube, er meint es ernst!«, flüsterte Mara Patsch zu.

Die Eidechse verbeugte sich tief vor der riesigen Kröte. »Kksss, Ssswinkie bringt Euccch gute Beute, König Kuarket.«

Der Krötenkönig nickte nachdenklich und schwenkte seinen Dreizack. Zwei kleinere Kröten traten vor und trugen einen Sack, der sich zappelnd und schlängelnd bewegte.

Swinkie schnappte ihn sich und zog sich zurück, wobei er sich tief verbeugte. »Kkss, kaha, Sssumpffliegen, Sssumpfwürmer, die brauccht man niccht zu zzzählen, Ssswinkie vertraut dem großßßen König. Immer eine Freude, mit Euccch Gessschäfte zu maccchen.«

Als er den Sack in die Dünen schleppte, winkte er Mara und Patsch zu. »Kahahaha, tssschüsssi, Esssensssklaven. Kksss!«

Das Dachsmädchen und der junge Hase mussten in das Netz gehüllt marschieren. Stolpernd und Sand spuckend kämpften sie sich durch die Dünen, umringt von hüpfenden, quakenden Kröten, die nur allzu bereit waren, mit Dreizacken auf sie einzustechen oder mit fiesen Morgensternen auf sie einzuschlagen, wenn sie fielen oder versuchten, stehen zu bleiben. Einige der kleineren Kröten fanden es lustig, sich auf die hinteren Netzenden zu setzen und sich mitziehen zu lassen. Patsch war bald erschöpft, aber Mara setzte ihre ganze Kraft ein, um ihrem Freund zu helfen. Sie hielt das Netz hoch, damit er frei laufen konnte, spannte ihre Muskeln an und schleppte das ganze Ding aus eigener Kraft weiter. Dabei ignorierte sie die Stiche der Dreizacke und Morgensterne und ließ sich vom Sand und den Steinen, die die spöttischen Amphibien nach ihr warfen, nicht beirren. Patsch duckte sich tief und tat sein Bestes, um zu verhindern, dass sie sich mit ihren Pfoten im Netz verfing oder stolperte.

Die Nacht war schon lange über die Dünen hereingebrochen und die Gefangenen schleppten noch immer das enorme Gewicht. Mara musste sich jetzt auf allen vieren fortbewegen, denn aufrecht zu gehen hatte sich als zu anstrengend erwiesen. Patsch kroch beharrlich an ihrer Seite. Vom Sand geblendet und von den Hieben und Schlägen der Waffen, die sie antrieben, geschwächt, zogen die Jungtiere müde weiter, ohne zu wissen, wohin sie gingen. Einzig die Hoffnung, dass sie irgendwann anhalten und sich ausruhen dürfen würden, hielt sie aufrecht. Allmählich erkannten sie, dass sie auf flachem, feuchtem Boden unterwegs waren – es gab Grasbüschel und Schlammflecken.

Eine der Kröten holte eine Schneckenmuschel hervor. Das Tier blähte seine Kehle auf und blies hinein. Vor ihnen ertönte ein Ruf und es wurden Lichter sichtbar.

König Kuarket stach Mara grausam mit seinem Dreizack. »Krrroak! Beweg dich, gestreifter Hund. Beeil dich, Krrrak! Wir sind fast da!«

Als sie ihr Ziel erreichten, ließen sich die beiden Gefangenen dankbar auf den feuchten Boden fallen und keuchten vor Anstrengung. Andere Kröten, die Laternen voller Glühwürmchen trugen, kamen herbeigewatschelt, um die Gefangenen zu begutachten. Ein Glühwürmchen setzte sich auf Patschs Ohr, das aus dem Netz ragte.

Er jaulte vor Schmerz auf. »Autsch! Das Viech hat mich gebissen!«

König Kuarket schlug mit dem Griff seines Dreizacks um sich und verscheuchte die Schaulustigen, während er seiner Wache zurief: »Krroak! Werft diese Essenssklaven in die Grube. Krrrk!«

Das Netz wurde noch ein Stück grob weitergeschleift und dann von einer Reihe von Wachen weggerissen. Mara und Patsch wurden in ein tiefes, feuchtes Loch gestoßen. Sie platschten mit den Pfoten voran in das schlammige Wasser, das ihnen fast bis zur Taille reichte. Die beiden Freunde stemmten sich auf einen niedrigen Vorsprung an der Seite und sackten dort zusammen.

Bedeckt mit Schlamm und Matsch lagen sie da und warteten, bis sich die Geräusche der Krötenwächter entfernten. Patsch sprang sofort auf und versuchte, die glitschigen

Lehmseiten der Grube zu erklimmen, rutschte aber chancenlos zurück.

Aus der Dunkelheit ertönten Stimmen, eine lauter als die andere.

»Du verschwendest Zeit und Kraft mit dem Versuch herauszukommen. Versuch es nicht noch mal. Wenn die Wachen zurückkommen, werden wir alle bestraft.«

Mara tastete herum, bis ihre Pfote auf kurzes, schlammiges Fell stieß. »Wer bist du? Was machst du hier?«

Die Gestalt eines kleinen Tiers tauchte aus der Dunkelheit auf. »Wir sind Gefangene, Essenssklaven, genau wie ihr. Wie nennt man euch?«

»Ich bin Mara vom Salamandastron. Das ist mein Freund Patsch Folger. Er kommt auch aus den Bergen.«

Das kleine Geschöpf streckte seine Pfote aus. »Ich bin Nordo, der einzige Sohn von Flößer-Stößer. Mein Vater ist der Anführer der Gusim, der Guerilla-Union der Südstromspitzmäuse von Moosblume. Wir sind insgesamt vierunddreißig hier unten.«

Mara und Patsch schüttelten Nordos Pfote.

Patsch putzte sich angewidert den Schlamm aus dem Ohr. »Freut mich, dich kennenzulernen, Nordo. Ha, Essenssklaven. Wie eklig, ihnen in diesem dreckigen Zustand Essen zu servieren!«

Mehrere spitzbübische Stimmen meldeten sich zu Wort.

»Oh, du wirst kein Essen servieren, Kumpel. Du *bist* das Essen!«

»Ja, der Schlamm wird ganz leicht im Feuer weggebraten!«

»Essenssklaven sind nur für eine Sache da, Kumpel: zum Essen!«

Mara war entsetzt. »Ihr meint, sie wollen uns essen?«

Nordo führte sie zu einer kleinen Höhle, die in der Grube ausgehoben worden war. Sie setzten sich hin und er erklärte: »Kuarket und sein Stamm sind kannibalische Kröten. Wenn es keine Gefangenen gibt, fressen sie die Schwächeren ihrer eigenen Art – ihr würdet einige der Geschichten über König Kuarket und seine Bande nicht glauben. Im Moment haben wir Glück. Gestern waren wir noch vierzig, aber letzte Nacht haben sie sechs von uns mitgenommen. Vorerst können wir aufatmen. Ich habe heute einige der Wachen reden hören und es scheint, dass wir bis zum Festtag des Königs gemästet werden sollen, dann sind wir dran.«

Nordo hielt eine Pfote hoch. »Ich weiß, was ihr mich als Nächstes fragen wollt: Wann ist der Festtag? Tut mir leid, ich weiß es nicht – ich bin genauso schlau wie ihr. Aber solange wir am Leben sind, gibt es Hoffnung, richtig? Wenigstens bekommen wir vorerst zu essen.«

»Und werden dann auf einer Feier aufgetischt.« Patsch schluckte. »Was für eine schöne Überraschung. Das gibt einem das Gefühl, gebraucht zu werden, nicht wahr?«

Mara konnte in dem engen Raum nicht stehen, doch sie ballte ihre Pfoten und knurrte: »Ich würde zu gern sehen, wie sie versuchen, mich zu fressen. Ich werfe ihnen ein paar Leichen ihrer eigenen Leute zum Kochen vor, bevor sie mich auf den Tisch bekommen. Nordo, warum wartet ihr alle hier unten und tut nichts? Könnt ihr nicht einen Fluchtversuch unternehmen, anstatt hier zu sitzen und darauf zu warten, dass diese dreckigen Kreaturen euch fressen?«

Nordo zog sie zu sich heran und flüsterte: »Genau das haben wir vor. Seid ihr dabei?«

Mara und Patsch umklammerten seine Pfote in der Dunkelheit.

»Wir kämpfen an eurer Seite bis zum bitteren Ende!«

»Du musst es nur sagen und wir kleben an dir wie Schleim am Rücken einer Kröte, wenn du das Wortspiel verzeihst, alter Knabe.«

Nordo lachte grimmig. »Gut! Lasst es mich erklären. Wir haben einen Boten. Wenn ihr bei Tageslicht nach oben blickt, seht ihr vielleicht einen Zaunkönig vorbeifliegen. Das ist Blattjunge. Er ist ein Freund der Spitzmäuse, also haltet Ausschau nach ihm. Wenn er eine Eichel in dieses Loch fallen lässt, ist der Tag gekommen, an dem wir von hier fliehen.«

»Du meinst, ihr wollt mit einer Eichel ausbrechen?« Patsch Folger kratzte sich an der Nase.

Mara schlug ihm auf die Pfote. »Hör auf mit dem Unsinn, Folger, und hör zu, was unser Freund zu sagen hat. Tut mir leid, Nordo. Sprich weiter.«

»Richtig. Wenn die Eichel herunterfällt, bedeutet das, dass mein Vater und seine Spitzmäuse vom Fluss südlich von hier angreifen werden. Sie müssen schnell handeln und die Kröten von diesem Loch zurücktreiben. Unsere Aufgabe ist, uns zu verteidigen, bis Hilfe eintrifft.«

Mara nickte. »Wie sollen wir das anstellen?«

»Ganz einfach. Die Höhle, in der wir sitzen, haben wir gegraben, um zu verhindern, dass die Kröten uns herausholen können. Als wir diese und andere Höhlen gegraben haben, haben wir im Schlamm viele schwere Wurfkiesel gefunden. Also haben wir sie gehortet und unsere Wämser zerrissen, um Schleudern daraus zu machen. So werden wir uns verteidigen, bis die Spitzmauskrieger uns aus dieser Grube herausholen können.«

»Krroak! Hey, da unten, hier ist Essen für euch. Esst alles auf. Kraahaahaa!«

Als sie sich aus der Höhle drängten, wurden sie von einem Haufen Brunnenkresse, Wurzeln, Knollen und Löwenzahn getroffen, die die Wachen heruntergeworfen hatten. Mara sammelte sie ein und schleppte sie in die Höhle, solange sie noch trocken und essbar waren.

»Wie du gesagt hast, Nordo, solange wir am Leben sind, gibt es auch Hoffnung, und wir brauchen Nahrung, um am Leben zu bleiben, also lasst uns aufessen und die Hoffnung aufrechterhalten.«

Patsch murmelte durch einen Mund voll Wurzeln: »Stimmt, altes Mädchen, ich hätte es selbst nicht besser sagen können, nicht wahr.«

ZWEITES BUCH

Krieger und Ungeheuer

Das trübe Sonnenlicht durchdrang die fahle Morgendämmerung und sandte goldene Strahlen aus, die den Meeresnebel über dem Salamandastron vertrieben. Erdstreif der Starke schritt kühn mit zehn Hasen im Rücken auf den Sand vor seinem Berg hinaus. Der Dachsherrscher war ein echter Krieger und trat auch so auf – gekleidet in glänzende Metallbeinschienen, einen Brustpanzer und einen Helm mit Federbusch, Visier und einem Nackenschutz aus Kettengewebe.

Auf dem Rücken trug er einen mächtigen Zweihänder und in seiner rechten Pfote ruhte sein berühmter Speer, der mehr wog als ein ausgewachsener Hase und an dessen Spitze eine zweischneidige Klinge thronte, die auf einem Drittel ihrer Länge mit eisernen Ornamenten verziert war. Er warf den Kopf zurück und stieß mit einer Stimme wie Donnergrollen die Herausforderung des Dachsherrschers aus.

»Eulaliaaaaaaa! Ich bin Erdstreif der Starke, Herrscher über den Berg! Wer wagt es, in mein Reich einzudringen?«

Eine weiße Fahne tauchte hinter einigen Felsen am Ufer auf, gefolgt vom Ruf einer hohen Stimme: »Flagge der Waffenruhe, Flagge der Waffenruhe. Mein Herr will mit dir verhandeln.« Klopfschwanz, die Ratte, zeigte sich und schwenkte wütend die Flagge.

Hinter dem Visier funkelten die Augen von Erdstreif erwartungsvoll. »Erdstreif verhandelt nicht mit Abschaum, er begräbt es!«

Ein großes, blauäugiges Wiesel erhob sich hinter Klopfschwanz. Seine Stimme klang weder bedrohlich noch herausfordernd, als es sich nach vorne schlich. »Ich heiße Ferago. Wir haben keinen Grund, gegeneinander zu kämpfen, Lord Erdstreif. Und außerdem, wenn ich kämpfen wollte, würdest du bitterlich verlieren. Wie ich sehe, hast du nur zehn Hasen hinter dir.«

Erdstreif war still geworden. Er starrte Ferago fest an, als würde er versuchen, etwas aus den Tiefen seines Gedächtnisses hervorzukramen. Das Sonnenlicht ließ den Dachsorden um den Hals des Wiesels wie Feuer lodern und seine blauen Augen öffneten sich zu einem entwaffnenden Lächeln. Der Dachsherrscher musterte Ferago durch den Schlitz seines Visiers. Stimmen riefen undeutlich in den Tiefen seines Geistes, zu weit entfernt, als dass er sie hätte verstehen können. Je genauer er hinsah, desto mehr schien ihn das blauäugige Wiesel mit dem goldenen Orden zu verwirren. Erdstreif schüttelte den Kopf und klappte das Visier hoch.

»Ferago, Ferago ... Wo habe ich diesen Namen schon mal gehört?« Er schlug den Speerschaft auf den Boden und kehrte so in die Gegenwart zurück. »Hör gut zu, Ferago. Ich habe vielleicht nur ein paar Krieger hinter mir, aber in meinem Berg sind es noch viele mehr.«

Der Meuchelmörder blieb ein paar Schritte vor dem Dachsherrscher stehen und fuhr einmal mit seinen Klauen durch die Luft. Im Handumdrehen wimmelte es hinter ihm in den Felsen von bewaffnetem Gesindel. Er drehte sich nach rechts und links und wedelte erneut mit seinen Klauen. Sie strömten auf den Sand des Ufers und standen da wie eine durch Magie beschworene Welle des Bösen: Reihen über Reihen von Frettchen, Hermelinen, Wieseln, Ratten und Füchsen, jeder Einzelne bis an die Reißzähne bewaffnet. Blutrote Banner und mit Fellen, Tierhaaren und Schädeln geschmückte Standarten wiegten sich in der leichten Brise.

Ferago wandte sich mit einem selbstbewussten Grinsen an Erdstreif: »Da drin hast du noch dreißig weitere Kampfhasen, das weiß ich. Die Chancen stünden weit über fünfzig zu eins. Aber lass uns nicht vom Kämpfen reden. Ich bin ein Besucher in diesem Land – wo ist deine berühmte Gastfreundschaft geblieben? Lad mich in deinen Berg ein und erlaub mir, mich umsehen, dann reden wir …«

»Niemals! Ich dulde kein Gesindel im Salamandastron!«

Während er sprach, bemerkte Erdstreif, wie die vorderen Reihen der Horde langsam vorrückten. Hinter sich hörte er das Geräusch von Pfeilen, die aus den Köchern gezogen wurden. Splintholz und die zehn Hasen bereiteten sich auf Ärger vor.

Ferago schüttelte den Kopf. »Du sagst, dass du nie Gesindel in deinen Berg lässt, aber mein Sohn Klitsch und sein Freund Goffa haben vor nicht allzu langer Zeit mit dir gefrühstückt.«

Die Spitze von Erdstreifs Speer hatte sich langsam geneigt. Jetzt senkte sie sich. Nur eine Haaresbreite trennte sie von Feragos Hüfte. Der Meuchelmörder machte einen vorsichtigen Schritt zurück.

Erdstreifs Geduld war erschöpft. »Verschwinde aus dem Land von Moosblume, Wiesel, oder du und dein Abschaum werden hier sterben. Ich bin des Redens müde. Geh mir aus den Augen. Dein Anblick beleidigt mich!«

Ferago mangelte es nicht an Mut. Er spuckte verächtlich in den Sand. »Dein Berg ist umzingelt, Dachs. Wenn es zum Krieg kommt, hast du keine Chance. Was sagst du dazu?«

Aber Erdstreif hatte nichts mehr zu sagen, bis auf ein einziges Wort.

»Eulaliaaaaaaa!«

Ein tödliches Zischen ertönte, als zehn der vorrückenden Feinde von den Pfeilen der Fernpatrouille niedergestreckt wurden.

Ferago sprang zur Seite und brüllte: »Attacke!«

Die Horde stürmte über die Leichen der Gefallenen hinweg auf den Dachs und seine zehn Hasen zu. Diese ließen sich hinter zehn weitere Hasen fallen, die mit gespanntem Bogen bereitstanden. Sie feuerten in die schreiende Horde, während ihre Kameraden frische Pfeile anlegten und eine weitere schnelle Salve abfeuerten. Von der Kampfeslust getrieben, zog sich Erdstreif nicht in die Sicherheit des Berges zurück, sondern stürzte sich auf den Feind. Ein stämmiges

Frettchen mit einem Spieß griff ihn an. Der Speer des Dachses traf es in die Brust, hob es wie eine Stoffpuppe hoch und schleuderte es in die wütende Horde. Ein Wiesel warf sich auf Erdstreifs Rücken und stach den großen Dachs zwischen Pfotenschiene und Brustpanzer. Erdstreif erledigte es mit einem Hieb seiner riesigen, gepanzerten Pfote. Drei Hasen waren gefallen – zwei durch Speere, einer durch eine Schleuder.

»Ich werde versuchen, den guten alten Herrn Erdstreif zurückzuholen«, rief Splintholz Ochsenauge zu. »Haltet den Eingang offen, bis wir zurück sind!«

Ochsenauge legte ruhig einen Pfeil an und streckte einen Fuchs nieder. »Gut, aber beeil dich, Splint. Wir können nicht den ganzen Tag so ein Theater veranstalten. Grundgütiger, was man nicht alles für diese Dachsherrscher tun muss!«

Splintholz ließ seinen Bogen fallen und stürzte sich ins Getümmel. Mit Schlägen, Tritten, Stößen und Hieben schaffte er es bis an die Seite des Dachses. »Der Koch sagt, das Frühstück wird kalt, Herr. Kommt Ihr herein?«

Ein schlecht geführter Stoß von einem Speer des Gesindels verfehlte Erdstreif, schlug jedoch Splintholz beim Abprall bewusstlos, als das stumpfe Ende des Speers seinen Kopf traf. Erdstreif packte den Hasen mit einer Pfote und warf ihn sich über die Schulter, während er sich zum Eingang zurückkämpfte. Plötzlich tauchte Klitsch vor ihm auf und schwang sein Kurzschwert. Der Dachs drehte sich um, als er zustieß, und die Klinge bohrte sich in seinen Arm. Der Dachsherrscher, der Splintholz trug, stand einen Moment lang da und starrte das junge Wiesel an. Er riss sich das Schwert aus dem

Arm, stellte sich darauf, zerbrach die Klinge und knurrte wütend: »Viel Glück beim nächsten Mal, Bengel. Wir sehen uns wieder. Eulaliaaaaaaa!«

Erdstreif preschte wie ein Rammbock durch das Getümmel. Leichen wurden nach rechts und links geschleudert, als er zum Eingang stürmte und den bewusstlosen Splintholz in die Pfoten zweier wartender Hasen übergab, während er Befehle brüllte.

»Ochsenauge, bring deine Hasen rein. Ich verriegle den Eingang!«

In Sekundenschnelle hatten sich die Hasen in den Gang geduckt und Erdstreif warf sein Gewicht gegen einen mächtigen Felsblock. Der Stein rollte an seinen Platz und versiegelte den Berg gegen die Horde draußen. Der Dachsherrscher trieb mit einem Hammer einen großen Eichenkeil unter ihn.

Ochsenauge lehnte sich auf seinen Bogen und beobachtete ihn. »Diese Burschen sind nicht sehr freundlich, Herr. Ich nehme an, sie wollen gegen uns kämpfen, nicht wahr?«

Erdstreif leckte sich das Blut von der Schulter und grinste den unverwüstlichen Hasen an. »Sollen sie nur, Ochsenauge, du alter Haudegen. Wir werden ihnen einen Kampf liefern, über den wir in zukünftigen Wintern reden können, wenn wir alt und faul am Feuer sitzen.«

Großes Ochsenauge musterte seinen leeren Köcher. »Nehmt es mir nicht übel, wenn ich das sage, Herr, aber es wird nicht mehr viele geben, die alt werden können, wenn dieser Kampf vorbei ist.«

16

Trockengrabenfieber!

Der schreckliche Name ließ das Herz eines jeden Tiers erschaudern. Die Ältesten der Abtei – Äbtissin Lebewohl, Bremmun, Traute Dickicht und Bruder Winterbeere – beriefen eine eilige Konferenz ein, an der auch Furgel, der Einsiedler, teilnahm.

Äbtissin Lebewohl sprach zu ihnen: »Freunde, wenn nicht schnell etwas unternommen wird, könnte dieses schreckliche Fieber uns alle auslöschen. Bruder Winterbeere, weißt du als Krankenwärter etwas über diese Krankheit?«

Winterbeere schürzte die Lippen. »Mutter Äbtissin, meine Kenntnisse sind bescheiden und sehr begrenzt. Bauchschmerzen, Kopfschmerzen, Kratzer und Wunden, damit kenne ich mich aus. Ich habe einen Blick in meine medizinischen Bücher geworfen und die meisten ehemaligen Krankenwärter sind der Meinung, dass es kein sicheres Heilmittel gegen Trockengrabenfieber gibt. Ich kann es mit meinen Hausmitteln einigermaßen unter Kontrolle halten, aber heilen kann ich es leider nicht.«

»Die Blumen von Eistor, hehehe! Aber das ist nur ein altes Mauseweibermärchen. Hehehe, wahrlich, die Blumen von Eistor!«

Alle drehten sich um und starrten Furgel an. Der Waldeinsiedler zuckte mit den Schultern und machte einen kleinen Hüpfer. »Ich habe selbst nie so etwas gebraucht – Medizin, pah! Aber als ich jung war, sagte meine Großmutter immer, dass das einzige Mittel gegen Trockengrabenfieber die Blumen von Eistor gekocht in frischem Quellwasser seien. Allerdings glaube ich, sie war verrückt. Ziemlich verrückt.«

Traute Dickicht zeigte ernst mit ihrer Pfote auf Furgel. »Zeigt etwas mehr Respekt vor den Älteren. Meine Großmutter hat das auch immer gesagt, die Blumen von Eistor aus den Bergen des Nordens. Jetzt erinnere ich mich an ihre Worte, sie sagte immer, dass sie fast alles heilen könnten. Aber wer weiß schon, wo die Berge des Nordens sind. Liebe Güte, kein vernünftig denkender Bewohner Rotwalls geht jemals nach Norden. Das ist Ödland. Es ist eine raue und feindliche Gegend, über die wir wenig wissen.«

»Ob Mauseweibermärchen oder nicht, wir müssen es versuchen.«

Bremmun stand entschlossen auf. »Ich gehe noch heute los.«

Trugg hatte in der Nähe gestanden und darauf gewartet, mit Winterbeere zu sprechen. Er drückte Bremmun zurück auf seinen Stuhl. »Nein, Matrose, du bist zu alt und betagt, um auf die nördlichen Berge zu klettern. Ich werde gehen. Oh, Winterbeere, du wirst oben in der Infirmerie gebraucht – zwei weitere Tiere sind krank geworden.«

Traute Dickicht mochte Trugg sehr. Sie streichelte seine Pfote. »Oh, du bist ein tapferes Tier, Trugg. Wir müssen jemanden mit dir schicken, der dir bei deiner Suche hilft.«

Trugg trat verschämt von einer Pfote auf die andere. »Sei gesegnet, Gnädigste, aber ich komme schon allein zurecht. Hier in Rotwall wird jedes Paar Pfoten gebraucht, um mit dem Fieber fertigzuwerden. Außerdem habe ich Todesangst, krank zu werden, also sollte ich schnell diese Blume finden. Wie heißt sie noch mal, Furgel?«

»Hehe. Eistor, du großer Ignorant – die Blumen von Eistor. Wo du sie findest und wo die nördlichen Berge sind, ist mir allerdings ein Rätsel.«

Trugg nahm Furgel in seine kräftigen Pfoten und hob ihn mühelos auf die Tischplatte. »Hör mir zu, Waldwühlmaus. Wenn du mich noch mal Ignorant nennst, wirst du in voller Montur im Teich baden gehen. Du bist ach so schlau, aber doch nicht schlau genug, um die Antwort auf deine eigene Frage zu erkennen. Wo sind die nördlichen Berge? Na, im Norden natürlich. Von der Abtei führt ein Weg nach Norden und ich habe vor, ihn zu nehmen. Die Blumen von Eistor, ja? Keine Sorge, Traute, der alte Trugg wird Sträuße davon mitbringen! Ich habe die Blumen von Eistor noch nie gesehen, aber wenn sie so wertvoll und selten sind, erkenne ich sie bestimmt sofort, sobald meine Klüsen sie erblicken. Der Berg ist im Norden, die Blumen sind auf dem Berg – was muss ein Tier mehr wissen? Überlasst das mir, Matrosen!«

Die Logik des großen Otters war so überzeugend und unumstößlich, dass er einen kräftigen Applaus erntete.

Alle Tiere waren sich einig: Trugg war der richtige Otter für diese Aufgabe, und die Abenteuerlust in Truggs Augen unterband jeden noch so zaghaften Widerspruch.

Da Trugg ein Tier der Tat war, das zu seinem Wort stand, machte er sich unverzüglich auf den Weg und nahm seine Wurfschleuder, Kieselsteine und einen großen Rucksack mit Lebensmitteln mit. Die Nacht war längst hereingebrochen, als er auf dem nördlichen Pfad vor den Toren der Abtei von einer Gruppe seiner Freunde verabschiedet wurde.

»Auf Wiedersehen und viel Glück, Trugg!«

»Ho jurr, dass de gud uff dich uffpasst.«

»Komm schnell mit den Blumen zurück, Matrose!«

»Sei vorsichtig, Trugg!«

Die Tore schlossen sich hinter ihm, als der Otter kühn den staubigen braunen Weg nach Norden entlangschritt.

Trugg war noch nicht lange unterwegs, als er Geräusche aus dem Wald zu seiner Rechten hörte. Er legte einen großen Kieselstein in seine Schleuder. Wer auch immer ihn verfolgte, würde dafür bezahlen, wenn er etwas versuchte. Die blasse Mondsichel erhellte den Pfad und den Wald nur schwach, als der Otter die kleinen Büsche und Sträucher beobachtete, die sich nicht weit von ihm entfernt bewegten. Sein verborgener

Verfolger gab sich große Mühe, mit ihm Schritt zu halten. Er lächelte grimmig vor sich hin, wirbelte seine Schleuder demonstrativ herum und blieb stehen. Auch der andere blieb stehen. Plötzlich begann ein Wacholderbusch, wild zu rascheln und zu schwanken und eine piepsige kleine Stimme durchbrach die nächtliche Stille.

»Hilfe! Onkel Trugg, da is 'ne Slange, 'ne Slange hat mich erwisst!« Die Stimme konnte nur zu einem Tier gehören: dem kleinen Dummel.

Trugg stürmte in den Wald und stürzte sich auf den Busch, riss Blätter und Äste ab und rief: »Halt still, Leichtmatrose. Hab keine Angst – Trugg ist da!«

Der Haselmäuserich war in den Windungen einer ausgewachsenen Ringelnatter gefangen. Obwohl die Schlange nicht giftig war, versuchte sie, das Leben aus Dummel herauszuquetschen.

Trugg packte sie an der Kehle und versetzte ihr mit seiner geladenen Schleuder einen kräftigen Schlag. Sie war im Handumdrehen bewusstlos. Das Gesicht des kleinen Dummel war bläulich verfärbt und seine Wangen aufgebläht, während er nach Luft rang. Der plötzliche Schock hatte ihn gelähmt.

Der große Otter hielt den kleinen Haselmäuserich kopfüber und verpasste ihm einen kräftigen Schlag auf den Po. Das war ein drastisches, aber verlässliches Mittel. Dummel stieß einen Schrei aus, der durch den Wald schallte: »Waaaahaaauuuu!«

Kurze Zeit später saß er glücklich auf einem umgestürzten Baum und aß eine kandierte Kastanie aus dem Proviantbeutel des Otters, während er Trugg dabei zusah, wie er die Schlange mit einem komplizierten Knoten um einen Baumstamm band.

»Du zäher alter Pirat, wie kannst du es wagen, meinen kleinen Freund zu würgen? Du wirst hierbleiben, bis du Manieren gelernt hast!«

Dummel gluckste. »So is gud, Onkel Trugg. Bind die Slange fest!«

Trugg kniff die Augen zusammen und ging vor Dummel in die Hocke. »Vergiss die Schlange, Leichtmatrose. Warum in aller Welt läufst du mir hinterher?«

»Will mit dir kommen su den Bergen im Norden, Onkel Trugg.«

»Ach was! Jetzt hör mir mal zu, junge Haselmaus. Du gehst zurück in deine Koje in der Rotwall-Abtei. Abmarsch!«

Dummel brach in Sturzbäche von Tränen aus. »Neiheihein, ich will nich gehen! Dummel wird krank un' stirbt am Fieba. Hab Angst.«

Trugg schulterte seinen Proviantbeutel und stand unschlüssig vor dem weinenden Dummel, der ihn flehend ansah.

»Du bist mein Freund, Onkel Trugg. Du lässt nich zu, dass Dummel inna Abtei krank wird. Wir finden söne Blumen zusammen. Ja?«

Trugg hob den Kleinen mit einer Pfote hoch und setzte ihn auf den Proviantbeutel. »Na gut, du kleine Landratte. Ich will mir gar nicht vorstellen, dass du krank wirst. Ich habe genauso viel Angst vor dem Fieber wie du. Steck deine Pfote durch die Riemen da oben und schlaf ein bisschen, dann finden wir die Eisblumen gemeinsam.«

Sie gingen den Pfad hinauf, wobei die Geduld des großen Otters durch die kleine Haselmaus auf eine harte Probe gestellt wurde.

»Lieba Onkel Trugg. Bist doch mein besta Kumpel, stimmt's?«

»Oh, aye. Du schläfst jetzt und hörst auf zu quatschen.«

»Geh slafen. Gud Nacht, Onkel Trugg.«

»Gute Nacht.«

»Bis morgen früh.«

»Aye, jetzt sei still.«

»Bin jetz ruhig. Dummel still.«

»Na, da will ich hoffen.«

»Oh, gans still.«

»Sei still, hörst du? Sei still!«

»Dummel still. Du bist der, der den gansen Lärm macht, Onkel Trugg.«

Seit dem Morgengrauen hatte König Kuarket über den Rand der Grube gespäht und Mara aufmerksam beobachtet. Die Krötenwächter warfen eine riesige Ladung Knollen und Wurzeln zu den Gefangenen hinunter. Sogar etwas Obst war darunter – ein paar Äpfel, ein paar halb reife Haselnüsse und Späterdbeeren. Nordo und seine Spitzmäuse sammelten sie in den kleinen Wandhöhlen, wobei sie die Haselnüsse als Wurfmaterial beiseitelegten.

Als Patsch half, das Essen aufzusammeln, rief er Mara zu: »Du hast da einen königlichen Verehrer, altes Mädchen, nicht wahr? Ich glaube, er träumt von dir auf Toast mit einem Apfel in deinem hübschen Mund.«

Mara reckte dem König der Kröten eine Pfote entgegen. »Hau ab, du fetter, schmuddeliger Sumpfbewohner!«

»Kroaak! Sei still Streifenhund, Kuarket ist König, Krrk!« Kuarket schleuderte ihr brutal eine Haselnuss entgegen. »Nicht fett oder schmuddelig. Wenn die Zeit gekommen ist, bestrafe ich dich. Grrak!«

Mara schleuderte die Nuss zurück und traf Kuarket an der Nase. »Warum kommst du nicht her und bestrafst mich jetzt gleich, wenn du dich traust, Fettkopf. Oder sollte ich sagen, Eure königliche Fleckigkeit?«

Bebend vor Wut, mit hervorquellenden Augen und einer wild pulsierenden Kehle watschelte Kuarket um den Rand der Grube. »Grrroak! Ich werd dein Herz fressen!«

»Ha!« Mara verzog verächtlich ihre Lippen. »Mein Herz fressen? Du könntest nicht mal Schlamm fressen, wenn er dir direkt ins Maul fliegen würde. Hier!«

Sie schleuderte eine Pfotevoll Schlamm, die das offene Maul des Krötenkönigs traf. Die Tiere in der Grube mussten in Deckung gehen, als die Krötenwächter Kieselsteine auf sie warfen.

Kuarket tobte vor Wut und spuckte Schlamm, während er das Dachsmädchen giftig anbrüllte: »Krrakl! Ich warte nicht länger. Ihr habt mich verärgert und werdet bald alle sterben. Krrakl! Ich werde euren Tod so langsam und schmerzhaft gestalten, dass ihr darum betteln werdet, gefressen zu werden. Groak!«

Nachdem die Kröten verschwunden waren, entschuldigte sich Mara bei den anderen Gefangenen. »Es tut mir leid, dass ich die Beherrschung verloren und euren Tod beschleunigt habe, aber ich konnte es nicht ertragen, wie mich diese widerliche Kröte angestarrt hat.«

Nordo wischte den Dreck von einem Apfel und biss hinein. »Was macht das für einen Unterschied? Wir werden sowieso alle sterben. Wahrscheinlich ist früher sogar besser als später – dann hat man es hinter sich.«

Patsch knabberte nachdenklich an einer Erdbeere. »Ich weiß nicht, ob ich mich vollstopfen und die Kröten verspotten oder lieber hungern soll, damit sie nicht so viel zu kauen haben. Was meinst du, Nordo, alter Knabe?«

»Wie ich schon sagte, Patsch – es macht keinen Unterschied. Wenn du tot bist, ist es aus, egal ob du dick oder dünn bist.«

»He, was soll das?« Mara legte eine Pfote um Nordos Schultern. »Du redest, als wäre das Ende unausweichlich. Wo ist der berühmte Kampfgeist der Gusim geblieben?«

Nordo setzte sich schwer in den Schlamm und klatschte mit den Pfoten hinein. »Sieh dir das an – Matsch, Schleim, Schlamm, überall! Gefangen in einer Grube wie Frösche in einem Fass, gezwungen, in diesem Dreck zu leben. Ich halte es nicht mehr aus, wie ein zappelndes Sumpfinsekt zu leben!«, schrie er heiser. Er warf sich gegen die Grubenwände und rutschte ab, während er versuchte, sich mit seinen Pfoten einen Weg nach oben zu bahnen.

Ohne Vorwarnung senkte sich eine Grasschlinge herab und legte sich um Nordos Schultern. Plötzlich wimmelte es am Grubenrand von Kröten, die hämisch krächzten und hüpften, während Kuarket seinen Dreizack schwenkte und laut brüllte: »Krrrroak! Jetzt fressen wir sie, einen nach dem anderen. Guarrrkk!«

Patsch hechtete vor und packte Nordo an den Pfoten. »Kommt schon, Jungs. Lasst nicht zu, dass die fiesen Halunken ihn kriegen!«

Mara watete nach vorn und griff nach dem Seil. Einige Spitzmäuse eilten ihr zu Hilfe und das Dachsmädchen rief ihnen zu: »Zieht! Zieht mit aller Kraft!«

Oben am Rand der Grube packten Kröten das Seil und zogen wild daran.

»Krruuuuak! Zieht! Wenn ihr was zu essen haben wollt, dann zieht!«, brüllte Kuarket sie an.

Das strapazierfähige Grasseil dehnte sich und quietschte, als die Tiere sich in diesem Tauziehen an beiden Enden ins Zeug legten.

Zwei junge Spitzmäuse namens Schussel und Wick kletterten über die Köpfe der anderen und begannen, das Seil mit ihren bloßen Zähnen zu bearbeiten.

Patsch lächelte grimmig. »Das ist die richtige Einstellung, Jungs. Beißt zu!«

Einige Kröten lehnten sich über den Rand und stießen mit ihren Dreizacken zu, doch sie wurden von einer Salve Schlammbälle aus der Grube unter ihnen zurückgedrängt. Schussel und Wick bissen wütend in das gespannte Seil und spuckten getrocknetes Gras nach links und rechts, während ihre scharfen Zähne die Fasern durchtrennten.

Das Seil riss mit einem lauten Krachen.

Oben taumelten die Kröten zurück und landeten auf einem Haufen auf Kuarket. Er stieß mit seinem Dreizack brutal nach ihnen. »Krrrroak! Runter mit euch, ihr Idioten! Runter von eurem König!«

Mara, Patsch und Nordo fielen in einer aufspritzenden Schlammwelle zurück in die Grube. Sie klammerten sich noch immer an die abgetrennte Hälfte des Seils, als ein Haufen Spitzmäuse auf ihnen landete. Durch den Matsch und Schlamm hindurch lachten sie laut über ihren Sieg.

»Wir haben gewonnen! Wir haben gewonnen! Hurra!«

»Ich würde sagen, gute Vorstellung, Jungs. Das wird dem alten Kuark eine Lehre, nicht wahr?«

Ein Pfeil sauste herab und durchbohrte Schussels Pfote. Kuarket erschien mit mehreren Krötenbogenschützen am Rand der Grube.

»Krrrag! Tötet sie! Tötet sie alle!«

Mara spürte, wie sie etwas zwischen den Ohren traf. Mit einer Pfote fing sie den Gegenstand auf. Aus dem Augenwinkel sah sie einen Zaunkönig, der über sie hinwegflog.

Sie hielt die Eichel hoch und rief laut: »Seht, es ist die Eichel! Eulaliaaaaaaa!«

Sofort drangen die Kampfschreie der Gusim-Spitzmäuse an ihre Ohren. Nordo duckte sich in eine Wandhöhle und wich Pfeilen aus, während er Schlingen und Steine nach vorne warf. Dann hob er den Kopf, um den Kriegern seines Vaters, die vom Flussufer herandrangen, einen Kriegsruf zuzurufen.

»Flößer-Stößer, Flößer-Stößer, Flößer-Stößer!«

Ein Pfeil zischte zwischen Patschs Ohren hindurch, als er einen runden Stein aus seiner Schleuder abfeuerte. Ein Krötenwächter gab einen befriedigenden Würgelaut von sich, als er an der Kehle getroffen wurde. Die Kröten waren überall, schwangen ihre fiesen Morgensterne und stachen mit ihren Dreizacken zu. Grimmig blickende Gusim-Krieger, die bunte Tücher um den Kopf trugen, stürzten sich in den Kampf und parierten und stießen mit ihren kurzen Fechtdegen zu.

»Jahaa, das ist euer Tod, Abschaum!«

»En garde! Eins, zwei, tot!«

Mara und die anderen schleuderten mit aller Geschwindigkeit und Kraft, wie sie aufbringen konnten, Steine nach oben, wichen Pfeilen aus und duckten sich vor den Hieben der langen Spieße der Kröten. König Kuarket drehte sich vor und zurück, während er versuchte, sowohl die Gefangenen in der Grube als auch die vorrückenden Gusim-Spitzmäuse im Blick zu behalten. Das Überraschungsmoment zeigte Wirkung. Die Spitzmäuse trieben die Krötenmassen gnadenlos zurück und stießen sie dabei in die Flammen ihres eigenen Kochfeuers. Flößer-Stößer, der grimmige Anführer der Spitzmäuse, kämpfte wie ein wahnsinniges Tier und stürzte sich ungeachtet der Gefahr auf mehrere Kröten gleichzeitig. Er blutete aus einem Dutzend Schnitten von Dreizacken und Morgensternen und kämpfte wild mit Zähnen und Degen, während er die ganze Zeit mit seiner rauen Bassstimme brüllte: »Ich komme, Nordo, mein Sohn. Flößer-Stößer, Flößer-Stößer, Flößer-Stößer!«

Einige Spitzmäuse wurden von den Kröten getötet, doch die Verluste auf der Seite von König Kuarket waren weitaus größer. Die Kröten verloren den Mut. Sie kämpften zwar weiter, wurden aber durch die Heftigkeit des Angriffs der Gusim zum Rückzug gezwungen.

Unten in der Grube lagen vier tote Spitzmäuse, die Gefangenen hielten allerdings keinen Moment inne. Der aufsteigende Steinhagel war so schnell und dicht, dass er viele Kröten niederstreckte. Mara sprang aus der Höhle, aus der sie gefeuert hatte, und schleuderte alles, was ihre Pfoten zu fassen bekamen. Eine Sekunde lang sah sie die knurrenden Züge von König Kuarket, dann wich er vom Rand zurück.

»Mara, er entkommt«, rief Patschs Stimme ihr über das Getümmel hinweg zu. »Die Dreizacke – da drüben!«

Zwei Krötenwächter waren in die Grube gestoßen worden. Sie lagen tot im tiefen Schlamm und hielten noch immer ihre Waffen. Mara ahnte, was Patsch meinte.

Sie schnappte sich die beiden Dreizacke und benutzte sie als Kletterhilfe. Pfote um Pfote kletterte sie zum Rand der Grube hinauf, benutzte die Dreizacke, um sich hochzuziehen, stach sie tief in die glitschigen Wände und drückte sich mit ihrer ganzen Kraft nach oben. Sie schlug mit den Dreizacken um sich und warf zwei Kröten in die Grube, bevor sie Kuarket verfolgte.

Der König der Kröten wankte und hüpfte durch die Sümpfe. Krötenkrieger, die weniger schwerfällig waren als er selbst, überholten ihn zu beiden Seiten, während sie vor dem Zorn der Gusim-Kämpfer flohen.

»Krrruak! Würmer, Deserteure, kommt zurück und helft eurem König!«, keifte Kuarket die Kröten an. Als er einen Blick zurückwarf, erkannte er, dass Mara hinter ihm her war. Der Krötenkönig blähte vor Schreck die Kehle, als er versuchte, schneller zu laufen. Das Dachsmädchen war ein furchterregender Anblick. Seine Augen waren rot vor Wut, ihm stand Schaum vor dem Maul und es stürmte ohne Rücksicht auf Büsche und Sträucher vorwärts. Kuarket erstarrte vor Entsetzen, die Kraft schwand aus seinen schlaffen Gliedern, als die junge Dächsin sich durch die Luft katapultierte und sich auf ihn stürzte.

Flößer-Stößer und einige seiner Leute kamen herbeigeeilt, als Mara Kuarket mit beiden Pfoten vom Boden hochhob und ihm an die Kehle ging. Er baumelte hilflos in ihrem Griff und krächzte leise, während er sich abmühte, mit den Beinen den Boden zu erreichen.

Mara wurde plötzlich vom Gewicht eines halben Dutzends Spitzmäuse zu Boden gedrückt. Von ihrem kriegerischen Dachsgeist geblendet, drehte sie sich um, um mit ihnen zu kämpfen, als ihr Gefangener ihr entrissen wurde.

Flößer-Stößers Rapier berührte ihre Kehle. »Sei still, junger Dachs. Überlass ihn uns. Er ist unser langjähriger Feind und wir werden uns seiner annehmen. Komm und sieh zu.«

Das Lager der Kröten war zerstört und alle, die nicht geflohen waren, wurden getötet. Patsch, Nordo und die anderen wurden aus der Grube gezogen. Die Spitzmauskrieger versammelten sich am Rand der Grube, als Kuarket nach vorne gezerrt wurde.

Er knurrte und spuckte auf alle um ihn herum. Flößer-Stößer beachtete Kuarkets Wut kaum, als er den Krötenkönig kurzerhand in die Grube hinabstieß. Zwei Spitzmäuse in der Nähe lösten die Öffnung eines Sacks und etwas flog hinunter, um sich der Kröte in der Grube anzuschließen.

Der Anführer der Spitzmäuse lächelte. »Nun denn, Krötenkönig, du endest in deiner eigenen Grube – der gleichen Grube, in der du meine Spitzmäuse gehalten hast, damit du sie fressen kannst. Auch andere Tiere sind Fleischfresser. Nimm zum Beispiel den Hecht, der gerade mit dir dort hineingeworfen wurde. Er ist zwar erst halb ausgewachsen, aber er ist wild. Warum versuchst du nicht, ihn zu fressen, Kuarket? Wenn er hungrig genug ist, wird er versuchen, dich zu fressen. Das nenne ich Gerechtigkeit, Krötenkönig – fressen oder gefressen werden. Lebwohl.«

Kuarket wich an den Rand der Grube zurück und versuchte, der bedrohlichen Rückenflosse auszuweichen, die aus dem schlammigen Wasser ragte, als der Hecht auf dem Grund der Grube herumkroch. Er war auf der Suche nach Nahrung.

Unterhalb des Krötenlagers lag der Südstrom. Am Ufer waren fünfzehn riesige Baumstämme verankert, von denen jeder zu einem langen Einbaum ausgehöhlt war. Die Spitzmäuse saßen paarweise entlang der Länge jedes Stamms. Mara und Patsch saßen mit Nordo und seinem Vater im Bug des führenden Baumstamms. Die Einbäume stießen vom Ufer ab und die Spitzmäuse paddelten sie in die Mitte des breiten Stroms, der sich nach Südosten schlängelte.

»Woher kommst du, Mara?«, fragte Flößer-Stößer, als sie auf der Strömung ritten.

»Vom Berg Salamandastron. Weißt du, wie wir dorthin zurückkommen können?«

Der Spitzmäuserich nickte. »Es ist eine lange Reise, aber ich kenne den Weg. Ich bin der Flößer-Stößer all dieser Gewässer. Der Südstrom hat viele Nebenflüsse und ich kenne sie alle wie meine Westentasche. Ich werde dich zum Berg bringen, aber erst musst du mit mir kommen. Ich habe zunächst andere Pläne für dich.«

Patsch lächelte verschmitzt. »Andere Pläne, ja? Gib uns einen Hinweis, Flößer-Stößer.«

Der grimmige Ausdruck auf Flößer-Stößers Gesicht ließ Patsch erblassen. Er drehte sich zur Seite und murmelte: »Hm. Ich hab ja nur gefragt. Fragen kostet ja wohl nichts, oder? Ich frage mich, wie Spitzmausfutter schmeckt. Ich könnte ’ne Kröte verdrücken.«

17

Dellauge kam überraschend schnell über den Verlust seines Kameraden Tura hinweg. Zunächst war er wehmütig und hatte sogar ein bisschen geweint, aber dann erinnerte er sich daran, wie dumm und beleidigend Tura sein konnte, wie oft er ihm Essen gestohlen hatte und an die Streitereien, die immer in einem Kampf geendet hatten. Während er unter dem Blätterdach von Moosblume nach Südwesten reiste, schüttelte Dellauge seine Trauer ab und rechtfertigte seine Taten laut vor den einsamen Mächten des stillen grünen Waldes.

»Ja, geschieht ihm recht. Und überhaupt, vielleicht hat sich Tura erholt und is allein losgezogen. Das Hermelin hat mich nie wirklich gemocht, es war kein richtiger Kumpel. Pech für ihn, sag ich. Außerdem, wer braucht schon 'nen Kumpel, wenn er so 'n Schwert hat?«

Er schwang die fabelhafte Klinge und hackte einen überhängenden Ast ab. Er fiel herunter, verfing sich in seinen

Pfoten und brachte ihn zum Stolpern. Fluchend schlug und hackte er auf den vermaledeiten Ast ein. »Juchhu! Jaha! Aua, das tut weh!«

Dellauges ungeschickter Angriff auf das harmlose Blattwerk hatte dazu geführt, dass er sich mit dem rasiermesserscharfen Schwert an der linken Fußpfote verletzt hatte. Er ließ die Waffe fallen und wiegte sich hin und her, während er versuchte, sich weit genug vorzubeugen, um seine verletzte Pfote zu lecken.

»Uagh! Das war Tura! Wo immer er is, er wünscht mir, seinem alten Kumpel, der ihm nie Unrecht getan hat und ihm nie etwas Böses wollte, kein einziges Mal, Unglück an den Hals. Dieser Tura war schon 'n fieser Kerl!«

Beim Herumstöbern fand er ein großes Ampferblatt und improvisierte einen Verband für seine Pfote.

Er stillte die Blutung mit einer Pfotevoll Mulch und fixierte das Ganze mit einem dünnen Grashalm. Mit dem Schwert als Gehstock machte er sich wieder auf den Weg, knabberte an einem runzligen Apfel und bemitleidete sich selbst.

»Das muss man sich mal vorstellen, mein Kumpel, der mich verlassen hat, hat mir Unglück an den Hals gewünscht. Das Leben is hart und grausam für 'n armes Hermelin, das allein und verwundet is ...«

Samkim und Arula hatten auch einen Rückschlag erlitten. Sie waren seiner Spur gefolgt und gut vorangekommen, bis sie auf ein Gebiet stießen, das Dellauge nicht mit seinem Schwert zerhackt hatte. Sie sahen sich nach allen Seiten um und suchten nach Zeichen, die ihnen helfen würden, die Fährte des Hermelins wieder aufzunehmen. Arula stöberte in einem Eibendickicht herum, bis Samkim aufgeregt rief: »Hier drüben, Arula. Sieh mal, Blut!«

Die junge Maulwürfin huschte hinüber zu ihrem Freund, der inmitten eines Haufens zerschnittener Zweige und Äste saß. Er zeigte auf die scharlachroten Flecken auf den Blättern.

»Er war hier, ganz sicher. Sieh dir die Pfotenabdrücke des Hermelins an – wer sollte es sonst sein? Ich vermute, das ist auch sein Blut. Ja, Dellauge ist hier entlangkommen. Was denkst du?«

Arula drehte die Blätter mit schweren Grabklauen um. »Ja, Des issa. Ich wüsst gern, wieso des Herm'lin geblut' hat, Sankin.«

Das junge Eichhörnchen wischte sich die Pfoten am Boden ab. »Wer weiß. Dellauge kann aber nicht weit sein. Was hältst du davon, wenn wir hier eine Weile rasten und etwas essen? Dann können wir ihn mit einem zügigen Marsch einholen.«

Arula stimmte bei der Erwähnung von Essen bereitwillig zu. »Ho jurr, gude Idee. Bin zimmich ausg'hungert. Aber lass hier drübbe sitze, weit wech vonnem Herml'nblut.«

Sie setzten sich auf einen sonnenbeschienenen Platz zwischen einem Fliederbusch und einem Lupinendickicht. Samkim erlaubte Arula, das Essen auszusuchen. Sie packte Gebäck mit Erdbeermarmelade und Johannisbeersirup aus den Provianttaschen aus. Sie breitete eine Serviette aus und legte das Essen darauf. »Turr, sieht gud aus.«

Als Erstes kam eine Wespe. Sie ließ sich auf Samkims Gebäck nieder, bis er sie verscheuchte. Bald versuchten mehrere Wespen, sich an den süßen Marmeladengebäckstücken zu laben. Andere summten und brummten um das kleine Fläschchen mit dem Sirup. Arula schnippte eines der Insekten weg, als es sich auf die Marmelade um ihren Mund stürzte. »Geh wech, du läst'ge Wesp!«

Die Wespe griff an und stach sie.

»Burrwaa! 'ne Wesp hat mich 'stoche!«

Samkim schlug mit seinem Bogen nach den Wespen, wobei er jeden Schlag mit wütenden Worten unterstrich. »Verschwindet, ihr kleinen Quälgeister! Weg mit euch – verschwindet!«

Versehentlich peitschte der Bogen in die Lupinen und zerstörte das Wespennest, das in die Gabelungen von drei Stämmen gebaut war. Im Handumdrehen war die Luft voller aufgebrachter Wespen. Sie summten und schwirrten wie wild um die Köpfe der Jungtiere. Die beiden Freunde sprangen auf und schlugen wie wild auf die stechende Insektenwolke ein.

»Schnell, weg hier, bevor wir zu Tode gestochen werden!«

»Wuuhurr, se sin überall. Lasst uns in Ruh, ihr Wespe!«

Samkim und Arula ließen ihre Mahlzeit stehen und rannten zwischen den Bäumen davon, verfolgt von einer Wespenarmee.

»Aua! Autsch! Such Deckung, Arula! Such Schutz!«

»Huuh! Ooh! Ich seh nix als läst'ge Wespe!«

Ein stämmiger Igel tauchte aus dem Nichts auf und begann, mit einem Netz an einem Stock Wespen zu fangen und sie genüsslich zu verspeisen. »Hohohoho, seht euch zwei nur an. Mögt keine Wespen, was?«

Samkim schlug wütend auf die Insekten ein, während er dem Neuankömmling, der sich sichtlich amüsierte, panisch zurief: »Uaaaah! Jetzt ist nicht die Zeit für Geplauder, Herr. Tut was!«

Der Igel schnappte nach einer vorbeifliegenden Wespe und fing sie mit seinem Maul auf. Er kaute auf ihr herum, während er sprach. »Hach! Geht doch nichts über eine knusprige Wespe, abgesehen von einer dicken, fetten Biene natürlich. Na, kommt, ihr zwei. Folgt dem guten Zweigert.«

Sie rannten hinter ihm her und heulten und schrien vor Schmerz, während die Wespen sie weiter verfolgten. Zweigert blieb am Rand eines kleinen Waldsees stehen. Er deutete darauf, drängte sie ins Wasser und brach zwei hohle Schilfrohre ab.

»Hohohoho. So was hat man noch nicht gesehen – Tiere, die Angst vor Wespen haben. Na los, Leute. Rein mit euch. Am besten taucht ihr unter und atmet durchs Schilf. Schnell jetzt!«

Die beiden Jungtiere schnappten sich jeweils ein Schilfrohr und stürzten sich ins Wasser. Als sie ganz untergetaucht waren, steckten sie sich die Schilfhalme in den Mund und saugten gierig Luft ein.

Zweigert futterte weiter Wespen. Unempfindlich gegenüber Stichen, fraß er die summenden Insekten pfotenweise und hielt nur ab und zu inne, um die Flügel, die sich zwischen seinen Zähnen verfangen hatten, herauszuziehen.

»Kommt zu Zweigert, meine knusprigen, kleinen Schönheiten. In meinem Bäuchlein ist genug Platz für euch alle!«

Unter dem klaren Wasser des kleinen, sonnenbeschienenen Teichs beobachteten Samkim und Arula den Igel, wie er sich an den Wespen labte, bis die summende Horde ausgedünnt war und zu ihrem beschädigten Nest zurückflog. Als die Wespen verschwunden waren, holte Zweigert die tropfenden Jungtiere aus dem Teich. Sie sahen erbärmlich aus, durchnässt und mit Stichen übersät.

»Na, da bieg mir einer die Stacheln grade. Seht euch zwei an. Ich würde keine schimmlige Eichel für euch beide geben. Seht ihr diesen Uferschlamm? Wenn ihr euch damit einschmiert, hört das Brennen auf.«

Sie wälzten sich in dem klebrigen schwarzen Schlamm und bedeckten sich damit. Erstaunlicherweise linderte es den Schmerz der Stiche sofort. Nachdem sie wie zwei Schlammpuppen aussahen, stellten sie sich vor und erzählten dem Igel von ihrer Suche.

Er nickte wissend. »Ich habe das blöde Hermelin vorhin gesehen, wie es gehumpelt ist und mit sich selbst geredet hat wie ein Irrer. Keine Sorge, der alte Zweigert wird euch wieder auf seine Spur bringen. Das ist das Mindeste, was ich tun kann, weil ich so ein gutes Wespenessen bekommen habe.«

Aus dem Bauch des Igels ertönte ein leises Summen. Er gab ihm einen kräftigen Klaps und das Geräusch verstummte. »Verzeiht. Wenn ich euch zwei einen Rat geben darf: Bleibt eine Weile da sitzen und lasst den Schlamm trocknen, dann löst er sich und zieht alle Stacheln mit raus.«

Samkim und Arula saßen auf dem offenen Gras im Sonnenlicht. Während der Schlamm trocknete, sahen sie dem seltsamen Igel zu, wie er eine Wespe nach der anderen aus seinem Fangnetz nahm und sie wie bei einem Bankett verputzte.

Ein Schlag mit dem stumpfen Ende eines Speers streckte Dellauge nieder. Halb betäubt sah er auf. Todfeger, der Fuchs, und seine sechs Spürratten hielten ihn mit den Spitzen ihrer Speere am Boden fest. Der Fuchs schlug ihm das Schwert aus den kraftlosen Pfoten und Dellauge wimmerte vor Angst. In den kalten Augen der Fährtenleser und ihres Anführers war weder Mitleid noch Gnade zu erkennen.

»Wo ist Tura? Sag's mir und ich mach dir das Sterben leicht.« Der Tonfall des Fuchses war scharf und befehlend.

»Tura is tot. Er is an der Krankheit gestorben. Ich hab's selbst gesehen. Oh, ihr werdet mich doch nich töten, oder?«

»Ferago hat eine lange Pfote«, spottete Todfeger, als er das zitternde Hermelin trat. »Du dachtest, du wärst uns entkommen, was? Armer Narr!«

Dellauge stöhnte auf, als eine Speerspitze in seine verletzte Pfote stieß. »Ich wollt zurück zu Ferago, ich schwör's. Seht ihr das Schwert? Ich wollt's ihm als Geschenk bringen. Bei meiner Ehre!«

Todfeger hob das Schwert auf und bewunderte seine kalte, tödliche Schönheit. »Ehre? Sprich mir nicht von Ehre, Dellauge. Meine Fährtenleser und ich haben fast eine ganze Jahreszeit mit der Suche nach dir und deinem Kumpel verschwendet. Kein Tier ist Ferago dem Meuchelmörder je entkommen. Das solltest du inzwischen wissen. Rate mal, was er mir befohlen hat, wenn ich dich einhole.«

Dellauge schluckte. Seine Kehle war trocken und er bekam kaum ein Wort heraus. »Er hat wahrscheinlich gesagt, dass du mich zurückholen sollst …«

Der Fuchs lächelte sein zitterndes Opfer freudlos an. »Falsch, Dellauge. Er sagte, ich soll deinen Kopf auf einer Speerspitze zurückbringen.«

Er schwang das Schwert und seine Klinge blitzte im Sonnenlicht.

Todfeger wischte die Klinge an Dellauges Leiche ab. »Lasst ihn liegen. Ein Kopf nützt nichts ohne den anderen. Ich glaub, Herr Ferago wird sich freuen, dieses Schwert als Geschenk von ’nem alten, verstorbenen Freund zu erhalten. Kommt, der Weg zurück zum Lager des Meuchelmörders ist lang und beschwerlich.«

Die Schlacht um den Salamandastron war in vollem Gange. Hinter Sandbarrieren und Felsen versammelt, schickten die Horden von Ferago dem Berg flammende Pfeile entgegen. Pflanzen und Feldfrüchte, die in den Felsspalten und auf den Felsvorsprüngen der Festung angebaut worden waren, waren bald nur noch geschwärzte Stoppeln, die von Hunderten von brennenden Pfeilen bis auf den nackten Felsen niedergebrannt wurden.

Ferago stand gut sichtbar, aber außer Reichweite, Klitsch an seiner Seite.

Bart Distelwolle wischte sich an einer der hohen Schießscharten die schwarze Asche aus dem Gesicht, während er einen Pfeil anlegte und vor sich hin murmelte. »Beweg dich, du schnoddriger Mistkerl. Komm nur zehn Schritte näher und ich schieße dir direkt zwischen deine schönen blauen Augen, nicht wahr!«

Sternlot legte ebenfalls an und zielte auf ein Frettchen, das sich zum Schießen aufrichtete. »Du verschwendest deine Zeit, Barti, alter Knabe. Nimm das nächste verfügbare Ziel, wie zum Beispiel unseren Freund da unten …«

Sternlot spannte den Bogen und schoss. Der Pfeil sauste nach unten und traf das Frettchen in die Brust. Es fiel nach hinten und ließ seinen Feuerpfeil gerade nach oben los. Sternlot gab ein zufriedenes Schnauben von sich. »Gut. Oh! Sieh mal, der Pfeil des Schurken kam gerade herunter und hat die Ratte neben ihm verwundet. Zwei für den Preis von einem. Nicht schlecht, was?«

Barti schoss seinen Pfeil ab und wandte sich ab, ohne den Todesschrei des Hermelins zu beachten, das er getroffen hatte. »Ich bin nicht gerade begeistert von diesem Scharfschützenspiel, altes Haus. Offener Krieg ist viel besser, das schweißt zusammen, weißt du?«

»Geht zur Seite, ihr Hasen!«

Beide wichen zur Seite, als Erdstreif an der Schießscharte erschien. Er spannte einen gewaltigen Bogen und legte einen Köcher mit Pfeilen in Griffweite, jeder so lang und dick wie ein kurzer Speer. Der Dachsherrscher spuckte auf seine Pfoten und rieb sie aneinander. »Gut, lasst uns das Fest richtig eröffnen!«

Klitsch seufzte, während er mit einer Speerspitze Muster in den Sand zeichnete. Langeweile stand ihm ins Gesicht geschrieben. »Das ist er also, der große Angriffsplan: ein paar Feuerpfeile auf den Berg schießen und dann die ganze Zeit rumsitzen und sich gegenseitig beschimpfen. Diesmal hast du dich wirklich selbst übertroffen, alter Mann.«

Ferago sah zu, wie die Feuerpfeile durch die Luft zischten. »Hast du 'ne bessere Idee, Schlaumeier?«

»Wenigstens hab ich den großen Dachs mit meinem Schwert verwundet!« Das junge Wiesel verzog verächtlich die Lippen.

»Das hast du, Klitsch, das hast du. Jetzt fehlt dir allerdings dein hübsches, kleines Schwert. Erdstreif hat es rausgezogen, als wär's 'ne Nähnadel, und es zerbrochen. Was für ein schlaues junges Wiesel. Eine geniale Strategie von dir, was? Warum überlässt du das nicht den Älteren und Klügeren?«

Klitsch hielt den Speer angriffsbereit, damit die Pfoten des Meuchelmörders nicht zu den langen Messern wanderten, die er sich um die Brust geschnallt hatte. »Du magst älter sein, aber du wirst nie klüger sein. Komm schon, erzähl mir von deiner brillanten Strategie, Vater.«

Da ihm die Pfeile ausgegangen waren, beschloss Goffa, sich mit Klitsch eine Weile im Hintergrund zu halten. Er überquerte gerade den Strand, genau auf einer Linie mit Ferago, als ihn ein riesiger Pfeil wie ein Blitz traf und seinen

Körper in die beiden Wiesel krachen ließ. Schnell sprangen sie auf und rannten weiter zurück, um sich hinter einen Felsvorsprung zu kauern.

Ferago lachte und seine blauen Augen leuchteten fröhlich, nachdem er so knapp entkommen war. »Höllenzahn und Dunkeltor! Das Ding war für mich bestimmt! Schade um deinen Freund Goffa.«

Klitsch betrachtete den schrecklichen Anblick. Der Pfeil hatte Goffa halb in den Sand getrieben.

Seine gelangweilte Miene aufrechterhaltend, lehnte sich Klitsch gegen die Felsen. »Freund? Dieser schwachsinnige Idiot? Er war nur mein Lakai, aber ich hätt ihm nie befohlen, deine Haut zu retten. Komm schon, erzähl mir, wie du diesen Berg erobern willst.«

Einige der wagemutigeren Mitglieder der Gesindelhorde rückten unter dem Hagel brennender Pfeile langsam auf den Berg zu. Großes Ochsenauge beobachtete sie von der Spitze des Kraters aus. Meerholz und Goldstück waren bei ihm und alle drei stemmten sich gegen eine hölzerne Barriere, die einen Haufen Felsbrocken zurückhielt.

Ochsenauge zeigte mit einer Pfote gerade nach unten und schloss ein Auge, als er daran entlangvisierte. »Hm, etwa zwei Speerlängen mehr sollten genügen. Kommt schon, ihr faules Pack, lasst die Löffel nicht hängen. So, Jungs, stemmt die Pfoten gegen den Baumstamm!«

Die drei Hasen warfen sich gegen das Holz.

Das Gesindel am Ufer unterhalb des Salamandastron hörte das Rumpeln von oben. Einige wichen schnell aus, andere waren nicht so wachsam. Mehr als die Hälfte von ihnen wurde von den riesigen Steinplatten und Felsblöcken erschlagen, die den Berghang hinunterstürzten. Ochsenauge und seine Kameraden jubelten, als sie das Ergebnis ihrer Lawine sahen.

Die Angreifer am Ufer schrien vor Wut und fluchten, als sie ihre Salven brennender Pfeile verdoppelten.

Am späten Nachmittag rief Ferago Klopfschwanz zu sich. Der Meuchelmörder zwinkerte Klitsch zu. »Jetzt zeig ich dir, wie ich Herrscher über die Südwestlande geworden bin, kleines Wiesel. Klopfschwanz, schick Hundskopf, Krabbenauge, Taunase und Schlimmzahn zu mir. Oh, und Faran der Giftmischer soll auch kommen.«

Klopfschwanz erbleichte sichtlich, als er sich vor Ferago verbeugte.

Niemand, einschließlich des Meuchelmörders selbst, machte gern Geschäfte mit Faran dem Giftmischer. Der Schwarzfuchs war nicht einmal Teil der Horde, er folgte ihr lediglich in geringem Abstand und kam und ging, wie es ihm passte. Klopfschwanz trabte los, um den Auftrag seines Herrn zu erfüllen, und hielt sich hinter Felsen und Sandbarrieren.

Faran saß allein am Rand der Flutlinie und beobachtete das Treiben der Wellen. Klopfschwanz tat sein Bestes, um nicht gesehen zu werden, als er sich an Faran den Giftmischer heranschlich. Er watete ins Meer, näherte sich dem Schwarzfuchs und überbrachte die Nachricht.

»Herr, mein Herr Ferago möchte Euch sprechen. Er kampiert in den Felsen nördlich von hier. Werdet Ihr ihn aufsuchen?«

Klopfschwanz' Körper zitterte nervös, als er in Farans bleiche bernsteinfarbene Augen starrte. Niemand hatte den Giftmischer je sprechen hören. Das Sonnenlicht glitzerte nicht auf Farans Fell. Es war rußschwarz und stumpf. Die blassen Augen starrten Klopfschwanz hypnotisch aus einem Gesicht an, das so dunkel war wie die tiefste Nacht. All die schrecklichen Geschichten, die er über Faran gehört hatte, kamen ihm in den Sinn. War es wahr, dass er mit einem dieser langen, durchdringenden Blicke töten konnte? Klopfschwanz glaubte fest daran, während er wie gebannt vor dem Giftmischer stand.

»W...W... Werdet Ihr kommen, Herr? F...F... Ferago will es wissen.«

Faran starrte ihn noch einen Moment lang an, ohne zu blinzeln, und nickte dann einmal. Das reichte.

Klopfschwanz verbeugte sich so tief, dass seine Schnauze ins Wasser tauchte. »D...D... Danke, Herr!« Wie ein aufgeschrecktes Rehkitz rannte er los, stürmte durch die Wellen und flitzte über das Ufer.

Farans finstere Augen folgten seinem Weg ausdruckslos. Langsam stand der Schwarzfuchs auf und schnallte sich seinen Gürtel aus Natternleder um. Daran hingen kleine Beutel aus Fledermaushäuten. Was sie enthielten, wusste nur er. Wie der leise Schatten einer Gewitterwolke bewegte er sich geräuschlos über den Sand.

Am äußersten Rand seines Lagers, weit weg von der Horde, erläuterte Ferago Klitsch und den vieren, die er als Haupttiere ausgewählt hatte, seinen Plan. »Belagerung! Keine wütenden Angriffe, Pfotengemenge oder Kämpfe auf Leben und Tod – eine Belagerung ist das Mittel, um den Berg zu erobern. Früher oder später werden dem Dachs und seinen Hasen die Pfeile, Lanzen, Wurfspeere und Felsbrocken ausgehen. Ich hab ihn in seinem Berg eingeschlossen. Er kann nicht weg. Wir sind in der Überzahl und haben die Zeit auf unsrer Seite. Keiner kommt ihm zu Hilfe. Alles, was wir tun müssen, ist, aus der Sicherheit heraus zu schießen und abzuwarten. Jetzt bleibt nur noch eine Frage: Kann einer von euch erraten, was es ist?«

»Essen und Wasser!«, antwortete Klitsch.

Ferago schmunzelte über die schnelle Auffassungsgabe seines Sohnes. »Stimmt. Eines Tages wirst du vielleicht halb so schlau sein wie dein Vater. Essen und Trinken – wie viel haben sie und wie lange werden sie damit auskommen, das ist die Frage.«

Krabbenauge war eine ehemalige Wasserratte. Seine Augen wanderten ständig hin und her und hielten nie inne. Er hob eine Pfote. »Herr, vielleicht ham sie genug zu essen, um 'ne ganze Jahreszeit zu überleben. Solange wir sie umzingelt ham, kommen sie zwar nich raus, aber wenn sie genug zu essen und zu trinken ham, können sie's sich da drin für immer gemütlich machen.«

Schlimmzahn, ein großes, stämmiges Hermelin, stimmte ihm zu. »Krabbenauge hat recht, Herr. Wenn sie genug

Vorräte ham, könnten wir hier draußen an der Küste an Altersschwäche sterben.«

Ferago spielte mit dem goldenen Orden an seinem Hals. Seine blauen Augen leuchteten amüsiert, als er seinen Meisterstreich offenbarte. »Aber wir werden nicht an Altersschwäche sterben. Genauso wenig wie Erdstreif und seine Kämpfer. Sie werden schon bald an was anderem sterben.«

Klitsch und die vier Haupttiere atmeten scharf ein, als der Schatten Farans auf sie fiel. Eilig wichen sie zur Seite, um ihm Platz zu machen, und jeder von ihnen zitterte vor Angst, als er an ihnen vorbeiging. Faran wählte seinen Platz selbst, direkt vor dem Meuchelmörder.

Blaue Augen trafen auf bernsteinfarbene, als sie sich gegenübersaßen.

Ferago lächelte einschmeichelnd. »Nun denn, der Giftmischer trifft auf den Meuchelmörder – was für eine Kombination. Aber wir haben schon früher zusammengearbeitet, Faran, und ich hab dich immer gut entlohnt, nicht wahr?«

Der Schwarzfuchs nickte nur einmal bestätigend.

Ferago wandte den Blick ab, da er die Gefahr kannte, die in Farans durchdringendem Blick lauerte. Er holte sein Abhäutemesser heraus und wetzte es langsam an einem Felsen, während er sprach. »Freund Faran, wenn ich den Berg bei Nacht angreifen würde, könntest du dann durch die Linien schlüpfen und einen Weg hineinfinden?«

Faran nickte einmal.

Das reichte Ferago. »Gut! Sobald du drinnen bist, liegt es an dir, Nahrung und Trinkwasser zu finden. Ich stell mir vor, dass der Berg ein Labyrinth aus Gängen und Abzweigungen ist, aber du könntest die Vorratskammern finden, egal wie viele Kammern und Gänge du erkunden müsstest, stimmt's, Faran? Wenn du das geschafft hast, will ich, dass du alles, was essbar oder trinkbar ist, mit deinen tödlichen Flüssigkeiten vergiftest. Kein Tier im Salamandastron soll am Leben bleiben.«

Faran nickte und streckte eine Pfote aus.

Ferago verstand. Er stellte sich neben den Giftmischer und flüsterte ihm so leise ins Ohr, dass es keiner der anderen hörte: »Dein Lohn ist die Hälfte des Dachsschatzes. Ist das ein gutes Geschäft?«

Farans Nicken war endgültig. Der Pakt war besiegelt. Er warf Ferago einen letzten langen Blick zu und ging dann leise davon.

Ein lauter Seufzer der Erleichterung erklang, als er gegangen war. Ferago wandte sich an die anderen: »Meint ihr, dass mein Plan funktionieren wird?«

Sie nickten alle zustimmend, sogar Klitsch.

Ferago zog sein Abhäutemesser aus der Scheide. »Dann ist heute die Nacht der Nächte. Ihr werdet Folgendes tun …«

18

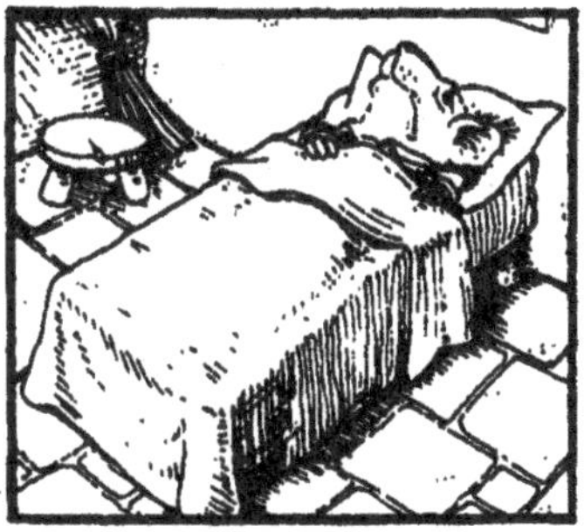

»Handtücher, mehr Handtücher. Befeuchte sie bitte mit Rosenwasser!«

Bruder Winterbeere wuselte um die Betten, die auf der oberen Galerie aufgestellt worden waren, wischte hier eine Stirn ab, verabreichte dort eine Dosis Medizin und zog da die Decken straffer.

»Bleib bitte ruhig liegen, Burrell. Sei ein braver Maulwurf, nimm viele kalte Getränke zu dir und schwitz dich unter den Decken aus.«

Schwester Kapuzinerkresse sah von dem Tisch auf, an dem sie mit Mörser und Stößel arbeitete, und wischte sich die Stirn. »Wir haben kaum noch getrocknetes Herzgespann und Zitronenverbene, Bruder. Das ist der letzte Rest.«

Trugan legte ein Tuch beiseite, das sie in Rosenwasser getaucht hatte. »Überlass das mir, Schwester. Ich werde sofort in den Moosblumenwald gehen und welche sammeln. Brauchst du sonst noch etwas, wenn ich schon im Wald bin, Bruder?«

Winterbeere kratzte sich am Kinn. »Hm, Nachtschattenbeeren – hellrote, wenn du kannst, die dunkelroten Beeren sind viel zu matschig. Und vielleicht kannst du dich nach Dummel umsehen, wenn du schon mal da bist, Trugan.«

»Dieser kleine Frechdachs.« Die Otterin schüttelte den Kopf und gluckste. »Ich habe euch schon ein Dutzend Mal gesagt, dass er mit meinem Bruder abgehauen ist. Dummel und Trugg sind sich so ähnlich wie Erbsen in einer Schote, das könnt ihr mir glauben.«

»Oh, ich hoffe, du hast recht.« Äbtissin Lebewohl hörte auf, saubere Laken auszulegen, und setzte sich auf die Seite eines Rollbettes.

Ein kleiner Maulwurf namens Druni nahm einen großen Schluck kalten Minztee und setzte sich halb auf. »Oh, se hat recht, Gnädist, keene Angst. Hab Dummel selbst geseh'n, bevor er weg'gange is, un' er hat gesacht, er würd mer Eestor-Blume bringe, damit's mer bessa geht, un' des wird er auch.«

Schwester Kapuzinerkresse schlug den Stößel hart in die Schale. »Druni, du freches kleines Tier, warum hast du uns das nicht schon früher erzählt?«

Der kleine Maulwurf ließ seinen Kopf zurück auf das Kissen fallen. »Tut mer leed, Schwesta Kapuzzekress, ich war krank wie 'n ale Frosch.«

Kapuzinerkresse eilte herbei und zog die Decke sanft bis zu seinem Kinn hoch. Sie wischte ihm mit einem Tuch über die pelzige Stirn. »Ja, natürlich warst du das, Druni. Ich wollte nicht so streng mit dir sein. Verzeih mir.«

Sie setzte sich auf die Bettkante und wischte sich selbst über die Stirn. »Uff! Ist es heiß hier drin oder liegt es an mir?«

Traute Dickicht fühlte ihre Stirn. »Geht es dir gut, meine Liebe? Du siehst erschöpft aus.«

Kapuzinerkresse stand auf und schwankte ein wenig. »Ich Dummerchen habe mich über die Hitze beschwert. Jetzt ist mir auf einmal ganz schön kalt.«

Äbtissin Lebewohl legte ihr eine Pfote um die Schultern. »Gut, dass ich gerade ein neues Bett bezogen habe, Schwester. Es wird Zeit, dass du dich ausruhst – du bist ab jetzt eine Patientin.«

Druni winkte Kapuzinerkresse mit einer schlaffen Pfote zu. »Mer ham vill Rosewassa un' Medezin für dich, Schwesta. So, jetz legste dich hin und schläfs'. Dann geht's dir bessa.«

»Danke, Doktor Druni.« Winterbeere lächelte, als er dem kleinen Maulwurf über die Stirn wischte. »Wie wäre es, wenn du deinen eigenen Rat befolgst und versuchst, etwas zu schlafen?«

Die Äbtissin und Traute Dickicht falteten ein Laken zusammen. Unter der Müdigkeit zeichneten sich Angst und Sorge in ihren Mienen ab.

»Oh, Traute, glaubst du, Trugg wird die Blumen von Eistor bekommen?«

»Na, na, Lebewohl. Ich bin sicher, das wird er. Trugg ist ein guter Otter. Ich hoffe, er kümmert sich gut um den kleinen Dummel.«

Trugg und der kleine Dummel waren in bester Verfassung und komponierten Lieder, während sie auf dem alten Pfad nach Norden marschierten.

»Oh, gib mir 'ne Straß' zum Gehen,
'n bisschen Essen, da und hier,
Ich lauf un' ess den ganzen Tag,
Mein kleiner Freund, mit dir.«

Dummel kramte im Rucksack und fand eine Gemüsepastete. Während er sie Trugg reichte, warf der kleine Haselmäuserich den Kopf zurück und sang laut und fröhlich:

»Oh, ich sitz auf Onkel Trugg,
Un' stopfe ihn mit Essen voll,
Er lässt mich auch nie fall'n,
Mein großer Matros' is toll!«

Trugg kaute auf der Pastete, während er über seinen nächsten Vers nachdachte.

»Oh, Dummel ist 'n Taugenichts,
Schwer wie 'ne kleine Kröte.
Er hat so viel Proviant gefressen,
Da hab ich meine Nöte.«

Dummel wählte einen Apfel und begann, ihn an Truggs Kopf zu polieren. Dabei blickte er zufällig hinter sich. Seine

Augen weiteten sich, dann wandte er sie wieder nach vorne und sang diesmal mit tiefer, drängender Stimme:

»Oh, Onkel Trugg, dreh dich nich' um,
Un' mach auch kein Gesrei.
Da sind vier Füchs' mit großen Stöck',
Die folgen uns, oh wei!«

Trugg behielt seine Pfoten vor sich und legte einen Stein in seine Schleuder. »Dann wollen wir mal sehen, was die Jungs da wollen, Leichtmatrose.«

Er blieb stehen und stellte sich in die Mitte des Weges, als sich die vier Füchse näherten. Sie waren umherstreifende Bettler, die auf hilflose Reisende oder leichte Beute warteten, die ihnen über den Weg liefen. Zwei von ihnen trugen rostige Schwerter, die anderen beiden waren mit Knüppeln bewaffnet.

»Einen schönen Sommertag, Freunde!«, begrüßte der bullige Otter sie.

Die Füchse tauschten ein wissendes Lächeln aus. Einer trat vor. »Einen schönen Sommer wünsche ich dir, Verehrtester. Was ist in dem Sack?«

Trugg grinste den zerlumpten Fuchs fröhlich an. »Vier bewusstlose Füchse mit abgehackten Schwänzen, die versucht haben, unser Essen zu stehlen. Warum fragst du?«

»Hehe, wir ham 'nen Witzbold hier«, feixte einer der Füchse.

Ein anderer Fuchs zog sein Schwert und testete die Klinge mit seiner Pfote. »Ob er wohl genauso tapfer is, wie er lustig is?«

Trugg zielte bedrohlich mit seiner Schleuder. »Warum kommst du nicht her und findest es raus, Schlammgesicht?«

Der erste Fuchs erkannte, dass der große Otter kein leichtes Ziel war, und schlug einen weinerlichen Ton an. »Sei doch vernünftig, mein Freund. Wir sind nich auf Ärger aus. Du würdest vier hungrigen Tieren doch keinen kleinen Bissen verwehren, oder?«

Trugg machte einen Schritt auf ihn zu. »Einem hungernden Tier einen kleinen Bissen verwehren? Sicher nicht, Matrose. Wenn du herkommst, werde ich dich sofort beißen. Hört zu: Verschwindet. Geht und erschreckt ein paar Krähen.«

Der vierte Fuchs zog sein rostiges Schwert und schwang es. »He, wir sind vier zu eins. Auf ihn, Jungs!«

Der kleine Dummel stieß ein erschrockenes Quieken aus. Plötzlich wurde Trugg klar, dass er nicht kämpfen und sich um das Kind kümmern konnte. Die einzige Lösung war, die Flucht zu ergreifen.

»Halt dich fest, Dummel. Los geht's!« Trugg stürmte durch die Füchse hindurch und fegte sie beiseite, während er vom Weg in den Wald rannte. Geduckt wich er Bäumen und Büschen aus, während die empörten Schreie seiner Verfolger hinter ihm ertönten.

In Truggs Kopf reifte eine Idee heran. Er beschleunigte noch einmal, um etwas Zeit zu gewinnen.

Die Füchse stolperten und stießen zusammen, als sie in den Wald eilten. Sie liefen eine kurze Strecke und blieben stehen. Trugg war nicht mehr zu sehen.

»Der Feigling is irgendwo abgetaucht!«

»Schwärmt aus und sucht ihn. Wir werden ihn finden.«

»Hehe, gebratene Haselmaus – das hab ich schon lange nich mehr gegessen. Ringelwurm, du gehst mit Zwerg. Ich und Seitenhieb schwärmen in die andre Richtung aus.«

Sie waren noch nicht lange auf der Suche, als Ringelwurm ihre Beute entdeckte. Er informierte die anderen mit einem leisen geheimen Pfiff. Als sie kamen, mahnte er sie zur Ruhe und deutete nach vorne, während er flüsterte: »Pst! Da sind sie, Freunde – sie verstecken sich hinter dem Busch da. Seht ihr die kleine Rotznase, die oben auf dem Rucksack sitzt?«

Und tatsächlich, der Rucksack und der Rücken des kleinen Dummel waren über einem dichten Weidenröschengebüsch zu sehen.

»Wir machen das ganz leise. Schleicht euch an und stürzt euch auf sie.«

»Ja, gute Idee. Keulen und Schwerter bereit. Los geht's!«

In unmittelbarer Nähe des Gebüschs schlugen sie alle Vorsicht in den Wind und stürzten sich auf das Weidenröschen, stachen und schlugen zu.

Zack! Bumm! Tonk! Bonk!

Vier Füchse lagen besinnungslos am Boden, halb im und halb außerhalb des Weidenröschengebüschs. Der kleine Dummel saß auf dem Rucksack, der an einen niedrigen Ahornzweig geschnallt war, der in das Weidenröschen hineinhing, und sah aus, als hocke er noch immer auf den Schultern seines Freundes. Der Trick hatte perfekt funktioniert.

Die kleine Haselmaus rief aufgeregt: »Onkel Trugg! Du hast die Füchse erwisst, Onkel Trugg!«

Trugg stand über den niedergestreckten Füchsen und wirbelte seine schwere, mit Steinen geladene Schleuder herum. »Aye, Leichtmatrose, ich habe die Bösewichte wie Enteneier zerquetscht!«

Der große Otter entwaffnete die Füchse und warf ihre Waffen in das umliegende Gebüsch. Er brach eine peitschende Weidenrute ab und weckte sie mit ein paar schmerzhaften Hieben. »Kommt schon, ihr Süßen. Die Zeit des Träumens ist vorbei. Auf die Pfoten!«

Jeder der vier Füchse trug den Rucksack auf einer Schulter, sodass Dummel zwischen ihnen saß. Trugg ging hinter ihnen den nördlichen Pfad entlang und sorgte mit seiner Weidenrute dafür, dass sie nicht schlapp machten oder zurückfielen. Bei Einbruch der Nacht waren die Füchse sauer, hungrig, müde und weinerlich. Trugg hatte sie ein ganzes Stück weit getrieben – durch eine Furt, in der Hechte lauerten, sogar mit doppelter Geschwindigkeit.

»Auaaaaaaah!«, brüllte der Fuchs namens Ringelwurm schamlos. »Ein Hecht hat mich vorhin gebissen. Das is nich fair!«

Trugg wedelte mit dem Stock unter seiner Nase. »Hör auf zu jammern, Matrose. Davon wirst du nicht sterben, aber der Hecht vielleicht schon. Also gut, ihr schmuddeligen Piraten, habt ihr genug?«

»Oh, lasst uns gehen, Herr. Wir ham genug!« Die Füchse brachen weinend auf der Straße zusammen.

Dummel übernahm das Kommando. Er schwang den Stock gefährlich nah vor ihnen und ließ sie extravagante Versprechen wiederholen, niemals unartig zu sein, anderen Tieren zu helfen und sich jeden Abend zu waschen.

Trugg lachte beim Anblick des kleinen Haselmäuserichs, der dafür sorgte, dass jeder Fuchs seinen Text Wort für Wort wiederholte. Dann holte der Otter seine Schleuder heraus und lud sie. »Gut, meine Glückspilze, ich werde bis zehn zählen. Wenn ich euch dann noch sehen kann, komme ich euch nach. Wir brauchen Träger für morgen, versteht ihr? Eins, zwei, drei …«

Bevor er bei sieben angekommen war, waren die vier Füchse auf dem düsteren Pfad nicht mehr auszumachen.

Trugg und Dummel lagerten in dieser Nacht am Wegesrand neben zwei seltsam geformten Steinen, die bei Reisenden wegen ihrer seltsamen Konturen als »der Otter und seine Frau« bekannt waren. Sie saßen an einem gemütlichen kleinen Feuer und aßen ein gutes Abendessen aus Bucheckerngebäck, Kirschkuchen und Apfelwein.

Trugg schürte die Flammen mit einem Stock, während er grübelte. »Harr, wer weiß, was morgen jenseits des Horizonts liegt, Leichtmatrose.«

Der kleine Dummel nahm ebenfalls einen Stock in die Hand, stieß das Feuer an und nickte ernsthaft, während er seinen großen Otterfreund nachahmte. »Oh, harr, Leichtmatrose. Es könnten noch mehr Füchse und Slangen sein. Aber bleib bei Dummel, Onkel Trugg. Ich kümma mich um dich.«

Trugg unterdrückte sein Lachen und warf dem Kind sein warmes Wams zu. »Du kleiner Pirat, ich kümmere mich um dich, wenn du nicht bald schläfst. Wickel dich in das Wams ein.«

Der Viertelmond hing wie eine goldene Sichel in der Sommernacht. Kaum ein Windhauch rührte das Blätterdach des Waldes, als sich die beiden Abenteurer an der Glut des Feuers zur Ruhe legten.

19

Die Flottille der Gusim-Spitzmäuse bog in Seitenarme ab und schlängelte sich durch kaum passierbare Wasserstraßen, die von herabhängenden Bäumen, Sträuchern und Laub überwuchert waren. Mara und Patsch hatten jeglichen Orientierungssinn verloren, aber die Fahrt war beruhigend und die stillen Gewässer vermittelten ein Gefühl der Ruhe. Die junge Dächsin lag quer über dem Bug und beobachtete im Halbschlaf, wie das Sonnenlicht durch einen Tunnel aus Weiden auf das sich kaum kräuselnde Wasser fiel. Libellen summten und einmal zog ein Eisvogel wie ein glänzendes Juwel vorbei. Ihr dringendes Bedürfnis, zum Salamandastron zurückzukehren, schwand, als sie, eingelullt vom stetigen Heben und Eintauchen der Spitzmauspaddel, von Müdigkeit übermannt wurde und ins Reich des Schlafes glitt.

Die Einbäume kamen mit einem leichten Schlag an einem mit Lavendel, Weiden und Ebereschen bewachsenen Ufer zur

Ruhe. Nordo legte seine Pfoten um den Mund und gab einen kurzen Ruf von sich.

»Flößer-Stößer, Flößer-Stößer, Gusim daheim!«

Mara und Patsch waren nur halb wach und wurden durch einen Tunnel in der Uferböschung geführt, der in eine hell erleuchtete und geräumige Höhle mündete. Um sie herum wuselten Spitzmäuse hin und her und trugen das Essen aus den Erdöfen zu den langen Brettern an der Seite der Höhle, die als Tische dienten.

»Das ist schon besser, nicht wahr?« Patsch rieb erwartungsvoll die Pfoten aneinander. »Wie es aussieht, gibt es hier jede Menge Spitzmausfutter. Geh voran, Flößer-Stößer, altes Haus!«

Flößer-Stößer und Nordo ließen sie auf einem halbrunden Vorsprung Platz nehmen. Kaum hatten sie sich gesetzt, kam ein großer, beleibter Spitzmäuserich in Begleitung zweier kleiner, dünner Spitzmäuse mit einem finsteren Blick auf sie zu. Er stupste Mara und Patsch grob an. »Das sind unsere Plätze. Diese Plätze sind für Gusim-Spitzmäuse, nicht für Streifenhunde und Kaninchen!«

Bevor einer von ihnen etwas sagen konnte, verpasste Flößer-Stößer dem beleibten Spitzmäuserich einen scharfen Stoß. »Benimm dich, Schmerbauch. Das sind meine Freunde. Geh und setz dich ans andere Ende zu deinen Kumpels, hörst du?« Flößer-Stößers Pfote wanderte zu dem Rapier an seiner Seite.

Nordo stand neben seinem Vater, mit grimmiger Miene und bereit für Ärger. Schmerbauch warf ihnen einen mürrischen

Blick zu und zog sich zu den Plätzen am anderen Ende des Tisches zurück. Dabei raunte er den beiden dünnen Spitzmäusen etwas zu, die daraufhin nickten und feixten.

Das Spitzmausessen war ausgezeichnet, angefangen bei der Krabben-Brunnenkresse-Suppe über einen wunderbaren Salat, der mit weichem weißem Käse serviert wurde, bis hin zu einer herrlichen Pastete mit Kastanien, Pilzen und Lauch, gefolgt von einem heißen gewürzten Apfelpudding. Die beiden Freunde schlugen ordentlich zu und spülten alles mit Bechern süßen Spitzmausbiers hinunter.

Flößer-Stößer sah Patsch beim Essen zu und schüttelte erstaunt den Kopf. »Verwelkendes Wassergras! Wo steckst du das alles hin, Patsch?«

Der junge Hase verschlang seine zweite Portion Apfelpudding und leckte den Löffel sauber. »Mach dir nichts draus, Flößer-Stößer, altes Haus. Dinge zu verschlingen ist mein Lieblingssport, nicht wahr!«

»Hasen können nicht schlingen. Um richtig zu schlingen, braucht es eine Spitzmaus.« Die laute Bemerkung kam von Schmerbauch, der sie von der anderen Seite des Tisches aus angrinste.

Patsch lachte und schwenkte seinen Löffel. »Vielleicht können Hasen nicht schlingen, mein stattlicher Freund, aber ich bin Patsch Folger, ein Hase des Salamandastron, und ich esse dich jederzeit unter den Tisch!«

Schmerbauch stand auf, sein Gesicht dunkel vor Wut. »Kein Tier kann Schmerbauch von den Gusim übertrumpfen!«

Patsch wandte sich an Flößer-Stößer: »Darf ich?«

Flößer-Stößer nickte. »Natürlich, Patsch. Aber nimm dich vor Schmerbauch in Acht – er ist gerissen. Ich habe bemerkt, dass er nur darauf gewartet hat, dich herauszufordern, deshalb hat er das Essen kaum angerührt.«

Patsch zuckte mit den Schultern. »Ich habe mich selbst nur warmgemacht.«

Ein Tisch, der aus einem alten Eichenstumpf in der Mitte der Höhle gefertigt war, wurde abgeräumt. Patsch und Schmerbauch saßen sich gegenüber, während Flößer-Stößer die Regeln erklärte. »Sind beide Teilnehmer mit heißem gewürztem Apfelpudding einverstanden?«

Die beiden Kontrahenten nickten und nahmen ihre Löffel zur Hand.

Flößer-Stößer winkte den Dienern mit einer Pfote zu, als er fortfuhr: »Es ist ein Wettbewerb bis zum Pfotenstillstand. Kugler, der Koch, wird die Teller zählen, die jedes Tier geleert hat. Während des Essens darf Spitzmausbier getrunken werden. Halb leere Teller zählen nicht und es ist verboten, Essen auf den Boden zu werfen oder es in der Kleidung zu verstecken. Der Erste, der seinen Löffel nicht mehr aus der Schüssel heben kann, muss sich geschlagen geben. Liefert euch einen sauberen Wettkampf und viel Glück euch beiden. Löffel bereit … und los!«

Die Diener kämpften sich durch das Gedränge der Guerilla-Spitzmäuse, die sich um die beiden Kandidaten scharten, zum Tisch. Dampfend heißer gewürzter Apfelpudding wurde in der Mitte abgestellt, während der Hase gegen die Spitzmaus aß. Schmerbauch hatte es eilig und löffelte drei Schüsseln Pudding in Rekordzeit. Seine dicken Backen arbeiteten wie verrückt, während sein Löffel in Windeseile auf und ab fuhr. Patsch ließ sich Zeit, aß langsam und kaute jeden Bissen genüsslich. Ein großer Teil der Spitzmäuse begann, Schmerbauch anzufeuern. Mara stand zwischen Flößer-Stößer und Nordo und beobachtete das Geschehen von einem Vorsprung in einiger Entfernung.

Schmerbauch hatte fünf Schalen verdrückt, Patsch erst zwei.

Nordo sah langsam besorgt aus. »Dieser Schmerbauch – sieh dir an, wie schnell er isst! Er nimmt sich schon seine sechste Schale. Was ist denn mit Patsch los? Er isst furchtbar langsam, Mara.«

Das Dachsmädchen lächelte nur. »Mach dir keine Sorgen. Patsch kann mit Tieren mithalten, die doppelt so groß sind wie er. Er isst langsam, weil er genießt. Schmerbauch mag schnell sein, aber er ist kein Patsch Folger. Wart's nur ab!«

Am Tisch leckte Patsch seinen Löffel sauber, trank einen Becher Spitzmausbier und begann mit seinem dritten Pudding. »Ein absolut köstlicher Pudding, nicht wahr? Ihr müsst dem Koch sagen, dass er mir das Rezept geben soll. Dem alten Bäuchlein schmeckt es auch, nicht wahr, alter Knabe? Du hast die Hälfte im Gesicht, Bäuchlein!«

Mit dem Pudding am Kinn und dem Apfel übers Gesicht geschmiert hob der beleibte Spitzmäuserich den Kopf und starrte Patsch an. »Ich heiße Schmerbauch, Hase, und ich werde dafür sorgen, dass du bereust, dich jemals auf einen Wettkampf mit mir eingelassen zu haben!«

»Bereuen, alter Knabe? Bei all dem schönen Essen, was gäbe es da zu bereuen. Darf ich dir noch etwas Spitzmausbier einschenken?«

Nach seiner achten Schale wurde Schmerbauch langsamer. Er stellte die Schüssel beiseite und griff nach einer neuen.

Kugler, der Koch, klopfte mit einer Kelle auf seine Pfote. »Die Schüssel ist noch nicht leer. Es ist noch Pudding drin, siehst du?«

»Macht nichts, Kumpel.« Patsch schnappte sich die Schüssel von Schmerbauch. »Mach du weiter – ich werde das aufessen. Spare in der Zeit, so hast du in der Not, so heißt es bei uns in den Bergen.«

Patsch war bei den Spitzmäusen sehr beliebt. Seine gute Laune und seine tadellosen Tischmanieren gefielen ihnen. Die Gusim begannen, den jungen Hasen anzufeuern.

»Komm schon, Patsch. Langsam und gemächlich, so macht man das!«

»Ich wette um ein Fass Spitzmausbier, dass er Schmerbauch besiegt!«

»Die Wette nehme ich an. Schmerbauch hat neun gegessen, er ist erst bei seiner sechsten.«

»Ich wette mein Schwert, dass der Berghase gewinnt. Der ist ein guter Kerl!«

Das Geplänkel ging hin und her, während die beiden Wettkämpfer weitermachten. Schmerbauch löste seinen Gürtel und lehnte sich zurück. Ein Ausdruck des Ekels huschte über sein Gesicht, als er seinen elften Pudding nahm und halbherzig den Löffel hineinsteckte. Patsch hatte jetzt acht leere Schüsseln und hatte sich schon halb durch seine neunte gearbeitet. Der unverbesserliche Hase trank einen weiteren Becher Spitzmausbier, wischte sich mit einer Serviette über die Lippen und zwinkerte seinem Gegner zu. »Das ist gutes Zeug. Ich sage dir, Bäuchlein, nimm den nicht – der sieht größer aus als die anderen. Lass ihn für mich übrig. Probier mal den kleinen – der sieht nur halb voll aus, nicht wahr!«

Bei seinem dreizehnten Pudding hörte Schmerbauch auf. Er atmete schwer und sein Mund hing offen. Die beiden kleinen, dünnen Spitzmäuse fächelten ihm mit Servietten Luft zu und gaben ihm einen Becher Spitzmausbier, aber er schob ihn mit einer schlaffen Pfote weg.

Mara stupste Nordo an. »Jetzt pass auf, wie Patsch wirklich aufdreht!«

Der junge Hase hatte jetzt elf leere Schüsseln vorzuweisen. Er leckte seinen Löffel glänzend sauber und wählte eine zwölfte Schüssel.

»Bäuchlein, alter Freund, du bist ja ganz grün. Ich muss sagen, dass du in deiner anderen Farbe viel besser aussiehst. Gib mir noch einen Pudding, ja?«

Als Schmerbauch den Löffel schon halb an die Lippen gehoben hatte, streikte sein Magen und seine Pfote wurde schlaff. Der Löffel klapperte zurück in die Schüssel.

Unter den Zuschauern herrschte betretenes Schweigen. Patsch aß den zwölften Pudding und wählte einen weiteren, während er seinen Löffel abschleckte.

Kugler, der Koch, beobachtete Schmerbauch genau. »Kannst du den Löffel oder die Pfote heben, Spitzmaus?«

Schmerbauch brach zusammen und sein Kopf landete in dem Pudding vor ihm. Patsch blinzelte und schimpfte über seine Tischmanieren. »Ist er schon fertig? Ach, was soll's, Schmerbauch. Es geht nicht um den Sieg, sondern darum, das Spiel zu spielen. Will jemand seinen Platz einnehmen?«

Die Spitzmäuse jubelten wie wild. Flößer-Stößer lachte herzhaft. »Gut gemacht, Patsch! Mir hat der Witz gefallen, dass jemand anders Schmerbauchs Platz einnehmen könnte. Gut, oder, Mara?«

Mara warf Flößer-Stößer einen ausdruckslosen Blick zu. »Das war kein Scherz. Patsch hat es ernst gemeint. Sieh mal, er ist am sechzehnten Pudding.«

Die Spitzmäuse der Gusim lachten, klopften Patsch auf den Rücken und jubelten ihm zu. Kugler, der Koch, hielt Patschs Pfote in die Höhe. »Patsch, der Hase des Salamandastron, ist mit vier Schalen Pudding Vorsprung der Sieger!«

Unter dem Jubel und Applaus lächelte Patsch bescheiden und versuchte, seine Löffelpfote aus Kuglers Griff zu ziehen. »Ganz ruhig, Freunde. Lass meine Pfote los, Kugler, alter Knabe. Es gehört sich nicht, jemanden beim Essen zu stören.«

Unter einer Decke lag Patsch auf einem Vorsprung und schnarchte laut. Mara saß mit Flößer-Stößer und seinem Sohn Nordo zusammen. Die anderen Spitzmäuse hatten sich zurückgezogen. Obwohl Mara froh war, dem Salamandastron entkommen zu sein, ließ ihr der Gedanke keine Ruhe, dass

Erdstreif zusammen mit den Hasen im Inneren des Berges belagert wurde. Eine plötzliche Sehnsucht, wieder dort zu sein und zu helfen, veranlasste die junge Dächsin dazu, sich an den Anführer der Spitzmäuse zu wenden. »Flößer-Stößer, ich möchte dir und deinem Stamm dafür danken, dass ihr uns gerettet und uns so freundlich bei euch aufgenommen habt, aber ich möchte unbedingt zum Salamandastron zurück. Ich habe dir erzählt, was dort passieren wird, also warum kann ich nicht gehen?«

»Alles zu seiner Zeit, Mara. Alles zu seiner Zeit.« Flößer-Stößer tätschelte ihre Pfote. »Wenn du gehst, werden die Gusim-Krieger und ich bei dir sein. Ich habe mit diesem Klitsch, von dem du gesprochen hast, die Klingen gekreuzt – und mit seinem Vater Ferago. Die Blauäugigen sind unsere Feinde. Wir würden unsere Einbäume aufreiben, um gegen sie zu kämpfen.«

Mara nickte. »Warum brechen wir dann nicht gleich auf?«

Flößer-Stößer trank einen Schluck Spitzmausbier aus seinem Krug. »Weil du etwas für mich tun musst. Hör zu, ich werde es dir erklären. Ich bin der Anführer der Gusim, weil ich der Stärkste bin. Das ist das Einzige, was unseren Stamm ohne den Schwarzstein zusammenhält. Die Gusim werden der Spitzmaus folgen, die den Schwarzstein besitzt – er ist uns Spitzmäusen heilig. Ich besaß den Schwarzstein, seit mein Vater ihn an mich weitergegeben hatte, der ihn von seinem Vater vor ihm bekommen hatte. Er macht den Besitzer zum unangefochtenen Anführer aller Spitzmäuse. Eines Tages aber, als mein Sohn Nordo noch klein war, nahm er ihn mir im Schlaf vom Hals. Ich machte mir keine allzu großen Sorgen, denn Nordo war ein Kleinkind, das gern mit dem Schwarzstein spielte. Ich ließ ihn gewähren, weil ich dachte, dass er eines Tages von Rechts wegen ohnehin ihm gehören würde. Doch Nordo verlor den Stein. Ich nahm die Schuld auf mich, weil ich nicht wollte, dass er von den Gusim gemieden würde, und seither bin ich nur noch durch meine Autorität und meine Kampffähigkeiten der Anführer.«

»Wo hat Nordo den Schwarzstein verloren?«, platzte es aus Mara heraus. »Und was geht mich das an?«

Nordo nahm die Geschichte seines Vaters auf. »Du musst unsere Sitten verstehen, Mara. Der Schwarzstein ist in unserem Stamm von großer Bedeutung. Ohne ihn ist mein Vater nur durch seine Stärke der Anführer. Wenn er den Stein besitzt, ist er nicht nur durch seine Kraft, sondern durch das Gusim-Gesetz der Anführer ... Aber lass mich dir meine Geschichte erzählen. Einer der Nebenflüsse des Großen Südstroms mündet in einen See, der so groß ist, dass er wie ein Binnenmeer wirkt. Dort trieb ich in einem kleinen Einbaum, den mein Vater für mich gebaut hatte – ich schlief ein und das Boot nahm seinen eigenen Kurs. Die Ruder gingen über Bord, während ich schlief. Ich trieb mehr als zwei Tage auf dem großen See, bis ich eine Insel in der Nähe der Mitte des Sees entdeckte. Mit meinen Pfoten paddelte ich zu ihr. Dort durchsuchte ich die Wälder nach geeignetem Holz, um Ruder zu bauen, mit denen ich nach Hause rudern konnte. Da ich weder ein Messer noch ein Schwert hatte, konnte ich kein Holz fällen. Ich suchte den ganzen Tag ohne Erfolg. Als es

Nacht wurde, legte ich mich im Wald schlafen. Es war wie ein Traum. Plötzlich wurde ich von einem furchtbaren Gebrüll geweckt. Eine riesige weiße Kreatur stand über mir. Sie war Furcht einflößend, mehr Geist als Fell und Blut. Sie hielt den Schwarzstein. Ich schrie auf und rannte weg, wobei ich den Schwarzstein und das zerrissene Band, an dem er hing, zurückließ. Der Geist hatte ihn. Ich schaffte es zurück zu meinem kleinen Einbaum und trieb bis zum Abend des nächsten Tages umher. Dann fanden mich mein Vater und ein Suchtrupp, die mit der großen Einbaumflotte den See absuchten. Seitdem war keine Spitzmaus mehr in der Nähe des großen Sees oder der Insel, auf der der Geist lebt. Aber mit dir zusammen kann ich den Schwarzstein vielleicht finden.«

»Ich verstehe das nicht. Warum musst du mich dabeihaben?« Mara kratzte sich verwirrt am Kopf.

Da sprach Flößer-Stößer mit leiser Stimme: »Weil du ein Dachs bist und der Geist, der auf der Insel des großen Sees spukt, auch ein Dachs ist, ein großer weißer ohne Streifen.«

20

Samkim und Arula saßen in der späten Nachmittagssonne und schälten den Schlamm von sich. Zweigert hatte recht gehabt: Die Stacheln kamen mit dem Schlamm heraus.

Das junge Eichhörnchen pflückte den letzten Rest von seinem buschigen Schwanz. »Dieser Schlamm ist wunderbares Zeug, Arula. Sieh mal, ich habe keinen einzigen Stachel und kaum eine Beule. Ich fühle mich großartig.«

»Ho jurr, ich auch. Des is Siegaschlamm, wie mer so schön sacht. Ich frach mich, wo Herr Zweeget steckt.«

Sie waren so sehr mit dem Uferschlamm und den Stichen beschäftigt gewesen, dass keiner von ihnen das Verschwinden des neugierigen Igels bemerkt hatte.

Samkim rieb sich energisch den Rücken an der rauen Rinde einer Hainbuche. »Oh, das tut gut. Ich nehme an, der alte Zweigert ist irgendwo in der Nähe. Mach dir keine Sorgen um ihn – er kann gut auf sich selbst aufpassen.«

»Hohohoho! Das kann ich, mein Junge. Hier sind eure Provianttaschen.« Zweigert tauchte aus dem Wald auf und warf die beiden Rucksäcke ans Ufer. Er zupfte wieder Wespenflügel aus seinen Zähnen. »Ich war da hinten bei den Lupinen und habe die hier gefunden. Mmh! Das kaputte Wespennest habe ich auch gefunden. Ich bin satt wie eine gefüllte Ente. Im ganzen Wald gibt es nichts Besseres als eine gute Portion Brummer, nein, nein.«

Samkim und Arula überprüften ihre Vorräte. Das meiste war noch essbar. Sie bedankten sich bei ihm und setzten sich, um mit ihrem neuen Freund eine kleine Flasche Oktoberbier zu teilen.

Zweigert nahm einen Schluck aus dem Krug und ein Lächeln breitete sich auf seiner Schnauze aus. »Hoho, das ist erstklassiges Zeug. 'tober-Bier nennt ihr es? Daran könnt man sich gewöhnen, sag ich euch! Übrigens, Kinder, ich habe die Spuren des Hermelins mit eurem Schwert gefunden – nicht weit von hier, in Richtung Südwesten. Wenn ihr wollt, können wir uns sofort an die Verfolgung machen.«

Eine weitere Ermutigung war nicht nötig. Die beiden Freunde schulterten ihre Rucksäcke und Waffen.

Zweigert war kein schneller Reisender. Er war langsam, aber äußerst gründlich. »Es dauert nicht mehr lange bis zur Dämmerung. Seht ihr hier? Die Schwertspitze steckte in der Erde – der Halunke benutzt sie als Spazierstock. Da ist eine Blutspur von einer Wunde am Stamm dieser Ulme.«

Samkim beobachtete den Igel genau. Er war ein Meister des Fährtenlesens und der Baumkunde und ohne ihn wäre es fast unmöglich gewesen, Dellauges Spur zu verfolgen. Seine Weisheit und Erfahrung waren bei ihrer Suche von unschätzbarem Wert.

Zweigert bemerkte ihre Verwunderung und lachte gutmütig. »Hohoho. Keine Sorge, ich werde es euch beibringen, Kinder. Es ist keine Schande, wenn man ein oder zwei Tricks gezeigt bekommt. Ich musste das auf die harte Tour lernen ...« Er hielt inne, um eine Libelle aus dem Flug zu pflücken und sie zu verschlingen. »Hm, die war weit weg von ihrem Fluss. Aber schmackhaft. Also, was wollte ich sagen? Oh ja, wenn ihr zwei gut aufpasst, habt ihr bald junge Köpfe auf alten Schultern.«

»Meenter net, ale Köpp uff junge Schultan, zurr?«, korrigierte Arula ihn.

»Hohoho, das tue ich. Du bist ein kluger Kopf, Arula. Du lernst schnell, was?«

In den Tiefen des Waldes holte die Dämmerung die Fährtenleser schnell ein und der Sonnenuntergang im Westen warf dunkle Schatten zwischen die tückischen Baumreihen.

Zweigert hielt eine warnende Pfote hoch. »Schlagt euer Lager dort drüben unter der dreikronigen Eiche auf. Aber passt auf, kein Feuer heute Nacht – wir sind gefährlich nah an eurem Feind dran. Ich rieche etwas, das ich nicht mag. Bleibt bei der Eiche und bereitet das Abendessen vor. Ich werde nicht lange weg sein.«

Bevor sie etwas erwidern konnten, war er schon vor ihnen im Unterholz verschwunden.

Samkim und Arula hockten sich unter die schützenden Äste der Eiche, bereiteten ein einfaches Abendessen aus

Haferkuchen und Äpfeln vor und entkorkten eine kleine Flasche Holunderwein für ihren abwesenden Freund.

Sie hatten längst gegessen und dösten auf dem weichen Moos am Fuße der Eiche, als ein Knacken von Holz sie aufschrecken ließ.

Zweigert stand mit den beiden Hälften des toten Zweigs in seinen Pfoten neben ihnen. »Hohoho, eine gelernte Lektion ist eine Lektion, die man nicht vergisst, finde ich. Niemals beide zusammen einschlafen, sondern immer einer, der Wache hält, und einer, der schläft – so kann man sich nicht an euch heranschleichen wie ich gerade. Was ist das? Mmh, schmeckt gut!«

Samkim lehnte das angebotene Fläschchen ab und ließ den Igel so viel trinken, wie er wollte. »Das ist Holunderwein, Herr Zweigert, aus der Rotwall-Abtei. Behaltet die Flasche und trinkt alles. Was habt Ihr herausgefunden?«

Zweigert fing eine dröhnende Mücke mit einer schnellen Kopfbewegung. Er kaute nachdenklich darauf herum. »Mücken sind nicht so gut wie Wespen und Bienen – sie schmecken zu sauer. Also, wo war ich? Ach ja, was ich gefunden habe. Nun, ich sage es euch: Es war ein seltsamer Geruch, den ich vor einer Weile in der Luft wahrgenommen habe. Es war der Tod! Ja, der Tod und andere Dinge ... der Geruch von Ratten – der Gestank ist nicht zu verwechseln – und auch von Füchsen, obwohl ich mir da nicht sicher bin ...«

Arula schaukelte ungeduldig vor und zurück. »Burrhu, Herr Zweeget, was habter heut raus'funne?«

»Das ist nichts, was ihr sehen solltet, Kinder.«

Zweigert nahm einen Schluck Wein und verzog anerkennend die Lippen. »Es war das Hermelin, aber sein Kopf wurde abgehackt. Wahrscheinlich mit dem Schwert, nach dem ihr sucht.«

Samkim war schockiert, dass das Schwert von Martin dem Krieger für einen so niederträchtigen Zweck wie Mord verwendet worden war. »Kein Tier könnte Martins Schwert so niederträchtig benutzen. Das ist furchtbar! Das Schwert unseres Abteikriegers wurde immer nur erhoben, um das Recht und das Gute in einem gerechten Kampf zu verteidigen. Wie konnte ein Tier es so niederträchtig missbrauchen?«

Der alte Igel schüttelte den Kopf über die Arglosigkeit des jungen Eichhörnchens. »Du musst noch viel lernen, Kleiner. Keine Waffe besitzt irgendeine Magie. Das Schwert kann zum Guten oder zum Bösen eingesetzt werden, das hängt vom Tier ab, das es führt. Kommt jetzt, schlaft. Wir haben morgen einen langen Tag vor uns. Ratten und Füchse hinterlassen nicht so sorglos Spuren wie dieses blöde Hermelin.«

In der Nacht war Samkims Kopf voller Träume. Martin der Krieger tauchte auf und das Rauschen von großen Gewässern war zu hören. Schattenhafte Gestalten kämpften auf den Pfaden seiner Gedanken, große, schwerfällige, nebelumhüllte Kreaturen ... Dachse! Die Stimme des Kriegers hallte überall wider: »Nur Mut, Samkim, nur Mut. Folge mir und finde mein Schwert, denn das Schicksal lastet schwer auf dir. Vertraue Zweigert und kümmere dich um Arula. Ich bin bei dir, ganz gleich wie weit du auch wanderst. Verliere nicht den Mut. Denke an die Worte von Zweigert: Das Schwert kann von dem, der es führt, zum Guten oder zum Bösen benutzt werden ...«

Die Morgendämmerung war in einen Vorhang aus Nieselregen gehüllt, obwohl die dichten Wälder einen guten Schutz boten. Nach einem hastigen Frühstück machten sich die drei Suchenden auf den Weg. Zweigert führte sie auf einen Weg, der um den kopflosen Kadaver von Dellauge herumführte. Sie folgten einer südwestlichen Spur und wanderten bis zum späten Vormittag, als sie auf einer offenen Wiese anhielten. Es hatte aufgehört zu regnen, aber der Himmel war grau und wolkenverhangen.

Zweigert sah sich um. »Hohoho, wer auch immer diese Klinge trägt, konnte nicht widerstehen, diese wilde Minze abzuschneiden – ich habe sie sofort gerochen, als wir hier ankamen. Da, seht ihr die abgeschnittenen Stängel? Das Schwert hinterlässt seine eigene Spur. Als wüsste es, dass ihr zwei ihm folgt.«

»Is 'n sehr schwingfähig's Schwert«, stimmte Arula zu. »Un' scharf, hurr.«

Zwei Kaninchen sprangen aus den Farnen am Rande der Wiese hervor und begannen gleichzeitig zu plappern.

»Dummes Schwert, dummer Fuchs, dumme Ratten!«

»Die haben keine Minze gehackt, weißt du. Oh nein, oh nein!«

»Sie haben versucht, uns zu hacken. Beim Bau, das haben sie!«

»Ich hoffe, ihr kommt nicht auf die dumme Idee, Kaninchen zu hacken?«

Ihre Köpfe zuckten auf und ab, während sie sprachen. Sie machten zwei Schritte zurück, drehten sich um und kamen wieder zwei Schritte vorwärts, während sie redeten. Dabei zeigten sie abwechselnd ihre weißen Wackelschwänze und ihre verängstigten Gesichter.

Samkim schulterte seinen Bogen, um zu zeigen, dass sie keine bösen Absichten hatten. Er breitete seine Pfoten aus und lächelte offen. »Habt keine Angst, Freunde. Wir sind keine Tiere, die Kaninchen zerhacken. Ich bin Samkim von Rotwall, das ist Arula und das ist Zweigert, der Wespenfresser. Wir werden euch nichts tun.«

Die beiden Kaninchen hörten auf herumzuhüpfen und fletschten ihre Zähne zu einer, wie sie hofften, furchterregenden Grimasse.

»Uns schaden, ha! Wisst ihr nicht, dass ich Reißzahnmörder bin?«

»Nein, bist du nicht. Ich bin Reißzahnmörder. Du warst gestern schon Reißzahnmörder. Heute kannst du Todauge sein.«

»Na gut. Hört zu, ihr sprecht jetzt mit Todauge, also passt auf, ekliges Eichhörnchen, modriger Maulwurf und idiotischer Igel!«

Der modrige Maulwurf hob einen Haselzweig auf und machte einen wütenden Schritt nach vorne. »Passt uff, ihr Häsche, ihr müsst euch benemme oder ich werd euch mit 'm Stock 's Fell abziehe, hurr jurr, das werd ich!«

Die beiden Kaninchen klammerten sich aneinander und schrien laut und panisch. »Mami, Mami, der Maulwurf will uns mit einem Stock schlagen!«

Ein großes, stattliches Kaninchenweibchen hoppelte in einiger Entfernung aus dem Unterholz und begann, die beiden Kaninchen zu beschimpfen. »Klarenz, Klarissa, habe ich euch nicht gesagt, dass ihr nicht mit fremden Tieren sprechen sollt? Geht sofort zurück in den Bau!«

Die Kaninchen stampften bockig mit den Pfoten auf. »Och, Mami, wir sind Reißzahnmörder und Todauge, nicht Klarenz und Klarissa.«

Sie eilte herbei und packte sie an den Ohren. »Ich gebe euch Reißzahnmörder und Todauge, ihr ungezogenen Häschen. Habe ich euch nicht gesagt, dass ihr im Bau bleiben sollt, nachdem ihr von diesem schrecklichen Fuchs und diesen stinkenden Ratten gejagt wurdet?« Sie zwickte sie in den Ohren, bis sie aufjaulten. »Habe ich das nicht?«

Zweigert verbeugte sich auf höfliche, altmodische Art vor ihr. »Verzeiht uns, Gnädigste, aber wir werden Euren Kindern nichts tun. Sagtet Ihr, dass heute ein Fuchs und sechs Ratten hier vorbeigekommen sind?«

In einer Mischung aus Wut und Ungeduld wandte sie sich an den Igel: »Das stimmt, ein bösartiger Fuchs und sechs dreckige Ratten. Der Fuchs hatte auch ein Schwert. Und – ist das zu fassen? – er hat versucht, meine Kleinen, Klarenz und Klarissa, zu zerhacken, dieser Rüpel! Was ist nur in diesen Wäldern los? Und was euch drei angeht: Verschwindet! Ihr verprügelt kleine Häschen mit Stöcken! Habt ihr nichts

Besseres zu tun? Und jetzt verschwindet, na los! Die anderen sind in diese Richtung gegangen, nach Südwesten. Wenn ihr den Fuchs seht, sagt ihm, dass ich ihm eine Abreibung verpasse, wenn er noch einmal hier vorbeikommt, dieser gemeine Schurke!«

Sie zog sich in den Wald zurück, schüttelte die beiden Kaninchen an den Ohren und redete mütterlich auf sie ein. »Ab ins Bett. Das wird euch beiden eine Lehre sein. Und kein Mittagessen für euch beide, bis ihr gelernt habt, euch anständig zu benehmen. Fangauge und Todestöter! Ihr benehmt euch wie zwei kleine Wilde!«

»Waaah, lass meine Ohren los, Mami!«

»Wahahaaah! Ich will nicht ins blöde olle Bett gehen, Mami!«

Als sie aufgehört hatten zu lachen, aß Zweigert einen vorbeifliegenden Schmetterling. »Hm, die haben nur Flügel und keinen Geschmack. Ich hoffe, dass alle Feinde, die ihr trefft, so harmlos sind wie diese. Aber wenn ihr der Hasenmama zu lange zuhört, wird sie euch mit ihrer Zunge in Stücke reißen. Also, Kinder. Lasst uns weitergehen.«

Sobald es in der vergangenen Nacht dunkel geworden war, hatte Ferago seinen Plan in die Tat umgesetzt. Die Horde war auf den Salamandastron zugestürmt und hatte ihre Waffen schwingend gerufen: »Fe-ra-go! Töte! Töte! Töte! Feragoooooo!«

Im Speisesaal saß Erdstreif mit Splintholz und Ochsenauge beim Abendbrot. Die Geräusche des Kriegsgesangs drangen an ihre Ohren. Ochsenauge seufzte müde, als er seinen Becher abstellte.

»Ein Nachtangriff, Herr. Sollen wir einfach alle Öffnungen verschließen und es uns hier schön bequem machen? Sie können uns nichts anhaben und wir brauchen nur ein paar Verteidiger am Kraterrand. Wir können uns über Nacht abwechseln, nicht wahr?«

Aber Erdstreif wollte nicht stillsitzen, solange auch nur die geringste Chance auf einen Kampf bestand. Er schob seinen Stuhl zurück. »Was? Hier herumsitzen, während dieser Abschaum über meinen Berg kriecht? Niemals! Das ist der ideale Zeitpunkt, um ein paar Überraschungen für Ferago vorzubereiten. Folgt mir. Wir brauchen lange Stangen, Bogenschützen und Öl. Lasst das große Fass aus meiner Schmiede auf den Gipfel des Kraters bringen.«

Ferago, der mit Klitsch und Krabbenauge auf einem niedrigen Felsen hockte, beobachtete die Massen, die die äußeren Felsen der Vorderseite des Salamandastron erklommen. Das Haupthermelin Hundskopf zündete eine Fackel an und andere entfachten daran ihre eigenen Fackeln. Bald war der Berg von funkelnden Lichtern erhellt, während die Angreifer versuchten, Öffnungen in den Felsen zu finden, die sie in den Berg führen würden.

Taunase hatte drei Frettchen als Vorhut angeführt. Sie waren fast auf halber Höhe, als einer von ihnen rief: »Da drüben! Da ist 'ne Öffnung, eine Art Fenster in den Felsen!«

Sie kletterten hinein und Taunase ging voran.

»Guten Abend, Jungs. Schöner Abend, um Fliegen zu lernen, nicht wahr?«

Bart Distelwolle und Goldstück stießen mit ihren langen Stöcken zu. Taunase erkannte zu spät, was vor sich ging. Die Stangen trafen ihn direkt in die Brust und er flog mit einem Schrei rückwärts.

»Nein, nicht ... Uuuuaaaggghhh!«

Zusammen mit einem der Frettchen, das sich mit ihm durch die Fensteröffnung gezwängt hatte, segelte er ins Freie. Überall auf dem Berg fanden ähnliche Flugstunden statt.

Unten brüllte Klitsch die Soldaten an, die versuchten, wieder nach unten zu klettern: »Hoch! Weiter! Auf den Gipfel, ihr wertlosen Feiglinge!« Er stürmte vor, kletterte nach oben und schlug mit dem Ende seines Speers auf alle um ihn herum ein. »Kommt, folgt mir, ich hab keine Angst!«

Ferago drängte die Angreifer nach oben, wobei er den Angriff auf die Seeseite des Berges konzentrierte. Auf diese Weise hoffte er, dass Faran auf der Landseite freie Bahn haben würde.

Krabbenauge zog seinen Bogen. »Soll ich die Bogenschützen in Stellung bringen, Herr?«

»Trottel!« Der Meuchelmörder stieß ihn verächtlich zur Seite. »Sie haben keine Ziele, die sie anvisieren könnten. Wir würden unsere eigenen Leute umbringen. Sag ihnen, sie sollen mehr Fackeln anzünden. Kletter mit ihnen da rauf und versucht, aus nächster Nähe ein paar Pfeile in die Schießscharten zu schießen, aus denen sie die Stangen schieben.«

Splintholz hüllte sich in alte Lumpen und kletterte auf die Bergwand hinaus. Der kühne Hase konnte sich in seiner Verkleidung frei bewegen. Ein Wiesel, das eine Fackel trug und einen Spieß schwenkte, kletterte auf gleicher Höhe mit ihm. Der Feldwebel erledigte es mit einem schwungvollen Aufwärtshieb seiner linken Pfote, sodass der bewusstlose Körper des Wiesels wie eine zerbrochene Puppe auf dem Weg nach unten auf die Felsvorsprünge prallte. Ein anderes Wiesel stach seinen Speer nach Splintholz, während es unsicher balancierte. »Ey! Du bist keiner von u… Aaaarrgghhhh!«

Der boxende Hase hämmerte auf die Fußpfoten des Wiesels ein und der unglückliche Speerträger hing eine Sekunde lang schmerzerfüllt in der leeren Luft, bevor er in Richtung Ufer stürzte. Splintholz spuckte auf seine Pfoten und machte sich auf die Suche nach anderen.

Auf der Uferseite des Kraters kippten Erdstreif und Ochsenauge das Fass mit Schmiedeöl über einen Haufen großer Felsbrocken. Als das Fass leer war, trat der Dachsherrscher den Keil weg, der die Felsbrocken zurückhielt. Mit einem lauten Poltern stürzten sie den Berghang hinunter und Erdstreif schleuderte das leere Fass mit schallendem Gelächter hinterher.

Klitsch kletterte flink und war schon fast auf halber Höhe des Berges.

Ein Frettchen namens Frang schnappte sich seine Pfote. »Herr, was is das für ’n Lärm?«

»Lärm?« Klitsch stieß es wütend von sich. »Das ist der Klang der Schlacht, du Narr. Kletter weiter!«

Weiter oben stieß eine Ratte einen kurzen Schrei aus, als der erste Felsbrocken sie zu Boden riss und die Flammen ihrer Fackeln sie in Brand setzten, während sie nach unten purzelte. Jetzt krachten die Felsbrocken in die obersten Angreifer, töteten sie auf der Stelle und entzündeten sich zu riesigen Feuerbällen, als sie die brennenden Fackeln trafen, die die Angreifer auf Feragos Befehl bei sich hatten.

Krabbenauge und die Truppen, die gerade mit dem Aufstieg begonnen hatten, stürzten wieder hinunter.

»Herr, geht aus dem Weg!«, rief die Hauptratte, als sie an Ferago vorbeikam.

Ferago warf noch einen Blick zurück auf den Berg, während er floh. Die Vorderseite des Salamandastron war taghell erleuchtet und die Felsen tosten, als der Wind ihre Flammen anfachte, sodass das brennende Gestein riss und zersprang und Tod und Verwüstung über die kreischende Horde des Meuchelmörders brachte. Über alldem war das dröhnende Gelächter und der jubelnde Kriegsruf von Erdstreif, dem Herrn des Salamandastron, zu hören.

»Hahahaha! Eulaliaaaaaaa!«

Faran der Giftmischer glitt geräuschlos über den Kraterrand auf der anderen Seite. Ohne zu zögern, machte er sich auf den Weg nach unten in die Gänge der Bergfestung. Die erste Tür, die er erreichte, öffnete er lautlos und spähte hinein. Nichts zu sehen. Als er die Tür schloss, drehte er sich um und sah sich Windpfote gegenüber. Die Häsin eilte mit einem Vorrat an ölgetränkten Pfeilen zum Gipfel des Kraters hinauf. Bevor sie wusste, wie ihr geschah, holte Faran einen Dolch aus Grünhartholz hervor und stieß ihr die vergiftete Klinge in die Seite des Halses. Windpfote hatte nicht einmal die Chance, um Hilfe zu rufen. Sie war auf der Stelle tot, das Gesicht zu einer gequälten Grimasse verzerrt.

Wie ein flackernder Lampenschatten glitt Faran mühelos den Gang hinunter, überprüfte hier eine Höhle und öffnete dort eine Kammer, bis er fand, was er suchte. Die Wasserfässer waren entlang einer Wand angeordnet, zehn riesige Eichenfässer. Der Schwarzfuchs seufzte fast liebevoll, als er den Deckel eines Fasses anhob und einen Schluck nahm. Kühl und süß, Regenwasser und klares Quellwasser – es war herrlich, aber das würde es nicht bleiben.

Vorsichtig entkorkte der Giftmischer ein grünes Glasfläschchen und machte sich an sein tödliches Werk, indem er den Inhalt des Fläschchens gleichmäßig über die zehn Fässer verteilte. Es dauerte nur einen Moment, dann war er verschwunden.

Er schlich den Korridor entlang und stieg eine grob behauene Steintreppe hinunter in die untere Etage. Faran verbrachte viel Zeit damit, die Räume auf dieser Ebene zu überprüfen. Es waren alles Waffenkammern. Seine blassen Augen zeigten keine Regung, aber er wusste, dass er wertvolle Zeit verschwendete. Auf der Suche nach der Vorratskammer stieg er eine weitere Treppe hinunter. Leider war jeder Raum, den er betrat, ein Schlafraum. Über eine lange Wendeltreppe gelangte er in den Speisesaal. Faran wusste, dass die Vorratskammer irgendwo in der Nähe der Küche sein musste.

In der unteren Etage des Salamandastron war es ruhig. Die Felswände hielten jeglichen Lärm von draußen ab. Der Giftmischer schlich leise umher, bis er den Eingang zur Küche fand. Seine bernsteinfarbenen Augen funkelten beim Anblick der Speisen, die dort für das Frühstück am nächsten Morgen bereitlagen. Ferago hatte seine Armee noch nie so gut gefüttert.

Der Schwarzfuchs wusch sich sorgfältig die Pfoten, setzte sich und aß sich satt. Ofenwarme Haferkuchen, die er mit Wabenhonig bestrich und genüsslich kaute, spülte er mit einem Schluck gereiftem goldenem Apfelwein hinunter. Sommergemüsepasteten und Bucheckernstreusel, knuspriges Schwarzbrot mit Bergkäse – der Schwarzfuchs probierte alles nacheinander. Als er fertig war, wischte sich Faran die Lippen an einer Serviette ab und machte sich daran, alles zu vergiften. Als er in der Küche fertig war, stahl er sich in den Lagerraum, der von der Küche abging. Mehlsäcke, Gemüseregale, Apfelkisten, Salatkästen, Nussvorräte – nichts entging den tödlichen Tränken von Faran dem Giftmischer. Ein bisschen Pulver hier, ein paar Tropfen dort ... das alles bewerkstelligte er mit seinem boshaften, natürlichen Geschick.

21

Am Vormittag war es bewölkt, aber es versprach, später aufzuklaren. Trugg und Dummel waren durch den Nieselregen geweckt worden. Der Otter setzte den kleinen Haselmäuserich oben in den Rucksack und bedeckte seinen Kopf mit der Klappe. Dann schulterte er das Gepäck und machte sich auf den Weg in Richtung Norden.

»Besser in Bewegung als mit nassem Hintern herumzusitzen, was, Leichtmatrose? Komm, sing dem alten Trugg ein Lied, damit er seine Pfoten in Schwung hält.«

Jeder, der zu dieser Zeit auf der Straße unterwegs war, hätte sich über den Anblick des großen Otters gewundert, der mit einem singenden Rucksack auf dem Rücken auftauchte. Dummel sang sein Haselmauslied.

»Es gibt keine Dachmaus noch Sornsteinmaus,
Keine Wickelmaus und keine Bodenmaus,

Un' ich hab keine Nuss auf der Nas',
aber ich bin 'ne kleine Haselmaus.
Es gibt 'ne Feldmaus un' 'ne Erntemaus,
'ne Heckenmaus und bestimmt 'ne Ufermaus,
Aber ich bin die allerbeste beste,
'ne kleine Haselmaus.
Ohahaha und hehehe,
Ja, ich bin 'ne kleine Haselmaus.
Also ess ich imma brav auf un' werd groß,
un' dann bin ich 'ne Enormaus!«

»Ahoi da oben, kennst du keine Lieder über Otter, Leichtmatrose?«

Gegen Mittag hatte das Wetter aufgeklart. Von einer leichten Brise getrieben, zogen weiße Wolken über den sonnigen blauen Himmel.

Dummel wurde aus dem Rucksack befreit. Er hüpfte an der Seite von Trugg und genoss die Freiheit der offenen Straße. Der Otter wurde langsamer und hielt seinen kleinen Freund zurück. »Langsam, Schiffskamerad. Was sitzt denn da vorne auf der Straße?«

Die unförmige Masse, die in einiger Entfernung auf dem Weg lag, bewegte sich unbeholfen zur Seite und steuerte auf den lichten Wald auf der rechten Seite zu. Dummel schoss an Trugg vorbei und rannte auf das Objekt zu.

»Dummel, komm zurück, du kleiner Dickschädel!«, brüllte Trugg, als das Kind auf das Ding zustürmte.

Aber Dummel hatte einen großen Vorsprung und stürzte weiter, ohne die Rufe seines Freundes zu beachten. Trugg stampfte mehrmals kräftig mit den Pfoten auf, doch dann beschloss er, dass es keinen Sinn hatte, und gab die Verfolgung auf.

Es war ein Falke, der gerade flügge geworden und nicht besonders groß war. Der Vogel flatterte mit dem rechten Flügel und suchte Schutz in den lichten Wäldern an der Ostseite des Pfades.

Dummel schnitt ihm die Flucht ab, hockte sich vor ihn und hielt ihm eine freundliche Pfote hin. »Aaahhh, armes Vögelchen, haste dir den Flügel verletzt?«

Der Falke hielt inne, seine grimmigen goldenen Augen weiteten sich und er zischte eine Warnung durch seinen gefährlichen Hakenschnabel: »Kaarrtzz! Bleivste wech von mich, Knirps, sunst mach ich dir zu Hackfleisch.«

Die kleine Haselmaus kicherte und warf dem wilden Tier ein Stück kandierte Kastanie vor die Füße.

»Dummel wird dir nich wehtun. Nimm dir etwas su essen. Is lecka ...«

Der Vogel hüpfte zu der Nuss und verschlang sie hungrig. In diesem Moment kam Trugg dazu. Er erkannte, dass Dummel und der Falke zu nah beieinander waren, um einzugreifen. Der Otter hielt ängstlich den Atem an und hielt sich zurück.

Der Vogel legte den Kopf schief und musterte ihn aus einem Auge. »Hältste de Backe, Flusshund! Hey, kann des Kerlche mir nit versteje? Weißes nit, dasses in Jefahr is? Ich bin kahn Sperrling, klar? Ich bin 'n Falk!«

Als Trugg den hohen Nordlandakzent des Vogels verstanden hatte, antwortete er: »Oh, ich sehe schon, dass du ein Falke bist, Matrose. Sieh mich an, ich bin ein Otter. Ich hoffe, du willst meinem kleinen Freund nichts Böses, denn ich würde dich nur ungern mit dieser Schleuder erschlagen!« Der große Otter wirbelte demonstrativ seine geladene Schleuder herum.

Dummel streckte seine Pfote aus und bot dem Falken weitere kandierte Kastanienstücke an. Der Vogel aß sie vorsichtig, behielt Trugg im Auge und unterhielt sich mit ihm.

»Ah, ich verstej, was de meinst. Mir sin beide Kriejer. Aver kahn Grund zur Furcht, mit dem jebrochne, schmerzende Flüjel könnt ich kahner Flieje was zuleide tun. Aver denkt dran, ich bin ’n Falk, kahn Idiot und ich würd nit lang zöjern, selbst so ’nem große, hübsche Jung wie dir zu zeije, wer ich bin.«

Trugg schulterte seinen Rucksack und setzte sich mit einem gutmütigen Lächeln hin. »Dann lass uns mit den Drohungen aufhören, Matrose. Wenn du uns nichts tust, tun wir dir auch nichts. Ich bin Trugg und das ist Dummel. Wir kommen aus Rotwall.« Er packte drei Portionen Haferkuchen und Käse aus.

Der Falke entspannte sich, während alle drei zu Mittag aßen. »Hab Dank fürs jute Esse, Truch. Min Nam is Adlerstark, ahnzije Sohn von Klauensohn, Herrscher de Hohe Felse. Mine Heimat liegt in de große nördliche Berje, ’n tolle Ort zum Leve. Ich hab mir vor ’n paar Taje verirrt und wurd vom Wind abjetribbe. Musst deshalb im Wald lande, wie ihr siekt. Da sin Kräje üver mir herjefalle. Ach! Des is ’n fiese Haufe von Feichling. Zehn von denne hat’s jebraucht, um mir zu Fall zu bringe. So wurd mich de Flüjel jebroche.«

Trugg warf einen genauen Blick auf den Flügel. Adlerstark blieb stehen und hielt sich tapfer unter der tastenden Pfote des Otters.

»Du hast einen gebrochenen Knochen, Schiffskamerad. Aber ich glaube nicht, dass ein weiterer Passagier meinen alten Rücken brechen wird. Komm mit uns mit. Wir sind auf dem Weg in die Berge des Nordens, auf der Suche nach den Blumen von Eistor.«

Adlerstark sah ihn ungläubig an. »Ach, du meinst, ich soll mit zwei am Bodde krieche’de Dummköpp nach de Blumme von Eistor suche und kann nit flieje?«

Dummel streichelte den Rücken des Falken. »Komm mit uns, Adelstark. Onkel Trugg is ’n guder Träger, weißte.«

Trugg suchte Winden, Mutterkraut und Kiefernharz. Er vermischte alles und verband den verletzten Flügel mit einem Weidenzweig und wilden Rhabarberfasern, um den Verband zu stabilisieren.

»So, das war’s schon! Sobald das Kiefernharz ausgehärtet ist, wird das Kraut seine Wirkung tun. Versuch nicht, den Flügel zu bewegen. Je ruhiger du ihn hältst, desto schneller heilt er. Also, junger Adlerstark, du kannst unser Navigator sein. In welche Richtung geht es zu den nördlichen Bergen?«

Der junge Falke hielt den Flügel steif an seiner Seite, während er in die Wälder im Nordosten zeigte.

»Da drübbe, aver ich bin mich nit sicher. Es is was andres, wenn 'n Vojel nit in de Luft is. Aver mach dich kahne Sorje. Mir wer'n's schon schaffe.«

Dummel weigerte sich, im Rucksack zu reiten. Er trottete an der Seite von Trugg. Trotz seiner Proteste musste Adlerstark oben auf dem Rucksack auf Truggs Rücken hocken. Mit seinen kräftigen Krallen grub er sich in die Riemen und hielt sich tapfer fest.

»Wenn min Vadder mir jetz seje könnt, würder mich in de Hennerschte trete. Ab in de Wald mit dich, Truch, du dolle Flusshund!«

Das seltsam aussehende Trio machte sich auf den Weg in Richtung Nordosten, in den äußersten Zipfel des Moosblumenwaldes.

Die Bäume lichteten sich allmählich zu einem buschbestandenen Flachland und am Nachmittag hatten sie eine gute Strecke zurückgelegt. Dummel fand reife Brombeeren und einen Baum voller kleiner, weicher Birnen, also deckten sie sich mit beidem ein. Trugg ruhte sich eine Weile aus und beobachtete die beiden jungen Tiere, die sich gegenseitig mit den besten Beeren fütterten, bis ihre Gesichter und Schnurrhaare beziehungsweise Schnabel vom violetten Saft ganz verschmiert waren.

Der Otter wuchtete den Rucksack auf seinen Rücken und rief Adlerstark zu: »Rauf auf deinen Ausguck, Matrose. Es ist noch viel Tageslicht übrig.«

Der Falke nickte in Richtung eines dichten Hains aus Kiefern und Fichten. »Pass aaf, Truch. Des is Kräjejebiet!«

Der Nachmittag war heiß und still. Trugg warf einen Blick auf den Hain. Er ließ Dummel an seiner linken Seite gehen und löste seine Schleuder, wobei er die Riemen testete, während er einen flachen Kieselstein hineinlegte. Es gab keine Anzeichen von Krähen, die in der Luft über den Bäumen kreisten, aber das Trio ging kein Risiko ein. Sie bewegten sich vorsichtig und versteckten sich im niedrigen Gebüsch, in den Farnbüscheln und in jedem anderen Schutz, den das Land bot. Sie machten einen großen Bogen um den Kiefernwald und bewegten sich in gemäßigtem Tempo, nicht zu langsam und nicht zu schnell, denn sie wussten, dass die Krähen ihnen auf den Fersen sein würden, wenn sie ihre Anwesenheit durch unnötigen Lärm verrieten. Selbst Dummel war sich ihrer gefährlichen Lage bewusst. Ab und zu zwinkerte er seinen Freunden zu und hielt eine Pfote an die Lippen, während sie schweigend weiterwanderten.

Alles lief gut, bis die kleine Haselmaus auf eine Distel trat.

»Auuaaaaa! Bin auf 'ne Distel getreten, Onkel Trugg. Aua!«

Die Kronen der Kiefern und Fichten raschelten, lautes Krächzen durchschnitt die stille Luft und zerlumpte schwarze Gestalten flatterten aus dem Hain.

Adlerstark stieß einen schrillen Schrei aus. »Achtung! Kräje. Mir sin jeliefert, Jungs!«

Das sandige Bett eines ausgetrockneten Bachs bildete eine Vertiefung vor ihnen. Trugg packte Dummel an seinem Kittel und stürmte los. Der rennende Otter wurde bald von den Krähen entdeckt. Mit schnellen Flügelschlägen verfolgten sie ihn, während er schwer beladen auf das Bachbett zuhielt. Die Krähen riefen sich gegenseitig lautstark zu und stürzten sich auf Truggs Rücken. Adlerstark verpasste der ersten Krähe einen brutalen Hieb mit seinem gebogenen Schnabel, als sie versuchte, sich mit ihren Klauen in Truggs Nacken zu krallen.

Hals über Kopf stürzte sich der Otter in die Vertiefung. Er warf den Rucksack ab und tötete eine tief fliegende Krähe mit einem Schlag seiner geladenen Schleuder. Dann feuerte er und eine andere Krähe stürzte in einem Gewirr aus Schwanzfedern ab, als der Kieselstein sie traf.

Truggs Kampfgeist war geweckt. Aufrecht stehend, wirbelte er die Schleuder herum und brüllte den Kriegsruf der Abtei: »Rotwaaaalll! Kommt schon, ihr gefiederten Flohsäcke. Ich bin Trugg, der Krieger der Wasserstraßen! Rotwaaaaalllll!«

Der kleine Dummel zupfte die Distel von seinem Fußballen, schnappte sich einen langen Stock, der in der Nähe lag, und stellte sich neben den Rucksack, auf dem Adlerstark saß, Schnabel und Kralle kampfbereit. Gemeinsam stießen sie ihre Schlachtrufe aus.

»Ich bin Dummel von Roootwwaaaaallll!«

»Ich bin Adlerstark, Sohn des große Herrschers Klauensohn! Kraaagaaarr!«

Zwei Krähen landeten und hüpften bedrohlich auf Dummel zu, ihre bösartigen Schnäbel wie schmutzige gelbe Dolche. Dummel schlug hart zu und zertrümmerte die spindeldürren Beine der ersten Krähe. Adlerstark warf die andere um und riss wie wild mit seinem Hakenschnabel an ihr.

Trugg bekam mehrere scharfe Hiebe in den Rücken. Nachdem er eine Krähe mit einem kräftigen Schlag seines ruderartigen Schwanzes bewusstlos geschlagen hatte, wirbelte er herum und schleuderte eine weitere in einer Wolke aus schwarzen Federn in die Höhe, während er einer dritten die geladene Schleuder in die Brust rammte.

Adlerstark kämpfte im Sand gegen drei weitere Krähen, riss mit seinen Krallen an ihnen und stach mit seinem Schnabel zu. Die Krähe, die in Dummels Pfote pickte, sah er nicht. Der kleine Haselmäuserich quiekte vor Schmerz und ließ seinen Stock fallen. Sofort griffen zwei riesige Krähen nach ihm und trugen ihn in die Luft. Er schwebte in der Luft und kreischte.

»Onkel Truuuuuggg!«

Mit einem wütenden Schrei packte der bullige Otter den Rucksack an den Riemen. Er schwang ihn herum, warf das schwere Bündel und holte die beiden Krähen aus der Luft.

Dummel stürzte, überschlug sich und schnappte sich seinen Stock. Er warf sich auf die beiden Krähen und schlug erbarmungslos auf Schnäbel, Schwänze, Beine und Flügel ein. »Ihr fiesen ollen Krähen, die Dummel in den Himmel holen!«

Die drei Freunde kämpften so erbittert, dass sie die Krähen verjagten. Die Vögel krächzten wütend, setzten sich auf niedrige Büsche und vollführten einen seltsamen Hüpftanz auf dem Boden, während sie riefen: »Krah krah, jaja, tötet ein Tier, fresst eine Maus, tötet einen Krummschnabel!«

Adlerstark stand mit Trugg und Dummel im Schutze des Bachbetts und beobachtete das Schauspiel.

»Habter jemals so ’n Haufe Feichling jeseje?« Der Falke klapperte verächtlich mit dem Schnabel. »Wenn min Flüjel jesund wär, würd ich hinflieje und se weinend zu ihre Muddis schicke!«

Trugg wickelte eilig einen Verband um Dummels angepickte Pfote. »Sie werden zurückkommen, Matrose. Darauf kannst du wetten. Sie sind gerade dabei, sich wieder aufzurappeln. Siehst du, da kommen noch mehr Schurken aus den Kiefern.«

Dummel schwang seinen Stock in kriegerischer Manier. »Sollen se kommen, Onkel Trugg. Dummel wird ihnen mit dem großen Stock den Hintan versohlen!«

Adlerstark presste grimmig seinen Schnabel zusammen. »Daran hab ich kahn Zweifel, Jung, aver de Kräje könne komme wie Blätter im Hervestwind. Des sin nur ’n paar von denne!«

»Haltet euch bereit, Matrosen. Da kommen sie schon wieder!«

»Ja, und da hinne komme noch mehr schwazze Vöjel!«

»Kommt nur, ihr Krähenviecha. Dummel is bereit. Rotwaaaaalllll!«

Die Krähen flogen im Tiefflug über das Gras und gingen zum Angriff über. Trugg blendete die ersten vier mit zwei Pfotenvoll trockenem Sand. Eine Krähe wollte gerade mit geöffnetem Schnabel auf seinem Kopf landen, als Dummel ihr den Stock direkt in den Rachen stieß. Vier Krähen stürzten sich auf Adlerstark. Alles, was man sehen konnte, war eine Explosion aus schwarzen Federn, die sich mit den braunen des Falken vermischten, als sie wildentschlossen miteinander kämpften. Zwei weitere landeten und griffen Trugg von hinten an. Wieder kam sein ruderartiger Schwanz zum Einsatz und brach dem einen Vogel das Genick. Der andere flog nach hinten, betäubt von einem Tritt seiner Hinterpfote. Dummels Stock zerbrach an einem feindlichen Kopf. Er schnappte sich beide Hälften und stürzte sich wie ein Miniaturgewitter auf die landenden Krähen. Die Krähen gewannen durch ihre schiere Zahl die Oberhand. Sie stürzten sich in Scharen auf die drei Freunde, bis keiner von ihnen mehr unter der Masse aus schwarzen Federn, Schnäbeln und kratzenden Krallen zu sehen war. Dummel schrie vor Schmerz auf, als ihn ein Schnabel hart zwischen die Ohren pickte.

Plötzlich hielt Trugg es nicht mehr aus. Das Geräusch des kleinen Haselmäuserichs, der von den Krähen gequält wurde, entfachte in ihm eine unbändige Wut. Er trat, stieß und schlug auf die Vögel ein und erhob sich aus dem Gewirr, wobei ihm das Blut von den gebleckten Zähnen tropfte. Er kämpfte sich durch das trockene Bachbett und schnappte sich Dummel und Adlerstark. Als er schützend vor ihnen stand, nahm er den beladenen Rucksack in beide Pfoten und schwang ihn wie eine schreckliche Maschine der Zerstörung. Die Krähen flogen in die Luft und überschlugen sich Flügel über Schnabel über Schwanz über Kopf. Dunkle Federn erfüllten die Luft, zusammen mit Schnabelsplittern und abgebrochenen Krallen. Der Rucksack war ein herumwirbelnder, zuschlagender, zischender Schemen der Zerstörung, als Trugg seinen Kopf zurückwarf und sein Mund sich wie eine scharlachrote Höhle öffnete.

»Rotwaaaaaaaaallllllll!!!«

Die Krähen flohen, einige hüpften, andere flatterten, während sie sich gegenseitig behackten, um Truggs mächtiger Vergeltung zu entkommen.

Als der späte Nachmittag in den Abend überging, kümmerten sich die drei Gefährten gegenseitig um die Wunden.

Trugg zuckte zusammen, als Adlerstark ihm einen Schnabelsplitter aus dem Rücken zog. »Autsch! Vorsicht, du gefiederter Unhold!«

»Hörste aaf zu jammern, Brettschwanz. Du wirst's üverleve. Bleiv ruhich lieje, während ich dich de Kräjenkralle aus 'm dicke Hennerschte ziej.«

Der kleine Dummel zählte seine Kriegsverletzungen. »Swei, frei, sechs, neun, swansigfünfzehn. Wow, das sin 'ne Menge!«

»Und da draußen sind noch viel mehr, Leichtmatrose. Sieh mal!«

Sie blickten in die Richtung, in die Trugg mit seiner Pfote deutete. Auf halbem Weg zwischen dem Kiefernwald und dem Bachbett war das Land schwarz vor Krähen. Sie drängten sich zusammen wie Käfer in einem Keller.

Trugg setzte sich mit dem Rücken gegen das sonnengetrocknete Ufer. »Kein Tier kann sich gegen so viele wehren, Adlerstark. Wir sind erledigt.«

Der Falke putzte sich sein zerzaustes Brustgefieder. »Ja, aver bei de Klippe, mir wer'n kämpfe!«

Dummel suchte im Sand des Bachbetts. »Ich will 'nen neuen Stock, mit dem ich noch mehr Krähen bekämpfen kann!«

Langsam versank die Sonne im Westen. Der Himmel hatte eine warme Pfirsichfarbe angenommen und taubengraue Wolkenfetzen, deren Unterseiten silbern schimmerten, zogen vorbei. In der Ferne flimmerten noch immer Hitzewellen.

Trugg saß eine Weile da und betrachtete traurig die Schönheit dieses Ortes. »Hm, für einen alten Flusshund wie mich ist das gar nicht so schlecht. Ich hatte ein gutes Leben und habe mich prächtig amüsiert. Aber ihr zwei Jungtiere, ich wünschte, ihr hättet noch mehr Jahreszeiten erleben können, bevor ihr abtreten müsst. Trotzdem sind wir gute Freunde, also nehmen wir ein paar von ihnen mit und gehen in guter Gesellschaft unter.«

Dummel hatte einen Stock gefunden. Er spähte über das Ufer und rümpfte die Nase, furchtlos in seiner kindlichen Unschuld. »Warum sind alle Krähen so still, Adelstark?«

Der junge Falke zuckte zusammen, als er seinen gebrochenen Flügel zurechtrückte. »Du solltest hoffe, dess de Vöjel ruhich bleive, Knirps. Wenn de Viecher widder anfange zu singe, wer'n se hinner uns her sin.«

»Kann Dummel 'n paar matschige Brombeeren un' Birnen ham, Onkel Trugg?«

Trugg öffnete den Rucksack, den er wie einen Morgenstern gegen die vielen Krähen benutzt hatte. Der einst leckere

Inhalt war völlig zermatscht. »Mein liebes Kind, natürlich kannst du das. Bedien dich.« Der Otter saß mit einem traurigen Lächeln auf dem Gesicht da und sah Dummel beim Essen zu.

Adlerstark berührte seine Pfote mit dem unverletzten Flügel. »Mach dich kahne Sorje, Bachhund, mir wer'n de Vöjel 'nen Kampf liefern, den se nit verjesse wer'n und üver den se noch lang singe wer'n – die, die noch am Leve sin.«

Der letzte Schimmer der Dämmerung zeichnete sich am Horizont ab, als das Heer der Krähen in einen wilden Gesang verfiel, der wie ein Echo durch die verlassene Landschaft hallte.

22

Ein Halbmond hing am aquamarinblauen Himmel. Die Paddel tauchten geräuschlos ins Wasser ein, als zwei Einbäume einen Nebenfluss weitab vom Großen Südstrom hinunterfuhren. Beide Boote waren bis zu den Bordwänden mit Gusim-Spitzmäusen beladen. Mara und Patsch saßen im dem vorderen Boot. Sie waren seit dem Morgengrauen unterwegs und segelten durch ein verschlungenes Netz von Seitenarmen. Neben ihnen überprüften Flößer-Stößer und Nordo die Karten aus Rindenstoff, auf denen die Route verzeichnet war.

»Wie lange dauert es noch, bis wir da sind, Nordo?«, murmelte Mara schläfrig.

»Wenn wir Glück haben, sind wir bis zum Morgengrauen da. Schlaft ein bisschen, ihr zwei. Wir fahren flussabwärts – nehmt eure Paddel hoch.«

Patsch sah sich um. Bis auf die Wachspitzmäuse hatten sich alle anderen schlafen gelegt. Er klopfte sich auf den

Bauch. »Ein bisschen was zu essen könnte nicht schaden, nicht wahr! Wie soll man denn schlafen, wenn der alte Magen knurrt und einen wach hält, würde ich gern wissen.«

Flößer-Stößer griff in einen Sack, der im Bug verstaut war, und reichte dem Hasen zwei große, runde flache Gegenstände. »Probier die mal, Patsch. Das sind Kekse für Spitzmäuse, die auf eine lange Reise gehen. Sie wurden zwar schon vor ein paar Jahreszeiten gebacken, aber sie sind sehr nahrhaft. Du solltest sie mögen.«

»Uff!« Patsch versuchte, in einen hineinzubeißen, und rieb sich den Mund. »Ich hab mir fast alle Backenzähne abgebrochen. Woraus sind die Dinger denn gemacht – aus Stein? Ich wette, nicht einmal das alte Bäuchlein könnte so ein Ding klein kriegen. Ich sage dir, Mara, versuch mal, in einen davon zu beißen. Na los!«

Das Dachsmädchen schob den angebotenen Hartkeks weg. »Ich nicht. Ich hänge an meinen Zähnen – spar sie dir auf, um den Geisterdachs damit zu bewerfen.«

Patsch erschauderte und ließ den Keks fallen. Er landete mit einem Poltern auf dem Boden des Boots. »Oh, vielen Dank, großmäuliger Dachs. Erst kann ich diese blöden Kekse nicht essen und jetzt hältst du mich mit deinem Gerede über Geister auch noch vom Schlafen ab. Ich finde, das ist eine ziemlich miese Nummer, einem Kerl den Appetit und den Schlaf zu rauben!«

Mara schlief zu den Geräuschen von Patsch ein, der entrüstet vor sich hin murmelte.

Sie wachte im frühen Morgengrauen auf. Die Einbäume fuhren schnell flussabwärts und schlingerten und rasten über kleine Stromschnellen, während die Gusim-Steuerspitzmäuse sie geschickt durch die riskante Wasserstraße manövrierten. Die hohen Steilufer zu beiden Seiten rauschten vorbei. Ab und zu rief Nordo allen Tieren zu, sich vor einem überhängenden Baum zu ducken.

Patsch war hellwach und hatte ein aschfahles Gesicht, als er sich an den Seiten des Boots festklammerte und flehte, die Geschwindigkeit zu verringern. »Ich sag euch, Jungs, seid brav und sagt dem guten alten Kapitän, dass er etwas langsamer fahren soll, ja? Wuuuhuu! Mir ist ganz schön mulmig von dem ganzen Auf und Ab, dem Rasen und Rempeln.«

Die Spitzmäuse, die die Ufer mit ihren Paddeln abwehrten, nutzten Patschs Unbehagen, um ihn lauthals aufziehen.

»Probier mal kalten Pudding und Kohl zum Frühstück, Kumpel. Haha!«

»Oder warme Haferflocken mit schwarzem Rübensirup und Karotten!«

»Wie wäre es mit einer alten Gemüsepastete mit saurer Sahne?«

Patsch lag auf dem Boden des Boots und hielt sich den Bauch. »Gnade, Jungs! Haltet die Klappe, ihr schändlichen Spitzmäuse. Habt bitte Mitleid mit mir armem Kerl! Kalter Vanillepudding und Kraut … Buuöööörrpp!«

»Allemaus festhalten! Das ist der See!«

Mara klammerte sich an den Seiten fest, als der Strom steil nach unten abfiel. Die Boote schossen ungebremst vorwärts.

Mit dem Bug voran stürzten sie in die Tiefe. Plötzlich gab es einen gewaltigen Platscher und eine große Bugwelle durchnässte jedes Tier, dann schaukelten die beiden Langboote sanft auf der weiten Oberfläche eines großen Sees.

»Nie wieder!«, klagte Patsch jämmerlich. »All das für einen blöden Schwarzstein. Ihr müsst total verrückt sein. Schwarzstein, bei den Schnurrhaaren meiner Tante! Sobald dieser Hase seine Pfoten auf trockenen Boden bekommt, ist es mit dem Bootfahren vorbei!«

Mara blickte erstaunt um sich. Sie befanden sich am Rande eines fantastischen Gewässers – es war ein wahres Binnenmeer. Die frühe Morgensonne schien auf das gezeitenlose Wasser, das sich nur durch die Wellen bewegte, die durch die Ankunft der Einbäume entstanden waren. So weit das Auge reichte, gab es Wasser, und zwar kilometerweit, ohne dass am fernen Horizont eine Insel oder ein Ufer zu sehen war. Links und rechts von ihnen war die weite Fläche von einem Wald mit Bäumen, Büschen, Sträuchern und Pflanzen geschützt, die ihr Laub ins Wasser tauchten. Sie erstreckte sich weithin in ihrer ruhigen Schönheit. Überall herrschte Stille.

Flößer-Stößer lächelte über die großen Augen des Dachsmädchens. »Was für ein Anblick an einem schönen Sommermorgen, nicht, junge Dame?«

Mara konnte nur stumm nicken und bewunderte die Szene.

»Ich sag's euch, Jungs, das ist schon etwas netter, nicht wahr? Ich fühle mich schon viel besser. Holt die Frühstücke raus, lasst das Fressen beginnen!«

Sie frühstückten auf dem offenen See, aber dieses Mal gab es keine Notrationen. Es gab Pflaumenkuchen, Honigkuchen, Pilzsalat und prickelnden neuen Apfelwein.

Patsch aß sein Frühstück von einem Hartkeks als Teller. Während er mampfte, blickte er sich um. »Also, gebt uns einen Hinweis, Jungs. Wo ist die gute alte Insel versteckt?«

Flößer-Stößer deutete geradeaus. »Zwei Tage in diese Richtung.«

Nach dem Frühstück nahmen sie ihre Paddel in die Hand und machten sich auf die lange Reise zur Insel. Zunächst fühlten sich Maras Pfoten steif und unbeholfen an, aber schon bald ruderte sie so gut wie jeder andere und stimmte in die lustigen Spitzmausgesänge ein, die den Rhythmus der Paddel aufrechterhielten. Patsch leugnete hartnäckig, dass er sich jemals seekrank gefühlt hatte, und sang genauso laut wie die anderen.

»Ich sing dir ein Lied vom Fluss-o-mein,
Wo das Wasser ist sauber, klar und rein,
Die Boote der Gusim sind schnell und lang.
Uns Spitzmäusen ist vor nichts bang.
Also streng dich an und benutz die Pfoten.
Von der Kiesbank dort bis da zum Strand,
Sorgen und Nöte verschwinden auf Booten,
wenn du paddelst und läufst nicht auf Sand.
Gussssssssim ... Gusssssssssssim!
Ich sing dir ein Lied vom Fluss-o-mein.

Er gehört mir und dir.
Tiefen und Untiefen sind nur Schein.
Die besten Gusssssim sind wir!
Wer an Land lebt fortgewährt,
nie diese Freiheit erfährt,
Nie so geschickt wie 'ne Wasserspitzmaus is',
Also rudert nach bestem Gewiss'.
Gussssssssim ... Gusssssssssim!«

Zur frühen Mittagszeit waren die beiden Einbäume noch auf dem See unterwegs. Zu allen Seiten war nichts als Wasser zu sehen. Himmel und See trafen an allen Horizonten aufeinander. Die Paddel tauchten mit kurzen, kräftigen Schlägen immer wieder ins Wasser ein.

Nordo prüfte den Stand der Sonne und rief eine Erfrischungspause aus. Viele Spitzmäuse tauchten ihre Pfoten in den See und tranken genüsslich. Mara tat es ihnen gleich und stellte zu ihrer Überraschung fest, dass das Wasser kalt und süß war.

Patsch hielt seine Pfoten in das Wasser. »Ich frage mich, Flößer-Stößer, altes Haus: Wie tief ist dieser See?«

Flößer-Stößer lächelte spitzbübisch. »Hm, lass mich mal überlegen. Er ist zwei Drittel so tief wie ein Boot oder halb so hoch wie eine Ente.«

»Oh, verstehe.« Patsch nickte verständnisvoll. »Jetzt warte mal einen Moment, du alte Spitzmaus. Wen willst du hier veralbern?«

Nordo lachte. »Das sagen Wasserratten immer zu Landratten. Eigentlich weiß kein Tier, wie tief dieser See ist, obwohl mein Großvater ihn ausloten wollte, als er Flößer-Stößer war, aber er sagte, er sei bodenlos.«

Patsch wurde leicht blass um die Nase. »Hast du das gehört, Mara? Bodenlos! Das bedeutet, dass es unter diesem Boot weiß Gott wie tief nichts anderes gibt als Wasser. Oh Himmel, ich wusste, ich hätte nicht mitkommen sollen!«

Mara lächelte. »Mach ein Nickerchen, Patsch, dann geht es dir besser.«

»Ha, hört euch dieses Tier an! Besser, sagt sie. Ich habe mich in meinem ganzen Leben noch nie so absolublümerant schrecklich ge… Was war das?«

Flößer-Stößer war ebenso alarmiert. »Was war was?«

»Da drüben, eine Art großes Platschen!« Patsch zeigte darauf.

Nordo wollte gerade etwas sagen, als Flößer-Stößer ihm einen warnenden Blick zuwarf und den Kopf schüttelte. »Ach, das. Das war wahrscheinlich ein springender Fisch. Das machen sie oft.«

Patsch klammerte sich an der Seite des Boots fest. »Ich wünschte, sie würden endlich aufhören. Das macht einen Jungen ganz nervös, nicht wahr!«

»Da ist es wieder. Das ist kein Fisch, der springt!« Ein Spitzmausruderer stand hinter ihnen auf, seine normalerweise tiefe Stimme war schrill und ängstlich.

Die Besatzungen beider Boote scharrten unruhig mit ihren Pfoten und begannen, untereinander zu murmeln.

Flößer-Stößer schlug mit dem Paddel geräuschvoll auf den Bug seines Boots. »Ruhe da hinten! Es war ein Fisch, ich habe es selbst gesehen. Jetzt hört auf mit den alten Mausemärchen und esst euer Mittagessen!«

Mara blickte zu ihrer Linken. Eine kräuselnde Welle baute sich in einiger Entfernung auf und kam auf die Boote zu. Sie zeigte darauf. »Das sieht ein bisschen zu groß aus für einen einzelnen Fisch. Das muss ein ganzer Schwarm sein.«

Eine der Spitzmäuse starrte Flößer-Stößer anklagend an. »Du hättest dein Paddel nicht so gegen das Boot schlagen sollen. Er hat dich gehört und kommt auf uns zu. Er kommt, sage ich dir!«

Vom anderen Boot aus hörte man Schmerbauch Vorwürfe schreien: »Das liegt an den beiden, dem Dachs und dem Hasen. Sie haben das Unglück über uns alle gebracht!«

Andere schrien, während die Panik zunahm, je näher die sich kräuselnde Welle den beiden Booten kam.

»In die Richtung zurück, aus der wir gekommen sind, Spitzmäuse. Paddelt an Land!«

»Das ist der Tiefseewickler, Freunde!«

»Kehrt um, lasst uns von den Booten runter!«

»Wenn es der Tiefseewickler ist, sind wir alle tot!«

Flößer-Stößer zog seinen Degen und rief über das Getümmel hinweg Befehle aus. »Seid still und setzt euch hin, ihr Narren, oder ihr kippt die Boote um! Wenn ihr euch retten wollt, setzt euch hin und haltet die Klappe!«

Der sich kräuselnde Wasserbuckel hatte sich aufgetürmt, während er sich auf die Boote zubewegte. Unter dem Einfluss von Flößer-Stößers Autorität saßen alle Tiere in den Booten still und ruhig. Die Pfoten hielten die Paddel fest umklammert, die Mäuler waren wie Schraubstöcke verschlossen und das Fell stand auf jedem Rücken zu Berge. Ohne Vorwarnung hatte sich die sonnenbeschienene Oberfläche des riesigen Sees in einen Ort des Schreckens verwandelt. Alle Augen waren auf die geräuschlos näher kommende Welle gerichtet. Sie war kaum mehr als drei Bootslängen von ihnen entfernt, als das Wasser brodelte und etwas Langes und Schuppiges auf die Wasseroberfläche klatschte. Beide Boote wurden angehoben, als sie auf der Welle ritten.

Das riss Mara aus ihrer Starre. Sie beugte sich über die Bordwand und blickte hinunter in die blaugrüne Tiefe, wo sie das Ding sah, das unter den beiden Booten vorbeizog. Es war riesig!

Sie hatte den Kopf der Kreatur nicht gesehen, beobachtete jedoch fasziniert, wie ihr Körper harmlos vorbeiglitt, nur eine Pfotebreit unter der Wasseroberfläche, rund und dick wie ein Baumstamm, dunkelgrün mit schiefergrauen Flecken. An der stark geschuppten Masse des Ungetüms klebten Wasserpflanzen und die sich kräuselnden Seitenflossen trieben es durch das Wasser, während es immer weiter vorbeizog … und vorbeizog. Das spitze Schwanzende schrammte an der Unterseite des Boots entlang und dann war es verschwunden, tief unten in den unergründlichen Tiefen des stillen Sees.

Das Dachsmädchen atmete erleichtert auf und wischte sich die Schweißperlen von der Nase. »Bei den Felsen des Salamandastron! Was war das?«

Nordo löste mit sichtlicher Anstrengung seine Pfoten von seinem Paddel. »Das, was du gerade gesehen hast, war ein Monster – die Spitzmäuse der Gusim nennen es den Tiefseewickler, aber bis jetzt hat es noch niemand zu Gesicht bekommen.«

Patsch saß mit großen Augen und gespitzten Ohren da. »Hoffen wir, dass wir noch lange davon erzählen können. Oh, Winden und Weidenkätzchen! Ich wusste, dass ich nie hätte segeln gehen sollen. Wenn man auf dem guten alten Festland ist, kann man wenigstens weglaufen, aber hier draußen auf einem schwimmenden Baumstamm, das ist ein bisschen viel, Jungs!«

»Der Tiefseewickler ist ein altes Spitzmausmärchen«, erklärte Flößer-Stößer Mara und Patsch entschuldigend, »eine Geschichte, um ungezogene Kinder zu erschrecken, die allein paddeln gehen wollen. Obwohl es zu Zeiten meiner Vorfahren Geschichten von Einbäumen und ganzen Mannschaften gab, die unter mysteriösen Umständen auf diesem großen See verloren gingen. Ich selbst habe nie daran geglaubt, aber jetzt, wo ich es mit eigenen Augen gesehen habe, kann ich nicht mehr daran zweifeln. Es tut mir leid, dass ihr durch mich und meinen Sohn in diese Gefahr geraten seid.«

Die Boote trieben Seite an Seite. Schmerbauch knurrte hinüber: »Habt ihr das gehört, ihr Spitzmäuse? Es tut ihm leid.

Wir könnten heute Abend alle tot sein, aber Flößer-Stößer tut es leid! Flößer-Stößer? Er ist kein richtiger Flößer-Stößer. Wo ist der Schwarzstein, der ihm um den Hals hängen sollte? Von ihm müssen wir keine Befehle annehmen! Ich sage, wir machen uns auf den Weg zum Ufer!«

Von beiden Besatzungen ging ein aufmüpfiges Gemurmel aus.

»Schmerbauch hat recht, ohne den Schwarzstein ist er nur ein Hochstapler!«

»Ich sage, wir wählen einen anderen Anführer!«

»Ja, Schmerbauch als Anführer. Er wird uns retten!«

Der beleibte Spitzmäuserich erhob sich mit einem triumphierenden Grinsen und wandte sich an den Anführer der Spitzmäuse: »Such dir einen anderen Namen, Spitzmaus. Du bist nicht länger Flößer-Stößer. Ich bin jetzt der neue Gusim-Anführer. Stimmt's?«

Alle Spitzmäuse fürchteten sich bei dem Gedanken, auf dem See zu sein, wo der Tiefseewickler lauerte. Schmerbauchs Plan, an Land zu gehen, fand sofort Anklang. Eher beschämt murmelten sie ihre Zustimmung, ohne jedoch den Blick von Flößer-Stößer abzuwenden, der immer ein guter und gerechter Anführer gewesen war.

Flößer-Stößer berührte den Griff seines Rapiers, während er kühl zu Schmerbauch hinüberblickte. »Wir werden das ein für alle Mal klären. Du bestimmst, wann und wo, Spitzmaus.«

Schmerbauch zitterte unter Flößer-Stößers Blick, doch er gab sich tapfer und begann zu schimpfen. »Es wird weder hier noch an Land einen Kampf auf Leben und Tod geben. Ich bin jetzt der neu gewählte Anführer. Sobald wir an Land sind, wirst du aus der Gusim verbannt – und dein Sohn gleich mit!«

Unter großem Getue setzte sich Schmerbauch hin und nahm sein Paddel in die Hand. »Hört mich an. Als euer neu gewählter Anführer sage ich, dass wir umkehren und an Land paddeln sollten.«

»Eine Bewegung und du bist Fischköder, Spitzmaus!« Mara hatte sich langsam im Boot bewegt, bis sie auf gleicher Höhe mit Schmerbauch im anderen Boot war. Sie stand in Reichweite und hielt ihm das Paddel dicht an den Kopf.

»Habt ihr das gehört?«, wandte sich der dicke Spitzmäuserich an seine neuen Anhänger. »Diese Fremde will euren neuen Anführer töten. Schnappt sie euch, Spitzmäuse. Werft den Streifenhund über Bord. Sie und der Hase sind die Ursache für all diesen Ärger. Ergreift sie!«

Blitzschnell sprang Flößer-Stößer in das andere Boot und stürzte sich auf Schmerbauch, wobei seine Degenspitze den beleibten Spitzmäuserich an der Kehle kitzelte. »Meuterei und Anstiftung zum Mord, was, Schmerbauch? Wenn wir wieder zu Hause sind, wirst du dich einem großen Rat unserer Gusim-Kameraden stellen. Mara und Patsch haben unseren Spitzmäusen und meinem Sohn geholfen, aus der Gefängnisgrube der Kröten zu entkommen. Sie sind Ehrengäste. Ich habe dir genug Spielraum gelassen, Schmerbauch. Ich sorge mich nicht um mich selbst, aber wenn du das Leben von Freunden der Gusim bedrohst, ist das Meuterei auf offener See. Du da und du, Riwak – holt eine Leine, bindet diesen Schurken fest und setzt ihn ins Heck. Ich kümmere mich zu gegebener Zeit um ihn.«

Flößer-Stößers schneller Sieg über Schmerbauch, zusammen mit seiner strengen, autoritären Art, wendete das Blatt zu seinen Gunsten. Die beiden Spitzmäuse schnappten sich den sich wehrenden Schmerbauch und fesselten ihn.

Flößer-Stößer legte seine Waffe ab und wandte sich an die beiden Besatzungen: »Ich bin immer noch der Flößer-Stößer hier, Schwarzstein hin oder her. Jedes Tier, das denkt, es sei schlau genug, mich herauszufordern, soll es jetzt tun!«

Einen Moment lang herrschte Stille, dann stand eine große, zäh aussehende Spitzmaus auf und stellte sich neben den Anführer. »Jeder, der Flößer-Stößer herausfordert, fordert auch mich heraus. Er war immer gerecht zu uns allen!«

Nordo stand mit Mara und Patsch auf. Er sprach für alle drei: »Wir stehen auf der Seite von Flößer-Stößer!«

Ein alter Spitzmäuserich mit langen Schnurrhaaren winkte mit seinem Paddel. »Der gute alte Flößer-Stößer! Alt? Was rede ich da, im Vergleich zu mir ist er doch nur ein junger Kerl, hehehe!«

Jetzt wurden andere Stimmen laut.

»Ja, Flößer-Stößer war schon immer ein guter Kerl. Ich mag ihn!«

»Ich auch. Er war immer gerecht zu Jung und Alt. Was sagt ihr, Spitzmäuse?«

Die Besatzungen der beiden Boote jubelten Flößer-Stößer zu, als er mit Nordo zurück ins Boot sprang.

»Ein Hoch auf Flößer-Stößer, den Anführer der Gusim. Hurra!«

»Jungs, setzt euch hin, sonst landen wir alle in der Versenkung. Nicht wahr!«

Der Rest des Tages verlief ereignislos. Die Sonne ging am westlichen Horizont des Sees unter und der heiße Sommertag neigte sich dem Ende zu. Die Spitzmäuse packten ihre Paddel weg, aßen zu Abend und machten es sich, so gut es ging, gemütlich.

Flößer-Stößer lag wach im Bug des führenden Boots und reichte Mara einen Krug mit Ahornsirup. »Mara, ich möchte dir und Patsch dafür danken, dass ihr mich unterstützt habt – besonders du. Es war sehr mutig, wie du dich an Schmerbauch herangeschlichen hast. Viele der anderen waren bereit, ihm zu folgen. Ich weiß, dass er im Wettkampf mit Patsch das Gesicht verloren hat, aber hier draußen auf dem Wasser, wo jedes Tier Angst vor dem Tiefseewickler hat, waren sie bereit, Schmerbauch zu folgen, weil er unbedingt umkehren wollte. Angst ist ein großartiger Motivator, eine Zeit lang stand es auf Messers Schneide. Du hättest leicht ein Rapier zwischen die Rippen bekommen können. Du bist eine wahre Freundin, Mara. Ich werde nie vergessen, was du für mich getan hast.«

Das Dachsmädchen tat so, als würde es gähnen und sich zusammenkuscheln. Es war verlegen, weil Flößer-Stößer es gelobt hatte. »Ach, dafür sind Freunde doch da. Geh jetzt schlafen, du alte Wasserratte.«

Es wurde still und die beiden Langboote schaukelten sanft auf der ruhigen Oberfläche des großen Sees.

23

»Ihr zwei solltet euch ruhig verhalten. Sie sind direkt vor uns.«

Samkim und Arula spähten in die nächtlichen Schatten des Waldes.

»Wie weit sind sie weg, Zweigert?«

Der alte Igel setzte sich neben die beiden. »Oh, nicht mehr als eine gute halbe Pfotenlänge. Wartet noch ein bisschen. Lasst das Gesindel erst mal schlafen, dann statten wir ihm einen Besuch ab, ja?«

Samkims Augen leuchteten begeistert auf. »Ein nächtlicher Hinterhalt! Was sagst du dazu, Arula?«

»Ho urr, ich bin 'n richtiche Schrecke im Dunkeln, wenn ich net schlaf.«

Sie futterten Haferkuchen und Äpfel, während Zweigert seinen Plan erläuterte. »Ich habe sie ausgekundschaftet und bin fast über sie gestolpert. Sie haben ihr Lager südwestlich von hier aufgeschlagen. Jetzt hört mir zu. In etwa einer

Stunde sollten sie schlafen, also machen wir Folgendes. Wir teilen uns auf, damit wir sie aus drei verschiedenen Richtungen angreifen können. Die Ratten sollten sich nicht groß wehren – sie sind nur Fährtenleser. Einzig um den Fuchs mache ich mir Sorgen – der sieht wie ein geübter Kämpfer aus. Außerdem hat der Schurke dein Schwert ganz dicht neben seiner Pfote. Stöcke sind das Beste, um mit ihm fertigzuwerden. Arula, leih mir das Schnitzmesser, das du bei dir trägst, und ich schneide uns zwei gute Stäbe. Samkim, du kannst die Sehne von deinem Bogen lösen und ihn benutzen. Ich gebe dir ein Zeichen, indem ich eine Grille zirpen lasse. Etwa so – chrrrrk! Hast du das verstanden? Wenn du das Geräusch hörst, stürmst du ins Lager und schreist wie ein Dachs mit einer Biene im Ohr. Du schreist, brüllst, tobst, schlägst auf alle um dich herum ein und gehst direkt zu dem Fuchs. Er wird am nächsten zum Feuer schlafen. Gib dem Abschaum keine Chance, nach dem Schwert zu greifen. Wir werden dort sein und alle drei gleichzeitig losschlagen. Hört nicht auf. Schlagt die Bestie zu Boden, denn sie wird uns alle töten, wenn sie nur den Hauch einer Chance bekommt.«

Samkim löste die Sehne von seinem Bogen und schwang ihn, um die beste Schlaghaltung zu finden. »Keine Angst, Herr Zweigert. Wir werden bei Euch sein und zuschlagen!«

Arula pflichtete ihrem Freund bei. »Ho, ja, zurr. Ihr schnitzt mer ’n gude Stab un’ ich schlag ’n Fuchs so lang, bisser platt wie ’n ’Fannkuche is, jawoll ja!«

Zweigert gab ihnen die Pfote darauf. »Gut! Jetzt macht ihr ein kleines Nickerchen, während ich ein paar Stäbe schnitze.«

Im Schein des zunehmenden Dreiviertelmondes machten sie sich auf den Weg durch den Wald und schlichen lautlos zwischen den dunklen Baumstämmen durch das Unterholz. Samkim bewegte sich vorsichtig und freute sich darauf, das Schwert von Martin dem Krieger für seine Abtei zurückzuerobern. Irgendwo im Laub zwitscherte eine Nachtschwalbe und hoch oben in den Bäumen gurrte eine Ringeltaube. Arulas Augen funkelten im Mondlicht, als sie eine kräftige Eibenrute schwenkte.

Zweigert drehte sich um und hielt seinen Stab hoch. »Still jetzt. Samkim, du gehst nach rechts. Arula, du gehst nach links. Ich weiß, dass sie keine Wachen aufgestellt haben. Vielleicht denken sie, so tief im Wald wären sie sicher. Ihr zwei nähert euch in einem Bogen, macht gut dreißig lange Schritte, bleibt dann stehen, haltet die Stäbe bereit und wartet auf mein Grillenzirpen. Viel Glück und gute Jagd, Kinder!«

»Achtundzwanzig, neunundzwanzig, dreißig – das war's.« Samkim blieb zwischen einigen Wacholderbüsche stehen und spähte in das vom Feuer erleuchtete Lager. Die Ratten lagen in ihre Umhänge gehüllt da, doch an der Feuerstelle konnte er Todfeger ausmachen. Der Fuchs ruhte mit dem Rücken gegen einen Baumstamm gelehnt. Das Schwert lag dicht neben seiner Pfote und schimmerte im Licht des verlöschenden Lagerfeuers. Überall lagen Federn und Knochen von Ringeltauben verstreut. Das junge Eichhörnchen erschauderte. Wie dieses Gesindel Vögel töten und essen konnte – allein die Vorstellung löste in ihm Abscheu aus.

»Chrrrk!«

Als Zweigert rief, sprang Samkim vor und schrie: »Jaaa! Tod dem Gesindel! Rotwaaaaalll!«

Die Grille in der Nähe des Feuers, die gezirpt hatte, schoss unter den Baumstamm und versteckte sich.

Arula marschierte langsam weiter. Zählen war noch nie ihre Stärke gewesen. »Jurr, fünf'n'zwannich, zwee'n'neunzich, vier'n'dreeßich. Buh, jurr! Was das?« Sie stürmte los und wedelte mit ihrem Stab. »So, jetz gib's Saures! Rotwaaaaallll, huuuuurrrrr!«

Zur gleichen Zeit stürzte Zweigert herbei und stieß mit einer Ratte zusammen, die bei dem Lärm aufgesprungen war.

Das Chaos war vollkommen. Ausgelöst durch einen echten Grillenruf, der sich als falscher Alarm herausstellte, ging der Hinterhalt schief. Todfeger sprang auf und sah, wie zwei seiner Ratten von einer Maus und einem Igel angegriffen wurden. Er war erst halb aufgestanden, als ein Maulwurf mit einer Eibenrute eine kreischende Ratte an ihm vorbei jagte und dabei zählte: »Neenezwannich, nemmt des, Abschuum! Sibbe'n'elfzich, ich mach dich fertich! Fünf'n'fuchzig, zwee'n'sechzehn ... was kummt dann? Nimm des un' des un' des!«

Die verbliebenen drei Ratten wuselten herum und stießen gegeneinander.

Todfeger dachte, dass sie von einer viel größeren Truppe angegriffen wurden, und beschloss, so schnell wie möglich zu fliehen. Er zischte den drei Ratten zu: »Schnell, hierher. Verteilt das Feuer und rennt da lang!«

Todfeger schnappte sich das Schwert und half den Ratten, die mit ihren Speeren Flammen und Glut über die Lichtung verteilten. Sie flohen durch die Bäume und rannten dem Fuchs in Richtung Südwesten hinterher.

Geblendet von Rauch und brennenden Taubenfedern, schlug Arula auf den Baumstamm ein, an dem Todfeger geruht hatte. »Sibbe'n'neenzich, acht'n'dreeßich. Dir zeig ich's, ho jurr!«

Zweigert griff nach dem Ende des Stabs und zog ihn weg. »Es ist schiefgegangen, wir haben es vermasselt! Schnell, bevor der Wald in Flammen aufgeht – löscht die Feuer!«

Schnell schnitten sie Triebe von grünem Wacholder und Lupinen ab und machten sich daran, die Feuer zu bekämpfen, die überall am Rande der Waldlichtung entstanden waren. Jedes Tier schlug energisch zu, denn sie wussten, dass ihr Leben davon abhing, die Waldbrände zu löschen. Der heiße, trockene Sommer war die denkbar schlechteste Zeit, um von einem Waldbrand überrascht zu werden, und wäre er erst einmal ausgebrochen, könnte er einen ganzen Wald verwüsten, wenn er unkontrolliert brannte. Hustend und keuchend, mit rauchgeschwärzten Gesichtern und geröteten Augen, kämpften sie gegen jeden neuen Ausbruch an, bis die Flammen erstickt waren.

Zweigert trat Erde auf einen Funken, während er sich schwer auf Arula stützte. »Puh! Ich bin langsam zu alt für dieses Spiel. Wo ist Samkim?«

»Hier drüben, seht mal, was ich gefangen habe!« Das junge Eichhörnchen zerrte eine humpelnde, knurrende Ratte mit sich. Es hatte seine Bogensehne um den Hals des Tiers geschlungen. »Ich muss ihn erwischt und ihm die Fußpfote gebrochen haben. Er hat es nicht geschafft, mit den anderen zu entkommen.«

Zweigert verpasste der unglückseligen Ratte eine kräftige Ohrfeige und drückte ihr ein paar Lupinen in die Klaue. »Du legst gern Feuer, was? Knurr mich nicht so an, du Abschaum. Nimm das.« Er versetzte dem Rätterich noch einen ordentlichen Schlag.

»Gut, schlag zu, los! Um die ganze Lichtung herum, bis nirgendwo mehr ein Feuer ausbrechen kann. Wenn ich auch nur einen Funken finde, nur einen einzigen – werde ich dich so verprügeln, dass deine Beulen Beulen haben werden!«

Arula nahm den Bogen. Sie spielte mit dem Rätterich an der Bogensehne wie mit einem Fisch an der Angel und ließ ihn über die Lichtung laufen, um nach Spuren von Funken zu suchen, die sie übersehen hatten.

Erschöpft setzten sich Samkim und Zweigert auf einen Baumstamm. Das junge Eichhörnchen brachte seine Enttäuschung zum Ausdruck. »Das war ja ein schöner Schlamassel. Du hast wohl zu früh wie eine Grille gezirpt. Arula war noch nicht in Position und ich war nicht bereit. Warum hast du das getan, Zweigert?«

Die Grille tapste unter dem Baumstamm hervor, zirpte ihnen zweimal zu und spazierte wütend in die Nacht hinaus.

Samkim schlug sich die Hand vor den Kopf, als er begriff, was passiert war. »Oh nein!«

Zweigert schnappte sich eine vorbeifliegende Motte und lachte. »Ohohoho! Vielen Dank, Samkim. Das beweist, wie realistisch mein Grillenzirpen ist. Ohohohoho hahaha!«

Das Lachen des Igels war ansteckend. Bald krümmten sich die drei und hämmerten mit ihren Pfoten auf den Baumstamm ein.

»Ahahahaha! Oje! Und Arula hat gezählt und zugeschlagen. Siebenundneunzig, achtundfünfzig, dreiundzwanzig, nimm das und das, hahaha. Und dann bist du in die Ratte gerannt. Oh hehehe! Du solltest sehen, wie geschwollen deine Schnauze ist. Hahahahaha!«

»Hurr hurr hurr hurr hurr! Un' dann hab ich 'nen Baumstamm verprügelt, hurrhurr. Gud dasser schon tot war, sonst hätt ich 'n um'bracht, hurr!«

Als das Lachen verstummt war, trat Samkim bedrückt in den Staub. »Ja, aber der Fuchs ist mit unserem Schwert entkommen. Was gibt es da zu lachen? Er könnte inzwischen überall sein.«

Arula hatte die Lösung. Sie zog den Rätterich an der Bogensehne heran. »Hurr, hör zu, Un'ziefer. Wo is de Fuchs hin? Antwort mir libber, bevor ich verrückt werd vor Wut!«

Der Rätterich grinste Arula an und blieb still.

Zweigert lächelte das Tier mitleidig an. »Ich hoffe, du redest nicht, Ratte. Ich sage dir auch, warum. Siehst du die Maulwürfin? Sie hat nicht gescherzt, als sie sagte, sie sei verrückt. Glaube uns, sie ist verrückt, nicht wahr, Samkim?«

Das junge Eichhörnchen nickte mit ernster Miene. »Verrückt, ja, das ist sie. Erinnerst du dich an die letzte Ratte, die sie gefangen hat, Zweigert? Meine Güte, wenn ich nur an die arme Kreatur denke.«

Der Rätterich fing an zu zappeln.

Zweigert schüttelte traurig den Kopf. »Bei meiner Ehre, ich will nie wieder sehen, wie man einem Lebewesen so etwas antut, besonders nicht die Sache mit den drei zerquetschten Fröschen und den madigen Äpfeln. Igitt! Der Gedanke daran macht mich ganz krank.«

Der Rätterich versuchte davonzuhinken, aber Arula zog ihn an der Bogensehne heran, bis sich ihre Gesichter fast berührten. Sie legte ihren Kopf schräg und grinste ihn wahnsinnig an. »Oh, ich bin gern verrückt, oh ja! Sankin, kann ich 'n paar große Würma, stinkiche Schlamm un' tote Schlammkäfa ham? Ich hab 'n dolle Idee, hurr.«

Der Rätterich wurde schlaff. Er sackte zu Boden und flehte: »Nein, bitte, seid nich böse! Der Fuchs heißt Todfeger und hat noch fünf andere bei sich – Fährtenleserratten wie mich. Wir sind keine Mörder, ich schwör's. Todfeger dient in der Horde von Herrn Ferago dem Meuchelmörder. Wir waren auf dem Weg zum Südstrom, um auf dem Wasserweg zum Westufer zu reisen und uns Ferago anzuschließen. Wir sollten Dellauge und Tura zurückbringen, aber sie sind beide tot. Todfeger nimmt das Schwert als Geschenk für Ferago mit. Das is alles, was ich weiß, das schwör ich euch. Tut mir nichts, bitte!«

Arula wirkte niedergeschlagen. »Sach net, dass du uns mitnimms' un' uns 'n Weg zeigs', bitte. I will mein Spaß ham!«

Tränen flossen aus den Augen des Rätterichs, als er Samkim anflehte: »Ich zeig euch jeden Schritt des Wegs. Ich zeig's euch – aber bitte halt den verrückten Maulwurf von mir fern.«

»Na gut, in Ordnung.« Samkim zuckte mit den Schultern. »Binde ihn über Nacht an einen Baum, Arula, dann kann er uns den Weg zeigen, sobald es hell wird.«

Samkim und Zweigert schliefen an den Baumstamm gelehnt, aber Arula genoss ihre neue Rolle als Schrecken der Wälder. Sie kuschelte sich an den zitternden Rätterich, der mit Pfoten und Klauen an eine Ulme gebunden war.

»Gude Nacht, Ratteg'sicht. Weck mich net uff, des macht mich verrückt.«

»Du kannst noch nicht schlafen, Freundin«, rief Zweigert Arula zu. »Du hältst die erste Wache. Denkt daran, was ich gesagt habe: Stellt immer eine Wache in der Nacht auf. Samkim kann die zweite Wache übernehmen und ich übernehme die Morgenwache – ein alter Fresser wie ich braucht seinen Schlaf. Ich hoffe, das Wachsein macht dich nicht zu verrückt.«

»Hurr, ich denk, meen Kumpel hier wird's merke, wenn ich verrückt werd.«

Der Rätterich sackte in seinen Fesseln zusammen und stieß einen verzweifelten Schluchzer aus.

In dieser Nacht träumte Samkim von Martin dem Krieger. Der Geist von Rotwall hielt seine leeren Pfoten flehend in die Höhe. »Bring mir mein Schwert zurück, Samkim. Lass nicht zu, dass andere es für Böses benutzen.«

24

Obwohl seine blassen Augen ausdruckslos waren, wusste Faran der Giftmischer, dass er sich in einer gefährlichen Lage befand. Erdstreif und seine Kämpfer waren aus dem Kampf zurückgekehrt. Draußen war der Berg mit leblosen Kadavern und stöhnenden Verwundeten übersät. Ferago hatte seine Horde von Leichenmachern zurückgerufen. Ihre Verluste waren erheblich, aber nicht hoch genug, um ihr Heer bedeutend zu verkleinern. Faran kauerte in einer dunklen Ecke des Gangs zwischen Lagerraum und Speisesaal und verfluchte im Stillen sein Pech, da ihm nun der Fluchtweg abgeschnitten war. Von seinem Versteck aus konnte der Giftmischer den Dachsherrscher und seine Hasen hören, als sie den Speisesaal betraten. Sie sprachen über die Schlacht, die sie an den Hängen des Salamandastron gewonnen hatten.

»Splintholz, ich habe dir nie die Erlaubnis gegeben, draußen zu kämpfen. Du hättest von den Feuerbällen getötet werden können.«

»Ich doch nicht, Herr. Ich war schon längst weg, als sie anfingen. Der Pfotennahkampf ist mein Lieblingsstil, entschuldigt bitte, aber Pfeile durch Schießscharten schießen und Felsbrocken rollen, das ist nichts für mich. Von Angesicht zu Angesicht mit dem Feind, Auge in Auge, das brauche ich. So kämpfe ich am besten, Herr.«

»Das weiß ich, Feldwebel. Nach allem, was ich gehört habe, hast du dich da draußen gut geschlagen – aber frag mich, bevor du so etwas in Zukunft wieder machst.«

»Aber es war ein verflixt guter Kampf, nicht wahr, Herr?« Die piepsige Stimme eines Hasen, der kaum mehr als ein Häschen war, drang an die Ohren von Faran.

»Das war es, junger Küstenbock. Wie fühlst du dich nach deiner ersten Schlacht?«

»Bestens, mein Herr! Ist das Frühstück schon für uns vorbereitet? Ich bin am Verhungern.«

Erdstreif gluckste gut gelaunt. »Ich habe noch nie einen jungen Hasen gekannt, der nicht immer hungrig war. Greif zu, Küstenbock. Da es dein erster Kampf war, darfst du als Erster frühstücken.«

Farans blasse Augen leuchteten kurz auf. Er hörte dem jungen Hasen aufmerksam zu.

»Gute Vorstellung! Vielen Dank, Herr. Mmh, und die Haferkekse sind sogar noch leicht warm. Gib mir mal den Honig, Feldwebel.«

»Nimm ihn dir, du junger Hüpfer. Ich bin doch nicht dein Diener.«

Erdstreifs Stimme meldete sich erneut zu Wort. »Ochsenauge, haben wir Verluste oder Verletzungen erlitten?«

»Keine, Herr! Ein schöner, unblutiger Sieg, was? Allerdings ist Windpfote nach dem Gefecht nicht zum Appell erschienen. Aber ich nehme an, sie hat sich in eine ruhige Ecke zurückgezogen. Diese Häsin könnte auf einer Wäscheleine schlafen.«

Das nächste Geräusch, das Faran erreichte, stammte von einer auf dem Boden zerschellenden Tonschüssel und einem umgefallenen Stuhl.

»Küstenbock, was ist los, alter Knabe?«, erklang Bart Distelwolles Stimme laut und eindringlich. »Sieht aus, als hätte er sich an einem Stück Kuchen verschluckt. Helft mir mal, Jungs!«

Zum ersten Mal zeigte Faran Emotionen. Enttäuscht schlug er mit der Pfote gegen die Felswand seines Verstecks. Er hatte die Mischung zu stark gemacht, sein Gift wirkte viel zu schnell. Andere Stimmen drangen an die Ohren des Fuchses.

»Gebt ihm etwas zu trinken, um seine Kehle durchzuspülen!«

»Nein, haltet ihn kopfüber fest, schüttelt ihn und schlagt ihm auf den Rücken!«

»Ich kann nicht, Herr. Der arme Junge krümmt sich wie …«

»Geh mir aus dem Weg, Feldwebel! Hier, gib ihn mir. Küstenbock! Küstenbock! Komm schon, Junge. Stell dich gerade hin!«

»Geht zur Seite, Jungs. Lasst Meerholz durch. Er ist Heiler!«

Einen Moment lang herrschte Stille, dann hallte Erdstreifs besorgter Ton durch den Speisesaal. »Was ist mit ihm los, Meerholz?«

Es folgte weiteres Schweigen, dann erklang Meerholz' Stimme. Er schluchzte leise. »Er ist tot! Der junge Küstenbock ist tot, Herr!«

»Tot? Sicherlich nicht. Kannst du nicht etwas tun – Kräuter, einen Trank?«

»Es ist zu spät. Seht Ihr das nicht, Herr? Seht nur, wie sich sein armes Gesicht verzerrt hat und wie sein Körper steif und verkrampft ist. Es war Gift. Ich würde es überall erkennen. Küstenbock ist vergiftet worden!«

»Es muss etwas gewesen sein, das er gegessen hat, Herr. Eben war der kleine Kerl noch kerngesund.«

»Genau, Feldwebel. Er hat sich auf das Frühstück gestürzt wie ein junger Soldat nach seinem ersten Kampf ...«

Erdstreifs Stimme dröhnte durch den Speisesaal. »Weg vom Tisch! Rührt das Essen nicht an!«

Ferago schleuderte sein Messer hoch in die Luft und fing es am Griff auf. Er war gut gelaunt. »Haha, was sind schon dreißig oder vierzig erschlagene Tiere? Wo die herkommen, gibt's noch mehr. Dafür sind Soldaten da, um zu töten oder getötet zu werden. Was ist mit deinem Gesicht los, Verräter?«

Klitsch saß mit den vier Haupttieren etwas abseits und seine blauen Augen blickten finster drein. »Die ganze Sache war 'ne Verschwendung von guten Kämpfern.«

Ferago warf das Messer. Es blieb in der Nähe der Pfote seines Sohnes im Boden stecken. »Ach je. Das waren Freunde von dir, oder? Bist du traurig, weil sie in der Schlacht getötet wurden?«

Klitsch ignorierte den Dolch, der nur um Haaresbreite von seiner Pfote entfernt gelandet war. »Keine Sorge, alter Mann, ich werd nicht weich. Mir ist scheißegal, ob deine ganze Horde lebt oder stirbt. Ich denk nur, dass es einfachere Wege gegeben hätte, Faran ins Innere des Berges zu schleusen, und noch dazu mit weniger Toten.«

Das Haupthermelin Hundskopf wollte Klitsch gerade zustimmen, als es das boshafte Lächeln in den blauen Augen des Meuchelmörders sah. Hundskopf blickte zu Boden und behielt seinen Kommentar für sich.

Ferago holte sein Messer zurück und wedelte damit vor Klitschs Nase herum. »Was so ein grünschnäbeliges Wiesel wie du denkt, tut nichts zur Sache, mein Sohn. Ich bin dein Vater, Ferago der Meuchelmörder, und hier zählt nur, was ich denke. Sagt ihm, ihr Haupttiere: Wird das Leben nicht leichter, wenn der Dachs und seine Hasen an Farans Gift gestorben sind und wir die Herren des Berges sind? Ist das nicht das Leben von ein paar Aasfressern wert?«

Schlimmzahn, das andere Hermelin, nickte. »Der Chef hat recht, Klitsch. Wenn Faran die Aufgabe hinbekommt, war's 'n guter Plan.«

Ohne ein weiteres Wort sprang Klitsch auf und stapfte schlecht gelaunt davon.

Ferago zwinkerte den vier Haupttieren zu. »Schon traurig, er ist noch so jung und hält sich schon für so schlau. Keiner kann den alten Meister überlisten. Denkt daran, wenn er jemals hinter meinem Rücken mit euch redet. Ich lass ihn am Leben, weil er mein Sohn ist, aber jeden, der sich mit ihm verschwört, bring ich um – nachdem ich ihn bei lebendigem Leib gehäutet hab, versteht sich. Und jetzt zum nächsten Schritt. Wenn Faran auftaucht und sagt, dass alle im Berg vergiftet wurden, graben wir uns einen Weg rein und übernehmen den Laden.«

Die Hauptratte Krabbenauge hob respektvoll eine Pfote. »Aber er sollte schon längst wieder hier sein, Herr. Was passiert, wenn er nich auftaucht?«

Ferago steckte sein Messer in die Scheide und zwinkerte Krabbenauge zu. »Das bedeutet, dass er immer noch da drin ist. Oh, mach dir keine Sorgen. Faran hat mich noch nie im Stich gelassen. Er wird sie alle vergiften, das steht fest. Aber in letzter Zeit bin ich besorgt. Vielleicht wird Faran zu gierig und will den ganzen Dachsschatz für sich …«

»Dachsschatz?« Krabbenauge klang überrascht.

Ferago klopfte ihm auf den Rücken und lächelte breit. »Der Schatz des Dachses, Freunde. Hab ich euch das nicht gesagt? Deshalb hab ich euch zu Haupttieren gemacht. Für einen allein ist es zu viel. Ich brauch vier gute, treue Kameraden, mit denen ich den Schatz teilen kann – euch vier. Aber behaltet das für euch. Sagt es nicht den anderen. Wenn wir den Salamandastron einnehmen, werd ich euch reicher machen, als ihr's euch je erträumt habt. Zusammen werden wir fünf Könige sein …«

Der Meuchelmörder sah die freudige Gier in den Gesichtern aller vier. Er hatte sie am Haken. Sein Tonfall wurde etwas leiser. »Aber da ist noch eine Sache. Faran will den ganzen Schatz für sich. Der Giftmischer muss beseitigt werden.«

Die Gier in den Gesichtern der Haupttiere schlug in Besorgnis um, doch sie waren Wachs in Feragos Pfoten. »Habt ihr jemals den Schatz der Dachsherren gesehen? Ich weiß mit Sicherheit, dass das Innere des Berges vollgepackt ist mit Gold, Silber, Juwelen, Rüstungen, Schwertern, edelsteinbesetzten Schilden und allen möglichen wunderbaren Waffen. Stellt euch vor, wenn ihr auch nur ein Fünftel davon besitzen würdet, würden alle Tiere im Land sich vor euch verneigen und darum kämpfen, eure Pfoten zu küssen. Sobald der Dachs und seine Hasen tot sind, steht uns nur noch der gierige Faran im Weg. Ich denke, dass wir fünf Krieger es schaffen können, ihm einen Dolch in die Rippen zu stoßen, während wir ihm zu seiner guten Arbeit gratulieren. Entweder wir werden den Schwarzfuchs los oder es heißt für euch, zurück zum Leben eines gewöhnlichen Armeesoldaten.«

Vier Pfoten berührten die von Ferago. »Wir sind dabei, Herr!«

Der Meuchelmörder beobachtete sie, als sie zu ihren Pflichten als Haupttiere seiner Horde zurückkehrten. Er warf den Kopf zurück und lachte laut. Seine Augen spiegelten den sommerblauen Himmel wider. »Hahahaha! Dummköpfe!«

Die Leiche von Windpfote lag neben der von Küstenbock. Großes Ochsenauge hielt seinen Speer fest in der Hand. »Ich habe sie in den oberen Gängen gefunden, Herr. Sie wurde durch Gift getötet. Der dreckige Abschaum hat ihr etwas in den Hals gestochen – seht Ihr das Mal? Es ist nur eine winzige Wunde, aber der Schwellung nach zu urteilen, war es Gift.«

Erdstreifs Augen waren rot umrandet von Tränen und Wut. »Zuerst der junge Küstenbock. Ich habe ihn während des Kampfs beobachtet – er wäre ein großer Krieger geworden, wenn er überlebt hätte. Und jetzt Windpfote, die oft vorgab, streng zu sein, aber deren Herz so sanft war wie die Sommerdämmerung. Sie hat sich immer gut um meine Mara gekümmert. Aber jetzt ist sie fort. Fort! Und dieses dreckige, niedere Gesindel wird dafür bezahlen, das verspreche ich euch!«

Ein Trupp Fernpatrouillenhasen trug die Leichen in die unteren Höhlen, wo sie liegen konnten, bis sie an der Küste, wo Ebbe und Flut aufeinandertrafen, angemessen bestattet werden konnten.

Erdstreif saß mit Meerholz im leeren Speisesaal. Der Hase holte ein Tuch mit toten Ameisen hervor.

»Vergiftet, alle von ihnen – einige in der Küche, einige in der Vorratskammer und diese beiden hier am Boden vor den Wasserfässern.«

Der Dachsherrscher wischte sie mit einer schweren Pfote zu Boden. »Gibt es keine Speisen oder Getränke, die nicht mit Gift verseucht sind, Meerholz?«

»Nein, Herr – oder zumindest keine, von denen wir wissen. Wer würde schon unseren Vorräten trauen? Ich jedenfalls nicht. Uns droht der Hungertod.«

Erdstreif seufzte, während er sein Gesicht hinter beiden Pfoten barg. »Lass mich jetzt allein, ich muss nachdenken. Oh, nur eine Sache. Sorge dafür, dass sich keines unserer Tiere Ferago oder seinem Gesindel zeigt. Sie sollen denken, dass wir alle tot sind, dann werden wir sehen, was er als Nächstes vorhat.«

Splintholz und Ochsenauge kehrten über eine in den Felsen gehauene Wendeltreppe zurück. Sie waren auf dem Weg zum Speisesaal, nachdem sie Küstenbock und Windpfote zu ihrer vorübergehenden Ruhestätte in den unteren Höhlen gebracht hatten.

Bart Distelwolle packte Ochsenauge an der Pfote. »Was war das?«

Ochsenauge hatte gute Augen. Er spähte in die angegebene Richtung. »Es ist ein schwarzer Schatten, wie ein … Moment, du da hinten!« Ochsenauge hüpfte mit erstaunlicher Geschwindigkeit die Treppe hinauf. »He! Halt!«

Die anderen waren in Sekundenschnelle bei ihm.

»Was war los, Ochs? Hast du etwas gesehen?«

Der große Hase kratzte sich an den Ohrenspitzen. »Komisch, zuerst dachte ich, es wäre ein Schatten. Aber ich würde auf einen Karottenkuchen schwören, dass es ein schwarzer Fuchs war – ein langer, schlanker Schurke mit seltsamen Augen.«

Erdstreif erschien im Korridor vor dem Speisesaal. »Fuchs? Hast du gesagt, du hättest einen Fuchs im Berg gesehen, Ochsenauge?«

Ochsenauge war immer noch etwas verwirrt. »Äh, ja und nein.«

Der Dachsherrscher war nicht in der Stimmung für Scherze oder Rätsel. »Stell dich aufrecht hin – Löffel aufgerichtet, Kinn rein, Brust raus, Schultern zurück, Pfoten in einem Winkel von fünfundvierzig Grad zum Seitenbeinpelz! Das ist schon besser. Jetzt beantworte meine Frage als Hase der Fernpatrouille. Hast du einen Fuchs gesehen?«

Ochsenauge stellte sich aufrecht hin und blickte nach vorne, als er antwortete: »Herr! Schwer zu sagen, Herr! Vielleicht war es nur eine optische Täuschung, Herr! Er sah aus wie ein schwarzer Fuchs mit seltsamen Augen, Herr! Wenn es einer war, ging er in diese Richtung, nach links den Korridor entlang. Ende des Berichts, Herr!« Ochsenauge salutierte elegant und wartete auf weitere Befehle.

Erdstreif schritt auf und ab und dachte laut nach. »Hm, schnell, dunkel und geschmeidig, wie ein Schatten ... schleicht sich unbemerkt rein und raus, und dazu ein Fuchs. Das hört sich nicht gerade nach einem Kämpfer an, eher nach einer Kreatur, die Dinge heimlich erledigt, ein Spion oder vielleicht ein Giftmischer.«

Feldwebel Splintholz ballte die Pfoten. »Bitte um Erlaubnis, diese Kreatur zu finden, Herr!«

Aber Erdstreif hatte schon einen Plan erdacht. »Erlaubnis verweigert, Feldwebel. Ich werde mir diesen Giftmischer selbst holen, aber wenn wir ihn fangen wollen, müssen wir schnell handeln. Gut, folgender Plan: Teilt euch in zwei Gruppen auf – Ochsenauge, du gehst mit der einen Gruppe sofort auf den Gipfel des Kraters. Haltet euch geduckt, damit Feragos Armee euch nicht sehen kann. Ich will, dass der Krater abgeriegelt wird, damit der Fuchs nicht entkommen kann. Splintholz, nimm den Rest und folge ihm. Wenn ihr den Gipfel erreicht habt, teilt ihr euch in Zweiergruppen auf und durchsucht den Berg gründlich von oben bis unten. Riegelt alle Ausgänge, Fensterschlitze und dergleichen ab. Wenn ihr alles richtig macht, gibt es für den Fuchs nur einen Fluchtweg – nach unten. Ich werde in der Höhle warten, in der Küstenbock und Windpfote liegen. Abmarsch!«

Ferago suchte den Fuß des Berges ab und stocherte, schnupperte und schnüffelte in dem riesigen Gebiet herum. Ein großer Trupp, angeführt von Hundskopf und Taunase, folgte ihm. Sie sahen zu, wie der Meuchelmörder an einer Stelle an der Nordseite anhielt und mit seinem Dolch ein Kreuz in den Sand ritzte.

»Hier! Seht ihr die Risse und losen Felsbrocken? Das ist ’ne Verwerfung im Gestein. Hier werden wir einen Tunnel graben. Ha! Die sollten sich da drin inzwischen satt gegessen und getrunken haben. Es ist harte Arbeit, all diese Felsbrocken zu bewegen und einen Berg gegen meine Horde zu verteidigen. Wie ich Faran kenne, sollte das Gift schnell wirken.«

Klitsch hockte auf einem Felsen knapp über dem Kopf seines Vaters. »Ein Tunnel? Das scheint mir ’ne Menge unnötiger Arbeit zu sein, wenn wir einen Fensterschlitz finden oder sogar versuchen könnten, den Haupteingang freizulegen. Das würde uns ’n Haufen Graben ersparen.«

Ferago spielte mit dem goldenen Orden um seinen Hals. »Keine Sorge, Klitsch, mein Sohn, du musst dir deine Pfoten nicht schmutzig machen. Wir haben ’ne ganze Horde, die das erledigen wird. Hast du noch nie was vom Überraschungsmoment gehört? Wenn da drin noch ein Tier am Leben und kampfbereit ist, werden sie erwarten, dass wir versuchen, einen der Eingänge freizulegen, aber wir werden das Unerwartete tun. Hundskopf, Taunase, fangt hier an. Hier gibt’s lose Felsbrocken und viele breite Risse. Benutzt Speere, Spieße, Messer, Schwerter – alles, aber haltet sie auf Trab.«

Faran der Giftmischer wusste, dass seine Mission gescheitert war. Alles, was er jetzt noch wollte, war, den Berg zu verlassen. Aber so sehr er sich auch bemühte, der Schwarzfuchs geriet immer wieder in Sackgassen. Im Salamandastron wimmelte es nur so von entschlossenen Hasen. Schwer bewaffnet und wachsam durchsuchten sie jeden Winkel vom Gipfel des Kraters abwärts. Faran floh vor ihnen immer weiter nach unten. Jedes Mal, wenn er sich umdrehte und versuchte, nach oben zu gehen, wurde er von zwei wütenden, entschlossenen Hasenpaaren abgeschnitten, die von beiden Seiten kamen. Als er durch einen der Gänge auf der mittleren Ebene huschte, stieß er fast mit Splintholz zusammen. Er drehte sich um und rannte eine Treppe hinunter, während ihm die Stimme des Feldwebels in den Ohren klang. »Lauf, du Giftmischer. Wir lassen dir eine größere Chance zu überleben als du diesen beiden armen Hasen. Los, renn weiter, du Abschaum!«

In seiner Verzweiflung versteckte sich Faran in einer dunklen Ecke, bis Splintholz in Begleitung von Goldstück vorbeigegangen war. Der Anflug eines Lächelns huschte über seine düstere Miene. Er schlüpfte aus seinem Versteck und stieg die Treppe hinauf, nur um sich den Lanzenspitzen von Bart Distelwolle und Sternlot gegenüberzusehen.

Bart klopfte mit seiner Lanzenspitze auf die Stufen. »Komm hoch, Jungchen. Mal sehen, was du draufhast, nicht wahr!«

Der Schwarzfuchs drehte sich um und floh in die entgegengesetzte Richtung zu Splintholz und Goldstück. Hinter sich konnte er Sternlot und Bart hören. Plötzlich wurde ihm der Weg vor ihm von Meerholz und einer Häsin namens Mondpfote abgeschnitten. Er zog seinen tödlichen Grünhartholzdolch und wich knurrend zurück. Die beiden Hasen machten keine Anstalten, ihn anzugreifen, sondern versperrten nur den Fuß der Treppe, damit er nicht hinaufgehen konnte. Faran drückte sich an die gegenüberliegende Wand, schlüpfte an ihnen vorbei und raste davon. Als er eine weitere Treppe hinunterstieg, hörte er hinter sich vier scharfe Lanzenspitzen klopfen.

Im Erdgeschoss blickte Faran nach links und rechts. Zwei weitere Hasen kamen von links, beide mit angelegten Pfeilen. Er rannte nach rechts. Nur knapp wich er zwei weiteren anrückenden Mitgliedern der Fernpatrouille aus und stürzte eine lange, in den Felsen gehauene Wendeltreppe hinunter. Stolpernd und strauchelnd taumelte er in den letzten Gang, der zu den unteren Höhlen führte. Von einer anderen Treppe vor ihm strömten ihm Hasen entgegen, während in seinem Rücken eine weitere Gruppe die Wendeltreppe hinunterkam, die er gerade hinabgestürzt war.

Der saure Geschmack der Angst stieg dem Schwarzfuchs in die Kehle. Es gab nur noch einen Ort, an den er gehen konnte: die große Höhle, die vor ihm lag – ein riesiger, grob behauener Saal mit zahlreichen Fackeln in den Wandleuchtern. Am Ende der Höhle befanden sich ein paar erhöhte Steinplatten.

Neben den Leichen von Küstenbock und Windpfote stand Herr Erdstreif in der gut beleuchteten Kammer und wartete. Er war unbewaffnet, abgesehen von einem nassen Leinenriemen, der an einem Ende verknotet war. Farans blasse Augen beobachteten ihn wachsam, während sich die Fernpatrouille im Höhleneingang drängte und jedweden Fluchtweg versperrte.

Der Dachsherrscher zeigte auf die beiden leblosen Tiere, die neben ihm lagen. »Siehst du, wie du meine Freunde ermordet hast, Fuchs? Jetzt ist die Zeit der Abrechnung gekommen. Du musst dich mir stellen. Splintholz, versorge diesen Abschaum mit allen Waffen, die er braucht, und tritt dann zurück. Ihr alle werdet euch raushalten. Kein Tier soll eine Pfote an den Fuchs legen … kein Tier außer mir!«

25

Als die Nacht hereinbrach, begann Trugg, Kieselsteine aufzutürmen. Der Otter bewegte sich steif, sein ganzer Körper schmerzte von dem Kampf früher am Abend. Draußen auf dem offenen Feld rührten sich die Krähen in der kühlen Nachtluft. Ein oder zwei von ihnen versuchten sich in halbherzigen Sprüngen und krächzten.

Adlerstark warf einen Blick über den Uferrand des ausgetrockneten Bachbetts und beobachtete sie mit seinen scharfen Augen. »Och, de Vöjel fange schon widder an, sich aafzurappeln.«

Dummel war eingeschlafen. Er murmelte vor sich hin und drehte sich um.

Der Vollmond stieg auf wie eine mattgoldene Scheibe. Als Trugg zu ihm aufsah, stürzte eine dunkle, geflügelte Gestalt aus der Nacht herab. Der Otter schnappte sich seine Schleuder und feuerte hastig einen Stein auf den Vogel. Der wich aus, flatterte um ihn herum und schrie wütend: »Ach, du große verbeulte Flusshund, kannste nit seje, dass ich 'n Falk bin?«

Adlerstark legte seinen Kopf schräg. »Bist du des, Tamhorn?«

Der andere Falke landete sanft oben auf dem Rucksack. »Wer sunst? Was is mit dim Flüjel passiert?«

Trugg stand an der Seite und hörte den Falken zu, die sich in ihrem typischen Nordlandakzent unterhielten.

»Kümmer dir nit um min Flüjel, Tam. Siej dir de Kräje an, mine Kumpels und ich wer'n von denne belästicht. Is jemand aas unsre Sippe da, um uns zu helfe?«

»Ärger dir nit. Bleiv noch 'n bissche hier. Ich werd Hilf holle.« Tamhorn schoss in den Nachthimmel und kreischte in regelmäßigen Abständen, während er in einem hohen, weiten Kreis flog. »Krrreeeekah! Versammelt euch bei mich! Krrreeekah!«

Adlerstark beobachtete ihn. »Oh, isses nit doll zu flieje? Mach dich kahne Jedanke, Truch. De Kräje wer'n's bald bereue, dasse sich mit 'nem Sohn von Herrscher Klauensohn anjelecht ham.«

Das Krächzen und Hüpfen der Krähen hatte zugenommen. Sie schienen sich in einen Rausch zu steigern. Draußen auf dem offenen, mondbeschienenen Feld hüpften und sangen sie lautstark.

Trugg deckte den noch immer schlafenden Dummel mit seinem Wams zu und beobachtete sie besorgt. »Adlerstark, Matrose, ich hoffe, deine Mannschaft ist hier, bevor die Vögel uns angreifen. Wir haben nicht die geringste Chance gegen diese Bande.«

Wie aufs Stichwort stießen sechs Falken aus dem Himmel in das Bachbett.

Trugg machte einen erschrockenen Satz. »Puh, das ging aber schnell!«

Der große, imposante Älteste mit dem furchterregenden Schnabel und den riesigen Krallen breitete seine gewaltigen Flügel aus und zwinkerte Trugg zu. »Ja. Min Clan is schneller aaf de Flüjel als alles andre am Himmel.«

Trugg sah sich zweifelnd um. »Aber ihr seid nur zu sechst. Da draußen gibt es Hunderte von Krähen, wenn Ihr meine Zweifel entschuldigt.«

Der große Falke grinste furchterregend. »Ach, brauchst dir nit 'tschuldije, Flusshund. Mir war'n aaf de Such nach dem junge Bursch, mim Sohn Adlerstark, aver sechs tapfre Kerl wie mir wär'n beschämt, wenn mir 'n paar Kräje nit 'ne oddentliche Abreivung verpasse könnt!«

Adlerstark hatte respektvoll an der Seite gestanden. Jetzt trat er vor und verneigte sich vor dem Herrscher. »Vadder, du bist selvest jekomme. Ach, bin ich froh, dir zu seje. De Flusshund is Truch un de klahne Maus is Dummel. Sie ham mir mit 'nem jebrochne Flüjel jefunne und 'n jerichtet. Ich sollt bald widder flieje könne.«

Herrscher Klauensohn begutachtete den Verband am Flügel seines Sohnes und hielt dem Otter eine Kralle hin. »Ich bin dich zu Dank verpflichtet, Truch. Min Sohn sollt dankbar sin, dass er so nette und anständ'che Tier wie dir und dein kleine Freund hier jetroffe hat. Mir rede später noch 'n bissche. Setz dir, während ich mir um de Haufe schändliche Vöjel kümmer.«

Das Krächzen und Tanzen hatte inzwischen seinen Höhepunkt erreicht und die mutigeren Krähen näherten sich dem Bachbett. Herrscher Klauensohn und seine Clanvögel gingen in Deckung. Sie stellten sich in einer Reihe an der Uferböschung auf und warfen ihre Köpfe zurück.

»Kreeeekah, macht kahne Jefang'ne, jevt net nach, kreeekah!«

Wie von Zauberhand verstummten die Krähen und hörten auf zu tanzen.

Mit stolzgeschwellter Brust und weit gespreizten Nackenfedern kamen Herrscher Klauensohn und seine Falken mit kriegerischer Prahlerei auf sie zu. Ihre Krallen knirschten im toten Gestrüpp, während sie vorrückten.

Die vorderen Krähen hüpften rückwärts. Klauensohn rief seine kühne Herausforderung aus und ging allein vor den anderen her.

»Arrz, kommt schon, Jungs. Mir sin kahne Mausekinner und kahne verwund'te Jungvöjel oder am Bodde krieche'de Flusshund. Mal seje, ob ihr's jeje uns besser mache könnt. Ich bin Herrscher Klauensohn, des wisster ja. Ich kämpf mit euch zu Land un in de Luft. Ziekt euch nit immer zurück. Was is los? Ihr habt doch kahne Angst, oder?«

Während er sprach, war Klauensohn immer weiter vorgerückt. Mit der Geschwindigkeit eines Peitschenknalls stürzte er sich plötzlich auf die Krähen. Im folgenden Gefecht wurden vier Krähen vom tödlichen Schnabel und den hackenden Krallen des Herrschers niedergestreckt. Die anderen Krähen erhoben sich in einem unbeholfenen Schwarm in die Luft. Sie wurden von den fünf Falkenkriegern überwältigt, die sie wie Donnerschläge trafen.

Der kleine Dummel war inzwischen wach. Er saß auf Truggs Schultern und sah mit großen Augen zu, wie die Krähen vom Himmel fielen wie dunkle Stofffetzen. Schließlich schafften es die Krähen zurück in die Sicherheit des Kieferndickichts. Sie kauerten zwischen den Bäumen, während die sechs Falken in kriegerischen Flugmanövern über ihnen kreisten. Zwischen dem Bachbett und den Bäumen lagen tote und verletzte Krähen wie weggeworfene Lumpen auf dem Boden verstreut.

Trugg und Dummel jubelten wie wild, aber Adlerstark hockte unglücklich auf dem Rucksack und murmelte vor sich hin. »Ach, es is traurich, hier aafm Bodde bei mine Eierschal festzusitze und all's zu verpasse!«

Als der Herrscher mit seinen Clanmitgliedern wieder im Bachbett landete, zog er seine großen goldfarbenen Augen zunächst zusammen und weitete sie dann, während er seine Flügelfedern säuberte. »Ich wünscht, du könnt'st flieje, Truch. In de Luft zu kämpfe is 'ne großart'che Sach, des stejt fest. Och, de klahne Dummel ist ja wach. Wie geht's dich, Klahner?«

Dummel streckte ihm seine Pfote hin. »Freut mich, dich kennenzulern', Onkel.«

Den Rest der Nacht verbrachten sie schlafend im duftenden Heidekraut, das am fernen Flussufer wuchs, sicher umgeben von den sechs Falken. Am nächsten Morgen machten sie sich wieder auf den Weg und wanderten in Richtung Nordosten. Trugg hob den Kopf und sah die schneebedeckten Berge in der Ferne, die ihre Gipfel in den blauen Sommerhimmel reckten.

Adlerstark flatterte mit seinem guten Flügel. »Siej mal, des is 'n dolle Anblick. Haste schon mal Steine jesehe, die so hoch aafjetürmt sin, dass de Schnee im Sommer draaf lieje bleivt, Dummel?«

Die kleine Haselmaus knabberte an einer kandierten Kastanie. »Hab noch nie Berge mit Schnee sehen. Willste im Schnee spielen, wenn wir da sind, Adelsstark?«

In der Rotwall-Abtei wäre Schnee in diesem Moment sehr nützlich gewesen, um die fiebrigen Stirnen zu kühlen. Traute Dickicht trug einen Eimer mit Quellwasser nach oben, das über Nacht in den Kellern kalt gestellt worden war. Sie stapfte die Treppe hinauf und trat zur Seite, als der Steigerwurf und zwei seiner Leute einen großen Korb hinunterschleppten, der auf jeder Stufe aufsetzte. Der Steigerwurf streckte ihr respektvoll seine Schnauze entgegen.

»'tschuld'gung, Gnädigst, aber mer wolle de Wäsch im Teech wasche. Dammich, hab im ganze Lebbe noch nie so vill schmutz'ge Wäsch gesehe. De Krall'n war'n zuletz so sauber, als meene Mam se mer g'schrubbt hat, als ich noch 'n kleen's Kind war.«

Traute klopfte ihnen auf den samtenen Rücken. »Seid gesegnet, ihr seid zu freundlich.«

Äbtissin Lebewohl steckte bis zu den Pfoten in Haferbrei. Sie wischte ihn vom Boden auf und stellte die Schüssel wieder aufrecht hin.

Bruder Winterbeere versuchte, ihr zu helfen, und stammelte entschuldigend: »Es tut mir leid, Lebewohl, es war alles meine Schuld. Die alten Pfoten fingen an zu zittern und wollten nicht aufhören. Hier, lasst mich das sauber machen.«

Furgel, der Einsiedler, kam mit einer Schöpfkelle voll dunkler Flüssigkeit näher. »Sieht aus, als hättet Ihr auch einen Hauch von Trockengrabenfieber, mein Freund. Hier, trinkt das.«

Winterbeere trank und verzog das Gesicht. Druni, der kleine Maulwurf, sah ihn an und lächelte schwach. »Hurrhurr, jetz kannste deene Medezin ma selba koste!«

Trugan stürmte herein und stellte einen großen Strauß frischer Kräuter auf den Tisch. Als sie sah, wie Winterbeere und Äbtissin Lebewohl sich abmühten, den Haferbrei aufzuwischen, hob sie die beiden hoch und setzte sie auf die Kante von Drunis Bett. »Tss tss! Seht euch die Sauerei an. Lasst mich das machen. Es gibt noch mehr Mutterkraut, Nachtschatten und Ampfer, aber ich muss immer weiter gehen, um es zu finden. Na ja, immer weiter und nicht nachlassen, das ist das Ottermotto.«

Hektor Dickicht setzte sich auf und tastete nach seinem Spazierstock. »Weißt du, ich fühle mich heute Morgen schon ein bisschen besser. Vielleicht kann ich heute aufstehen und dir helfen.« Er wollte sich aufrichten, wurde aber von seiner

Frau zurückgedrückt, die gerade mit dem Eimer mit kaltem Wasser vorbeikam.

»Wenn du was tun willst, mein alter Schatz, dann bleibst du einfach liegen und stehst nicht im Weg. Es gibt schon genug zu tun, auch ohne dass wir den ganzen Tag über dich stolpern.«

Bremmun streckte seine Nase über die Decke, die sein Gesicht umgab. »Pah, ich bin schwach wie ein braunes Blatt und hab's satt, herumzuliegen. Ich frage mich, wie Trugg und der kleine Dummel mit ihrer Suche nach den Blumen von Eistor vorankommen.«

Schwester Kapuzinerkresse war so krank, dass sie ihren Kopf nicht heben konnte. Sie winkte Bremmun mit einer schlaffen Pfote zu. »Ich habe letzte Nacht von Trugg und Dummel geträumt ... Trugg war traurig ... traurig wegen Dummel und – und einem anderen Jungtier. Bedrohliche ... bedrohliche, schreckliche Gestalten wie ... wie dunkle Vögel ... Aber die Krieger werden Trugg helfen ... Krieger ... Martin hat es gesagt ...«

»Was hast du gesagt, Schwester Kapuzinerkresse?« Bremmun setzte sich mühsam auf. Traute Dickicht schüttelte die Kissen auf und drückte ihn wieder zurück. »Sei still, sie schläft schon wieder. Wahrscheinlich hat sie nur mit sich selbst geredet, die Arme. Diese fiese alte Trockengraben-Krankheit hat sie schlimmer erwischt als jeden anderen.«

26

Zwei Stunden vor Sonnenaufgang kam der Tiefseewickler zurück.

Das Erste, was Mara und Patsch davon mitbekamen, war der Schrei einer Wachspitzmaus, dann herrschte Chaos. Die ruhige Oberfläche des Sees brodelte, als die riesige Kreatur zwischen den beiden Booten auftauchte.

Sie gerieten beide ins Wanken und obwohl Maras Boot aufrecht blieb, kippte das andere um. Rufe und Schreie des Entsetzens zerrissen die Luft, als ein riesiger Kopf aus dem See auftauchte und Mara und Patsch überragte. Er sah aus wie etwas vom Anbeginn der Zeit.

Mit furchterregenden Augen und glitzernden Zähnen stieß die Kreatur einen übel riechenden Strom aus Luft und Wasser aus, als sie mit aufgerissenem Maul auf sie zukam. Sie schrien vor Schreck und schlugen mit ihren Paddeln nach ihr. Nordo und Flößer-Stößer eilten ihnen zu Hilfe. Splitterndes Paddelholz flog überall herum, als sie wild auf den riesigen

Kopf einschlugen. Der Tiefseewickler zischte verächtlich und streckte seine schlangenartige Zunge heraus. Mara sah die albtraumhafte Höhle seines Mauls, als das Ding auf sie zukam – purpurrot, fleckig und mit schrecklichen Reihen gezackter Zähne.

Das Dachsmädchen schlug wütend mit seinem zerbrochenen Paddel auf die Zunge ein, während Patsch und die anderen auf den ausladenden Kiefer und die Zähne eindroschen. Das Ungeheuer wich zurück und richtete seine Aufmerksamkeit auf das gekenterte Boot und seine Besatzung. Die Spitzmäuse kreischten, als sie im Wasser zappelten und kämpften, um den peitschenden Windungen auszuweichen, die das Seewasser zu einem blubbernden Schaum aufwirbelten.

Mara konnte nur hilflos und entsetzt zusehen, wie das schuppige Ungetüm eine halb ertrunkene Spitzmaus mit seinen Kiefern packte. Zwei andere wurden von den Windungen seines massigen Körpers grausam zerquetscht, als es sich herumdrehte und sie gegen den Rumpf des umgestürzten Boots schleuderte.

»Hilfe, Dachs. Hilf mir, bitte!«

Mit gefesselten Pfoten dümpelte Schmerbauch in dem aufgewühlten Wasser. Die Luft in seinem Pelz gab ihm Auftrieb. Mara schnappte sich den beleibten Spitzmäuserich und zog ihn schnell an Bord. Flößer-Stößer, Nordo und der Rest der Gusim-Besatzung zogen ihre Rapiere. Sie lehnten sich über die Reling und brachten das Boot gefährlich zum Schwanken, während sie immer wieder auf den Koloss einschlugen, der zwischen den beiden Booten wütete.

»Nordo, pass auf!« Patsch stürzte sich auf den Spitzmäuserich. Durch den Zusammenprall brachte er ihn gerade noch rechtzeitig in Sicherheit.

Der schlagende Schwanz peitschte mit voller Wucht auf das Boot zu, traf die Stelle, an der Nordo einen Sekundenbruchteil zuvor noch gestanden hatte, und schlug ein großes Stück aus der Bordwand heraus.

So plötzlich, wie er aufgetaucht war, verschwand der Tiefseewickler auch wieder in den geheimnisvollen Tiefen des Sees und nahm drei Spitzmäuse mit sich. Sofort war die Oberfläche wieder spiegelglatt. Flößer-Stößer warf einen Enterhaken an einer Leine aus, mit dem er das umgestürzte Boot einholte. Bereitwillige Gusim-Pfoten hievten das gekenterte Boot herum. Mara, Patsch und einige andere zogen die Überlebenden in Sicherheit. Einige waren halb bewusstlos, andere verletzt, aber alle dankbar, dass sie am Leben waren.

Während Mara Schmerbauch von seinen Fesseln befreite, machte sich Nordo ein Bild von der Lage. »Wir haben drei gute Spitzmäuse und den Proviant des anderen Boots verloren. Sieh dir nur den Schaden an unserem Boot an.«

Patsch kümmerte sich um diejenigen, die er aus dem Wasser gerettet hatte. »Die Jungs sind nicht allzu schwer verletzt – nur ein paar Prellungen und Schnittwunden. Noch ist nichts verloren, Jungs!«

Schmerbauch ging auf allen vieren zu Boden. Er nahm Maras Pfote und legte sie auf seinen Kopf. »Es tut mir leid, dass ich mich jemals gegen dich ausgesprochen habe, Dachs.

Ich verdanke dir mein Leben. Von nun an werde ich an deiner Seite stehen. Deine Freunde sind meine Freunde und deine Feinde meine Feinde, das schwöre ich bei meinem Eid als Gusim-Spitzmaus!«

Mara gluckste, um ihre Verlegenheit zu verbergen. »Vielen Dank, Schmerbauch. Aber ich würde an deiner Stelle nicht noch einmal versuchen, Patsch zu übertrumpfen. Beim nächsten Mal könntest du platzen.«

Die Minuten dehnten sich langsam zu Stunden aus. Die Morgendämmerung ließ lange auf sich warten, während die beiden Boote sanft auf der Oberfläche des großen Gewässers schaukelten. Die ganze Nacht über blieben alle Tiere wach, zu ängstlich, um Schlaf zu finden.

Flößer-Stößer, Nordo und Schmerbauch reparierten die Paddel, so gut sie konnten. Mara und Patsch kratzten eine Mahlzeit aus den spärlichen Rationen zusammen. Andere Spitzmäuse kümmerten sich um ihre verletzten Kameraden. Die ganze lange Nacht hindurch richteten sich unzählige besorgte Blicke auf das stille, dunkle Wasser, weil sie einen erneuten Angriff des Tiefseewicklers befürchteten.

Das Tageslicht brach in rosiger, nebelverhangener Pracht herein und hob die Laune der Reisenden. Die Sonne vertrieb die Nebelschwaden vom See und ein wolkenloser blauer Himmel kündigte einen weiteren herrlichen Sommertag an, als sie über die weite Tiefe des Sees paddelten. Sie warfen Schleppleinen und kleine Netze aus und fingen ein paar Jungforellen und Süßwassergarnelen. Diese wurden gesäubert und zum Trocknen im Heck in die Sonne gelegt.

Am späten Nachmittag ertönte ein Ruf vom Ausguck. »Land in Sicht!«

Flößer-Stößer hatte das Wasser aus dem beschädigten Boot geschöpft. Er blickte dankbar auf und rief zurück: »Wo denn?«

»Es ist eine Insel, direkt vor uns!«

Mara stellte sich vorsichtig auf die Pfotenspitzen. Und tatsächlich, am Horizont war ein unverkennbarer Fleck zu erkennen, bei dem es sich nur um eine Insel handeln konnte.

Patsch hüpfte an ihrer Seite auf und ab. »Na, da brat mir doch einer 'nen Storch. Ist sie das? Endlich geschafft! Ist mir egal, wie viele geisterhafte Dachse dort leben – bringt mich hin. Alles ist besser, als hier draußen herumzutreiben und darauf zu warten, dass das vermaledeite Tiefseeding wieder Appetit bekommt.«

Flößer-Stößer schöpfte eifrig das Wasser, das sich auf dem Boden des Boots sammelte. »Flick, Rungel, helft mir mal! Es ist schlimmer, als ich dachte. Wir haben einen Riss auf halber Höhe des Rumpfs. Hm, wir können froh sein, wenn wir es in diesem undichten Kahn an Land schaffen, aber wir haben vielleicht eine Chance, wenn wir schnell schöpfen und noch schneller paddeln.«

Mara nahm ein Paddel in die Hand und ging zum Bug des Boots. Nordo, Patsch und Schmerbauch schlossen sich ihr an. Das Dachsmädchen holte weit und kräftig aus. »Gut, kommt schon, Gussim-Spitzmäuse. Zeigt mal, was ihr draufhabt. Ich und Patsch sind zwar nur Landratten, aber ich wette, dass wir euch faulen Kerlen die Pfoten abpaddeln können!«

Nordo grinste zu ihr hinüber. »Pah, habt ihr das gehört, Jungs? Kommt schon, zeigen wir den beiden, dass wir die Söhne von Ruderspitzmäusen sind!«

Die Paddel tauchten tief ein und das Boot schoss wie ein Pfeil vorwärts. Jede Spitzmaus kämpfte für den Ruf der Gusim, während sie sich ins Zeug legten und ein munteres Paddellied anstimmten.

»Zugleich, Jungs, zugleich!
Wir, die Söhne der Ruderspitzmaus,
Ein Einbaum ist unser Zuhaus'.
Oh, zugleich, meine Rüpel, zugleich!
Wir kämpfen und halten Wacht,
Und paddeln bei Tag und bei Nacht.
Zugleich, Jungs, zugleich!
Ich wurd' geboren am tosenden Fluss,
Also sprang ich ins Boot, ganz ohne Verdruss.
Oh, zugleich, meine Rüpel, zugleich!
Ich hab' keine Frau, ich habe ein Boot,
Auf offenem Wasser leb' ich ohne Not.
Zugleich, Jungs, zugleich!
Oh, ich verspott euch und bring euch Graus,
Als paddelnder Sohn einer Ruderspitzmaus.
Oh, zugleich, ihr Rüpel, zugleich!«

Um nicht übertroffen zu werden, nahm die Besatzung des anderen Boots das Lied auf und paddelte noch energischer. Schon bald entwickelte sich ein regelrechtes Wettrennen. Die beiden Boote glitten förmlich über das Wasser, die Paddel verschwammen und die Bugwelle warf Gischt auf.

Trotz seines Umfangs und seines Gewichts war Schmerbauch ein kräftiger Kerl. Er stach sein Paddel lang und tief ein und lachte laut über Patschs unorthodoxe, aber effektive Rudermethode. Der junge Hase war wie ein verrückter Hampelmann, der mit den Ohren auf und ab wippte, bei jedem Paddelschlag schnaubte und sein eigenes Lied improvisierte.

»Oh, ein Salamandastron-Jung' ich bin,
Und das hat einen guten Sinn.
Futtert, Jungs, futtert!
Hört zu, Kameraden, lasst mich sagen,
Futtern kann man besser als Paddeln ertragen.
Oh, futtert ihr Schurken, futtert!
Ich wär' bestimmt nicht so träge,
Wenn was in meinem Magen läge.
Futtert, Jungs, futtert!
Also lieg ich doch lieber am Strand,
Fress mich voll und lösch mein' Brand.
Oh, futtert, ihr Schurken, futtert!«

Im Laufe des Nachmittags fuhren die beiden Boote um die Wette, manchmal Kopf an Kopf, aber meistens lag Maras

Boot, dank der enormen Kraft und Ausdauer des Dachsmädchens und seiner Freunde, in Führung. Durch die Geschwindigkeit, mit der sie unterwegs waren, führte der Druck auf den Rumpf des beschädigten Boots dazu, dass das Wasser immer schneller eindrang. Flößer-Stößer und der Schöpftrupp hatten alle Pfoten voll zu tun, um dem Wasserstrom Herr zu werden, doch sie waren so gepackt von dem Rennen, dass sie unermüdlich weitermachten.

Gegen Abend ragte die Insel vor ihnen auf. Von Laub, Büschen und überhängenden Bäumen gesäumt erhob sie sich als hoher, felsiger Vorsprung aus dem umliegenden Gewässer. Der rote Abendhimmel tauchte sie in ein unheimliches Licht. Aus Angst davor, dass der Tiefseewickler erneut auftauchen könnte, paddelten die Gusim mit letzter Kraft weiter. Sie wollten endlich wieder festen Boden unter den Füßen haben.

Flößer-Stößers Boot lag tief im Wasser. Patsch trieb die Mannschaft mit gekünstelter Fröhlichkeit an. »Ihr erbärmlichen Spitzmäuse, rudert ein bisschen schneller. So ist's richtig! Weiter so, Jungs. Denkt an all das schöne Land, auf dem ihr mit euren Pfoten wackeln könnt.«

Der See schwappte fast über die Bootswände, als sie in eine felsige Bucht fuhren. Flößer-Stößer sprang an Land und erklomm einen breiten Vorsprung. »Alle an Land, Gusim! Nordo, mach eine Leine am Heck fest. Rungel, eine am Bug. Wir ziehen das Boot hier hoch und sehen, ob wir den alten Kahn wieder flottmachen können!«

Es war bereits dunkel, als sie den beschädigten Einbaum auf den Felsvorsprung hievten. Beide Besatzungen lagen auf dem flachen Felsen und ruhten sich von der Arbeit des Tages aus. Ein kleines Feuer wurde angezündet und das Essen wurde verteilt. Mara und Patsch hockten mit Flößer-Stößer und Nordo um das Feuer. Sie aßen Spitzmausbrot, gelben Käse und Nüsse und tranken das restliche Spitzmausbier.

Der Anführer der Gusim lehnte mit dem Rücken an der Felswand, die hinter ihm aufragte. »Hach, endlich haben wir es geschafft! Morgen früh werde ich etwas Kiefernharz, Holz und Lehm suchen, um das Boot zu reparieren. Nordo, du nimmst eine Mannschaft und gehst auf die Suche nach Vorräten. Aber geht nicht zu weit weg. Bleibt in Rufweite. Mara, meine Freundin, ich muss dir nicht sagen, was du und Patsch zu tun habt ...«

Der junge Hase sprach mit dem Mund voller Käse und Nüssen. »Richtig, alter Knabe. Schätze, wir müssen wohl mit dem bösen Geist plaudern. Was tut man nicht alles! Ich weiß nicht, was schlimmer ist: von dem alten Tiefseeding gefressen zu werden oder von einem gruseligen Geist zu Tode erschreckt zu werden.«

Mara leerte ihren Becher und legte sich gähnend zurück. »Darüber musst du dir bis zum Morgen keine Gedanken machen, mein alter Patsch. Leg dich erst mal schlafen.«

Schmerbauch kam herüber und kuschelte sich an Maras Pfoten wie ein treuer Schoßhund. »Wo du hingehst, werde auch ich hingehen. Ich werde morgen da sein und auf dich aufpassen. Du kannst dich auf mich verlassen.«

Im Lager wurde es still, als das Feuer zu glimmender Glut zusammenschrumpfte. Das einzige Geräusch war das Schnarchen der müden Spitzmäuse. Unzählige funkelnde Sterne umgaben den abnehmenden Mond am Nachthimmel und spiegelten sich in den weiten, stillen Gewässern unter ihnen. Der Frieden der sommerlichen Dunkelheit senkte sich über die schlummernde Erde. Es war kurz nach Mitternacht, als alle Tiere auf dem Felsvorsprung durch ein langes, hallendes Heulen, das wie eine Totenglocke über die Klippen und den See dröhnte, aus dem Schlaf gerissen wurden.

»Iiiieh ... Joooooo ... Laaaii ... Leeee ... Aaaahhhhhh!!!«

Patschs Ohren stellten sich auf wie zwei Spießruten. Er sprang zu Mara hinüber und hielt ihre Pfoten fest umklammert. »Höllenzahn und Dunkeltor! Was war das?«

27

Das frühe Morgenlicht brach durch das Blätterdach des fernen Moosblumenwaldes im Südwesten. Zweigert zerrte an der Bogensehne, die um den Hals der Fährtenratte lag. »Beweg deine Stümpfe, du Schurke. Wir müssen den Fuchs einholen. Pass auf, wenn du uns hintergehst, lasse ich Arula, den verrückten Maulwurf, auf dich los. Los, mein Hübscher, vorwärts Marsch!«

Sie gingen los und Samkim unterdrückte ein Lachen, als die kleine Maulwürfin dem zitternden Rätterich unheilvoll zumurmelte: »Hoo urr, ich hack dir 'n Schwanz ab un' stopf 'n dir inne Nas, dann hol ich 'n paar wilde Amees und lasse in deene Ohr'n tanze. 'türlich erst, nachdemm ich 'n orde'liche Batze klebriche Schlamm über deen Rattekopp g'schütt hab. Hoo jurr, und harr harr!«

Überzeugt davon, dass Arula wirklich verrückt war, führte der Rätterich sie geradewegs auf die Spur seiner Kameraden. Zweigert fand unterwegs immer wieder Hinweise auf die anderen fünf Fährtenleser und Todfeger.

Zur Mittagszeit machten sie eine kurze Pause, um sich zu erholen. Obwohl die Vorräte zur Neige gingen, bekamen sie eine schmackhafte kleine Mahlzeit aus Äpfeln, Käse und ein paar halb zerbröselten Haferkuchen. Zweigert fand einen großen Vorrat an Insekten, die über einem kleinen Sumpfbereich herumschwirrten. Von der Schnauze bis zu den Pfoten mit Schlamm bedeckt, wanderte er fröhlich umher und mampfte Mücken, Wespen und andere geflügelte Insekten.

»Mmh, eine sehr köstliche kleine Auswahl hier draußen. Sehr schön!«

Der Nachmittag war schon weit fortgeschritten, als der Rätterich sie auf eine Anhöhe im Wald führte. Samkim hielt die Bogensehne und lief an der Seite des Fährtenlesers. Als sie den Gipfel des Hügels erreichten, zerrte das junge Eichhörnchen scharf an der Sehne. »Leg dich hin, bleib ruhig und sei still!«, befahl es dem Gefangenen.

Arula und Zweigert spürten, dass sie vorsichtig sein mussten, und krochen durch den Lehm zu ihm hinunter.

»Jurr, was los, Sankin?«, flüsterte Arula.

Ihre Blicke folgten Samkims Pfote, die bergab deutete. Zwischen den dicht bewaldeten Hängen konnte man das Glitzern von fließendem Wasser erkennen.

»Der Große Südstrom«, flüsterte Zweigert.

Das junge Eichhörnchen konzentrierte sich, während es die Luft schnupperte. »Ja, das ist er wahrscheinlich, aber ich bin überzeugt, dass ich dort unten Holzrauch rieche und Stimmen höre. Was denkst du, Arula?«

Das Maulwurfmädchen bewegte seinen Kopf hin und her und reckte aufmerksam seine dunkle Knopfnase. »Ho jurr, hast recht, Holzraach un' Stimme.«

Samkim zog einen Pfeil aus seinem Köcher und hielt ihn auf die Kehle des Rätterichs gerichtet. »Das könnte eine Falle sein. Wenn du uns an der Nase herumgeführt hast, ist deine Zeit abgelaufen, Ratte.«

Der Fährtenleser schluckte schwer und traute sich nicht, den Kopf zu schütteln, weil die Pfeilspitze in seine Kehle stach. »Todfeger würd sich nich mit dem Aufstellen von Fallen aufhalten, er will nur so schnell wie möglich zurück zu Ferago. Ich hab euch doch gesagt, dass er dem Lauf des Südstroms folgen wird.«

Samkim sah zu dem Igel. »Was meinst du, Zweigert?«

Der alte Igel stand leise auf. »Wir können nicht den ganzen Tag hier herumliegen, also gehen wir da runter und sehen nach. Komm hier rüber, Ratte.«

Der Rätterich gehorchte und wurde prompt mit einem Maul voller Blätter geknebelt. Zweigert wickelte ihm die Bogensehne um Kinn und Schnauze, sodass der Knebel fest saß und der Rätterich mundtot gemacht wurde.

»Gut so, Gesindel. Geh voran, schön langsam und vorsichtig!«

Die Bäume dienten ihnen als Deckung und sie schlichen den Hang hinunter zum Bach. Arula zog ihr schweres Gartenmesser, das sie aus Rotwall mitgebracht hatte, und gab ihre geladene Schleuder an Zweigert ab. Samkim ergriff den sehnenlosen Bogen, bereit, ihn als Knüppel zu benutzen. Je näher sie kamen, desto lauter wurden die Geräusche der sich unterhaltenden Tiere, was sie jedoch genau sagten, konnten die Freunde nicht verstehen.

Zweigert zog den Rätterich aus der Deckung eines Ulmenstamms, rannte ein Stück vor und stieß sie in die Deckung eines Eibendickichts. Als er zwischen den pfahlartigen Ästen hindurchspähte, erblickte er eine Gruppe von Tieren, die sich mit schroffen Stimmen heftig stritten.

Der Igel stieß einen Seufzer der Erleichterung aus. Er schob den Rätterich vor sich her und rief Samkim und Arula zu: »Alles in Ordnung, ihr zwei. Kein Grund zur Sorge. Das sind Spitzmäuse!«

Die Spitzmäuse am Bachufer drehten sich um, als sie Zweigerts Stimme hörten. Bevor jemand sie aufhalten konnte, stürmte eine von ihnen vor. Sie zog ihr Rapier und rammte es der Fährtenratte ins Herz.

Als Zweigert erkannte, was passiert war, verpasste er dem Spitzmäuserich mit seiner geladenen Schleuder einen kräftigen Schlag auf den Kopf und brüllte, als er das Tier bewusstlos schlug: »Du dummer kleiner Mörder, hast du nicht gesehen, dass die Ratte gefesselt war? Sie war unser Gefangener, ein hilfloser Halunke. Du hattest kein Recht, sie so zu erdolchen!«

Samkim und Arula hatten Zweigert inzwischen eingeholt. Sofort waren alle drei von Spitzmäusen mit gezückten Rapieren und schweren Holzpaddeln umzingelt. Eine dürre, fies aussehende Spitzmaus rief: »Tötet sie! Das sind die anderen von der Fuchsbande. Tötet sie!«

Ohne nachzudenken, warf Samkim den Kopf zurück und schrie: »Rotwaaaaaaalllll!«

Die Spitzmäuse hielten einen Moment lang inne, überrascht von dem Ruf. Ein dicker, alter Spitzmäuserich, vom Alter ergraut, drängte sich durch und schlug mit einem knorrigen Schwarzdornstock um sich. »Genug von diesem Tötungsgerede! Seht ihr nicht, dass diese Tiere kein Gesindel sind? Geht zur Seite, geht mir aus dem Weg, Gusim!«

Die von Zweigert getroffene Spitzmaus erhob sich und stöhnte, während sie sich eine dicke Beule zwischen den Ohren rieb. »Tötet das Stachelschwein. Es hat versucht, mich umzubringen. Oooohhhh!«

Der alte Spitzmäuserich schwang seinen Stock nach dem Sprecher. »Noch ein Wort, Rakla, und ich hau dir noch eine Beule auf die Beule, die der Igel dir verpasst hat. Also, ihr alle, packt die Waffen weg. Tut, was ich sage, oder ihr kriegt meinen Stock zu spüren!«

Mürrisch murmelnd fügten sie sich und der alte Spitzmäuserich zwinkerte Samkim zu. »Ich bin Alfo, der Älteste. Wir sind eine Kolonie von Gusim-Spitzmäusen – entlang dieses Flusses gibt es Stämme von Spitzmäusen, die Teil der großen Guerilla-Union sind. Wir sind stolz darauf, der zivilisierteste und vernünftigste aller Gusim-Stämme zu sein – deshalb nennen wir unsere Gruppe auch Kolonie und nicht Stamm. Aber ich nehme an, jede Spitzmausbande hat ihre Großmäuler und Hitzköpfe, wie den jungen Rakla hier. Trotzdem denke ich nicht, dass es allein seine Schuld ist, nach dem, was hier letzte Nacht passiert ist. Ein Fuchs und fünf Ratten haben uns heimlich angegriffen, als wir noch halb schliefen. Sie haben unseren besten Einbaum gestohlen und vier unserer Spitzmäuse getötet. Einer der Getöteten war Raklas Bruder – deshalb hat er die Ratte erstochen, ohne lange Fragen zu stellen. Wie auch immer, wir setzen uns alle zusammen und essen etwas, dann könnt ihr mir eure Seite der Geschichte erzählen.«

Die Dämmerung schimmerte auf dem Wasser des Flusses. In einer großen, gemütlichen Höhle am Ufer sitzend, erzählten die drei Freunde ihre Geschichte, während die Mitglieder von Alfos Kolonie zuhörten. Ein heißer Eichel-Kastanien-Dip wurde mit Pfeilwurzelwaffeln serviert, ein großer Pflaumenkuchen mit Honig wurde ihnen zu Ehren gereicht und Löwenzahnwein und Johannisbeersirup flossen in Strömen. Zweigert mampfte, während er sehnsüchtig zwei Libellen beobachtete, die draußen über dem Bach schwebten.

Als die Freunde ihre Erzählung beendet hatten, lehnte sich Alfo in seinem tiefen Pfotensessel zurück und nickte. »Ich habe dein Schwert gesehen, es ist ein herrliches Stück Handwerkskunst – von einem Dachs hergestellt, würde ich sagen. Nun, meine Freunde, was sollen wir mit alldem anfangen? Wenn der Fuchs ein guter Navigator ist, wird er den Weg zum Meer sicher irgendwann finden, aber wenn er noch nie auf diesen Gewässern gesegelt ist, ist er so verloren wie ein Fisch auf einem Berg, das könnt ihr mir glauben.«

Samkim verschränkte die Pfoten vor dem vollen Bauch. »Glaubst du, wir können ihn einholen?«

Alfo dachte einen Moment über die Frage nach. »Vielleicht, aber es gibt vier Wege, die er einschlagen könnte: hinunter zum Meer, über den großen See oder einen der hinteren Bäche hinauf, die in eine Sackgasse führen – all diese Wege könnten wir einschlagen und ihn einholen. Der letzte Weg führt unter die Berge. Kein Tier wäre so dumm, jemandem auf diesem Weg zu folgen.«

Arula blinzelte. »Warum des, zurr?«

Alfo nahm einen Schluck Wein und erklärte: »Dort gibt es Stromschnellen, einen riesigen Wasserfall und Höhlen. Außerdem weiß niemand, ob man auf der anderen Seite des Berges wieder herauskommt oder für immer in die Erde hinabsteigt.«

Rakla betastete behutsam die Beule an seinem Kopf und seine Augen glühten vor Wut, als er Zweigert anblickte. »Es tut mir nicht leid, dass ich die Ratte getötet habe. Gleich morgen früh werde ich die anderen verfolgen. Der Fuchs gehört mir. Er hat meinen Bruder getötet.«

Alfos Pfote bewegte sich gefährlich nah an seinen Schwarzdornstock. »Du bleibst, wo du bist, bis ich was anderes sage, junger Rakla. Morgen werden wir die anderen drei Boote nehmen und alle zusammen losfahren. Was die Rache an dem Fuchs angeht, denke ich, dass Samkim einen größeren Anspruch hat als du. Er muss das Schwert für seine Abtei zurückholen. Lasst uns jetzt alle etwas schlafen. Wir haben einen langen Tag vor uns, wenn die Sonne aufgeht.«

28

Eine leichte Brise vom Meer fachte die Flammen eines kleinen Feuers zwischen den Felsen am Ufer nahe dem Salamandastron an. Klitsch und Ferago musterten einander im flackernden Flammenschein. Sie stritten sich wieder. Klitsch hatte sich in einigen Punkten durchgesetzt und seine blauen Augen funkelten bösartig über den Wutausbruch seines Vaters.

»Was weißt du denn schon?« Ferago spuckte spöttisch in die Flammen. »Ich hab schon ’ne Horde angeführt, bevor du geboren wurdest. Du kannst doch nicht mal die linke von der rechten Flanke unterscheiden, du rotznäsiger kleiner Emporkömmling!«

Das junge Wiesel grinste und war froh, dass es den Älteren verärgert hatte. »Es gibt nur einen Weg, das rauszufinden, altes Grauhaar – gib mir das Kommando über die Horde. Wenigstens kann ich nicht noch schlimmeres Chaos anrichten als du.«

Feragos Augen blitzten vor Wut. »Schlimmeres Chaos? Was für ein Chaos? Ich hab ihre gesamten Felder am Berghang verbrannt und alles vergiftet, was sie zu essen und zu trinken hatten. Und wenn sie nicht längst tot im Berg liegen, hab ich jetzt 'ne Mannschaft, die einen Tunnel gräbt, damit wir unbemerkt eindringen können. Na los, Klugscheißer, sag mir, was du so Brillantes tun würdest?«

»Einen Tunnel graben?« Klitsch lachte leise. »Manchmal verblüffst du mich. Ist dir klar, wie massiv der Berg ist? Ein Schmetterling hätte mehr Chancen, 'ne Eiche umzustoßen. Wann glaubst du, dass sie durchbrechen werden – nächste Woche, in der nächsten Jahreszeit, in zehn oder zwanzig Jahreszeiten?«

Der Meuchelmörder richtete sich auf, sein goldener Orden schimmerte im Feuerschein. »Komm mit. Ich zeig's dir!«

Mitternacht war schon lange vorbei. Feragos Grabmannschaften waren gut vorangekommen, aber die Zuversicht des Meuchelmörders wäre geschwunden, hätte er gesehen, was ihn im Salamandastron erwartete. Mehrere Hasen lauschten dem Hämmern und Klopfen von draußen.

Bart Distelwolle grinste schief, während er sich auf seine Lanze stützte. »Na, zwick mir doch einer in die Löffel. Dieser schlaue, alte blauäugige Schurke! Wer hätte gedacht, dass er den alten Abfluss in der Küche finden würde. Der war schon verstopft, als ich noch ein junger Hüpfer war.«

Großes Ochsenauge nahm einen schweren Speer und hielt ihn kampfbereit. »Kapital, dass du das Graben und Ächzen gehört hast, Barti, altes Haus. Was hältst du davon, wenn wir von hier aus graben und den Jungs ein bisschen helfen, wenn sie unbedingt rein wollen?«

Splintholz dachte über diesen Vorschlag nach und schüttelte dann den Kopf. »Ich persönlich bin dagegen, und Herr Erdstreif wäre nicht begeistert, wenn wir dem Gesindel auch noch helfen würden. Sollen sie doch selbst graben. Sie sollten vor dem Morgen fertig sein. Wir warten einfach in aller Ruhe ab. Goldie, du hältst dich bereit. Wenn ich dir ein Zeichen gebe, rennst du los und holst den Herrn.«

Goldstück unterdrückte ein jugendliches Kichern. »Gut, Feldwebel. Ich kann es kaum erwarten zu sehen, was passiert, wenn das Gesindel durchbricht.«

Die beiden Haupthermeline Hundskopf und Taunase arbeiteten wie die Verrückten. Sie hatten sich etwa zwei Speerlängen in den Felsen gebohrt. Der Tunnel würde funktionieren. Soldaten der Horde säumten den schmalen Durchgang und reichten lose Felsbrocken und Schilde zurück, auf die Kieselsteine und Schiefer gehäuft waren. Draußen auf dem mondbeschienenen Strand waren andere dabei, den Schutt zu beseitigen. Hundskopf und Taunase arbeiteten schwer, mit Eisenstangen und Speerspitzen hebelten sie die Steinmassen weg, die den alten Küchenabfluss blockierten. Beide Hermeline wussten, dass ihr Leben von der Fertigstellung des Tunnels abhing. Kein Tier enttäuschte Ferago ungestraft. Gemeinsam schwitzten sie und versuchten, eine große Platte herauszuhebeln.

»Komm schon, Kumpel. Zieh! Wir haben's gleich!«

»Ich zieh ja schon. Aua! Meine Pfote ist eingeklemmt – warte 'ne Sekunde!«

»Migru, los, rauf mit dir. Quetsch dich da rein und halt die Stange fest, während Hundskopf seine Pfote rauszieht.«

»Aua! Okay, ich bin frei. Jetzt setz deine Speerspitze genau hier an, Migru. Ich kümmer mich um die Stange. Pass auf, sonst rutscht sie runter und klemmt deine Pfoten ein!«

Krabbenauge kam den Tunnel hinaufgekrochen und zog an ihren Schwänzen. »Raus mit euch. Der Herr und der junge Klitsch wollen euch sehen.«

Sie krabbelten rückwärts aus dem Tunnel, zerkratzt, zerschrammt und mit Staub bedeckt. Der Meuchelmörder und sein Sohn erwarteten sie auf dem Sand. Ferago tat ihre Begrüßung ab und fragte sie begierig: »Na, wie läuft's? Seid ihr bald fertig?«

Hundskopf wischte sich den Schmutz aus den Augen und leckte sich die verletzte Pfote. »Es ist genau so, wie Ihr gesagt habt, Herr – alles loses Gestein, nichts davon ist fest. Wir sind jetzt über zwei Speerlängen vorangekommen. Es sollte nicht mehr lange dauern, bis wir durchbrechen.«

Ferago lächelte höhnisch und verspottete Klitsch mit seinen funkelnden blauen Augen. »Klingt nicht grade nach Chaos, was, junger Klugscheißer?«

Klitsch wirkte leicht verblüfft. »Aber woher wusstest du, dass man an dieser Stelle 'nen Tunnel graben kann?«

Ferago nahm eine Pfotevoll Sand und hielt sie seinem Sohn unter die Nase. »Küchenabfälle, alte Nussschalen, zerbrochene Töpferwaren – daher wusste ich's. Irgendwann war das mal 'n Abfluss. Als ich nachgesehen hab, konnt ich erkennen, dass es kein Teil des ursprünglichen Felsens war, sondern nur Steine, die da reingestopft wurden, um ihn zu versperren. Ich hatte also recht, Klugscheißer. Glaubst du immer noch, dass der Alte ein Chaos anrichtet?«

»Wie klug von dir, Vater, du hast einen Weg reingefunden.« Klitsch setzte eine respektvolle Miene auf und schlug einen versöhnlichen Tonfall an. »Willst du mich jetzt die ganze Nacht höhnisch angrinsen und dir selbst auf die Schulter klopfen oder willst du in den Salamandastron eindringen?«

In Feragos blauen Augen stand ein Lächeln und sein Ton war ebenso höflich. »Klopfschwanz, Fledermausauge, haltet dieses unwissende Kleinkind zurück, ja? Passt gut auf ihn auf und seht zu, dass er nicht verletzt wird. Behaltet ihn hier, während sein Vater die Arbeit eines Kriegers erledigt. Klitsch ist ein bisschen zu unerfahren für so was, wisst ihr.«

Ferago ließ seinen wutschäumenden Sohn in der Obhut der beiden Wachen zurück, zog seine Dolche und rief Befehle aus. »Hundskopf, Taunase, nehmt eine einzelne Fackel mit. Der Rest von euch, bewaffnet euch und folgt uns. Verhaltet euch still im Tunnel ... sonst setzt's was!«

Das flackernde Licht einer Reisigfackel warf längliche Schatten auf die Hordenmitglieder, die sich hinter Ferago und seinen beiden Hauptthermelinen im Tunnel versammelten. Taunase klopfte auf die große Platte, als sie das Ende des

Tunnels erreichten. »Es ist nur noch dieser große Brocken hier und ein bisschen Erde dahinter, Herr, dann sollten wir im Inneren des Bergs sein.«

Der Meuchelmörder steckte seinen Dolch in die Scheide und schnappte sich den Speer von Taunase. »Geh mir aus dem Weg, ich zeig dir, wie man es macht.«

Die Muskeln traten wie Peitschenschnüre an Feragos schlankem Körper hervor, als er sich mit aller Kraft gegen die Platte stemmte. Sie bewegte sich und geriet ins Rutschen. Auf dem unebenen Boden zielte er mit dem Speer und schlug hart auf sie ein, sodass sie in zwei Hälften zerbrach. »Reicht das weiter und schiebt es aus dem Weg. Bewegt euch!«

Der Meuchelmörder machte sich mit ungeheurer Kraft an die verbleibenden Steine, riss sie mit seinen bloßen Pfoten heraus und grub mit Dolch und Speerspitze. In aller Eile wurden die Steine durch die Reihen der Horde zurückgereicht, die den Tunnel verstopfte.

Ferago warf ein paar letzte kleine Felsbrocken hinter sich und schob Trümmer beiseite, bevor er abrupt stehen blieb. Er leckte die Klinge seines Lieblingsmessers ab und flüsterte Hundskopf zu: »Wir sind durch! Spürst du den kalten Luftzug – das ist unser erster Atemzug im Salamandastron. Halt die Fackel einen Moment zurück, da steht ein Tier mit dem Rücken zum Eingang. Jetzt hör gut zu. Wer auch immer es ist, ich stech ihn ab und schleif ihn hier raus, damit du und Taunase ihn erledigen könnt. Wenn du jetzt still bist, krieg ich ihn.«

Mit dem Dolch zwischen den Zähnen bewegte sich Ferago leise vorwärts. Seine mörderischen blauen Augen leuchteten vor Freude, als er den ungeschützten Rücken des Tiers an der Öffnung erblickte. Ferago der Meuchelmörder war der anerkannte Meister des lautlosen Todes. Er schlang eine Klaue von hinten um die Kehle des Tiers, drückte ihm die Luftröhre ab und trieb die Klinge gekonnt zwischen seine Rippen. Mit einer schnellen Bewegung zog er sich zurück und warf den Körper zu seinen Haupthermelinen. »Macht ihn schnell fertig, dann folgt mir!«

Hundskopf stieß vor, den Speer in der einen und die Fackel in der anderen Pfote. Er drehte das Tier um, um es zu erstechen – und schrie. Ferago drehte sich um, warf einen Blick auf die Gestalt, stieß einen erstickten Schluchzer des Entsetzens aus und schoss wild um sich tretend und schlagend durch die dicht gedrängten Reihen auf den offenen Strand.

Die Leiche von Faran dem Giftmischer lag auf dem Tunnelboden, das Gesicht eine verzerrte Maske des Schreckens, das Maul weit aufgerissen durch den Gürtel aus Natternleder mit den Giftbeuteln, die Erdstreif dem Giftmischer in die Kehle gezwängt hatte. So war der Dachsherrscher mit dem Mörder seiner beiden Hasen verfahren.

Das vergiftete Trinkwasser stand in Kesseln aufgereiht und kochend heiß am Eingang, den Ferago geschaffen hatte. Als sie vorbeigerollt wurden, kippte Erdstreif jeden einzelnen mit seinem Speer um und brühend heißes Wasser ergoss sich in den Tunnel, während er lauthals brüllte: »Eulaliaaaaaaa!«

Die Horden im Tunnel kämpften wie wild gegeneinander und versuchten vergeblich, dem Inhalt der Kessel zu entkommen. Speere, Schwerter, Spieße und andere Waffen behinderten sie in der Dunkelheit, als sich der glühend heiße Strom über sie ergoss und zu einer dampfenden Welle anschwoll. Die Schreie gingen in der kochenden Flut unter. Die Leichen wurden gegen die Felswände geschleudert und durch die enge Öffnung auf den Sand gespült.

Mondpfote, Sternlot, Weidenkätzchen, Distel und Meerholz kletterten an der Ostseite zurück in den Salamandastron und warfen die Säcke mit Löwenzahn, Äpfeln, Beeren und Wurzeln voraus. Splintholz half jedem von ihnen, als sie durch ein nicht verbarrikadiertes Fensterloch kletterten. Meerholz und Distel waren die Letzten und ermahnten den Feldwebel: »Sei vorsichtig mit den beiden Säcken. Da sind sechs Feldflaschen mit frischem Wasser drin, Splint.«

Splintholz gluckste und klopfte ihnen auf den Rücken. »Gesegnet seien eure Löffel, Kumpel. Wo habt ihr das alles her?«

Distel stupste ihn in die Rippen und zwinkerte ihm breit grinsend zu. »Was fällt dir ein, einem Fernpatrouillenhasen so eine Frage zu stellen, Feldwebel. Musstest du noch nie bei einer Erkundung längere Zeit in der Wildnis überleben?«

Splintholz machte sich daran, das Fensterloch zu verbarrikadieren. »Natürlich musste ich das. Ich altes Dummerchen. Hey, Meerholz, die Ablenkung hat gut funktioniert. Du hättest Erdstreif sehen sollen. Der Herr hat herumgetobt und geschrien wie ein kleiner Hase am Feiertag. Heilige Hasenpfote, der Chef hat dem Gesindel eine schöne Abreibung verpasst!«

Eine Hinterpfote, ein Bein und ein großer Teil von Feragos Rücken waren von schmerzhaften Blasen übersät. Er lag ausgestreckt auf einem Felsen im Licht der Morgendämmerung und biss auf seinen Messergriff, um nicht aufzuschreien. Krankohr tupfte das verletzte Wiesel vorsichtig mit Meerwasser ab und wich jedes Mal ein paar Schritte zurück, wenn der Meuchelmörder zuckte.

»Meerwasser ist alles, was wir haben, Herr. Es schmerzt, aber es heilt. Wir haben es für alle Verletzungen benutzt, als ich 'ne Wasserratte war.«

Klitsch genoss das Ganze in vollen Zügen. Er beugte sich nah an das Gesicht seines Vaters heran, als er ihn verspottete. »Ach, hat der freche Dachs deinen Hintern gebraten, oh Herrscher über den ganzen Südwesten und Anführer der Leichenmacher? Macht nichts, überlass das dem jungen Klitsch, der noch feucht hinter den Ohren ist. Ich übernehm das Kommando für eine Weile.«

Ferago krümmte seinen Rücken vor Schmerz, als das Meerwasser darüberlief. Schweiß perlte auf seiner Lefze und seiner Nase, als er seinen feixenden Sohn um die Dolchklinge herum anfauchte: »Ach ja? Und was ist dein genialer Plan, du kleine Kröte?«

Klitsch nahm einen der Dolche aus dem abgelegten Gürtel seines Vaters und klopfte nachdenklich mit der Spitze gegen seine Zähne. »Hm. Plan? Ich bin mir noch nicht ganz sicher, aber ganz sicher wird er nicht beinhalten, dreißig Soldaten in heißem Wasser zu Tode kochen zu lassen. Aber zerbrich dir nicht deinen alten grauen Kopf, mir fällt schon was ein.«

»Du bringst mir den Kopf des Dachses oder ich werd …« Ferago mühte sich aufzustehen, fiel aber knurrend zurück.

»Du wirst was?« Klitsch klopfte dem Meuchelmörder sanft auf den Rücken. »Du bist nicht in der Lage, irgendwas zu tun. Gib mir Zeit bis zum Einbruch der Nacht und ich garantier dir, dass ich einen narrensicheren Plan haben werd, der diese Horde dazu bringt, zu erkennen, dass sie schon seit vielen Jahreszeiten vom falschen Wiesel geführt wird.«

Fuchsgrien, der Fuchs, leerte eine Tasche neben seinem Freund Klopfschwanz, der Ratte, auf den Felsen aus. »Bitte sehr, Kumpel – Wellhornschnecken, Napfschnecken und ’n paar Muscheln. Die schmecken besser als harte Krusten und Wurzeln.«

Klopfschwanz schlug eine Muschel mit einem Stein auf und aß den Inhalt mit großem Appetit. »Habt ihr keinen Fisch gefunden?«

Fuchsgrien schaufelte eine Napfschnecke aus ihrer Schale in sein Maul. »Schling die Muscheln runter und sei froh, dass wir noch leben, Klopfschwanz. Gut, dass wir nur am Eingang des Tunnels waren, sonst wären wir jetzt gekochte Leichen.«

»Das war ’n dummer Plan, ’ne Schnapsidee, von vorne bis hinten!«

Klopfschwanz kaute mühsam auf einer gummiartigen Wellhornschnecke herum. »Migru sagt, dass der junge Klitsch den Laden übernehmen wird. Wie denkst du über ihn?«

Der Fuchs spuckte auf einen Stein und begann, sein Schwert zu schärfen. »Denken? Wir sind nich zum Denken hier, Kumpel. Laut seiner Majestät Ferago sind wir nur hier, um Befehle auszuführen. Aber ganz unter uns: Ich glaub, Feragos Zeit ist abgelaufen.«

Der Rätterich kratzte sich an der Nase und starrte den Fuchs an. »Abgelaufen?«

»Ja, Kumpel. Er is am Boden und verletzt. Jetzt is der richtige Zeitpunkt, um ihm eine Klinge in den Hals zu rammen, verstehste?«

Klopfschwanz pulte mit einer schmutzigen Klaue in einer Zahnspalte, als ihm die Bedeutung der Worte klar wurde. »Ja, vielleicht haste recht. Mit aufgeschlitztem Bauch könnt Ferago keine Befehle erteilen, das is sicher. Sagen wir, heut Nacht, wenn's schön dunkel is und er tief und fest schläft?«

Fuchsgrien testete die Schneide seines Schwerts an einer Wellhornschnecke, die er ausgesaugt hatte. »Wir werden dafür sorgen, dass er heute Nacht noch tiefer schläft als sonst.«

DRITTES BUCH

Schicksale und Heimkehrer

29

Trugg und Dummel waren in der Bergfestung von Herrscher Klauensohn angekommen. Sie standen fröstelnd zwischen den hohen Felsen, ohne sich der Schönheiten um sie herum bewusst zu sein.

Herrscher Klauensohn breitete auf dem schneebedeckten Gipfel seine Schwingen aus. Die untergehende Sonne hatte das Eis und den Schnee von Weiß in ein zartes Rosa verwandelt.

»Ach, dieser Anblick erfreut's Jefieder, min Jung!«

Der kleine Dummel spreizte seine Pfoten und starrte auf seinen dicken kleinen Bauch. »Ich hab keine Federn.«

»Ach, haste also nit. Wärste nit jern 'n Falk?« Klauensohns breiter Flügel stupste ihn an und warf ihn fast um.

Der Haselmäuserich schniefte, als er in Truggs Rucksack kletterte, um der Kälte zu entkommen. »Will lieber ein Dummel sein!«

Klauensohn lachte grimmig. »Ach, wech mit dich, Mäusche!« Er drehte sich zu Trugg um. Der Otter stampfte mit den Pfoten, um sich warmzuhalten. »Also, min Freund, du willst 'n paar Eistor-Blumme in de Pfote krieje, hat mich min Sohn erzählt.«

Trugg schwang sich den Rucksack auf die Schultern. »Ja, ganz recht – die Blumen von Eistor. Wenn Ihr mir sagt, wo sie sind, gehe ich hin und hole sie.«

»Bist ja 'n janz schön mutich's Kerlche, was?« Klauensohn stellte seine Nackenfedern auf. »Ja, pflück se. Bist 'n dolle Flusshund, Truch, aber weit wech von zu Haus. Eistor-Blumme wachse nur in de Näje des Nests des Wilde Könichs Phürchterlich. Ach, da ove kommt kein Vojel oder Tier hin, min Jung. De Adler is 'ne unb'rechenbare Kreatur. Ich hätt kahne Lust, Fodderunge an 'n zu stelle! Aver wenn de so dumm bist, 's zu versuche, fliech ich morje raaf, aver du musst klettern, da de kahne Flüjel hast.«

Adlerstark führte Trugg und Dummel zu einer kleinen Höhle, in der sie die Nacht verbringen sollten. In einer Ecke waren Heidekraut und Farnkraut aufgehäuft, aber es war furchtbar kalt. Trugg legte einen Teil des Gestrüpps zur Seite, den Rest platzierte er am Höhleneingang. Er kramte Feuerstein und Zunder aus dem Rucksack und hatte schon bald ein kleines Feuer entfacht.

Adlerstark war misstrauisch gegenüber Flammen, aber der Anblick des kleinen Dummel, der vor dem Feuer saß und seine Pfoten wärmte, ließ den jungen Falken bald seine Furcht vergessen. Er hockte zwischen Trugg und Dummel und genoss die willkommene Wärme. Adlerstark hatte einige Ratschläge für den Otter parat. »Min Vadder sachte, dass de morje früj zum Wilde Könich jehst. Sei vorsichtich, Truch. De alte Könich Phürchterlich is 'n Ries. Acht aaf dine Manier un sprich 'n mit Könich oder Euer Majestät an. Ach, er hat 'n heft'ches Temperament. Er würd dir eher aaffresse, als dir anzuseje.«

Trugg warf mehr von dem duftenden Farn auf das Feuer. »Hör zu, Adlerstark, ich tue alles, um die Blumen von Eistor in die Rotwall-Abtei zu bringen. Wenn ich so tun muss, als hätte ich Angst vor einem alten Vogel, dann soll es so sein.«

»Ich bewunder dir, Truch. Ich weiß, dass de dir vor nix fürcht'st.« Adlerstark bewegte seinen guten Flügel. »Trotzdem sollt'ste de Wilde Könich fürchte. Er is de Einziche, der de Eistor-Blumme hat und er trennt sich von nix leichtfettich. Oh, un dine Schleuder lässte am beste bei mich. Phürchterlich duldet kahne bewaffnete Vöjel oder Tier in de Näje seines Horsts. Mehr fällt mich nit in, Truch. Ich wünsch dich viel Glück. Bist 'n tapfrer Freund und 'n dolle Flusshund.«

Adlerstark hatte seine Angst vor dem Feuer überwunden. Genau genommen fing er sogar an, es zu mögen. Der junge Falke verbrachte die Nacht damit, die Flammen mit Heidekraut und Farn zu füttern, während Trugg und der kleine Dummel friedlich in den hohen, schneebedeckten Bergen des Nordens schliefen.

Die Morgendämmerung im Hochgebirge war ein seltsamer Anblick. Trugg fröstelte, als er in die weiße Weite blickte. Wolken hatten sich über die Gipfel gelegt und verwandelten alles in ein Land aus Watte. Es gab keinen Himmel, keinen

Horizont und keinen Boden, außer dem unter den Pfoten des Otters.

Trugg setzte Dummel in den fast leeren Rucksack und ermahnte ihn: »Bleib da drin, Leichtmatrose, und halte deinen Kopf unten. Da drin hast du es schön warm.«

Herrscher Klauensohn flog im Tiefflug heran und schwebte vor der Höhle. »'n schöne jute Morje, Truch. Biste bereit?«

Trugg reichte Adlerstark seine Schleuder. »So bereit, wie ich es nur sein kann. Geht voran, Herrscher.«

Adlerstark winkte mit seinem guten Flügel und sah ihnen nach, bis sie vom Nebel verschluckt wurden.

Es war eine gefährliche Reise. Trugg brauchte seine ganze Kraft und all sein Können. Der Otter rutschte Gletschertäler hinab, stieg schneebedeckte Hänge hinunter und kletterte über kahle, gefrorene Felsen, ohne Klauensohn aus den Augen zu lassen. Auf der Suche nach Halt in den Felsspalten grub Trugg seine Pfoten ein und zog sich mühsam nach oben. Felsvorsprünge mit dicken Eiszapfen, die wie Orgelpfeifen herabhingen, erstreckten sich zu beiden Seiten. Stöhnend und keuchend beobachtete er den Falken, der vor ihm immer höher aufstieg. Während er sich fast blind durch diese Welt aus Schnee, Eis und weißen Wolkenbänken kämpfte, rutschte der Otter oft ab, aber er war immer sofort wieder auf dem richtigen Weg, biss die Zähne zusammen und wischte sich den Schweiß ab, der auf seiner Nase und seinen Schnurrhaaren zu gefrieren drohte. Nie ließ er dabei die kleine Haselmaus außer Acht, die in dem Rucksack saß, den er sich auf die kräftigen Schultern geschnallt hatte. Trugg verlor jegliches Gefühl für Raum und Zeit, während er sich beharrlich weiter nach oben kämpfte.

Als er gerade glaubte, nicht mehr weitergehen zu können, brach Herrscher Klauensohn durch den Nebel. »Jute Leistung, Jung. Du hast's jeschafft! Des is de Schlupfwinkel von Könich Phürchterlich. Ich werd hier aaf dir watte, wenn de fettich bist. De Rest liecht jetz an dich, Truch. Ich wünsch dich viel Glück.«

Als Trugg seinen Blick hob, sah er den Horst. In Wolken gehüllt thronte er auf einem Felsvorsprung, übersät mit Heidekraut, Farn, Ginster, Disteln und Ästen, die alle verblüht, vertrocknet und tot waren. Die einzige lebende Pflanze, die man dazwischen sprießen sehen konnte, war die Eistor-Blume, klein, zart, weiß, sternförmig, mit bläulichen Blütenblättern, fast unsichtbar im umgebenden Schnee, aber geheimnisvoll und schön in dieser Abgeschiedenheit der Berge.

Trugg rief in freundlichem Ton zum Nest hinauf: »Ahoi da, Eure Majestät. Ich bin's, Trugg von der Rotwall-Abtei. Ich bin gekommen, um den Wilden König persönlich zu besuchen.«

Heidekraut und Zweige knisterten, das Nest raschelte leicht und dann flog Phürchterlich selbst heraus.

Der Anblick raubte Trugg den Atem. Auf so etwas war er nicht vorbereitet gewesen. Schnee wirbelte um seinen Kopf, als die weiten Schwingen nach unten schlugen und der

Wilde König vor ihm landete. Es war ein beeindruckender Anblick. Der gigantische Steinadler überragte Trugg, zwei riesige Füße sanken leicht in den Schnee ein und die tödlichen Krallen mit den orangen Schuppen gruben sich ein. Jedes der dicht befiederten goldbraunen Beine war so dick wie der Körper des Otters. Der Adler stand unumstößlich auf ihnen, als wären sie Zwillingseichen. Die gewaltigen Schwingen raschelten geräuschvoll, als der Vogel sie auf seinem mächtigen Rücken faltete. Der Kopf neigte sich in Richtung Trugg. Hellere braungoldene Federn umrahmten die wilden Augen, in denen der Jagdtrieb loderte. Phürchterlich öffnete seinen gebogenen bernsteinfarbenen Schnabel, der aussah, als würden sich zwei Knochensäbel spalten. »Ich mag's nit, wenn min Früjstück zu mich kommt. Geh wech und versteck dir, Flusshund. Ich werd dir jache!«

Trugg schluckte schwer und blieb standhaft. »Majestät, ich bin nicht gekommen, um Euch zu schaden. Ich bin nur hinter den Blumen von Eistor her. Sie werden von meinen Freunden in der Rotwall-Abtei gebraucht, wo eine gefährliche Krankheit wütet.«

Der Adlerkönig klapperte mit dem Schnabel, als würde Stahl auf Felsen schlagen. »Ja, des hab ich jehört. Klauensohn is herjefloje und hat mich davon erzählt. Du bist 'n schmackhaftes Tier, Truch aus Rotwall. Sach mich bidde, warum sollt Phürchterlich dich seine Blumme jeve?«

Trugg machte einen mutigen Schritt nach vorne und erhob seine Stimme. »Weil, oh König, es Tiere gibt, die sterben werden, wenn sie die Medizin aus Euren Blumen von Eistor nicht bekommen. Ihr wollt doch nicht, dass ehrliche Bewohner Rotwalls Euretwegen sterben, oder, Eure Majestät?

Ein grimmiges Lächeln umspielte die Augen des Wilden Königs. »Ich scher mir kahn bissche um Tier, die nit in mine Berje leve. Ach, es würd mir nit im Jeringste störe. Sach mich, Truch aus Rotwall: Was würdste tun, wenn ich dir mine Blumme nit jeve würd? Antwort ehrlich, Flusshund!«

Trugg nahm den Rucksack ab. Er stellte ihn vorsichtig zur Seite, spreizte seine Pfoten und sah dem Adler kühn in die Augen. »Verzeiht mir, wenn ich das sage, Majestät, aber ich würde mit Euch um sie kämpfen. Das Leben meiner Kameraden in der Abtei bedeutet mir sehr viel, Herr.«

Das schallende Gelächter des Steinadlers hallte von den Berggipfeln. Er hob ab und warf Trugg mit dem Wind seiner Flügel zu Boden. Er kreiste über ihm und verschwand immer wieder in den Nebelschwaden. Phürchterlichs ohrenbetäubendes Kreischen hallte wider und wider, bis die ganze Luft davon erfüllt war.

So plötzlich, wie er begonnen hatte, verstummte der Wilde König. Er landete wieder vor Trugg auf dem Schnee und legte den Kopf schief, wobei er seinen Herausforderer mit einem glitzernden Auge anstarrte. »Ach, ich hab schon alles jehört. Du willst jeje mir kämpfe? Bist 'n werklich starkes Tier – des muss ich dich lasse, Truch aus Rotwall. Du bist de einziche levende Kreatur, die des je zum Wilde Phürchterlich jesacht hat. Dine Freund müsse dich sehr viel bedeute, du prächt'che Flusshund. Jeje mir kämpfe? Es würd mir traurich mache, dir zu fresse.«

Da kletterte der kleine Dummel aus dem Rucksack und griff das Bein des Steinadlers an, oder zumindest eine Kralle davon. »Lass Onkel Trugg in Ruh, du großa Rüpel. Dummel kämpft gegen dich!«

Eine der gewaltigen Krallen grub sich durch den Kittel des kleinen Haselmäuserichs und er wurde in die Luft gerissen, dicht an das riesige Auge des Steinadlers. »Beim Nam der Fels! Was ham mir denn hier? Ich bin verängsticht und fürcht um mein Leve. Du würd'st mir doch nit umbringe, oder, Mäusche?«

Dummel schwang eine pummelige Pfote nach dem Adlerkönig. »Dummel slägt dir den Snabel ab, wenn du Onkel Trugg verletst!«

Phürchterlich ließ ihn in Truggs ausgestreckte Pfoten zurückplumpsen, das Erstaunen stand ihm ins Gesicht geschrieben. »Ach, ich weiß nit, womit ihr in Rotwall jefüttert wer't, aver es muss jut sin, wenn's so dolle Tier hervorbringt. Ich glaub, ich jev euch liever de Eistor-Blumme, bevor ich von euch beide erschlaje werd!«

Der große Steinadler spreizte seine Flügel und schlug wild um sich, während der Schnee um ihn herum aufwirbelte und er über seinen eigenen Scherz lachte und kreischte.

Auf dem verschneiten Felsen unter ihnen presste Herrscher Klauensohn einen Flügel fest auf sein Herz, um es zu beruhigen, und setzte sich hin, froh, nicht mehr auf seinen zitternden Beinen stehen zu müssen.

Die seltsame Stimmung des Hochkönigs kam Trugg und Dummel zugute. Statt Phürchterlichs Zorn zu spüren zu bekommen, erhielten sie die Blumen von Eistor. Das war eine große Erleichterung für den Falkenhäuptling.

30

»Ieh … Ooh … Lai … Lee … Aaaaaahhhhh!«

Wieder schallte der laute, gespenstische Schrei durch die bewaldeten Anhöhen der Seeinsel über ihren Köpfen. Die Spitzmäuse sprangen mit großen Augen auf und zitterten vor Schreck.

Mara löste Patsch von ihren Pfoten und schnappte sich ein Paddel. »Was auch immer das ist, es sollte sich besser von uns fernhalten, denn wenn es auf diesen Felsvorsprung kommt, werde ich ihm den Schädel einschlagen, Geisterdachs hin oder her!«

Nordo warf mehr Treibholz auf das Feuer. Es brannte hell und sprühte Funken in die stille Sommernacht hinaus.

Im Schein des Feuers blickte Mara in die aschfahlen Gesichter der Gusim-Spitzmäuse. Sogar Flößer-Stößer schien von dem unheimlichen Ruf erschüttert. Das Dachsmädchen wusste, dass sie kurz davor waren, in Panik zu geraten, also bemühte es sich, ihre Ängste zu zerstreuen. »Ha! Das ist ein alter Trick, um uns wach zu halten. Herr Erdstreif hat so was früher im Salamandastron auch gemacht, um seine Hasen wach zu halten, nicht wahr, Patsch?« Sie stupste den jungen Hasen heftig an.

Der machte einen Satz. »Au! Wer? Was? Ach ja, kann man so sagen! Der alte Dingsbums rannte immer in seinem Nachthemd herum und erschreckte den einen oder anderen fast zu Tode, wisst ihr? Oh ja! Natürlich konnte er mir und Mara keine Angst einjagen, wir haben einfach alles verschlafen.«

Mara pflichtete ihm bei und sah, wie sich die Gusim zu entspannen begann. »Haha, ja. Weißt du noch, als er Bart Distelwolle erschreckt hat und der arme Kerl rückwärts in einen Topf mit heißer Gemüsesuppe gefallen ist? Hahaha!«

»Hohoho, wie könnte ich das je vergessen, Teuerste?« Patsch klopfte sich auf die Seite, als er die Geschichte weitererzählte. »Barti steckte mit dem Hintern im Topf fest, rannte herum und schrie wie am Spieß!«

Die Spitzmäuse fingen an zu grinsen und zu kichern. Schon bald schüttelten sie sich vor Lachen, während Patsch mit dem komischen Vorfall fortfuhr.

»Hahahaha! Meine Güte, ich sage euch, Leute, Barti war der Einzige von uns, der nie wieder Gemüsesuppe sehen wollte. Seit diesem Tag isst er nichts anderes mehr als guten alten Brei. Wenn er das Wort Suppe nur hört ... Hahahaha! Soll ich euch sagen, was er dann sagt ...? Hehehe! Er sagt: ›Hasenschwanzsuppe! Igitt! Hat man so was schon gehört?‹ Ohohoho! Hasenschwanzsuppe – kapiert?«

Die beiden Freunde erzählten bis tief in die Nacht hinein Geschichten und Witze, bis der unheimliche Vorfall so gut wie vergessen war. Flößer-Stößer stellte Wachen auf dem Felsvorsprung auf, das Feuer wurde höher geschürt und allmählich dösten die Spitzmäuse eine nach der anderen ein.

Mara lag vor dem Feuer, Patsch in einiger Entfernung, doch er konnte noch immer das Gesicht seiner Freundin im Schein des Feuers sehen. Sie sah traurig aus. Leise rief der junge Hase zu ihr hinüber: »Sag mal, altes Mädchen, was ist denn los? Du siehst aus wie ein nasses Mauerblümchen an einem windigen Tag.«

Das Dachsmädchen seufzte und schloss die Augen. »All die Geschichten, die wir uns erzählt haben, Patsch – Lügen, allesamt. Ich wünschte, es wäre damals im Salamandastron so gewesen. Dann wäre ich nie weggegangen. Aber was soll's, lass uns schlafen. Gute Nacht, Patsch.«

Patsch beobachtete, wie eine einzelne Träne aus dem geschlossenen Augenlid seiner Freundin rann.

»Mach dir keinen Kopf! Vielleicht haben wir einen Haufen Blödsinn erzählt, aber es hat diese Spitzmäuse auf jeden Fall beruhigt. Sie schlafen alle tief und fest, und das sollten wir jetzt auch. Gute Nacht, Mara, altes Haus, träum was Schönes, nicht wahr.«

Flößer-Stößer weckte sie auf, als er mehr Holz auf das Feuer warf. Es brannte schon seit fast drei Stunden. »Kommt schon, ihr alle. Roll mir einer 'n Floß, wollt ihr den ganzen Tag dösen?«

Das Frühstück war eine eilige Angelegenheit bestehend aus spärlichen Rationen. Die Vorbereitungen für den Tag wurden vom Anführer der Spitzmäuse festgelegt. Flößer-Stößer beschloss, mit Nordo und dem Suchtrupp zu gehen. Er sagte, er würde nach Material für die Reparatur des Einbaums suchen, während sie sammeln würden, was die Insel an Nahrung zu bieten hatte. Sechs Spitzmäuse sollten auf dem Felsvorsprung zurückbleiben, um die Boote zu bewachen und das Feuer am Brennen zu halten.

Mara und Patsch vermieden es, zu erwähnen, wonach sie suchten, um die anderen nicht zu verärgern. Mit Degen und Schleudern bewaffnet und wie versprochen in Begleitung von Schmerbauch, kletterten sie die Klippen hinauf und machten sich auf den Weg ins Zentrum der Insel, während sie die Gusim ihren Aufgaben überließen.

Es war eine dicht bewaldete Insel. Kleine Vögel zwitscherten im Laub, Sonnenlicht fiel durch die Blätter von Buchen, Ulmen, Eichen, Eschen, Platanen und Zedern und zeichnete Licht- und Schattenmuster auf die hübschen Waldblumen, die den Boden bedeckten. Patsch fand einen Kirschbaum, der voller Früchte hing, und sie setzten sich darunter und aßen die weichen dunkelroten Kirschen. Auch Äpfel und Birnen wuchsen in Hülle und Fülle.

Patsch schnippte einen Kirschkern in die Luft. »Ich muss sagen, es ist ganz nett hier, Freunde. Daran könnte man sich gewöhnen, das ist ein Paradies. Seht mal, da ist ein Kastanienbaum – und auch eine Buche und eine Haselnuss. Spitz mir einer die Ohren, wenn hier ein Geist wohnt, muss er ein verdammt gut genährter alter Spuk sein. Autsch! Sei vorsichtig mit den Kirschkernen, Mara!«

»Was quasselst du da, Folger?« Das Dachsmädchen sah ihn verwundert an.

»Quasseln? Ich quassle nicht, mein liebes Mädchen. Hör einfach auf, mich mit Kirschkernen zu bewerfen, das ist alles.«

Mara deutete auf einen kleinen Haufen Kirschkerne an ihrer Seite. »Ich habe keinen einzigen geworfen. Meine sind hier – siehst du?«

Plötzlich hielt Patsch sich das Auge. »Autsch! Hör zu, altes Bäuchlein, wenn du noch einen Kirschkern nach mir wirfst, zerquetsche ich eine Kirsche auf deiner blöden Nase!«

Schmerbauch war eine ernste Spitzmaus, die nicht zu Scherzen aufgelegt war. »Ich werfe keine Kerne auf andere Tiere, Patsch. Gib nicht mir die Schuld!«

»Autsch! Wer zum …? Aua! Schon wieder!«

Mara sah schnell auf und erblickte den Schemen eines gräulichen Wesens, das durch die Baumkronen huschte. »Aha! Da oben ist ein Tier. Kommt her! Es ist in diese Richtung gerannt!«

Sie preschten zwischen den dicht wachsenden Stämmen hindurch und verfolgten die schattenhafte Gestalt, doch es war ein sinnloses Unterfangen. Was auch immer es war, es war ihnen deutlich überlegen.

Keuchend von dem anstrengenden Lauf, hielten die drei Freunde auf einer kleinen Lichtung an. Ein Teich mit kristallklarem Wasser bot ihnen eine Erfrischung.

Während sie tranken, beobachtete Patsch, wie sich die Baumkronen in der Wasseroberfläche spiegelten. Er lehnte sich dicht zu Mara und flüsterte: »Es ist wieder da. Das fiese Ding beobachtet uns von der Spitze der Buche dort drüben. Was sollen wir tun?«

Mara hielt ihr Gesicht gesenkt und schöpfte mit den Pfoten Wasser. »Ah ja, jetzt sehe ich es. Beachte es gar nicht. Wir warten, bis es vor Neugier platzt. Sieh mal, es kommt runter.«

Mit kleinen, ruckartigen Bewegungen kletterte das Tier den Buchenstamm hinunter zum Boden.

Schmerbauch beobachtete mit Mara und Patsch zusammen das Spiegelbild im Tümpel. »Was sollen wir jetzt tun, Mara? Es ist unten im Gras.«

Nachdem Mara es in der Spiegelung nicht mehr sehen konnte, warf sie einen kurzen Blick über ihre Schulter. Das Tier schlich über die Lichtung hinter ihnen.

»Es ist ein Eichhörnchen«, zischte das Dachsmädchen seinen Freunden zu. »Wenn ich das Kommando gebe, müssen wir schnell handeln, es von den Bäumen abschneiden und es auf der Lichtung einkesseln. Patsch, du bist der Schnellste – geh hinter es. Schmerbauch, du gehst nach links Ich werde nach rechts gehen. So kann es nur noch direkt in den Teich rennen. Fertig? Los!«

Der Plan funktionierte einwandfrei. Sie rannten los und hatten das Eichhörnchen schnell eingekesselt. Als sie näher kamen, wich es in Richtung Teich zurück. Es war ein Weibchen, unglaublich klein und dünn, Spuren seines früheren

Rots zeigten sich noch unter dem vom Alter stark ergrauten Fell. Es stand mit dem Rücken zum Wasser und fletschte sein zahnloses Gebiss.

Mara streckte ihre Pfoten zum Zeichen des Friedens aus. »Ich bin Mara, das sind Patsch und Schmerbauch. Wir wollen dir nichts Böses. Warum hast du mit Kirschkernen nach uns geworfen? Ich könnte es ja verstehen, wenn du ein junges, verspieltes Eichhörnchen wärst, aber ein Eichhörnchen deines Alters ... Du überraschst mich mit deinem kindlichen Verhalten.«

Das alte Tier antwortete nicht. Es tänzelte von einer Seite zur anderen und suchte nach einer Möglichkeit, sich aus dem Staub zu machen, doch es war kein Entkommen in Sicht.

Patsch trat näher heran und fuchtelte mit einer Pfote vor ihm herum. »Wie würde es dir gefallen, wenn ich mit Kirschkernen auf deinen Hintern ziele, Gnädigste? Ich meine, verdammt noch mal, kann man auf dieser Insel nicht mal in Ruhe Kirschen essen?«

Das Eichhörnchen öffnete sein Maul weit und stieß einen langen schrillen Ruf aus.

»Eulaliaaaaaaa!«

Es folgte Stille. Patsch schüttelte missbilligend den Kopf. »Ist das alles, was du zu sagen hast, altes Mädchen? Meine Güte, ich sehe doch, dass dieses Gespräch zu nichts führt, nicht wahr?«

Im Wald hinter ihnen raschelte es. Das Eichhörnchen nickte zufrieden, bevor es sprach. »Ihr werdet es noch bereuen, auf diese Insel gekommen zu sein. Ihr seid jetzt umzingelt, nicht ich.«

Ein lautes Krachen im Unterholz ließ die drei Freunde herumwirbeln. Zwei Dachse kamen aus dem Wald geprescht, ein Weibchen so alt wie das Eichhörnchen und ein riesiges Männchen, weiß wie Schnee und mit einer großen, knorrigen Eichenkeule in der Hand. Sie brüllten, als sie auf die Lichtung stürmten.

»Eulaliaaaaaaa!«

Patsch und Schmerbauch blieb vor Schreck der Mund offen stehen, aber Mara trat vor, ein winziges Spitzmausschwert in einer Pfote, in der anderen eine geladene Schleuder. Das Feuer der Schlacht loderte in ihren Augen. »Ich bin Mara vom Salamandastron. Geh mir aus dem Weg, altes Mütterchen. Und du, Weißer, komm nur einen Schritt näher und ich töte dich!«

Der weiße Dachs sah einen Moment lang so aus, als wolle er vorwärtsstürmen, aber Mara bemerkte, wie die Wildheit plötzlich aus seinem Gesicht wich und seine gewaltigen Pfoten zitterten, als er unschlüssig dastand.

»Na los, kämpfe, Erdweiß!« Die alte Dachsdame stampfte wütend mit der Pfote auf. »Mach schon, im Vergleich zu dir ist sie nur ein Welpe. Mach sie platt!«

Mara trat vorsichtig vor und stellte sich auf die Pfotenballen, ihr Nackenfell sträubte sich, die Reißzähne waren gefletscht. »Ja, komm schon, Erdweiß. Du bist ein schönes, großes Tier. Mal sehen, ob du so gut kämpfst, wie du knurrst!«

Patsch und Schmerbauch standen abseits und hielten sich aus dem Geschehen heraus. Dies war eine Konfrontation zwischen zwei Dachsen. Wer sich ihnen in den Weg stellte, würde sterben. Patsch bemerkte jedoch ebenso wie Mara, dass der weiße Dachs trotz seiner Größe und Muskeln nicht bereit zu sein schien, sich dem Kampf zu stellen. Der junge Hase machte seiner Freundin Mut: »Behalt ihn im Auge, Mara. Denk an Feldwebel Splintholz – ausweichen und durchschlängeln. Versuch nicht, im Pfotenkampf gegen diesen Schurken anzutreten. Er ist zu groß!«

Mara bewegte sich immer noch vorwärts.

»Erdweiß, was haben wir dir beigebracht?«, keifte das alte Eichhörnchen wütend. »Töte dieses Tier! Ooooh! Lehmauge, verpass ihm einen kräftigen Tritt in den Hintern!«

Als Mara vorrückte, versetzte die ältere Dächsin, Lehmauge, Erdweiß einen kräftigen Stoß in den Rücken. »Los, du großer Tölpel. Kämpfe!«

Der weiße Dachs stolperte vorwärts in Mara hinein und überraschte sie. Er schloss die Augen und wandte den Kopf ab, als er sie packte. Der Atem verließ Maras Körper mit einem lauten Zischen, zwei riesige schraubstockartige Pranken hoben sie vom Boden hoch und sie hing hilflos in der Luft, während der große weiße Dachs rief: »Lass mich einfach in Ruhe, ja? Ich will nicht kämpfen. Lass mich in Ruhe oder ich zerquetsche dich!«

Mara fühlte sich, als wäre ihr ganzer Körper in einer mächtigen Presse gefangen. Ihre Augen traten hervor und sie rang nach Atem. Patsch schob Schmerbauch beiseite, als der Spitzmäuserich nach vorne rannte und sein Rapier zog. Mit entschlossener Miene rammte der junge Hase seine geladene Schleuder auf die Fußpfote des weißen Dachses. »Genug davon, du großer Rüpel. Lass das Mädel sofort runter!«

Das klappte hervorragend. Der große, einfach gestrickte Dachs ließ Mara fallen, während er auf einem Bein herumhüpfte und sich die schmerzende Pfote rieb. Erdweiß schob verärgert die Unterlippe vor, als er murmelte: »Ich bin kein Schläger. Sie ist die Raufboldin. Außerdem, warum wollen die immer, dass ich kämpfe?«

Patsch tätschelte ihm auf den Kopf. »Schon gut, alter Knabe. Es ist nicht deine Schuld.«

Das Eichhörnchen stürmte herbei und plapperte los: »Lass ihn in Ruhe, Hase. Wer hat dich überhaupt auf unsere Insel eingeladen? Geh weg und lass uns in Ruhe!«

Lehmauge, das alte Dachsweibchen, kümmerte sich um Mara, rieb ihr die Rippen und tätschelte ihr den Rücken, bis das Dachsmädchen wieder zu Atem gekommen war. Sie war sehr mütterlich und rücksichtsvoll. »Bleib liegen, Mara. Leg dich hin und atme tief durch. Es ist nichts gebrochen. Aschnin, ich glaube nicht, dass diese Tiere uns was antun wollen.«

»Sie haben mich umzingelt und gefangen genommen!« Das Eichhörnchen verschränkte stur seine Pfoten.

Patsch gab ihr einen spielerischen Schubs. »Ach, mach nur weiter so, Oma. Du hast angefangen, indem du mich mit deinen verdammten Kirschkernen überfallen hast.«

Aschnin lachte gackernd. »Ich bin ’ne gute Schützin, was? Ich hab dich nicht einmal verfehlt!«

Erdweiß zerrte an Aschnins Schwanz und jammerte laut wie ein kleiner Dachs: »Ich bin durstig. Darf ich was trinken?«

Das alte Eichhörnchen warf verzweifelt die Pfoten in die Höhe. »Na los, du großer weißer Mistköter, aber leg nicht den ganzen Teich trocken. Lass noch was für die anderen übrig.«

Sie saßen alle am Rand des Teichs, während Erdweiß wie ein durstiges Kleinkind große, laute Schlucke Wasser schlürfte.

Lehmauge schüttelte den Kopf. »Seht ihn euch an, der Sohn eines der größten Dachskrieger, die je eine Pfote auf das Gras gesetzt haben. Aber es ist nicht allein seine Schuld.«

Erdweiß hob seine tropfende weiße Schnauze aus dem Wasser. »Ich bin hungrig. Es ist schon weit nach Mittag, Nin.«

Das alte Eichhörnchen zog ihn scharf am Ohr. »Sag mir eine Zeit, zu der du nicht hungrig bist, du großer Vielfraß.« Es wandte sich an die drei Freunde: »Ich nehme an, ihr habt auch alle Hunger? Wollt ihr zu Mittag essen?«

Patsch verbeugte sich anmutig und küsste ihre faltige Pfote. »Füttere uns, oh Holde, und wir sind für immer dein!«

»Ach, geh weg, Langbein.« Sie knuffte den jungen Hasen leicht am Ohr. »Ich seh schon, du brauchst mehr Futter als eine ganze Armee, so wie du aussiehst.«

Lehmauge stand auf und winkte sie heran. »Folgt mir. Ihr müsst euch aber beeilen. Ich habe eine Lauch-Pilz-Pastete in den Ofen geschoben, bevor Aschnin mich gerufen hat. Ich hoffe nur, sie ist nicht angebrannt.«

Die beiden Dachse und das Eichhörnchen lebten nicht weit vom Teich entfernt in einer wunderschönen natürlichen

Höhle. Mara sah sich bewundernd um. Sie war geräumig und gut belüftet. Zwei lange Fenster waren in den Felsen geschlagen worden, der wie ein Buckel im Wald stand. Blumen und rankende Pflanzen schmückten die Fensterbänke, gewebte Binsenmatten bedeckten den Höhlenboden und es gab mehrere große, aus toten Baumstämmen geschnitzte Sitzbänke. Diese waren mit weicher Rinde bezogen. Der Fels war in einer Ecke zu einer Feuerstelle und einem breiten Ofen ausgehöhlt worden. In der Mitte der Höhle stand ein schöner Tisch aus Felsplatten, der mit Schalen voller Früchte gedeckt war.

Sie wuschen ihre Pfoten in einem Trog neben dem Eingang und setzten sich um den Tisch, während Erdweiß und Lehmauge das Essen brachten. Patschs Augen leuchteten auf und Schmerbauch gab ein kleines Knurren der Vorfreude von sich. Ein knackiger Salat aus Fenchel, Haselnüssen, jungem Löwenzahn und Frühlingszwiebeln wurde auf den Tisch gestellt, gefolgt von einer riesigen Lauch-Pilz-Pastete, deren dampfende goldene Kruste mit Brunnenkresse verziert war. Ein großer Krug mit Kirschsirup und Bechern kam als Nächstes und in einem weiteren Krug stand kaltes Quellwasser mit Minzgeschmack bereit. In Honig gebackene Äpfel mit einem Klecks gelber Sumpfdotterblumensahne rundeten das Ganze ab und ein breiter, flacher gezuckerter Pflaumenkuchen stand als Zugabe bereit.

Aschnin und Lehmauge aßen sparsam und ermutigten die Jüngeren, so viel zu essen, wie sie wollten – obwohl das kaum nötig war. Mara aß ordentlich, aber Patsch, Schmerbauch und

Erdweiß taten, als stünde eine zehn Jahreszeiten anhaltende Hungersnot bevor.

Während sie sich das Essen schmecken ließen, bemerkte Mara einen schwarzen Stein an einem Lederriemen, der über der Feuerstelle hing. Sie stupste Schmerbauch an. »Ist das der berühmte Schwarzstein von Flößer-Stößer?«

Schmerbauch erhob sich vom Tisch. Er ging zu dem Stein hinüber, berührte ihn und verneigte sich ehrfürchtig. »Ja, das ist der Schwarzstein aller Südstromspitzmäuse.«

Erdweiß lehnte sich zurück und streckte sich. Er löste den Stein und seinen Riemen und schwang ihn hin und her, wobei sich ein schelmisches Grinsen auf sein großes Gesicht legte. »Oh, das? Den hab ich einem Spitzmäuserich abgenommen, der sich vor langer Zeit auf unserer Insel rumgetrieben hat. Der kleine Racker ist sofort abgehauen. Er muss im Dunkeln gedacht haben, dass ich wie ein Geist aussehe. Haha, das tun die meisten Tiere, wisst ihr. Ich hab früher mit diesem Stein gespielt – ein langweiliges, altes Ding, was? Du kannst ihn haben, wenn du willst, Mara.«

Er reichte ihr den Schwarzstein und bemerkte mit einem Lächeln die Dankbarkeit in ihrem Gesicht. Das Dachsmädchen nahm den Stein entgegen und wickelte den Riemen um seine Pfote. »Vielen Dank, Erdweiß. Dieser Stein bedeutet dem Stamm von Schmerbauch und dem Vater der Spitzmaus, der du ihn abgenommen hast, sehr viel.«

Lehmauge servierte Patsch ein großes Stück Pastete. »Dafür sind also zwei Schiffsladungen Spitzmäuse den ganzen Weg hierhergekommen, für einen einfachen schwarzen

Kieselstein an einer Schnur. Nein, so was. Wir dachten, sie wollten sich hier niederlassen – deshalb haben wir Erdweiß gestern Abend dazu gebracht, seine Geisterrufe zu machen. Ich hatte gehofft, das würde sie abschrecken.«

Aschnin knabberte an einem Fenchelblatt und beobachtete Mara mit wachem Blick. »Aber du bist doch nicht nur wegen eines Steins hergekommen, oder, Mädchen?«

Mara nahm einen Schluck von dem kühlen Minzwasser. »Nein, ich bin gekommen, weil Flößer-Stößer, der Anführer der Spitzmäuse, es so wollte. Sobald er den Schwarzstein zurückhat, ist seine Macht als Anführer der Gusim unanfechtbar. Dann wird er mich und Patsch in seinen Einbäumen übers Meer bringen, um Erdstreif bei seinem Kampf gegen Ferago zu helfen.«

»Ferago der Meuchelmörder?«

Erdweiß' Stimme klang wie ein Donnerschlag, als er seinen großen Stuhl zurückstieß und sich aufrichtete, ein Bild wilder Grausamkeit, das jede Spur seiner früheren Sanftheit vermissen ließ, während Wut in seinen zornigen Augen über den wild gefletschten Zähnen loderte.

Aschnin und Lehmauge stürmten um den Tisch herum. Sie klammerten sich an die Pfoten des weißen Dachses und versuchten, ihn zurück auf seinen Stuhl zu ziehen.

Er schrie aus voller Kehle: »Ferago der Meuchelmörder! Ferago der Meuchelmörder!«

Die drei Freunde halfen, ihn zu beruhigen und auf seinen Platz zu setzen. Er zitterte am ganzen Körper und hatte das Essen vor sich vergessen.

Aschnin ließ eine kleine Menge Pulver in einen Becher mit Kirschsirup rieseln und gab ihm diesen. »Hier, trink das aus und geh nach draußen. Mach ein Nickerchen auf der Lichtung und du wirst dich besser fühlen. Geh schon.«

Gehorsam leerte der große Dachs den Becher und tapste aus der Höhle. Als er gegangen war, ergriff Lehmauge Maras Pfote. »Erdstreif – du hast Erdstreif erwähnt. Ist er am Leben?«

Mara blickte verwirrt drein. »Ja, natürlich lebt er. Erdstreif ist der Dachsherrscher des Salamandastron. Er ist ein großer Krieger, aber auch ein strenger, alter Wächter. Deshalb habe ich den Salamandastron verlassen.«

Lehmauge lehnte sich in ihrem Stuhl zurück und schüttelte den Kopf, während sie sich geistesabwesend die Tränen mit einer Pfote wegwischte. »Erdstreif lebt! Das kleine gestreifte Kind ist also irgendwie dem Meuchelmörder entkommen. Erzähl mir von ihm. Wie sieht er aus? Ist er so groß wie sein Bruder? Warte, erzähl mir alles, alles über meinen Enkel und auch über dich, mein Kind.«

Das Dachsmädchen erzählte die Geschichte seines Lebens und alles, was es über den Dachsherrscher wusste, von der Zeit, als es die Adoptivtochter des Berges wurde, bis zu der Zeit, als es mit den Spitzmäusen auf der Insel angekommen war.

31

Drei lange Spitzmauseinbäume schossen in die Gewässer des Großen Südstroms hinaus. Die Morgendämmerung war grau und bedeckt und es wehte ein warmer, böiger Wind aus Nordost. Im Bug des führenden Boots saßen Samkim, Arula und Zweigert mit eingezogenen Paddeln. In der schnell fließenden Strömung und mit dem Wind im Rücken war es kaum nötig zu paddeln.

Arula gluckste aufgeregt, als das robuste Boot über das rauschende Wasser glitt und schaukelte.

»Huhurr, 'n Boot is besser als 'n Pfote'marsch vonner ganzen Jahreszeet!«

Ab und zu lehnte sich Zweigert zur Seite und schnappte nach dem einen oder anderen vorbeifliegenden Insekt. »Hm, das geht zu schnell, um einen Bissen zu erwischen.«

Samkim hockte zusammen mit Alfo im Bug. Gemeinsam suchten sie nach Anzeichen von Todfeger und seinen fünf Fährtensuchern. Gischt wehte dem jungen Eichhörnchen um die Nase. Es war sein erstes Mal auf einem Spitzmausboot und er fand es sehr erheiternd. Er winkte Alfo zu und rief über das Rauschen des Flusses hinweg: »Das ist ein Leben, was? Da wünsch ich mir glatt, eine Spitzmaus zu sein!«

Der Ältere nickte und rief zurück: »Es gefällt dir? Gut! Dein Fuchs sollte wegen der schnellen Strömung hier langgekommen sein. Wir können diesem Weg folgen, bis wir die Stromschnellen hinter uns haben.«

»Stromschnellen?«, quietschte Zweigert entsetzt. »Du hast nie was von Stromschnellen gesagt. Wo sind die?«

»Ein Stückchen weiter.« Alfo deutete mit dem Kopf geradeaus. »Mach dir keine Sorgen, die kommen schon noch früh genug. Ich werde dir Bescheid sagen, wenn es so weit ist.«

Häufig benutzten die Spitzmäuse ihre Paddel, um einen Felsen zu überwinden oder Treibholz abzuwehren, aber das Tempo wurde immer schneller und die Ufer schossen in grün-braunen Schemen vorbei, während Alfo Anweisungen und Warnungen brüllte.

»Kopf einziehen, überhängende Weiden voraus!«

Arula schaffte es gerade noch, sich zu ducken, bekam aber einen heftigen Schlag von einem Ast ab.

»Felsen an Backbord! Macht die Paddel bereit!«

Samkim stieß mit seinem Paddel kräftig zu und spürte, wie der Schock durch seine Pfoten lief, als es auf den Stein traf. Er spürte, wie das Boot vom Felsen wegsprang.

»Treibholz ragt mitten im Strom auf, Paddel nach Steuerbord!«

Zweigert und Arula paddelten wütend und seufzten erleichtert auf, als sie an einem Baumstamm vorbeirauschten, der im schlammigen Grund stecken geblieben war.

Alfo brachte seinen Mund nah an Samkims Ohr. »Noch gibt es keine Anzeichen, aber keine Sorge, wir werden die Schurken schon erwischen. Jetzt kommen die Stromschnellen. Zieh dein Paddel ein und halt dich gut fest.«

Samkim warf sein Paddel auf den Boden des Boots und hielt sich an den Seiten fest, als er Alfo schreien hörte: »Stromschnellen voraus! Alle Paddel einziehen und festhalten!«

Weißes Wasser schwappte über den Bug und durchnässte Samkim, als das Boot eintauchte und wie wild in eine verrückte Welt aus schäumendem, sich überschlagendem Wasser raste. Am Heck ruderten zwei erfahrene Spitzmäuse mit ihren Paddeln und steuerten das Boot um zerklüftete Felsvorsprünge.

Arula warf sich auf den Boden des Boots und bedeckte vor Schreck mit den Krallen ihre Augen. »Oohh jurr, ich werd vor Sonn'unnergang noch 'n ertrunk'ne Maulwurf sein!«

Wie eine Achterbahn jagte der Einbaum durch die Stromschnellen, manchmal schwappte das Wasser über die Seiten, andere Male ächzte der Rumpf, wenn er über unter Wasser liegende Felsvorsprünge schrammte.

Das Heck in der Luft und mit gesenktem Bug schlängelten sich die drei Boote mit beängstigender Geschwindigkeit durch den lebensgefährlichen Parcours. Samkim war erstaunt, dass die Spitzmäuse das alles so gelassen hinnahmen.

Sie lachten nicht und sahen auch nicht ängstlich aus, sondern kämpften gekonnt gegen die Strömungen an. Erfahrung stand ihnen deutlich ins Gesicht geschrieben. Nach einer langen Strecke, die eher einem Wasserfall als einer Stromschnelle glich, stürzten sie schließlich in eine halbrunde Lagune, auf deren Oberfläche eine dicke Schaumschicht lag, die langsam aufgewirbelt wurde. Hinter ihnen tobten und rauschten die Stromschnellen.

Sie tauchten ihre Paddel ein und begannen, den breiten, ruhigen Fluss entlangzurudern. Die Fahrt ging nun leichter von der Hand und sie fühlten sich nach den Turbulenzen der Stromschnellen von einer überwältigenden Ruhe erfüllt. Der Himmel war noch immer finster und bedeckt und der Wind heulte sanft durch das Schilf an den Ufern und Böschungen, während sich die drei Einbäume vorwärtsbewegten.

Es war Mittag, als sich der Bach vor ihnen teilte und Alfo eine Pfote hochhielt und rief: »Haltet aufs mittlere Ufer zu!«

Sie fuhren auf die Landzunge zu, die aus der Flussgabelung ragte. Alfo sprang an Land und zeigte auf eine hohe, riesige Hainbuche. »Mollo, klettere auf die Hainbuche und erkunde die Windungen der Gewässer.«

Eine rüstige junge Spitzmaus sprang vor, aber Samkim kam ihr zuvor. »Spitzmäuse zu Wasser, aber Eichhörnchen zu Baum, mein Freund!« Wie von einer Bogensehne abgeschossen jagte das junge Eichhörnchen den hohen Baumstamm hinauf. Alfo sah ihm erstaunt zu.

Arula stupste den alten Spitzmäuserich an. »Burr, des nenn ich Klettan, zurr. Unser Sankin is de Beste.«

Die riesige Hainbuche war so hoch, dass es schwierig war, Samkim auszumachen, als er ganz oben angekommen war. Mit der Geschwindigkeit und Gewandtheit eines geborenen Kletterers sauste er wieder hinunter und sprang leichtfüßig auf den Boden, um Meldung zu machen.

»Ich konnte sie sehen. Sie haben den linken Flussarm genommen.«

Alfo sprang zurück ins Boot. »Glück für sie. Das hier rechts hätte sie zu einem anderen Wasserfall und den Berghöhlen geführt. Wie weit sind sie entfernt?«

Samkim kletterte neben ihn. »Ich würde sagen, nur etwa zwei Stunden, wenn wir schnell paddeln.«

Die Boote fuhren die linke Abzweigung des Flusses hinunter. Sie fiel leicht ab und verlief kerzengerade, so weit das Auge reichte.

Alfo zog sein Paddel durch. »Es scheint, als würden sie direkt aufs Meer zusteuern, aber haltet trotzdem die Augen offen. Bei Gesindel kann man nie wissen.«

Der Wind nahm zu. Nun waren dunkle Wolkenmassen zu sehen, die von Nordosten heranzogen.

Zweigert schnappte nach einer Eintagsfliege, die so dumm gewesen war, auf seiner Pfote zu landen. »Sieht aus, als würde es bald regnen.«

Der Nachmittag war halb vorbei, als Alfo einen Blick auf das linke Ufer warf. Es war dicht mit Weiden und Sträuchern bewachsen. Er hatte genau nach dieser Stelle Ausschau gehalten. »Haltet hier an, Spitzmäuse. Das war's, zurückrudern und anlegen.«

Samkim beobachtete aufmerksam, wie der Älteste das Dickicht untersuchte. »Was ist, Alfo? Wonach suchst du?«

Alfo schlug mit seinem Rapier in die Vegetation und zog ein Büschel Buschlupinen zur Seite. »Ha! Dachte ich's mir doch. Sieh mal hier!«

Es war ein versteckter, von Büschen und Bäumen überwucherter Seitenarm, der sich durch den dichten Wald schlängelte. Alfo tippte auf die frischen Schrammen im Lehm des Ufers auf Höhe des Wassers. »Ha, was ein Fuchs, dem Grashüpfer immer einen Sprung voraus! Der Schurke wusste, dass wir ihm folgen würden, um unser Boot zurückzuholen, also ist er hier abgebogen – obwohl ich vermute, dass er nicht weiß, wo er hinfährt. Das ist nicht der Weg zum Meer.«

»Wohin führter, zurr, Afaloh?« Arula spähte den schummrigen, überwucherten Wasserweg hinauf.

Alfo kratzte sich am Kinn. »Es gibt nur einen Ort, zu dem er führen kann, Arula: zum Großen See.«

Es war, als würde man durch einen langen grünen Tunnel paddeln. Im Wasser spiegelten sich die tief überhängenden Bäume und die moosbewachsenen Ufer und überall war es grün. Samkim betrachtete die Gesichter um ihn herum, die vom Licht grün gefärbt waren. Abgesehen vom gedämpften Geräusch der Paddel befanden sie sich in einem Kokon aus grüner Stille. Zweigert paddelte, während er an den verschiedenen geflügelten Bewohnern des versteckten Wasserweges knabberte, und hob die Augen, als das Prasseln auf den Blättern über ihnen den hereinbrechenden Regen ankündigte.

Sie aßen, während sie weiterruderten, und reichten Haferkuchen und kleine, in Honig und Blumensirup eingelegte Früchtegebäcke weiter.

Arula nahm einen Schluck kühlendes Flieder-Rosen-Wasser aus einer ausgehöhlten Kürbisflasche und reichte sie an Zweigert weiter. »Jurr, wäscht de Flieg runner, zurr.«

Überall auf dem Wasserweg gab es Anzeichen dafür, dass der Fuchs mit dem gestohlenen Boot vorbeigefahren war – abgebrochene Äste, zerquetschte Pflanzen und Kratzer an den bemoosten Ufern. Der Wind nahm zu und heulte ein Klagelied in den Baumkronen. Die Ufer stiegen höher an und der Wasserlauf floss schneller, als er einem Gefälle folgte.

Plötzlich zeigte Alfo auf das Heck eines Einbaums, das um eine Kurve verschwand. »Da sind sie! Stecht die Paddel tief ein. Wir haben sie!«

Todfeger hörte die Rufe. Er schielte über seine Schulter und rief den fünf Fährtenratten zu: »Paddelt um euer Leben! Das sind die Spitzmäuse!«

Seitenarme, die durch den Regen angeschwollen waren, ergossen sich in den Wasserlauf und das gestohlene Boot nahm an Fahrt auf und raste bergab zum Binnensee. Dahinter schossen die drei Einbäume heran, um sie einzuholen.

Todfegers Boot kippte gefährlich und stürzte mit einem lauten Platschen in die Fluten des Großen Sees. Kurz darauf folgten die Boote der Gusim. Nun befanden sich alle vier auf dem offenen Wasser. Der heulende Nordostwind peitschte die Wasseroberfläche zu schäumenden grauen Wellen, die von einem wilden, schräg einfallenden Regenguss getrieben wurden. Samkim wischte sich das Regenwasser aus den Augen und schützte sie mit einer Pfote, während er versuchte, den Blick auf das Boot vor sich zu richten. Der Sturm trieb das Boot kraftvoll über das wellengekrönte Gewässer. Der Bug von Samkims Boot schaukelte auf und ab, stieß tief in die Wellentäler und wurde hoch auf die Kämme gehoben. Die Mannschaft ruderte mit aller Kraft, bis Samkim den Rücken des Fuchses näher kommen sah.

»Wir haben sie, Leute. Stecht die Paddel tief ein!« Das junge Eichhörnchen balancierte mit seinem Rapier in der Pfote so weit vorne auf dem Bug, wie es wagte. »Paddelt! Paddelt, ihr Wasserratten!«

Als sie auf eine Drittelbootslänge heran waren, spannte Samkim sich an und machte einen gewaltigen Sprung. Er sauste über das Wasser, wobei die Wellen fast seine Pfoten berührten, und sprang über die Lücke zwischen den beiden Booten, um auf dem Heck des Fuchsboots zu landen, wo er um sein Gleichgewicht rang.

Eine Ratte schlug mit einem Paddel nach ihm, aber Samkim duckte sich und stieß mit der gleichen Bewegung zu, um den Fährtenleser am Bauch zu treffen.

Todfeger drehte sich um und schwang das Schwert von Martin dem Krieger. Er stürmte auf Samkim zu und rief über den Sturm hinweg: »Komm nur, ich reiß dich in Stücke! Das ist der Tod für dich, Kleiner!«

32

Ferago lag ausgestreckt auf dem Felsen. Krankohr hatte seinen alten Umhang in Meerwasser getränkt und über ihn geworfen, um seinen verbrühten Rücken zu heilen. Er lag flach auf dem Bauch, täuschte Schlaf vor und beobachtete die Küste aus halb geöffneten Augen. Der Meuchelmörder erwartete einen Anschlag auf sein Leben, ob von Klitsch oder einem anderen, wusste er nicht, aber er war sich sicher, dass verletzte Anführer ein gutes Ziel für Aufrührer waren. Als sein durchdringender Blick die verräterischen Bewegungen weit draußen zwischen den Felsen des Ufers erfasste, rief er Krankohr zu sich.

Der Rätterich war müde, nachdem er den ganzen Tag Ferago gepflegt hatte, trottete herbei und salutierte halbherzig. »Ja, Herr? Kann ich Euch behilflich sein?«

Ferago erhob sich langsam und schüttelte den Kopf. »Nein, Krankohr, du hast für heute genug getan. Du siehst müde aus.«

Der Rätterich erwartete eine Ermahnung und wurde aufmerksam. »Nein, Herr, ich bin frisch wie ein Gänseblümchen. Es ist meine Pflicht, Euch zu pflegen.«

Der Meuchelmörder tätschelte wohlwollend die Ohren des Rätterichs. »Und das hast du sehr gut gemacht, Krankohr. Meine eigene Mutter hätt mich nicht besser versorgen können. Hör zu, ich werd mal nachsehen, was mein Sohn so treibt. Du kannst dir den Rest der Nacht freinehmen. Komm her, leg dich auf diesen Felsen. Er ist flach und glatt. Komm schon, ich akzeptiere kein Nein.«

Der Rätterich gehorchte etwas zögerlich, aber Ferago hatte recht, der Felsen war kühl und glatt. Er streckte sich aus und gähnte. »Danke, Herr.«

»Oh, das ist das Mindeste, was ich tun kann.« Feragos blaue Augen lächelten liebevoll. »Hier, lass mich dich mit diesem Umhang zudecken. Du glaubst gar nicht, wie weich und wohltuend ein Tropfen deines Meerwassers ihn gemacht hat. So, wie fühlt sich das an?«

Krankohr entspannte sich. »Mmh, das fühlt sich wirklich gut an, Herr.«

Ferago duckte sich und stahl sich zu den Felsen.

Innerhalb weniger Augenblicke schlummerte Krankohr friedlich. Der feuchte Mantel schützte ihn vor dem nächtlichen Wind, der über das dunkle Ufer wehte.

Fuchsgrien hatte den ganzen Nachmittag lang die Klinge und die Spitze seines Schwerts geschärft und Klopfschwanz hatte einen scharfen Dorn in die Spitze eines Holzknüppels getrieben. Sie schlichen langsam über die Felsen zu der verhüllten Gestalt, die auf dem flachen Stein nahe der Uferlinie lag. Von den beiden war Fuchsgrien der Mutigere. Er lugte hinter den Felsen hervor und duckte sich wieder. »Siehst du, Klopfschwanz, kein einziger Wachposten in Sicht. Ich hab dir doch gesagt, dass der junge Klitsch sich um den Rest gekümmert hat. Das wird ’n Kinderspiel. Du wirst schon sehen.«

Klopfschwanz nickte dem Fuchs zu und schwang seine Keule. »Hör zu, Kumpel, ich hab Angst, das kann ich dir sagen. Was is, wenn Ferago aufwacht?«

Fuchsgrien streichelte die Klinge seines Schwerts und grinste den Rätterich an. »Ich hab schon viele Tiere mit dieser kleinen Schönheit in den ewigen Schlaf geschickt. Keins von ihnen is je wieder aufgewacht. Komm, lass uns das erledigen, bevor dir die Nerven durchgehen.«

Sie wagten nicht einmal zu atmen und stahlen sich an die liegende Gestalt heran. Fuchsgrien war zuversichtlich. Als er über dem in den Mantel gehüllten Tier stand, konnte er sich ein leises Kichern nicht verkneifen. »Wind dich mal hier raus, du Wiesel!«

Mit beiden Pfoten stieß er das Schwert nach unten. Die verhüllte Gestalt keuchte auf und erstarrte.

Klopfschwanz verpasste dem verdeckten Kopf zwei kräftige Schläge mit seiner Keule und sprang zurück. »Is er tot, Kumpel? Stich ihn zur Sicherheit noch mal ab!«

»Oh, er ist tot. Nicht nötig, ihn noch mal zu erstechen.«

Die Stimme war unverkennbar die von Ferago. Klopfschwanz starb mit einem leisen Stöhnen, als Ferago ihn fast achtlos im Vorbeigehen mit seinem Abhäutemesser erledigte. Ohne einen Blick auf die gefallene Ratte zu werfen, wandte sich der Meuchelmörder dem Fuchs zu. Fuchsgrien zitterte unkontrolliert.

Die blauen Augen sahen fast fröhlich aus, als sie ihn durch die Nacht anlächelten. »Siehst du, wir haben jeder eine Ratte getötet. Du hast Krankohr ermordet und ich hab Klopfschwanz erschlagen. Was passiert jetzt? Tötest du ein Wiesel oder töte ich ’nen Fuchs?«

Der Schrecken hatte Fuchsgrien die Sprache geraubt. Ein gurgelndes Geräusch entrang sich seiner Kehle, als er sich umdrehte und den Strand entlanglief. Ferago konnte ein Messer besser werfen als jedes andere Tier. Das lange Abhäutemesser traf Fuchsgrien zwischen den Schulterblättern, bevor er auch nur dreißig Schritte weit gekommen war. Seine Augen wurden glasig, als der Meuchelmörder das Messer aufhob.

»Oh, das hab ich vergessen zu erwähnen«, flüsterte Ferago dicht an seinem Ohr. »Dieses Spiel endet damit, dass das Wiesel den Fuchs tötet. Träum süß, Fuchsgrien.«

Feragos Rücken fühlte sich viel besser an. Als er den Strand entlangschlenderte, leuchteten seine strahlend blauen Augen vor Freude.

Erdstreif sah mit Splintholz und Großes Ochsenauge von der Spitze des Kraters aus zu. Unter ihnen am Ufer bewegten sich Massen von Fackellichtern vom Salamandastron weg.

Splintholz deutete mit dem Kopf in ihre Richtung. »Ich frage mich, was sie jetzt vorhaben, Ochs.«

Der große Hase lehnte sich auf seinen Speer. »Sag du es mir, mein Freund. Von hier oben sieht es aus wie ein vermaledeiter Rückzug im großen Stil, nicht wahr?«

Erdstreif schüttelte seinen großen gestreiften Kopf. »Ferago gibt nicht so leicht auf. Er will, dass wir denken, es sei ein Rückzug. Wir müssen nur herausfinden, warum.«

»Warum was, Herr?«

»Warum Ferago will, dass wir denken, dass er sich zurückzieht. Bei meinen Streifen, Ochsenauge, manchmal glaube ich, dass dein Gehirn von all den Kämpfen, die du hinter dir hast, nicht mehr ganz richtig funktioniert.«

Großes Ochsenauge ließ ein Ohr hängen und grinste. »Schon möglich, Herr. Das denke ich auch oft. Soll ich ein paar von den Jungs mitnehmen und nachforschen?«

Der Dachsherrscher dachte einen Moment lang darüber nach. »Hm, ich spioniere nicht so gern – ich würde lieber einen direkten Kampf führen. Aber wenn wir wissen wollen, was das Gesindel vorhat, sollten wir wohl besser auf eine Intrige zurückgreifen. Splintholz, du und Ochsenauge geht. Nehmt einen schnellen, jungen Begleiter mit, falls ihr schnell eine Nachricht überbringen müsst.«

Feldwebel Splintholz salutierte zackig. »Niemand ist schneller als die junge Goldstück, Herr. Sie wird nützlich sein, wenn sie uns begleitet. Komm schon, Ochsenauge, alter Freund.«

Klitsch lag in den Felsen versteckt und beobachtete den Berg genau. Bei ihm waren sechzig Tiere, die von ihm für die

Mission pfotenverlesen worden waren. Die blauen Augen des jungen Wiesels wandten sich nicht vom Salamandastron ab, als es ihnen seinen Plan erklärte. »Wenn sie sehen, dass sich die Horde zurückzieht, wird sie das verwirren – wir sind hier, um anzugreifen, nicht um uns zurückzuziehen. Erdstreif wird tun, was jeder Anführer in diesem Fall tun würde: Er schickt Hasen aus, um die Lage zu erkunden. Und da kommt ihr ins Spiel. Ich will, dass diese Hasen gefangen werden – aber nicht getötet, verstanden? Tote Hasen nützen mir nichts. Ich brauch lebende Geiseln. Sind die Netze bereit, Zugschwanz?«

Ein großes, hageres Frettchen, dessen Schwanz schlaff herunterhing, zeigte auf den Strand. »Bereit und in Position, Klitsch. Genau auf dem Weg, den unsre Horde genommen hat.«

Klitsch hob eine Pfote, um seinen Trupp zum Schweigen zu bringen. »Runter, da kommen die Hasen. Drei von ihnen – genau richtig!«

Ochsenauge, Splintholz und Goldstück sahen zu, wie Erdstreif mit dem Felsbrocken den Haupteingang verschloss. Goldstücks Augen leuchteten vor Bewunderung. »Es gibt kein Tier auf der Welt, das so stark ist wie Herr Erdstreif. Ich wette, zwanzig von uns könnten diesen Felsbrocken nicht bewegen.«

Splintholz stieß sie leicht an und drängte die junge Häsin vorwärts. »Das ist nichts im Vergleich zu den Dingen, die ich den Herrn schon habe tun sehen. Schwing deine Pfoten, Goldie. Wir haben nicht die ganze Nacht Zeit.«

Lautlos stapften die drei Hasen über den Sand und folgten der Richtung, die der Hauptteil der Horde eingeschlagen hatte.

Klitsch ließ seine Soldaten in einem weiten Halbkreis hinter ihnen ausschwärmen. Mit einem Feuerstein zündete er eine Fackel an und schwenkte sie. Vor den drei Hasen kamen sechzig weitere voll bewaffnete Tiere aus den Felsen. Sie verteilten sich in einem weiteren Halbkreis und schlossen schnell zueinander auf, um die drei Hasen in einem weiten Kreis einzukesseln, der sich schnell zuzog.

Feldwebel Splintholz ging in eine Angriffshocke und seine Augen funkelten kampflustig. »Nett von dem Gesindel, dass es uns ein Willkommenskomitee schickt, was, Ochs?«

Großes Ochsenauge stellte sich Rücken an Rücken zu ihm, Goldstück war dem Salamandastron zugewandt.

»Das Leben ist nicht immer wahr und gerecht,
Trauen kann man dem schurkischen Gesindel
nur schlecht!

Diesen alten Reim kennst du bestimmt, Goldie. Nun, jetzt stehen sie pelzhaftig vor dir, mein Mädchen.«

»Sie haben uns umzingelt. Was sollen wir jetzt tun?« Goldstück umklammerte nervös ihren Wurfspieß.

Die Antwort von Splintholz war ruhig und beruhigend. »Bleib einfach bei mir und Ochsenauge, Kleine. Wir haben uns schon aus schwierigeren Situationen herausgekämpft, glaub mir.«

Nun zog sich der Kreis immer enger zusammen. Klitsch stand außerhalb und seine blauen Augen leuchteten triumphierend im Fackelschein.

»Na, na, wen haben wir denn da? Drei kühne Krieger, die der Dachs geschickt hat. Zweifellos werdet ihr kämpfen wollen. Aber leider muss ich euch enttäuschen.«

Ochsenauge hob seinen Speer und gluckste vor Vorfreude. »Oh, keine Sorge, Freundchen, wir werden dich nicht enttäuschen. Komm her und koste den kalten Stahl des Salamandastron. Oder hast du nicht den Mut dazu, du schleimiges kleines Wiesel?«

Klitsch hatte auf Zeit gespielt, aber als er sah, dass seine Soldaten die aus dem Sand ragenden Seilenden ergriffen hatten, gab er das Signal.

»Jetzt!«

Sie zogen kräftig daran und das Netz wurde aus dem Sand gehoben. Mit einem Schrei stürmten sie vor. Die drei Hasen kämpften darum, das Gleichgewicht zu halten, als die schweren, gewebten Fasern des Netzes unter ihren Pfoten aus dem Sand auftauchten.

In der folgenden Verwirrung rief Splintholz Ochsenauge zu: »Wir sitzen in der vermaledeiten Falle. Sieh zu, dass du Goldie von hier wegbringst!«

Ochsenauge ließ seinen Speer fallen und schlug Goldstück den Speer aus den Pfoten, während der Feldwebel auf die brüllende Meute losging, die das Netz hochhielt und näher kam.

Mit all seiner beeindruckenden Kraft packte Großes Ochsenauge Goldstück und hob sie über seinen Kopf. Er sprang hoch und schleuderte sie über die Köpfe des Gesindels und das sich schließende Netz.

»Lauf nach Hause, Mädchen! Eulaliaaaaa!«

Splintholz ging unter dem Gewicht der Tiere zu Boden, die sich auf ihn und Ochsenauge stürzten und das Netz über sie warfen. Sekunden später waren sie besinnungslos geschlagen und saßen fest.

Goldstück kam stolpernd auf dem Sand auf. Ein Hermelin schaffte es, sie zu packen, aber sie biss ihm in die Pfote, bis sie Knochen spürte, und es ließ mit einem Schmerzensschrei los. Die junge Häsin richtete sich auf und rannte mit voller Geschwindigkeit auf den Berg zu, wobei ihr der Atem stockte, als sie an ihre beiden Freunde dachte, die in der Falle saßen. Bei einem Blick über ihre Schulter sah sie Klitsch und Zugschwanz hinter ihr herrennen. Sand flog unter ihren Pfoten auf. Drei Hermeline rannten wie wild, um ihr den Weg abzuschneiden, bevor sie den Berg erreichen konnte.

Ein Pfeil zischte an Goldstücks Kopf vorbei und Zugschwanz legte erneut an. Sie duckte sich und schlug Haken nach links und rechts. Ein Pfeil sauste gefährlich nah an ihr vorbei und streifte ihr Ohr, als sie auswich. Der Berg ragte vor ihr auf, als Goldstück mit letzter Kraft schrie: »Eulaliaaaaa!«

Eines der Hermeline kreischte, als es mit einem Speer in der Brust, der wie ein Fahnenmast aus ihm ragte, zu Boden ging.

Bart Distelwolle, Mondpfote und Erdstreif kamen aus dem Haupteingang gestürmt. Bart zog seinen Bogen und legte an, während er rannte. Als er den Pfeil losließ, humpelte ein weiteres Hermelin mit einer Pfeilspitze in der Pfote davon.

Das verbleibende Hermelin nahm die Pfoten in die Hand und rannte davon, während Erdstreif sich Goldstück schnappte und sie sich über die Schulter legte.

Klitsch und Zugschwanz waren stehen geblieben. Ihre Beute war entkommen. Das junge Wiesel schleuderte einen Stein auf Erdstreifs Rücken, als der Dachsherrscher sich umdrehte, um in den Berg zu gehen. Er verfehlte ihn und prallte harmlos an den Felsen ab. Klitsch stützte die Pfoten in die Hüften und rief: »Pass morgen gut auf die Küste auf, Erdstreif. Mal sehen, was ich mit deinen Häschen anstelle. Hahahaha!«

Erdstreif stemmte sich mit der Schulter gegen den Felsbrocken und wuchtete ihn wieder an seinen Platz.

Bart Distelwolle schenkte einen kleinen Becher Wasser aus ihrem spärlichen Vorrat ein und ließ Goldstück langsam davon trinken. »Mach dir keine Sorgen, Goldie, altes Mädchen. Nur weil wir eine Schlacht verlieren, heißt das nicht, dass wir den Krieg verloren haben.«

Ferago sah zu, wie Klitsch seine Soldaten anwies, Pfähle tief in den Sand zu treiben. Mit ruhiger Stimme wandte sich der

Meuchelmörder an seinen Sohn: »Fuchsgrien und Klopfschwanz sind beide tot. Dein kleiner Plan ist gescheitert.«

Klitsch nahm einen Hammer in die Hand und schlug auf einen der Pfähle. »Ach ja? Und was war das für ein Plan, alter Mann?«

Ferago ergriff Klitschs Pfote und hielt den Hammer fest. »Der Plan, mich zu töten. Ich hab Fuchsgrien und Klopfschwanz getötet.«

»Sehr clever, da bin ich sicher.« Klitsch riss seine Pfote los und hämmerte weiter auf den Pfahl ein. »Aber ich weiß nichts von 'nem Plan, dich zu töten. Mein Plan war, Geiseln zu nehmen, und das hab ich getan. Hätt ich vorgehabt, dich zu töten, wär ich dabei nicht gescheitert. Geh mir aus dem Weg, altes Wiesel!«

Großes Ochsenauge spähte durch die Netzlöcher auf Klitsch und seine Soldaten, die Pfähle in den Sand trieben. »Was würde ich nicht alles geben, um zwei Minuten mit diesem bösen kleinen Balg allein zu sein!«

»Er hat uns über den Löffel gehauen, Ochs.« Splintholz rieb sich reumütig den Kopf. »Ich frage mich, was sie für uns vorbereiten.«

Ein Frettchen stach mit einem Speer auf ihn ein und lachte böse. »Das würdest du wohl gern wissen! Schlaf gut. Du wirst es morgen rausfinden!«

33

Die Joseph-Glocke läutete traurig an diesem ruhigen Sommermorgen. Traute Dickicht saß auf der Westtreppe und schluchzte leise in ihre geblümte Schürze. Ihr Mann Hektor saß neben ihr und stützte sein Kinn auf seinen Gehstock, während er mit tränenfeuchten Augen über das Gelände der Abtei starrte. »Der alte Burrell. Ich kann nicht glauben tun, dass er tot ist. Nicht Burrell, mein bester Kellergenosse. Wer hilft mir jetzt, Oktoberbier zu brauen und diese kleinen Fässer mit Beerenwein zu rollen?«

Traute schniefte laut, als sie sich die Augen trocknete und aufstand. »Oh, dieses schreckliche Trockengrabenfieber. Was haben wir nur falsch gemacht, dass das Schicksal es über unsere Abtei gebracht hat? Der arme Burrell, er war so ein sanfter alter Maulwurf. Nun ja, mit Tränen lässt sich nichts wiedergutmachen. Ich sollte mich lieber an die Arbeit machen. Es gibt Mittagessen zu kochen und kranke Tiere zu versorgen. Bleib nicht zu lange hier draußen sitzen, mein Hektor. Mach ein Nickerchen in deinem Sessel. Du bist noch nicht gesund genug, um schon wieder auf den Pfoten zu sein.«

Hektor stützte sich wackelig auf seinen Gehstock und humpelte neben Traute zur Abtei. »Ich geh in den Keller und leg mich zwischen die Fässer. Dort haben ich und Burrell an vielen Nachmittagen gesessen und geplaudert. Oh, bieg mir einer die Stacheln grade! Ich wünschte, es hätte mich erwischt und nicht den guten alten Maulwurf.«

Die Tür der Abtei öffnete sich und der Steigerwurf kam mit seiner Mannschaft heraus. Sie trugen das traurige kleine Bündel, das ihren Freund Burrell enthielt. Der Steigerwurf wischte sich mit einem gefleckten Tuch über die Augen und reckte den beiden Igeln respektvoll die Schnauze entgegen. »Burr, es is 'n traurige Mosche, meene liebe Freind. Mer wer'n de ale Burrell am späte Nachmittach zur Ruh bette. Werder's jedem Tier inner Abtee sag'n?«

Hektor tätschelte das Bündel und nickte geknickt. »Danke, Steigerwurf. Ich lasse es alle wissen. Sie werden sicher dabei sein wollen, wenn Burrell seine letzte Ruhe findet. Er wurde von allen sehr geliebt.«

In der Infirmerie und auf der oberen Galerie waren alle Betten gefüllt. Äbtissin Lebewohl und Furgel, der Einsiedler, standen besorgt um Bruder Winterbeere herum, betupften seine Stirn und rieben seine Pfoten. Winterbeere lag still da, sein altes Gesicht war eingefallen und aschfahl.

Lebewohl fummelte gedankenverloren an ihrem Gürtelband herum. »Oh, Furgel, könnt Ihr nichts tun, um ihn zu wecken?«

»Ich wünschte, ich könnte es, Äbtissin.« Der Waldwühlmaus-Einsiedler zuckte hilflos mit den Schultern. »Winterbeere ist in tiefer Bewusstlosigkeit. Ich kenne mich mit solchen Dingen nicht aus. Wenn er noch tiefer abgleitet, werden wir ihn sicher verlieren.«

Bremmun stemmte sich schwach aus seinen Kissen. »Ooooh, mir tut alles weh! Denkt nicht einmal daran, Bruder Winterbeere zu verlieren – nur er weiß, wie man die Medizin mischt, die uns alle am Leben erhält. Wenn er geht, wer soll es dann noch schaffen?«

Trugan hatte die Stirn des kleinen Druni abgewischt. Sie eilte herbei und brachte Bremmun zum Schweigen. »Sprich nicht so laut, Eichhörnchen. Diese kranken Tiere haben schon genug Sorgen, auch ohne dass du eine Panik auslöst!«

Äbtissin Lebewohl griff flehend nach der Pfote der Otterin. »Du weißt sicher, wie man die Medizin herstellt, Trugan. Du hast die Kräuter für Bremmun gesammelt. Er hat dir doch bestimmt gesagt, wie man sie zusammenmischt.«

»Oh, Äbtissin, Gnädigste, ich wünschte, er hätte es getan.« Trugan schüttelte traurig den Kopf. »Ich kann Kräuter finden und pflücken, aber aus ihnen Medizin machen kann ich nicht.«

Druni, das Maulwurfskind, wachte auf und begann zu weinen. »Wohoho is meen ale Onk'l Burrell? Burrhurrhurrhurr.«

Trugan beeilte sich, den kleinen Kerl zu trösten, seine Tränen zu trocknen und ihn zu beruhigen. »Na, na. Ganz ruhig, kleiner Maulwurf. Onkel Burrell ist fortgegangen, aber du wirst ihn in einer sonnigen Jahreszeit wiedersehen.«

Äbtissin Lebewohl schwankte leicht, schlug sich eine Pfote vors Gesicht und brach mit einem dumpfen Schlag auf dem Boden der Galerie zusammen. Traute Dickicht war gerade mit einem Krug Suppe und ein paar Schüsseln eingetroffen. Sie stellte das Tablett ab und eilte hinüber, um ihrer alten Freundin zu helfen. Die Äbtissin lag bewusstlos da.

»Oh, um Himmels willen, bitte helft ihr doch!« Traute sah sich hektisch um.

Trugan hob die gebrechliche Gestalt in ihre starken Pfoten. »Gute Güte, ich wusste, dass es so kommen würde. Sie rennt hier herum und kümmert sich um alle Tiere, nur nicht um sich selbst. Furgel, für mich sieht das wie einer dieser Ohnmachtsanfälle aus. Was denkt Ihr?«

Der Einsiedler brauchte nur einen Blick, um seine schlimmsten Befürchtungen zu bestätigen. »Oh weh! Das ist das Schlimmste, was jetzt passieren konnte.«

Trugan sah sich um und kaute besorgt auf ihrer Lippe. »Es gibt hier kein einziges freies Bett für sie.«

»Oh doch, das gibt es.« Traute Dickicht senkte ihre Stimme auf ein Flüstern. »Burrells Bett im Schlafsaal ist noch immer leer. Wir sollten die arme Lebewohl dorthin bringen.«

Im Schlafraum war es still. Hastig legte Trugan Äbtissin Lebewohl auf das Bett und eilte umher, um nach den Patienten zu sehen. Sie waren alle in eine tiefe Ohnmacht gefallen, mit Ausnahme von Knospe, dem Mausemädchen, die ihre komatöse Schwester Turzel kraftlos schüttelte und leise weinte. »Wach auf, Turzel. Bitte, bitte wach auf.«

Auf der Treppe waren Pfotenschritte zu hören. Trugan und Traute drehten sich um und sahen Furgel in der Tür stehen.

»Äh, äh, die Medizin ist gerade ausgegangen und äh, äh ...« Der Einsiedler stand mit einer leeren Medizinschüssel in der Tür, bis Traute Dickicht sie ihm ungeduldig entriss.

»Meine Güte, Herr Furgel, hört auf zu stammeln. Gibt es etwas, das Ihr uns zu sagen habt?«

Er seufzte und setzte sich auf den Boden. »In der oberen Galerie wird noch ein Bett frei. Wir haben Bremmun gerade verloren.«

Trugan schüttelte den Kopf. »Aber das ist doch nicht möglich. Ich habe eben noch mit Bremmun geredet. Oh, sagt mir, dass er nicht tot ist, Furgel!«

Der Einsiedler schüttelte den Kopf. »Ich wünschte, ich könnte es, Gnädigste. Ich habe ihm die Stirn abgetupft, als er mir in die Augen sah und sagte, er sei müde. Dann hat er sich einfach auf den Rücken gedreht, die Augen geschlossen und ist gestorben.«

Traute Dickicht setzte sich auf den Boden. Ihr Gesicht war schreckensbleich. »Oje, das bedeutet, dass nur noch wir drei und mein Hektor unten im Keller übrig sind, die nicht vom Trockengrabenfieber befallen sind. Wir sind die Einzigen, die in der Rotwall-Abtei noch auf den Pfoten sind!«

Trugan wischte sich den Schweiß von der Stirn und setzte sich auf das Bett, auf dem Äbtissin Lebewohl lag.

Traute Dickicht war im Nu an ihrer Seite. »Trugan, geht es dir gut, meine Liebe?«

Die Otterin stand taumelnd auf und ging zum Fenster. »Ja, ich brauche nur ein bisschen frische Luft. Helft mir mit dem Fensterriegel, Herr Furgel, ich fühle mich schwach wie ein Otterwelpe.«

»Rotwaaaaaaallllll!«

»Große Eicheln, was war das?« Traute Dickicht richtete sich auf dem Boden des Schlafsaals kerzengerade auf.

Trugan sank neben ihr nieder. »Jetzt weiß ich, dass ich das lästige Trockengrabenfieber habe – ich sehe Dinge. Ich habe gerade gesehen, wie der kleine Dummel an diesem Fenster vorbeigeflogen ist!«

Furgel hüpfte auf und ab und klopfte auf die Fensterbank. »Ich kann ihn auch sehen! Er sitzt in einem Rucksack und der größte Vogel der Welt trägt das Ding in seinen Krallen!«

Traute Dickicht und Trugan stürmten die Treppe hinunter zum Haupttor und schrien laut.

»Mord! Hilfe! Ein großer Vogel hat den kleinen Dummel erwischt!«

»Egal wie groß der Vogel ist, ich drehe ihm den Hals um, wenn er dem Kleinen auch nur ein Haar krümmt!«

Hektor Dickicht eilte aus dem Keller und humpelte mit seinem Stock hinter ihnen her. »Ist die Lage nicht schon schlimm genug, auch ohne dass wir von großen Vögeln angegriffen werden?«

Der Wilde König Phürchterlich schlug mit seinen riesigen Flügeln, als er den Rucksack vorsichtig auf dem Rasen der

Rotwall-Abtei absetzte. »Oh, du hast mich nit erzählt, dass de in so 'nem dolle Nest wohnst, Dummel!«

Das Kind stolperte aus dem mit den Blumen von Eistor vollgestopften Rucksack. »Das is kein Nest, Vöglein, das is 'ne Abtei namens Rotwaaaaaallllll!«

In der Inselhöhle lauschte Mara gespannt der Geschichte, die Lehmauge erzählte.

»Mein Sohn Erdhund war der stärkste und weiseste Dachs in allen Südwestlanden und seine Frau Erdläuferin war berühmt für ihre Schönheit und Sanftmut. Sie regierten und beschützten den Südwesten und wurden von allen geliebt. Erdhunds Vater Erdklaue war schon seit vielen Jahreszeiten tot. Ich war allein und es gab Ärger im Land, also nahm mich Erdhund bei sich auf. Es war Herbst und Erdläuferin hatte zwei wunderschöne Dachsjunge zur Welt gebracht, männliche Zwillinge – wir nannten sie Erdweiß und Erdstreif. Der Ärger kam in Gestalt von Ferago dem Meuchelmörder und seiner Bande von Leichenmachern. Er war jung und böse, ein blauäugiges Wiesel, das zum Vergnügen mordete und eine Armee von Gesindel hinter sich hatte.

In jenem Winter waren die Kleinen gerade mal eine Jahreszeit alt, der Schnee war tief und das Wetter rau. Wenn ich gewusst hätte, dass Ferago in der Nähe des Hauses meines Sohnes war, wäre ich an diesem Tag nie in den Wald gegangen, um Schneeglöckchen zu sammeln. Aber ich glaube, dass mein Sohn eine Art Treffen mit Ferago arrangiert hatte. Es war Erdhund, der mich bat, die Schneeglöckchen für seine

Frau zu sammeln, obwohl ich jetzt weiß, dass er das nur tat, um mich aus dem Haus zu locken, damit ich Ferago nicht angreifen würde – ich war ein mächtiger Kampfdachs, als ich jünger war.

Wie dem auch sei, ich ging in die Winterwälder, um Schneeglöckchen zu sammeln. Als ich zurückkam, fand ich ein schreckliches Bild vor. Das schöne Haus war verwüstet, mein Sohn Erdhund lag tot da, ermordet von dem Blauäugigen, und auch seine Frau Erdläuferin war grausam erschlagen worden. Von den beiden Kleinen war nur noch das weiße, Erdweiß, übrig. Was aus Erdstreif wurde, habe ich nie erfahren. Hatte Ferago ihn verschleppt? Oder war er in die Wälder gestolpert, wo er im eisigen Winter erfroren war? Ich habe es nie erfahren, bis du heute hierhergekommen bist, Mara. Das Schicksal hat dich hergeschickt, um mir zu sagen, dass mein Enkel noch lebt. Ich hätte es wissen sollen, er war ein zähes kleines Ding, mehr wie sein Großvater, wild und kriegerisch. Er musste irgendwie überlebt haben.

Erdweiß ist wie kein zweiter. Er kann manchmal sanft sein, aber wild, wenn es sein muss. Ich habe ihm oft erzählt, was passiert ist, und gehofft, dass er eines Tages die Chance haben würde, den Tod seiner Eltern zu rächen. An jenem Wintertag floh ich und nahm Erdweiß mit mir. Wir zogen viele Jahreszeiten durch die Wälder. Dabei trafen wir unsere gute Freundin Aschnin – sie war die Sklavin umherziehender Füchse. Ich bekämpfte die Füchse und befreite sie, dann taten wir drei uns zusammen auf der Suche nach Frieden und einem besseren Leben. An einem Sommertag vor vielen

Jahreszeiten fanden wir es hier, ein Inselparadies, in dem wir bis heute in Sicherheit leben.«

Mara berührte die Pfote der alten Dachsdame. »Warum vergisst du die Vergangenheit nicht und bleibst hier, Lehmauge?«

»Weil du die Vergangenheit durch unsere Tür hereingebracht hast und weil mein Enkel und ich beide Dachse sind, kämpfende Tiere. Außerdem, wie könnte ich hierbleiben, wenn ich weiß, dass mein Enkel vielleicht in den Landen am großen Meer um sein Leben kämpft? Wenn du gehst, werden wir mit dir gehen, übermorgen.«

Patsch blickte von seinem Kirschsirup auf. »Warum übermorgen, Gnädigste?«

»Weil sich ein großer Sturm zusammenbraut. Er wird morgen über den See ziehen und den ganzen Tag über wird nichts mehr auf die Insel kommen oder sie verlassen können.«

Mara erhob sich. »Ich muss gehen und Flößer-Stößer Bescheid sagen, damit er die Einbäume in Sicherheit bringen kann.«

Aschnin, das alte Eichhörnchen, ergriff das Wort. »Das wäre sehr klug. Der Felsvorsprung, auf dem sie ihr Lager aufgeschlagen haben, wird von den schweren Wellen des Sturms überschwemmt werden. Geh und wecke Erdweiß. Er wird die Boote für dich in die Wälder hinaufschleppen. Sag deinen Spitzmausfreunden, sie sollen zu uns kommen, bis es Zeit zum Aufbruch ist – ich würde gern wissen, mit welchen Tieren ich an die Küste des großen Meeres reisen werde.«

»Du fährst auch mit, Gnädigste?« Patsch war überrascht.

Das alte Eichhörnchen holte einen Bogen und Pfeile aus der Kaminecke. »Ja, das werde ich, junger Mann. Ich habe in meinem Leben noch nie einen guten Kampf verpasst. Außerdem bin ich eine Scharfschützin!«

Patsch rieb sich den Kopf, wo die Kirschkerne ihn getroffen hatten. »Dafür kann ich mich verbürgen, Gnädigste.«

Flößer-Stößer und die Gusim-Spitzmäuse schrien erschrocken auf, als ein großer weißer Dachskopf über die Klippen linste.

Doch dann seilte sich Patsch Pfote um Pfote ab. »Keine Panik, Jungs. Das ist der alte Erdwasauchimmer, ein Freund von uns. Er hat angeboten, die Boote auf eine höhere Ebene zu ziehen, denn morgen soll es einen heftigen Sturm geben und der ganze Felsvorsprung, auf dem ihr steht, wird unter Wasser stehen. Hey, Mara, komm runter und zeig dem alten Flößer-Dings, was du für ihn mitgebracht hast!«

Mara glitt das Seil hinunter. Ohne ein Wort hängte sie den Schwarzstein um Flößer-Stößers Hals. Sofort reckten alle Gusim-Spitzmäuse ihre Pfoten in die Luft und stießen ein mächtiges Gebrüll aus.

»Flößer-Stößer, Flößer-Stößer, Flößer-Stößer!«

Eine nach der anderen zogen sie an ihrem Anführer vorbei, berührten den Schwarzstein und verbeugten sich respektvoll. Es gab nicht den geringsten Zweifel mehr, wer der unumstößliche Anführer der Gusim war.

Flößer-Stößer umklammerte Maras Pfoten mit seinen. »Das werde ich nie vergessen, Mara.« Seine Stimme zitterte vor Rührung. »Egal zu welcher Zeit, an welchem Tag oder zu welcher Jahreszeit, ich stehe dir zu Diensten.«

Nordo legte seine Pfoten auf die seines Vaters. »Und ich auch. Mara, teure Freundin, wir können dir nicht genug danken!«

Das Dachsmädchen lächelte die beiden an. »Dann spart euch eure Worte, Freunde. Zeigt es mir durch eure Taten, wenn wir den Salamandastron erreichen und uns den Horden von Ferago stellen!«

Der weiße Dachs versetzte die Gusim in großes Erstaunen. Sie sahen mit offenem Mund zu, wie er seine riesigen Pfoten um den beschädigten Einbaum schlang. Erdweiß spannte die Muskeln an und hob das gesamte Boot mit einem kurzen Ächzen hoch. Er trug es fünf Schritte weit und legte es dann auf den Böcken ab, die sie für die Reparatur aufgestellt hatten.

Nordo berührte zögernd die kräftigen Muskelstränge und Sehnen, die sich durch das schneeweiße Fell des Dachses abzeichneten. »Beim Logbuch des Boots meines Vaters! Es hätte mindestens fünfzehn Spitzmäuse gebraucht, um auch nur eines unserer Boote zu bewegen. Du hast die Kraft eines Riesen, Erdweiß!«

Der große Dachs lächelte und warf sich in die Brust. Er war ein simpel gestricktes Geschöpf und genoss die Bewunderung der Spitzmäuse.

Lehmauge holte ihn unsanft auf den Boden der Tatsachen zurück, als sie zu Nordo sagte: »Ja, mein Enkel hat Kraft, mehr noch, als er bisher eingesetzt hat, aber er hat auch einen entsprechenden Appetit. Er könnte eurem Stamm das Fell vom Kopf fressen. Ihr solltet mal versuchen, ihn eine Jahreszeit lang durchzufüttern – er ist ein Fass ohne Boden.«

Flößer-Stößer wusste alles, was es über Boote zu wissen gab. Patsch sah ihm zu, wie er das beschädigte Boot mit Geschick reparierte. Der Anführer der Spitzmäuse nahm einen Dolch mit Sägeklinge und schnitt das feuchte, gesplitterte Holz aus der Bootswand. Mit feuchtem Lehm und Kiefernzapfen fügte er ein sauber zugeschnittenes Stück Eiche in die Lücke ein, bettete es mit Lehm ein und bohrte mit einem glühenden Rapier in das Holz, bis die Zapfen das neue Stück fest verankerten. Er nahm einen Topf mit blubberndem Kiefernharz vom Feuer und trug mehrere dicke Schichten auf, um sein Werk wasserdicht zu machen.

Patsch lehnte sich zurück, um die Reparatur zu bewundern. »Ich muss sagen, gute Arbeit, nicht wahr. Ich wette, das alte Boot fährt jetzt wieder so schnell wie am ersten Tag, Flößer-Dings.«

Flößer-Stößer tauchte seinen Pinsel in den Harztopf. »Das wird es bestimmt, Patsch, mein Freund. Dieses Kiefernharz ist ein wunderbarer Kleber – man sagt, dass zwei Schichten davon um das Maul eines Hasen gestrichen ihn davon abhalten, zu viel zu schnattern und zu essen. Halt jetzt still, während ich es an dir ausprobiere!«

Das ganze Lager brüllte vor Lachen, als Flößer-Stößer Patsch um das Boot jagte und dabei den Harzpinsel schwang.

»Geh weg, du schimmeliger alter Dreckskerl«, johlte der junge Hase, während er sich duckte und herumwirbelte. »Probier das Zeug am alten Bäuchlein aus. Er braucht es dringender als ich!«

Aschnin hüpfte gackernd herum. »Schnapp ihn dir, Flößer-Stößer. Dieser Patsch frisst mehr als Erdweiß und Schmerbauch zusammen. Ich sollte es wissen – ich hab ihnen heute das Mittagessen serviert.«

34

Durch die Vorhänge des sturmgepeitschten Regens beobachteten Alfo und Arula den Kampf vom Einbaum aus, der auf der wogenden Oberfläche des Großen Sees schaukelte und schlingerte. Nur Samkims Gewandtheit rettete ihn vor Todfeger. Der Fuchs war ein erfahrener Kämpfer und setzte Martins Schwert geschickt ein. Samkim war in der Defensive und bemühte sich verzweifelt, jeden Hieb mit seinem leichten Spitzmausrapier zu parieren. Die übrigen Fährtenleserratten klammerten sich grimmig an die Seite des Boots, stumme Zuschauer des Duells. Stahl prallte auf Stahl.

Während er mit dem sturmgepeitschten Boot auf und ab schaukelte, hielt Samkim seine Waffe in beiden Pfoten und versuchte krampfhaft, der immer wieder hervorschnellenden Spitze und Schneide des glitzernden Schwerts zu entgehen.

Todfeger verfolgte ihn über die gesamte Länge des Boots, hackte und stach zu, bis das junge Eichhörnchen am Bug gefangen war und nicht mehr ausweichen konnte. Die Zähne bösartig gefletscht, schlug der Fuchs mit aller Kraft auf das mickrige Rapier ein, das dem Todesstoß des Schwerts im Weg stand. Mit einem ausladenden Hieb schlug er auf die ausgestreckte Waffe – und das Rapier brach mit einem metallischen Klirren am Griff ab.

»Paddelt de Boot rübber«, rief Arula laut. »Helft Sankin!«

Die drei Einbäume schoben sich vorwärts, während die Gusim wie wild gegen die wachsenden Wellen anpaddelten.

Als Todfeger das Schwert über seinen Kopf hob, trat Samkim instinktiv mit beiden Pfoten zu. Er erwischte den Fuchs am Unterbauch und schleuderte ihn auf den Boden des Boots.

Todfeger richtete sich schnell auf und knurrte: »Ich werd deinen Schwanz als Kopfschmuck tragen, nachdem ich dich erschlagen hab!«

Der Bug von Alfos Einbaum traf das Gefährt des Fuchses mittschiffs. Er taumelte und kämpfte um sein Gleichgewicht, während die beiden anderen Boote näher kamen.

Samkim sah seine Chance. Den Griff seines Rapiers noch immer in der Pfote, sprang er auf und schlug Todfeger gegen den Kiefer. Der Fuchs wirkte überrascht, als er mit dem Schwert in der Hand über Bord ins regengepeitschte Wasser stürzte.

Plötzlich kam der Tiefseewickler, stieg wie ein Ungetüm aus der Tiefe auf und erzeugte einen gewaltigen Strudel. Der furchterregende Kopf durchbrach die Oberfläche. Wasser strömte herab, als das grässliche Maul aufklaffte.

Todfeger stieß einen gurgelnden Schrei aus, als sich das Maul des Ungeheuers um seine Taille schloss und das Schwert aus seinen leblosen Pfoten ins Wasser fiel.

Ohne nachzudenken, stürzte sich Samkim kopfüber ins Wasser und schnappte sich das Schwert, sobald der Fuchs es losließ.

Arula war nur wenige Zentimeter vom Kopf des Tiefseewicklers entfernt. Sie schwang ihr Paddel mit beiden Pfoten, schlug mit der Kraft der Panik zu und rammte es ihm ins Auge. Sofort schoss das gigantische Reptil wieder unter die Wasseroberfläche. Zweigert und Alfo packten Samkim an den Ohren und hievten ihn zurück in den Einbaum.

Ohne Vorwarnung brach der Tiefseewickler erneut durch die Oberfläche. Die vier Einbäume standen aufrecht auf ihrem Heck, als das mächtige Ungetüm das Wasser zwischen ihnen aufwarf.

Jedes Tier an Bord der Boote wurde in den See geschleudert.

Inmitten des treibenden Sturms aus Wind und Regen begann der Tiefseewickler sein Morden in den Kämmen und Tälern der wogenden Wellen.

Samkim klammerte sich grimmig an das Schwert. Zum zweiten Mal innerhalb weniger Augenblicke wurde er gerettet, als Arula ihn auf den Rumpf eines umgestürzten Boots zerrte. Kreischende und schreiende Tiere klammerten sich an die gekenterten Einbäume, während der Tiefseewickler unter ihnen wütete. Seine dicken Windungen peitschten und krachten in alle Richtungen. Der grau-weiß schäumende See färbte sich rot, als Reihen rasiermesserscharfer Zähne und der wild umherpeitschende Schwanz alles, was sich bewegte, zerfetzten, zerrissen, betäubten, töteten und ertränkten.

Zweigert brüllte vor Schmerz, als sich die tödlichen Kiefer um seinen Rücken schlossen. Samkim schnitt ein Stück Fleisch aus dem sich aufbäumenden Hals vor ihm. Die Kreatur zischte, öffnete ihr Maul und ließ den Igel los, während sie sich dem jungen Eichhörnchen zuwandte. Samkim erhaschte einen Blick auf die glitzernden Augen, als das Seemonster mit offenem Maul auf ihn zukam, dann trieb er rücksichtslos seine Klinge zwischen den Zähnen hindurch und in den Gaumen des Tiefseewicklers.

»Rotwaaaaaallllll!«

Arula und Alfo stürzten sich auf Samkim und zogen ihn zurück, als sich der furchterregende Kiefer mit einem beeindruckenden Aufeinanderprallen der Zähne schloss. Die drei Tiere fielen in einem Bündel in den Schiffsrumpf zurück, als der Tiefseewickler mit seiner üblichen Plötzlichkeit abtauchte.

Samkim kämpfte wie wild, um sich aus den Pfoten seiner Retter zu befreien, und brüllte über den Sturm hinweg: »Das Schwert! Das Ding hat Martins Schwert mitgenommen! Lasst mich los!«

Arula und Alfo gruben ihre Pfoten in sein durchnässtes Fell.

»Hurr, de Bestie hat dich auch fast erwischt, Sankin, aber jetz biste in Sichaheet!«

Außer sich vor Frustration und Kampfeslust biss Samkim wütend in die Pfoten seiner Freunde. »Lasst mich los, ich muss das Schwert holen! Dumme Spitzmaus, tollpatschiger Maulwurf, lasst mich los!«

Samkim sah das Paddel, das Arula gegen seinen Kopf schwang, erst, als es zu spät war. Sterne explodierten in seinem Gehirn, dann fiel er plötzlich durch rauschende Dunkelheit.

Es war Nacht, als Samkim wieder zu sich kam. Der Regen hatte aufgehört, aber der Nordostwind fegte noch immer über den See. Er lag auf dem Rücken auf dem Boden eines Einbaums und beobachtete, wie der Wind Wolken über das Gesicht des blassen Mondes jagte. Ein kühles, feuchtes Tuch wurde auf seinen Kopf gedrückt. Es milderte den nagenden Schmerz, der in seiner Schläfe pochte. Samkim stöhnte und versuchte, sich aufzurichten.

Alfo drückte ihn nicht allzu sanft wieder nach unten. »Sei still, du wildes Eichhörnchen. Ich versuche, die Beule an deinem Schädel zu verkleinern. Wie geht es dir?«

Samkim schloss die Augen und das Pochen ließ etwas nach. »Oh! Heftige Kopfschmerzen, das ist alles, was ich spüre. Was ist passiert, Alfo? Ich kann mich nicht mehr an viel erinnern.«

Der Spitzmäuserich hielt einen Becher mit Wasser in der Hand, während Samkim langsam trank. »Hm, du kannst dich nicht erinnern, was? Nun, lass mich dein Gedächtnis auffrischen, obwohl ich nicht weiß, ob du den Worten einer dummen Spitzmaus traust. Oder willst du vielleicht den tollpatschigen Maulwurf fragen?«

Arula beugte sich über das Gesicht ihres Freundes und zwinkerte ihm grinsend zu. »Hast mich ›tollpatsch’ge

Maulwurf‹ ’nannt, hurr hurr. Ich hab dir mit ’m Paddel eens druff’gebe! Sankin, du warst wie ’ne schrecklich wilde Bestie. Hast schlimme Ding übber uns g’sagt.«

Das junge Eichhörnchen zuckte zusammen, als die Erinnerungen zurückkehrten. »Arula und auch du, Alfo, verzeiht mir, was ich gesagt habe, ich war getrieben von dem Gedanken, Martins Schwert auf diese Weise zu verlieren. Es tut mir leid.«

»Du bist ’n verrückte Kerl, aber du bist meen beste Kumpel.« Das Gesicht des Maulwurfmädchens verzog sich zu einem freundlichen Lächeln.

Arula betupfte weiter Samkims Stirn mit dem feuchten Tuch und Alfo erklärte, was passiert war, während Samkim bewusstlos gewesen war.

»Der Tiefseewickler ist abgetaucht und nicht wieder aufgetaucht, zumindest bis jetzt nicht. Wir haben sechs Spitzmäuse, alle Ratten und ein Boot verloren. Ich kann dir sagen, es war nicht gerade lustig, in diesem Sturm drei Boote aufrecht zu halten und gleichzeitig dich und Zweigert über Wasser zu halten …«

Samkim schob das Tuch beiseite und setzte sich auf. »Wo ist Zweigert? Geht es ihm gut?«

Alfo deutete zu einem der anderen Boote hinüber. »Er ist dort drüben. Wir können nicht wirklich beurteilen, wie schwer das arme Tier verletzt ist. Wenn es hell wird, werden wir nach ihm sehen. Keine Sorge, meine Gusim kümmern sich um ihn, so gut sie können. Ruh dich jetzt aus und versuch zu schlafen. Unsere Lage ist nicht besonders gut – wir haben den ganzen Proviant verloren und der Wind treibt uns sehr schnell voran, aber keiner weiß, wohin. Es hat keinen Sinn, zu paddeln oder dagegen anzukämpfen. Zurücklehnen und ausruhen – das ist alles, was wir tun können. Wenigstens hat der Regen aufgehört und das schreckliche Ungeheuer ist nicht wieder aufgetaucht.«

Es war eine lange Nacht. Völlig erschöpft, nass und zitternd im stürmischen Wind rollten sie sich auf dem Boden der dahinrasenden Einbäume zusammen und versuchten, die Wellen zu ignorieren, die über die Bordwände schwappten, während sie durch die stürmische Dunkelheit getrieben wurden.

Samkim war der Erste, der im Morgengrauen erwachte. Seine Kopfschmerzen waren verschwunden und er fühlte sich viel besser. Er blieb noch eine Weile liegen und genoss die leichte Wärme des frühmorgendlichen Sonnenlichts.

Alfo, Arula und die anderen schlummerten noch friedlich, als Samkim sich langsam aufsetzte und sich umsah. Der Wind hatte nachgelassen und die Wolken waren verschwunden. Der See war ruhig, spiegelglatt und still und die drei Einbäume ruhten Seite an Seite auf der friedlichen Oberfläche des großen Gewässers. Kleine Wellen entstanden, als Samkim seine Pfoten eintauchte, um das klare Seewasser zu trinken.

»Ich würde ein ganzes Wespennest für einen Schluck davon geben. Kannst du mir was davon bringen, Junge?«

Zweigert lehnte mit dem Kopf am Bootsrand, während er Samkim beim Trinken zusah. Das junge Eichhörnchen fand einen Becher und füllte ihn. Vorsichtig trat es über schlafende Spitzmäuse hinweg und der Einbaum schwankte leicht, als es auf das andere Boot kletterte. Den Kopf des alten Igels in seinen Schoß gestützt, hielt Samkim den Becher an seine Lippen. »Mach langsam, Zweig – nur kleine Schlucke, versuch nicht, es hinunterzustürzen. Na, wie fühlst du dich heute, du alter Fliegenfresser?«

Das Wasser tropfte aus Zweigerts Mund, als er müde lächelte. »Bist ein guter Junge und ich will dich nicht beunruhigen.«

Samkim wischte seinem Freund den Mund ab. »Warum, was ist denn los?«

»Es tut mir wirklich leid, dass ich nicht länger bleiben kann.« Zweigert hielt sich schwach an Samkims Pfoten fest, während er sprach. »Nein, sei still und hör mir zu. Das Monster hat mich gefressen wie 'ne fette, saftige Libelle. Versuch nicht, mich umzudrehen und meine Hinterseite anzusehen, Samkim – bin völlig zerfetzt.« Zweigert bewegte sich leicht und verzog sein Gesicht vor Schmerz. »Urghhh! Ich wünschte, ich hätte mit den Pfoten auf festem Grund abtreten können. Nicht so schlimm. Ist ein schöner Morgen und ich liege in den Armen eines Freundes.«

Arula und Alfo wurden durch das Schluchzen von Samkim geweckt. Zusammen mit den drei Bootsbesatzungen beobachteten sie schweigend, wie das junge Eichhörnchen sich vor und zurück wiegte. Ungeachtet der Stacheln des Igels hielt Samkim den schlaffen Körper von Zweigert, als würde er einen Säugling pflegen, und die Tränen rannen über sein Gesicht auf die faltigen alten Pfoten.

»Er sagte, er wolle einen Sommerwald finden, voller Wespen und fliegender Insekten. Dann lächelte er mich einfach an und, und ... Oh, mein armer alter Freund!«

Arula und Alfo kletterten hinüber. Gemeinsam hielten sie Samkim und Zweigert fest und spendeten ihm Kraft durch die Berührung ihrer Pfoten, vereint in ihrer Trauer über den Tod eines väterlichen Tiers, das alles für sie gegeben hatte.

35

Unterstützt von hundert bewaffneten Tieren, schritten Klitsch und Ferago mutig über den sonnengewärmten Sand auf den Salamandastron zu. Der goldene Dachsorden wippte auf der Brust des Meuchelmörders und reflektierte die heiße Sommermorgensonne.

Erdstreif beobachtete sie von einem nicht verbarrikadierten Fenster aus. Er stützte seine riesigen Pfoten auf das Fensterbrett und seine Augen starrten auf den glänzenden Orden, während er versuchte, sich an ein längst vergangenes Ereignis zu erinnern.

Die beiden Wiesel setzten sich in Rufweite des Dachsherrschers in den Sand. Essen und Trinken wurde von Migru und Fidel vor sie gestellt und sie aßen und tranken geräuschvoll, verschütteten Wasser im Sand und kauten achtlos auf Brot und einem gebratenen Fisch aus dem Meer herum, spuckten die Gräten aus und warfen die Krusten weg. In Feragos blauen Augen lag eine Spur von spöttischem Mitleid, als er

Erdstreif zurief: »Schade, dass du uns nicht Gesellschaft leisten kannst, Dachs. Essen und Trinken müssen euch in eurem Berg inzwischen ausgehen.«

Erdstreif bemühte sich, seine aufsteigende Wut unter Kontrolle zu halten. »Hör mir zu, Abschaum! Das Einzige, was ausgehen wird, wird dein Atem sein, wenn ich meine Pfoten um deinen elenden Hals lege!«

Klitsch warf einen Tonbecher. Er zerschellte an den Felsen, während er verächtlich rief: »Du hast gut reden, Streifenhund, aber Worte haben noch nie einen Krieg gewonnen!«

Rasch holte Erdstreif seinen Langbogen hervor. Er legte einen Pfeil an und spannte die Sehne. »Hier, das ist für dich, kleine Rotznase!«

Klitsch sprang auf. Er zog sein Wams auf, um seine schmale Brust freizulegen, und forderte den Dachs heraus. »Schieß doch! Mach schon, töte mich! Aber sobald du deinen Pfeil loslässt, tötest du zwei deiner eigenen Tiere. Wirf mal einen Blick auf die Flutlinie, du großes, dummes Vieh!«

Großes Ochsenauge und Feldwebel Splintholz lagen ausgestreckt auf dem feuchten Sand unterhalb der Flutlinie und Krabbenauge und Schlimmzahn hielten Speere an die Kehlen der beiden Hasen.

Erdstreif musste lange und genau hinsehen, bevor er verstand, was da vor sich ging. Es war ziemlich weit weg, zu weit, um mit dem Bogen zu schießen. Der Dachsherrscher nahm den Zug aus der Bogensehne und zog den Pfeil zurück. »Was wollt ihr?«

»Eigentlich nichts.« Klitsch lutschte an einer Fischgräte und schnippte sie weg. »Wir können hier draußen sitzen, bis ihr hier alle verhungert, und um die Sache ein bisschen interessanter zu machen, könnt ihr zusehen, wie eure beiden besten Hasen bei jeder Flut gründlich gewaschen werden. Wenigstens sterben sie sauber.«

Fassungslose Wut zeichnete sich auf den gestreiften Zügen des Dachses ab. »Dann sagt mir, was ihr von mir wollt. Was wollt ihr?«

Ferago holte sein langes Abhäutemesser heraus und begann, Muster in den Sand zu zeichnen. »Als wir hier herkamen, waren wir nur hinter deinem Schatz her. Aber jetzt haben sich die Dinge geändert, wie du sehen kannst, also wollen wir jetzt den Schatz *und* deinen Berg.«

Erdstreif schüttelte vehement den Kopf. »Es gibt keinen Schatz, Wiesel, und meinen Berg werdet ihr nie bekommen, egal was für bösartige Pläne sich eure kranken Hirne ausdenken. Du wirst niemals Herr des Salamandastron sein. Niemals! Hast du mich verstanden?«

Klitsch gluckste boshaft. »Oh, wir hören dich gut, du großer Windbeutel. Aber bald wirst du von deinen Freunden Ochsenauge und Splintholz hören. Wenn die Sonne sie austrocknet und alles, was sie zu trinken haben, Meerwasser ist, wirst du hören, wie sie um Gnade flehen, nach einem schnellen Tod schreien. Was wirst du dann tun, hm?«

Ochsenauge schloss die Augen gegen die Vormittagssonne. Seine ausgetrockneten Lippen leckend, sah er zu

Splintholz. »Unterhalten die sich immer noch da oben am Berg, Splint?«

Der Feldwebel versuchte, den Kopf zu heben, aber das Seil um seine Kehle zog sich zusammen. Mit einem Seufzer lehnte er sich zurück. »Es nützt nichts, ich kann nichts sehen, Ochs, aber ich sage dir, wenn ich Erdstreif wäre, würde ich mir Klitsch und Ferago holen, sobald sie nah genug wären, und uns beide vergessen.«

Migru drohte ihnen mit seinem Speer. »Haltet's Maul, alle beide!«

Großes Ochsenauge zwinkerte ihm zu. »Tu mir einen Gefallen, alter Stinker – geh zum Feuer und koch deinen schorfigen Kopf!«

»Noch ein Wort und ich schlag dich tot!« Das Hermelin berührte Ochsenauges Kehle mit der Speerspitze.

»Schlag ruhig zu, alter Knabe.« Ochsenauge schloss die Augen wieder und ignorierte Migru. »Aber wenn du unseren hübschen Köpfen auch nur ein einziges Haar krümmst, wird dich der junge Herr Klitsch von seinem Papa bei lebendigem Leib häuten lassen. Und dann wird er dich töten.«

Klitsch kam heran und baute sich über seinen Gefangenen auf.

Ochsenauge starrte kühn zu ihm auf. »Hör mal, mein kleines, struppiges Wiesel, wenn dieser Migru uns tötet, würde es dir schrecklich viel ausmachen, ihn für uns zu töten?«

»An deiner Stelle wär ich nicht so fröhlich.« Klitsch trat den großen Hasen heftig. »Erdstreif lässt euch beide hier zum Sterben zurück. Wir haben ihm bis zum Morgengrauen Zeit gegeben, sich zu entscheiden, aber bis dahin werden ein paar Fluten über euch hinweggespült sein und die Möwen werden an euren Leichen picken.«

Ochsenauge hob leicht den Kopf und lächelte Klitsch frech an. »Die lieben kleinen Vögelchen füttern, was? Wenigstens sind wir dann noch zu was gut. Was sagst du, Splint?«

»Ja, aber ich glaube, ich würde sie lieber mit diesem Wiesel füttern – wenn sie nicht zu wählerisch sind.«

Klitsch beugte sich herab und schlug Splintholz ins Gesicht.

Der boxende Feldwebel verzog verächtlich sein zerschundenes Gesicht. »Du hast keine gute Rechte, Kleiner. Versuch's mal mit der Linken – das könnte besser gehen. Ich sag dir was: Binde mich los und ich gebe dir eine kostenlose Boxstunde.«

Bart Distelwolle und Goldstück sahen von der Spitze des Kraters aus zu. Goldstück war sehr aufgeregt, aber Bart tröstete sie auf seine lakonische Art. »Jetzt sei doch nicht so schrecklich aufgeregt, junge Goldie, ja? Ochsenauge und Splint sehen von hier sehr gut aus. Zweifellos wird Herr Erdstreif heute Nacht eine Gruppe anführen und sie retten.«

»Oh, Bart, meinst du, das wird er?« Goldstück knabberte besorgt an ihrer Lippe.

»Das versteht sich von selbst, junge Goldie. Kapital schlechtes Benehmen, das nicht zu tun, weißt du. Unser Herr würde seinen schönen alten Berg nie aufgeben, aber er ist ein prima Kerl – er würde nicht zwei seiner besten Leute in den

Klauen dieses Gesindels lassen, darauf kannst du deinen vermaledeiten Salat verwetten! Sieh an, wenn man vom Dachs spricht … Herr!« Bart nahm schnell Haltung an, als Erdstreif die Kratertreppe hinaufstieg.

»Distelwolle, mach deine Waffen bereit. Mit dabei sind du, Mondpfote, Weidenkätzchen, Meerholz, ich und ein paar andere. Wir werden heute Nacht losziehen, um Feldwebel Splintholz und Großes Ochsenauge zu retten. Goldie, du bleibst hier und bewachst mit den anderen den Berg. Keine Widerrede, Fräulein! Bart, sei eine Stunde nach Sonnenuntergang am Haupteingang bereit.«

Als Erdstreif gegangen war, wandte sich Bart an die niedergeschlagene Junghäsin: »Siehst du, ich hab's dir gesagt, Goldie – morgen früh haben wir die beiden wieder. Und jetzt zieh nicht so ein Gesicht, mein Mädchen – das steht dir ganz und gar nicht. Einige Tiere müssen hierbleiben und den Laden am Laufen halten. Löffel hoch, ich werde ein paar für dich erlegen, ja?«

Am späten Mittag brandete die Flut heran. Zum Glück für die beiden Hasen handelte es sich nicht um eine Springflut. Sie lagen ausgestreckt und das Wasser lief ihnen um den Rücken und die Pfoten.

Splintholz schüttelte mehrmals den Kopf. »Brrr, es läuft mir in die Ohren. Glaubst du, dass es noch viel höher steigt? Ich würde ungern im Meer ertrinken.«

Ochsenauge stemmte sich gegen seine Halsfessel. »Ich auch nicht, Splint. Es ist schon schlimm genug, wenn der Rücken und Schwanz eines Hasen in Salzwasser getränkt werden. Wo sind denn das stinkende Hermelin und sein Kumpel?«

»Da drüben, siehst du? Sie sitzen auf den Felsen und halten ihre Pfoten trocken.«

Ochsenauge drehte seinen Kopf zur Seite und beobachtete Migru und Fidel, die auf den warmen, trockenen Felsen saßen. Der große Hase wackelte mit der Pfote. »Freu dich nicht zu früh, Splint, aber ich glaube, ich habe meine vermaledeite Pfote befreit. Diese Dummköpfe haben wahrscheinlich nicht gemerkt, dass die Seile nur aus gedrehten Grasfasern bestehen und das Wasser sie weich und dehnbar macht. Warte mal eine Sekunde. Jetzt ist eine Pfote frei. Nun zu den anderen drei. Wie steht's bei dir, altes Haus?«

»Ich arbeite daran«, ächzte Splintholz. »Und hör auf mit ›altes Haus‹, du frecher Schurke. Du bist mindestens zwei Jahreszeiten älter als ich.«

»Eigentlich nur eine. Was für eine Taktik schlägst du vor, wenn wir uns befreit haben? Ich persönlich finde, dass dieses große Stück Treibholz eine gute Wahl wäre. Wir würden es niemals durch all das Gesindel zurück zum Berg schaffen – sie würden uns wahrscheinlich so sehr mit ihren vermaledeiten Pfeilen und Speeren durchlöchern, dass wir wie ein paar Nadelkissen aussehen würden.«

Splintholz zerrte mit seinen Pfoten an den aufweichenden Fasern. »Und was hat dieses Stück Treibholz mit alldem zu tun?«

Ochsenauge bekam eine Fußpfote frei. »Siehst du das nicht? Es ist ein ideales Boot. Sie würden nicht auf die Idee kommen, dass du in See stichst. Das ist eine großartige Flucht, Splint. Du könntest ein Stück die Küste hoch oder runter treiben, das Treibholz an den Strand steuern und dich zurück zum Salamandastron schleichen.«

Der Feldwebel schüttelte sich Wasser aus dem Ohr, während er seinen Freund aus einem Auge musterte. »Ich?«

»Ja, natürlich du! Ich finde Wasser kapital schrecklich – ich kann nicht schwimmen, weißt du. Aber ich habe dich bei deinen sportlichen Ertüchtigungen beobachtet – du bist jeden Morgen wie eine verdammte Ente geschwommen.«

Splintholz war von dieser Idee nicht sehr begeistert. »Äh, entschuldige, alter Knabe, aber was machst du, während ich auf einem Stück Treibholz herumschippere, wenn ich fragen darf?«

»Ich halte sie auf Trab, während du fliehst, du großer, tapferer Dummkopf.« Ochsenauge grinste. »Einer von uns muss es ja tun. Ich komme zu dir, sobald ich ein paar Köpfe eingeschlagen habe. Jetzt keine Widerrede, Feldwebel. Außerdem bin ich ranghöher als du – ich bin ein Leutnant, weißt du. Ich benutze den Titel zwar nie und ich hasse es, jemandem Befehle zu geben, aber so läuft der Hase nun mal. Zuerst müssen wir ein paar Waffen besorgen – mal sehen, ob wir den alten Hohlkopf und seinen Kumpel anlocken können.«

Migru war in der späten Mittagshitze eingenickt, als Fidel ihn wachrüttelte.

»Was ham die beiden Hasen vor, Kumpel? Hör sie dir an!«

Migru setzte sich auf, als die beiden Gefangenen zu schreien begannen: »Hilfe! Hilfe! Da drüben ist ein großer

Fisch, der uns fressen will! Auaaa! Geh weg! Tut was, Jungs. Es ist ein großer, fetter Fisch!«

Fidel schnappte sich seinen Speer. »Haste das gehört, Kumpel? 'n großer, fetter Fisch!«

Auch Migru hob seinen Speer auf. »Hoho, genau das Richtige fürs Abendessen. Sag's den anderen nich. Komm schon!«

Sie platschten durch das Flachwasser. Fidel war als Erster da und wedelte aufgeregt mit seinem Speer, während er rief: »Wo is der große, fette Fisch?«

Splintholz sprang wie aufs Stichwort auf und setzte das Wiesel mit einem krachenden Doppelpfotenschwung außer Gefecht. Migru blieb wie angewurzelt stehen. Besorgnis zeichnete sich auf seinem Gesicht ab. Dann gab er Fersengeld und rief: »Flucht! Die Gefangenen fliehen!«

Ochsenauges Rücken war in den nassen Sand eingesunken und er hatte Mühe, sich hochzustemmen. Als er sich mit einem saugenden Schmatzen befreien konnte, rannte er zum Treibholz und zerrte es ins Wasser. »Komm schon, Splint. Beeil dich! Bring das Ding ins Meer!«

Gemeinsam schleppten sie den schweren Baumstamm, stolperten und taumelten über Äste und Zweige, während sie ihn ins Wasser schoben und zogen.

Scharen von Gesindel kamen über den Strand gerannt, während Klitsch und Ferago ihnen hinterherschrien.

»Schnappt sie! Haltet diese Hasen auf!«

»Tötet die beiden, wenn's sein muss, aber haltet sie auf!«

Das Treibholz bekam gerade Auftrieb, als Ochsenauge seinen Freund an Bord schob. Der Feind war jetzt im seichten Wasser und raste durch die plätschernden Wellen auf sie zu.

Splintholz drehte sich um und packte Ochsenauge an der freien Pfote. »Ohne dich gehe ich nirgendwohin, Ochs!«

Großes Ochsenauge schüttelte den Kopf und lachte. »Nein, Splint, du segelst davon. Ich werde sie aufhalten. Gute Reise!«

Er schlug Splintholz mit dem Schaft des Speers, den er Fidel abgenommen hatte, unter das Kinn. Der Feldwebel lag betäubt auf dem toten Baumstamm, als Ochsenauge ihn in die Strömung schob. Als die Wellen sich zurückzogen, trugen sie das Behelfsboot ins tiefe Wasser.

Ein mageres Frettchen hatte die anderen überholt. Es watete hinaus und schwang ein Schwert. Der große Hase entwaffnete es mit einem einzigen Speerhieb. Ochsenauge schnappte sich das Frettchen und drückte seinen Kopf unter die Wellen. Seine Wut entfachte seinen Kampfgeist neu, als er den anrückenden Tieren zurief: »Kommt, Jungs, wer will als Nächstes ein schönes Bad nehmen?«

Splintholz war für den Feind unerreichbar, als das Wasser ihn in einer südlichen Kurve davontrug. Weit hinter ihm stürzte sich Großes Ochsenauge mit seinem Speer in der Pfote auf den Gegner, der durch die Wellen nach vorne drängte.

»Eulaliaaaaa!«

36

Dummel saß auf der Bettkante des kleinen Druni. Der Maulwurf hörte mit großen Augen zu, als der kleine Haselmäuserich seinen Flug in allen erfundenen Details beschrieb.

»Wussss! Wir waren gans oben am Himmel und der Adla hatte Angst, aba Dummel nich, ich hab gelacht, haha! So.«

Bruder Winterbeere öffnete langsam die Augen. »Wer ist das, den ich da lachen höre? Hat mich aus einem schönen Traum geweckt.«

Trugan war so überrascht, dass sie fast einen Becher mit der Eistor-Blumen-Mischung fallen ließ. Sie bekam ihn gerade noch zu fassen, während sie rief: »Meine Güte! Furgel, Bruder Winterbeere ist aufgewacht!«

Furgel klatschte dankbar in die Pfoten. »Oh welche Freude! Er war der Erste, der in den tödlichen Schlaf fiel und der Letzte, der wieder aufwachte. Sind alte Mauseweibermärchen nicht wunderbar? Blumen von Eistor in Quellwasser gekocht – wer hätte das gedacht?«

Traute Dickicht trottete aus der Infirmerie heran. Sie trug ein Tablett voll warmes Haselnussgebäck, jedes mit einem Klecks Buttercreme und Kastanien obendrauf. »Du liebe Zeit, backen, backen, backen! Ich habe den ganzen Tag nichts anderes getan, als zu backen, seit ihr Schlafmützen aufgewacht seid. Bruder Blasebalg, wann, glaubst du, bist du wieder fit für den Küchendienst?«

Der dicke Mönch sprang flink aus dem Bett. »Jetzt sofort, Teuerste. Ist das warmes Haselnussgebäck? Sehr gut, sehr gut. Ich habe eine Vorliebe für gut gebackenes Gebäck.«

Traute klopfte ihm auf die Pfoten. »Dann mach dich auf den Weg und back welche, du untätige Maus. Die sind für den großen Vogel. Ich selbst habe große Angst vor ihm. Hier, Dummel, bring sie deinem Freund.«

Äbtissin Lebewohl und die beiden Mausemädchen Turzel und Knospe beobachteten kichernd vom Fenster des Schlafsaals aus, wie Dummel und Druni den Wilden König Phürchterlich mit Gebäck fütterten.

»Frau Dickicht sagt, du sollst nich su viel essen, sonst bekommst du Adla-Bauchsmerzen.«

»Yurr, Dummel, ich geb dem Adla 'n G'bäck. Burr, hier haste, hurr.«

Phürchterlich hatte so ein Essen in seinem ganzen wilden Leben in den eisigen Felsen noch nie probiert. Er pickte das Gebäck vorsichtig mit seinem gebogenen Schnabel aus den Pfoten des Kleinkinds und verschlang es, wobei er die beiden kleinen Köpfe unter ihm mit Krümeln eindeckte. »Och, diese

Speis sin werklich 'n Jenuss, Dummel. Haste noch mehr von den klahne Jemüs'pastete, die de nette Igeldam jemacht hat?«

Druni kniff die Augen zusammen, bis sie fast in seinem kleinen, samtigen Gesicht verschwanden. »Bohurr, du bist 'n Adla un' red'st so komisch. Ich kann keen Wort verstehn, wasser sacht, Dummel.«

An diesem Abend waren die Tische im Obstgarten gedeckt. Bruder Blasebalg, Traute Dickicht, Trugan und Furgel bereiteten ein Festmahl zu Ehren der beiden Retter Rotwalls vor: Dummel und der Wilde König Phürchterlich.

Alles wurde spontan aus den verfügbaren Lebensmitteln zubereitet, nichtsdestotrotz war es ein glücklicher und freudiger Anlass. Der große Steinadler und Dummel hockten auf einem eigens dafür ausgesuchten Baumstamm und machten sich von ihrem Ehrenplatz aus über das Essen her. In der Mitte der Tafel stand eine große Schüssel mit der Riebn-un'-Toffl-un'-Rotbeet-greeßer-als-je-z'vor-Pastet der Maulwürfe, umgeben von Waldsalat, gelbem und weißem Käse und Haferflocken. Weiter hinten gab es kandierte Eicheln, Haselnüsse und Kastanien, die um Kannen mit Oktoberbier angeordnet waren. Drei vor Honig triefende Pflaumenkuchen standen an strategischen Punkten und dazwischen Platten mit Heidelbeer-, Johannisbeer- und Apfelkuchen, Schüsseln voller Grünsaftmilch und cremiger Butterblumensahne. Bruder Blasebalg hatte einen speziellen Phürchterlich-Kuchen erfunden, der hauptsächlich aus Zwetschgencreme, steifem

Wabenhonig, Pfeilwurzmürbegebäck und glasierten Ahornkeimlingen bestand.

Es fiel dem Wilden König schwer, eine würdevolle Haltung zu wahren und seinen Heißhunger zu stillen, also übersetzte Dummel für ihn, während er seine Krallen in den speziellen Kuchen versenkte.

»Ach, bist ’n lieves klahn’s Mäusche, Dummel – bringst din alte Kumpel Phürchterlich zu so ’nem jewalt’che Fest. Ich werd mir noch lang an dir erinnern, du großzüjiche Fratz.«

Äbtissin Lebewohl wischte Dummel den cremeverschmierten Mund ab. »Was sagt dein Freund, Dummel?«

Das Kleinkind gluckste. »Der Adla sagt, du sollst mich mit Pflaumenkuchen füttern, damit ich groß und stark werd, mit Sahne.«

Hektor Dickicht und Druni, sein neuer Kellerlehrling, rollten ein Fass mit Holunderwein heran.

Der Steigerwurf öffnete das Fass und verbeugte sich anmutig. »Yurr, zurr, Adla, tauch ’n Schnabel innen Ween, hurr hurr!«

Trugg stieg in Begleitung von Adlerstark durch das Vorgebirge hinab. Tamhorn und zwei andere wachsame Falken kreisten über ihnen, als sie den Rückweg nach Rotwall antraten.

Herrscher Klauensohn stand da und winkte zum Abschied mit beiden Flügeln. »Passt aaf, wo ihr hintret’, Jungs. Adlerstark, du junge Hüpper, pass aaf dine Manier aaf und sei höflich zu de andere Tier. Möje des Glück mit dich sin, Truch.

Bist ’n tapfre Flusshund und ich bin stolz, dir min Freund nenne zu derfe.«

»Och, min Vadder is kahn schlechte Kauz«, flüsterte Adlerstark Trugg zu. »Is nur was üverbesorcht.«

Trugg gluckste, als er seine Schleuder schwang. »Hör mal, Kumpel, meinst du, wir könnten zufällig bei den Krähen vorbeischauen und ihnen eine neue Visage verpassen? Das würde die Reise zurück nach Rotwall ein bisschen interessanter machen, was?«

Adlerstark streckte seinen guten Flügel. »Ach, du bist ’n böse Flusshund, Truch, aber des is ’ne ausjezeichnete Idee!«

Die zwei Einbäume wurden in der frühen Morgendämmerung gerade von den Klippen herabgelassen, als ein Schrei vom Felsvorsprung unter ihnen die stille Sommerluft zerriss.

»Ajaaahhh! Es ist der Tiefseewickler!«

Flößer-Stößers Gesicht war aschfahl. »Das ist Nordo unten auf dem Felsvorsprung!«

Erdweiß und Lehmauge waren sofort zur Stelle. Sie schoben Mara und Patsch beiseite, griffen nach den Seilen und kletterten zum Felsvorsprung hinunter. Mara und Flößer-Stößer folgten ihnen, sobald die Seile frei waren.

Wie ein grotesk verdrehter Baumstamm lag das Reptil halb im und halb außerhalb des Wassers, sein Schwanz verschwand in der Tiefe des Sees und sein monströser Kopf ruhte auf dem Felsvorsprung.

»Bleibt weg! Es wird euch alle umbringen!«, brüllte Aschnin ihnen hinterher.

Mara wagte sich vorsichtig vor und starrte in die weit aufgerissenen Augen, die mit einem milchigen Film überzogen waren. »Er ist tot.«

Patsch stand mit Nordo an die Felswand gepresst. »Tot? Ich frage mich, woran der furchtbare alte Mistkerl gestorben ist.«

Mara ging um den leblosen Kopf herum, bis sie den kalten Stahl berühren konnte, der aus der Mitte des Schädels ragte. »Das hat den Tiefseewickler getötet. Erdweiß, Lehmauge, geht mir mal zur Pfote – wir rollen den Kopf auf die Seite und öffnen das Maul.«

Gemeinsam schafften es die drei Dachse, den nassen, schuppigen Kopf auf die Seite zu drehen. Er war abstoßend und schwer und aus dem Maul strömte übel riechendes Wasser, als sie es aufstemmten.

Erdweiß hielt das Gebiss mit seiner Keule auseinander, während Mara mit beiden Pfoten hineingriff. Sie begann zu zerren. Der Stahl, der aus dem Schädel ragte, wackelte hin und her. Lehmauge schlug mit einem Stein auf den spitzen Stahl und trieb ihn nach unten, während Mara mit beiden Pfoten zog und zerrte und ihre Fußtatzen gegen die furchterregenden Zahnreihen stemmte, die das Maul umrahmten. Schließlich löste sich der Gegenstand und das Dachsmädchen fiel rückwärts auf den Felsvorsprung – mit einem wunderschönen Schwert in den Pfoten.

Die Spitzmäuse, die sich auf der Klippe drängten, stießen einen Schrei der Verwunderung aus. Lehmauge untersuchte den Kopf und spekulierte, während Mara die fabelhafte Waffe im See wusch. »Irgendein Tier hat es ihm in den Gaumen gestoßen. Dann muss das Ding davongeschwommen sein und versucht haben, sein Maul zu schließen. Das Gehirn wurde durchbohrt, denn als es sein Maul schließen wollte, trieb es das Schwert durch seinen Kopf und tötete sich selbst. Der Sturm muss es letzte Nacht irgendwann hier angeschwemmt haben.«

Mara hielt das Schwert in die Höhe. Es glitzerte und glänzte im Sonnenlicht, völlig unbeschädigt und scharf wie eine Rasierklinge. »Was meinst du, Lehmauge? Für einen Dachs ist es zu klein, für eine Spitzmaus etwas zu groß. Aber was für eine Waffe!«

Die ältere Dächsin untersuchte sie. »Das Tier, das es trug, muss ein berühmter Krieger gewesen sein. Dieses Schwert wurde mit Dachsgeschick gefertigt – ich habe schon von solchen Waffen gehört –, nichts kann die Klinge verbiegen oder beschädigen.«

Patsch zupfte ein Haar von seinem Schwanz und spaltete es über der Klinge. Er stieß einen Pfiff des Erstaunens aus. »Nun, Jungs, ich denke, wir sollten dem Krieger, der diesen Schrecken erschlagen hat, alle dankbar sein. Jetzt ist der See sicher, um darauf zu segeln.«

Die Gusim stießen einen mächtigen Jubel aus und bereiteten sich auf die Reise vor. Erdweiß erklomm die Klippe und ließ beide Boote auf den Felsvorsprung hinunter, dann wurden die Vorräte an Bord geladen. Mit leichtem Herzen nahmen die Gusim ihre Paddel in die Hand.

Die Boote lagen wegen der zusätzlichen Passagiere tief im Wasser, aber zwei weitere Dachse verstärkten die Paddelkraft beträchtlich, als sie über den weiten See hinausschossen.

»Vom See zum Fluss und hinunter zum Meer,
Fahren wir immer weiter und paddeln gar sehr.
Auf das Wasser fröhlich scheint die Sonne,
Boote fliegen wie Vögel, es ist eine Wonne.
Ich sitz' neben dir, also paddle, mein Bruder,
Eine kühne Gusim-Spitzmaus, die ist am Ruder.
Himmel und Wasser sind blau, ich mich freu,
Denn uns're Boot' wie uns're Freund'
sind standfest und treu.«

Das Wetter blieb gut und sie fuhren weiter, bis die Insel nur noch ein Punkt am Horizont hinter ihnen war. Flößer-Stößer berechnete den Stand der Sonne und setzte einen Kurs.

Mara konnte nicht umhin, die bewundernden Blicke zu bemerken, die jedes Tier auf ihr Schwert warf. Während sie paddelte, lag es neben ihr und funkelte im Sonnenlicht. Der schöne rote Stein im Schwertknauf leuchtete über dem schwarz umwickelten Heft mit der geschwungenen silbernen Parierstange. Der beidseitig geschliffene Stahl der Klinge war klar und eisblau, mit einer tiefen Blutrinne und scharf bis hinunter zur furchterregenden Spitze. Es war eine echte Kriegerwaffe ohne unnötigen Schnickschnack oder Anzeichen von Schwachstellen im Aufbau. Der Schwertschmied hatte es mit einer klaren Absicht geschmiedet und gehärtet: Die robuste Klinge sollte ihrem Besitzer im Kampf gute Dienste erweisen. Sie starrte es so lange an, bis sie ein Schwindelgefühl überkam. Kopfschüttelnd blinzelte die junge Dächsin und rieb sich die Augen, während sie über den See und dann zurück zum Schwert blickte. Sie zuckte zusammen.

Patsch bemerkte ihr seltsames Verhalten. »Was ist los, altes Mädchen? Alles in Ordnung mit dir?«

Mara hob das Schwert auf. Sie hielt es nah an ihr Gesicht und starrte auf die Klinge, bis ihr Atem sie beschlug. »Kannst du etwas in der Klinge erkennen, Patsch?«

Der junge Hase warf einen Blick darauf und schüttelte den Kopf. »Nein, nicht das Geringste. Warum fragst du?«

»Ich habe das Gesicht einer Maus gesehen, die mich von der Klinge aus ansah, eine Kriegermaus, die stärker war als jeder kämpfende Dachs.« Mara sprach so leise, dass nur er sie hören konnte.

Patsch ließ skeptisch ein Ohr hängen. »Du hast auf der Insel keine seltsamen Früchte oder Pflanzen gegessen, oder? Ich weiß noch, wie ich einmal eine alte, konservierte Pflaume verschlungen habe. Mir war einen Tag lang hundsübel. Du würdest nicht glauben, was ich gesehen habe, als ich versuchte, meine Augen zu schließen …«

Mara stupste ihn mit dem Ende ihres Paddels an. »Red keinen Unsinn, so war es nicht. Ich sage dir, ich könnte schwören, dass ich diese Kriegermaus gesehen habe, die mich direkt aus der Klinge des Schwerts ansah.«

Flößer-Stößer hatte zufällig gehört, was Mara gesagt hatte. Und er hatte auch eine Erklärung parat. »Was du gesehen hast, war wahrscheinlich das Gesicht der Spitzmaus, die hinter dir saß. Die Klinge lag in einem Winkel, in dem sie ihr Spiegelbild einfing und es durch das Sonnenlicht und die

Bewegung des Boots verzerrte. Es kann nichts anderes sein, Mara, glaub mir.«

Mara dachte einen Moment darüber nach und nickte dann. »Ja, du hast wahrscheinlich recht, Flößer-Stößer.«

Während sie weiterpaddelte, warf sie einen Blick auf die Spitzmaus hinter ihr. Er war ein altes Gusim-Mitglied mit einem schmalen Gesicht, nur einem guten Auge und einem langen grauen Bart – nicht im Entferntesten mit dem grimmigen Krieger mit den glühenden Augen zu vergleichen, den sie in der zweischneidigen Klinge gesehen hatte.

Der Morgen wich der Mittagszeit. Sie aßen, während sie paddelten, und fuhren ohne besondere Vorkommnisse weiter. Erdweiß stand vorsichtig auf, streckte seine verkrampften Glieder und drehte sich hin und her, um die Steifheit aus seinen kräftigen Beinmuskeln zu vertreiben. Plötzlich zeigte er auf etwas und rief: »Da drüben links, dunkle Umrisse im Wasser!«

Sofort spürten die Besatzungsmitglieder, wie ihnen ein Schauer der Angst über den Rücken lief. Gab es mehr als einen Tiefseewickler? Vielleicht hatte das Monster einen Partner, der sich für seinen Tod rächen wollte.

Flößer-Stößer befahl ihnen, die Paddel einzuholen und still zu sein. Die beiden Einbäume lagen still und leise auf dem Wasser, einige der Gusim-Spitzmäuse hielten sogar vor Angst den Atem an.

Als Mara die Spannung nicht mehr aushalten konnte, wandte sie sich an Patsch: »Komm schon, Folger. Du hast einen guten Weitblick – steig auf meine Schultern und sag uns, was du siehst.«

Nordo und Flößer-Stößer stützten Maras Pfoten, während Patsch hochkletterte und seinen schlaksigen Körper streckte. »Ich kann nicht viel sehen, Jungs. Ich fürchte, es ist zu weit weg. Paddelt bitte ein bisschen nach links, dann wird es vielleicht klarer.«

Flößer-Stößer gab den Befehl. »Das andere Boot bleibt, wo es ist – es ergibt keinen Sinn, alle beide in Gefahr zu bringen. Also, Gusim, keine Paddelplatscher jetzt – schön langsam, lange und tiefe Schläge, rudert in diese Richtung.«

Patsch, der immer noch auf Maras Schultern balancierte, schirmte die Augen mit einer Pfote ab und spendete sich mit den Ohren zusätzlich Schatten. Die Spitzmäuse ruderten anmutig und kräftig. Kein einziger Tropfen Wasser fiel von ihren Ruderblättern, während der Einbaum sanft über den See glitt und leise wie eine Feder in der Brise trieb. Mara stand still wie ein Baumstamm, während Patsch die Augen zusammenkniff und versuchte, die dunklen Schemen auszumachen, die im Sonnenlicht auf der Oberfläche schimmerten. Plötzlich stellten sich seine Ohren auf und er murmelte aus dem Mundwinkel: »Flößer-Stößer, alter Späher, du hast Freunde hier draußen – ein Tier ruft deinen Namen.«

Der Anführer der Spitzmäuse blickte auf. »Meinen Namen?«

»Oh ja, in der Tat.« Patsch nickte. »Soll ich dir sagen, was sie sagen?« Er warf den Kopf zurück und rief: »Flößer-Stößer, Flößer-Stößer!«

Sofort war Flößer-Stößer in Bewegung und brüllte mit seiner tiefen Spitzmausstimme Befehle: »Es sind Gusim-Spitzmäuse. Sie brauchen Hilfe! Ihr Spitzmäuse im anderen Boot, folgt uns! Legt euch in die Riemen, stecht die Paddel tief ein und rudert! Flößer-Stößer, Flößer-Stößer, Flößer-Stößer!«

Die beiden Einbäume rasten über das Wasser, die Paddel blitzten, während die Bugwellen aufgewühlt wurden und die Boote hin und her schaukelten. Patsch sprang hinunter und griff nach seinem Paddel, um sich Maras Schlagzahl anzupassen.

Die Besatzungen der drei Einbäume jubelten, als Samkim von den Schultern von Alfo und Arula herunterkletterte.

Die junge Maulwürfin klopfte Samkim heftig auf den Rücken. »Du bist 'n richtich gude Rufa, Sankin. Sie ham dich g'hört, hurr hurr. Sieh ma, se kumme. Was denkste, Alfo, zurr?«

Alfo schüttelte Samkim kräftig die Pfote. »Der beste Gusim-Ruf, den ich in meinem ganzen Leben gehört habe. Wir werden noch eine richtige Bootsspitzmaus aus dir machen, junges Eichhörnchen!«

Es entstand ein kurzes Zögern, als sich die fünf Einbäume auf dem weiten See trafen. Flößer-Stößer stand am Bug seines Boots und präsentierte den Schwarzstein, den er um seinen Hals trug. Alle fünf Besatzungen verbeugten sich ehrfürchtig vor dem Flößer-Stößer aller Gusim, dann brach fröhliches Geschrei aus.

»Es ist Alfos Kolonie von den Bergufern!«

»Hey, Nordo, du junger Hüpfer, wie geht's deinem Paddel?«

»Cousin Schwing, du fetter alter Racker, gib mir die Pfote!«

»Kugler, hallo, Kugler, vergiftest du die Jungs immer noch mit deiner Kocherei?«

»Semmel, wie geht's den Zwillingen – wachsen sie noch?«

»Ich würde sagen, ja, Schmerbauch, und sie sind das Ebenbild deiner Schwester: fett und faul. Hahahaha!«

Das Schulterklopfen und Pfotenschütteln ging eifrig weiter, als die Spitzmäuse mit ihren alten Freunden vom Großen Südstrom wiedervereint wurden.

Samkim war sprachlos. Er konnte nur dastehen und die hübsch gezeichnete junge Dächsin anstarren, die das Schwert von Martin dem Krieger in ihren Pfoten hielt. Als er über den Bootsrand stieg, wandte er seinen Blick nicht einmal von ihr ab, während er sprach: »Ich bin Samkim von der Rotwall-Abtei.«

»Ich bin Mara vom Salamandastron.«

Sie starrten sich gegenseitig an, bis Samkim wieder zu sprechen begann. Diesmal kamen die Worte unbewusst über seine Lippen. Er fühlte sich, als wäre er wieder in Rotwall und stünde vor dem Wandteppich. Goldene Bilder aus Staubkörnern der Zeit schwebten durch seinen Geist wie braune Blätter, die über einer Herbstabendwiese tanzten ... Trugg, der Otter, verkleidet als Dachswächter beim Namenstagsfest ... der große leere Sessel im Großen Saal, in dem einst die Abteidachse saßen ...

»Das Schwert, das du in der Hand hältst, gehört der Rotwall-Abtei. Es war einst das Schwert von Martin dem Krieger und es war sein Gesicht, das du in der Klinge gesehen hast.«

Samkim zitterte und legte eine Pfote auf seinen Mund, weil er nicht wusste, warum er solche Worte gesprochen hatte. Er fühlte sich ein wenig albern, als er in die dunkelbraunen Augen des Dachses blickte. Mara war verblüfft, aber sie hinterfragte die Worte des jungen Eichhörnchens nicht. Ein Gefühl von Ruhe und stillem Glück überkam sie, als sie ihm das schöne Schwert in die Pfoten legte. »Möge dein Schwert sicher zu seiner Abtei zurückkehren, Samkim von Rotwall.«

37

Drei runzlige Äpfel und ein halber Becher mit Wasser standen auf dem langen Tisch im Speisesaal des Salamandastron. Erdstreif saß auf seinem Stuhl wie ein grübelnder Berggeist und um den Tisch herum saßen zweiunddreißig Hasen – die gesamte Fernpatrouille. Erdstreifs Blick schweifte über seine Kämpfer und blieb schließlich auf Goldstück ruhen. »Nimm diese Äpfel und das Wasser, Goldie. Ein Schluck und je ein Apfel für dich und die beiden Jüngsten im Berg.«

Goldstück wollte gerade widersprechen, als Bart Distelwolle sie nach vorne führte und leise murmelte: »Tu, was dein Herr sagt, Goldie. Widersprich ihm nicht, wenn er in so einer Stimmung ist – er ist gefährlich.«

Die junge Häsin tat wie ihr geheißen und machte einen Knicks vor dem Dachsherrscher, als sie an ihm vorbeiging.

Die Hasen warteten schweigend, bis Erdstreif aufstand. Seine schroffe Stimme klang schwer und unheilverkündend, als er sprach. »Feldwebel Splintholz und Großes Ochsenauge sind weg. Ich konnte nicht herausfinden, auf welche Weise sie umgekommen sind, aber es waren über hundert Mann gegen sie. Keine zwei Hasen waren länger bei mir oder haben dem Salamandastron treuer gedient. Erst Windpfote und Küstenbock und jetzt Splintholz und Ochsenauge. Wie konnte es so weit kommen, meine Freunde?« Seine Pfote krachte auf die Tischplatte. »Wir sind ausgehungert und von einer Horde Abschaum umzingelt, gefangen in unserer eigenen Festung!«

Der dröhnende Nachhall der Stimme des Dachsherrschers verklang, während er auf die Tischplatte starrte. Seine dunklen Augen waren vor Wut blutunterlaufen. Seine Pfoten ballten sich und Schaum bildete sich in seinem Mundwinkel, als er mit jedem donnernden Wort auf den Tisch schlug. »Mein Berg wird von einem blauäugigen Wiesel und seinem Balg belagert!«

Der Stuhl fiel krachend hinter ihm um, als er aus dem Speisesaal stürmte.

In dem schockierten Schweigen, das folgte, richtete Bart Distelwolle den Stuhl wieder auf und kommentierte leichthin: »Nun, ich bin froh, dass ich kein blauäugiges Wiesel bin, Jungs. Allerdings!«

Goldstück teilte das Wasser und die Äpfel mit Heidfell und Spei auf dem Gipfel des Kraters. Sie kippten das Wasser hinunter, aßen die Äpfel aber in kleinen Stücken, um jeden Bissen bewusst zu genießen, und kauten hungrig.

Heidfell hatte seinen Apfel zuerst aufgegessen. »Ich bin immer noch hungrig, Goldie. Puh! Was würde ich nicht alles für einen großen Becher Bergbirnensirup und einen Teller mit warmen Haferkeksen geben, die man dick mit Honig bestreichen kann!«

Spei kaute auf dem Kerngehäuse und den Apfelkernen herum. »Ich hätte gern Grünkernmilch, warmen Haferbrei und einen ganzen Johannisbeerkuchen für mich allein.«

Goldie schloss sehnsüchtig die Augen. »Erinnert ihr euch noch an die kleinen Käse-Zwiebel-Pasteten, die Windpfote immer gebacken hat? Die würde ich jetzt gern essen, zusammen mit einer Kanne jungen kalten Apfelweins, der zwei Tage lang in den unteren Höhlen gekühlt wurde, glitzernd und hellgolden!«

»Oh, warum haben wir angefangen, übers Futtern zu reden?« Heidfell knabberte an dem weichen Holzstängel, an dem sein Apfel am Baum gehangen hatte. »Das macht einen nur noch hungriger, als man ohnehin schon ist!«

Plötzlich zog sich eine zerschundene und vom Sand gepuderte Gestalt erschöpft über den Kraterrand. Es war kein anderer als Großes Ochsenauge, gesund und munter. »Kopf hoch, junger Heid. Ich habe dich noch nie satt erlebt, nicht wahr?« Sein vertrautes Glucksen dröhnte über die Bergspitze. »Nimm ein paar Birnen. Sie sind ein bisschen hart, aber ich glaube nicht, dass das einem jungen Fresssack wie dir etwas ausmacht.«

Die drei jungen Hasen stießen einen Schrei des Entsetzens über die grausame Erscheinung aus und flohen die

Kraterstufen hinunter, als wäre ein Dämon hinter ihnen her.

Großes Ochsenauge ließ die beiden geflochtenen Schilfsäcke, die er trug, fallen und blickte auf seinen sandverkrusteten Körper hinunter. »Hmpf! Ich glaube, wenn ich mich jetzt sehen würde, würde ich mich zu Tode erschrecken.«

Sie versammelten sich um den Tisch im Speisesaal, als Ochsenauge von seiner erstaunlichen Flucht erzählte.

»Ihr hättet den alten Splint sehen sollen, wie er auf dem Meer trieb, als wäre er dort zu Hause. Als Nächstes kam ein Haufen von diesen Gesindelmistkerlen, ein wahrhaft fieser Haufen, das kann ich euch sagen. Also habe ich meinen Speer gehoben und einen oder drei getötet, damit sie wussten, dass ich es ernst meine, versteht ihr? Nicht zu fassen, das muss ein vermaledeites Regiment gewesen sein, so viele Stinker waren das. Sie stachen und schlugen mit Entermessern und was nicht alles auf mich ein. Ich für meinen Teil habe alles getan, um den Ruf der Fernpatrouille zu verteidigen, und dann bin ich gestolpert und unter Wasser geraten. Ihr wisst doch, dass ich nicht schwimmen kann. Aber potz Blitz, auf einmal konnte ich es! Als wäre ich ein dicker, großer Fisch! Ich schwamm immer weiter, bis mir die vermaledeite Luft ausging. Als ich wieder auftauchte, waren sie ganz weit weg und stritten sich wie die Wilden.

Also holte ich tief Luft, tauchte und schwamm weiter – das habe ich bestimmt ein Dutzend Mal gemacht, bis ich von Feragos Leuten weg war. Von da an war es ganz einfach: Ich habe mich im trockenen Sand gewälzt, um mir eine Tarnung zu verpassen, und bin hierher zurückgestiefelt. Oh, auf dem Rückweg habe ich halt gemacht und ein paar Vorräte eingesammelt – ich dachte, ihr wärt vielleicht ein bisschen hungrig. Wo ist eigentlich unser Herr, der alte Erdstreif?«

Bart Distelwolle zeigte mit einer Pfote nach oben. »Wahrscheinlich in der Schmiedekammer, wo er einen armen Brocken Metall zu Pulver verarbeitet. Er steuert auf einen seiner Wutausbrüche zu. Geh lieber zu ihm und melde, dass du noch lebst, Ochs.«

Ochsenauge steckte seinen Kopf durch die Tür der Schmiedekammer und rief mit lauter Stimme: »Großes Ochsenauge, Herr! Melde mich zum Dienst, Herr! Entgegen aller Gerüchte klopft mein altes Herz noch, und es ist auch noch alles dran.«

In der Schmiede war es kalt und der Raum verlassen. Ochsenauge irrte umher, bis er bemerkte, dass eine der Fensteröffnungen freigelegt worden war. Der große Hase seufzte verzweifelt bei dem Anblick, der sich ihm bot, als er aus dem Fenster blickte.

In voller Dachskriegsrüstung stürmte Erdstreif über den Strand auf Feragos Lager zu. Seinen riesigen Kampfspeer schwingend, schleuderte der Dachsherrscher des Salamandastron dem Feind seine Herausforderung entgegen: »Komm und stell dich mir, Ferago – du und dein Balg zusammen. Ich werde euch im Kampf Pfote gegen Pfote oder auf jede andere Weise bekämpfen, die ihr wählt! Das endet hier und heute, Wiesel. Kommt und begegnet eurem Tod! Ich bin Erdstreif der Starke, geboren in der Dunkelheit des Mondes! Herr des Berges! Schlächter des Gesindels! Eulaliaaaaaaa!«

Migru war durch den Speer von Großes Ochsenauge gestorben und so wurde der andere Gefangenenwärter, Fidel, für die Flucht der beiden Gefangenen verantwortlich gemacht. Sein lebloser Körper hing an einen Pfahl gebunden vor der gesamten Horde. Ferago steckte sein Tötungsmesser weg und zog sein Abhäutemesser, als Erdstreifs Gebrüll über den Strand an seine Ohren drang. Er ignorierte das Wiesel, das er gerade umgebracht hatte, steckte das Messer in die Scheide und gab eilige Anweisungen. »Krabbenauge, postier Bogenschützen auf den Felsen rund um unseren Kampfplatz. Schlimmzahn, hol vierzig Speertiere und haltet euch bereit zuzuschlagen, sobald ihr den Rücken des Dachses seht. Klitsch, komm mit mir und tu, was ich sage!«

Klitsch hatte schlechte Laune. Er war für die Siege verantwortlich, die sie bisher errungen hatten, aber wegen seiner Jugend war die Armee eher geneigt, Ferago zu gehorchen. Dementsprechend schnell hatte sein Vater die Position als Herr der Horde wieder eingenommen. Klitsch saß mürrisch auf einem Felsen und knurrte Ferago an: »Ha, noch so 'n blödsinniger Plan von dir. Er wird in einer Katastrophe enden wie alle andern auch, du wirst schon sehen.«

Der Meuchelmörder zerrte seinen Sohn vom Felsen und schüttelte ihn. »Junger Narr, du weißt nicht alles. Ich werd einen Hinterhalt für den Dachs vorbereiten. Sieh mir einfach zu und tu, was ich dir sage. Das wird klappen. Ich hab den Dachsherrscher der Südwestlande und seine Frau auf die gleiche Weise getötet, und zwar lange bevor du geboren wurdest. Jetzt besorg dir eine Waffe und folg mir!«

Als sich die Nachricht im Salamandastron verbreitete, wurden die Fenster und Zugänge geöffnet. Die Hasen drängten sich an den Aussichtspunkten und sahen bestürzt zu.

Großes Ochsenauge hatte in Erdstreifs Abwesenheit das Kommando übernommen und sein Wort war Gesetz. »Herr Erdstreif ist dabei, die Sache selbst zu regeln. Er hat die beiden Wiesel zu einem Zweikampf herausgefordert. Wenn die drei aufeinandertreffen, müssen wir uns raushalten – das ist ein Duell zwischen Erdstreif und den beiden Wieseln, ein Duell der Anführer. Nicht einmal das Gesindel darf sich in einen Ehrenkampf einmischen, also bleibt auf euren Posten und seht zu. Das ist ein Befehl!«

Unten an der Uferlinie standen Ferago und Klitsch auf einer vom Meer glatt gewaschenen Sandfläche, in ihrem Rücken ein Halbkreis aus Felsen. Erdstreif stand ihnen gegenüber. Er klappte das Visier seines Kriegshelms hoch und gab sich Mühe, nicht laut aufzulachen vor Freude. Danach hatte er sich gesehnt, der Moment, auf den er gewartet hatte, war gekommen. Ferago hatte sich zusätzlich zu seinen Messern mit einem Streitkolben und einer Kette bewaffnet. Klitsch trug ein Kurzschwert und einen Spieß.

Erdstreif stützte sich auf den Stiel seines großen Kampfspeers, der halb so groß war wie er selbst, furchterregend schwer und dick, mit einer blattförmigen Klinge und einer herausstehenden Parierstange mit Widerhaken. Der Dachs nickte seinen Gegnern zu. »Lasst uns einige Dinge klarstellen, bevor wir das regeln. Wenn ihr gewinnt, gehört der Berg euch, aber ihr müsst meine Hasen unversehrt ziehen lassen. Wenn ich gewinne, kehrt eure Armee um und marschiert dorthin zurück, woher ihr gekommen seid. Einverstanden?«

Ferago betastete den goldenen Orden auf seiner Brust und antwortete ruhig: »Als Herr der Horde stimme ich zu. Mein Sohn auch.«

Klitsch stolzierte umher und stach mit seinem Speer in die Luft, während Erdstreif fortfuhr: »Kein Tier darf sich einmischen – dies ist ein Duell der Anführer und muss nach den Regeln der Ehre ausgetragen werden. Einverstanden?«

»Einverstanden!« Feragos blaue Augen leuchteten vor Eifer und Aufrichtigkeit.

Erdstreif schloss sein Visier, als er die letzten Worte sprach. »Kein Pardon, keine Kapitulation. Bis zum Tod!«

Unter der Nachmittagssonne näherten sich die drei Kämpfer einander.

In der gleichen Sonne entspannten sich auch die Geschöpfe von Rotwall. Die Jüngeren spielten und tobten auf dem Rasen, während die Älteren sich im kühlen Schatten des Obstgartens ausruhten. Der Wilde König Phürchterlich hockte auf einem Buchenstumpf und schlief tief und fest in der Sommerhitze, die er in seinen eisigen Felsen und der Bergwildnis nur selten zu spüren bekam.

Bruder Blasebalg nickte voller Bewunderung. »Sehr gut, sehr gut. Was für ein prächtiger Riese von einem Vogel. Ich bin froh, dass er schläft, denn solange er schläft, isst er nicht.«

Hektor Dickicht stützte sich auf seinen Stock und lachte. »Oh, er hat einen außergewöhnlichen Appetit, dieser Vogel, aber ich glaube, er hat ein Recht darauf. Ohne diesen Vogel wären wir alle mausetot. Was meinst du, Winterbeere?«

Der alte Krankenwärter war schon halb eingeschlafen. Er schüttelte sich, sah sich um und blinzelte. »Oh, äh, was? Allerdings, was immer du sagt, Hektor. Ich habe mich nur gefragt, was aus dem jungen Samkim und Arula geworden ist. Ich mochte die beiden kleinen Schurken sehr gern, wisst ihr.«

Äbtissin Lebewohl schniefte und wischte sich eine Träne mit dem Ärmel ihres Gewandes weg. »Oje, es scheint eine Ewigkeit her zu sein, dass die beiden hier draußen bei unserem Namenstagsfest saßen. Ich hoffe, sie sind in Sicherheit. Samkim war ein aufgeweckter kleiner Kerl und Arula ein lieber, lustiger Maulwurf.«

»Was soll die ganze Aufregung?« Furgel bürstete eine Ameise von seiner Pfote und legte sich zurück in den Schatten eines ausladenden Birnbaums. »Als ich sie traf, schienen sie zwei vernünftige und einfallsreiche Jungtiere zu sein. Vielleicht haben sie sich woanders niedergelassen und ein neues Leben begonnen.«

»Herr Furgel, allein die Vorstellung!«, tadelte ihn Schwester Kapuzinerkresse. »Ich kenne Samkim und Arula und ich habe hier mit ihnen gelebt, seit sie kleine verwaiste Knirpse waren. Sie könnten nirgendwo anders glücklich werden als in Rotwall. Ich wette einen Apfel um eine Eichelschale, dass sie eines Tages durch das Haupttor zurückkehren werden. Ihr könnt mir glauben, dass dies der glücklichste Tag sein wird, den diese Abtei je erlebt hat!«

Traute Dickicht stand auf und klopfte ihre geblümte Schürze ab. »Was ist mit dem armen Trugg? Was soll aus ihm werden?«

Trugan unterdrückte ein gurgelndes Lachen. »Was? Du meinst meinen vertrottelten Bruder? Ich wette, wo auch immer er gerade ist, er ist am Essen oder Kämpfen. Mach dir keine Sorgen um Trugg, Gnädigste – der würde mitten in einem Schneesturm auf dem Rücken einer Ente mit einem Gänseblümchen am Ohr überleben!«

Der kleine Dummel sprang durch einen Stachelbeerstrauch. »Ja, Onkel Trugg is mein Freund. Er hat mich im Rucksack getragen und wollt mit dem Adler kämpfen. Onkel Trugg is 'n tapfara Otter!«

Der Steigerwurf versetzte Dummel einen Stoß, der ihn den Hügel hinabrollen ließ. »Hurr, genuch von dem Thema. Aber ich hoff, dass de kleene Sankin und unsre 'rula in Sicherheet sin. Oh ja, zurr.«

Sicherheit war das Letzte, woran Samkim und Arula dachten. Sie saßen mit Mara und Patsch in einem Einbaum, der mit halsbrecherischer Geschwindigkeit einen langen, gewundenen Fluss in Richtung Meer und Salamandastron hinunterjagte. In der Nacht zuvor hatten sie Geschichten aus ihrem Leben mit ihren neuen Freunden ausgetauscht, sodass jeder alles über den anderen wusste, was es zu wissen gab.

Samkim und Arula fühlten sich verpflichtet, den Salamandastron und das Moosblumengebiet vom Gesindel zu befreien. Kleinmut war nicht ihre Stärke.

Sie waren ohne Unterbrechung gereist. Unter der Führung der beiden Kapitäne Flößer-Stößer und Alfo fuhren sie weiter. Die Tiere aßen, schliefen und paddelten in Schichten und irgendwann vor der Morgendämmerung hatten sie den Großen See hinter sich gelassen und steuerten in einen langen, gewundenen Arm des Großen Südstroms, der bergab zum offenen Meer führte. Die Paddel platschten unablässig, während hohe Schluchtwände an den fünf Einbäumen vorbeifegten, und die Spitzmäuse im Bug hielten nach Felsen Ausschau und wehrten die hohen Steilwände mit ihren Paddeln und langen Ästen ab. Kugler, der Koch, und Aschnin verteilten Essen aus dem reichlichen Vorrat, den sie von der Insel mitgebracht hatten, während Nordo geschickt von einem Boot zum anderen sprang und mit einer Mischung aus Porzellanerde und glitschiger Ulmenrinde die Blasen an den Paddelpfoten behandelte. Jedem Tier an Land, das sie vorbeifahren sah, bot sich ein merkwürdiger Anblick: fünf Einbäume, Heck an Heck, die flussabwärts fuhren, beladen mit drei Dachsen, zwei Eichhörnchen, einem Maulwurf und einer Schar von Spitzmäusen, die ein Kriegslied grölten.

»Die Gusim-Spitzmäuse zieh'n in den Krieg,
Der Degen in der Pfote bringt uns den Sieg.
Wehe dem, der nicht kämpft von Herzen,
Um das Gesindel auszumerzen.
Flößer-Stößer, Flößer-Stößer, Flößer-Stößer!
Gusim-Spitzmäuse leben oder sterben,
Unter freiem Himmel, der Rest ist Verderben.
Wir kämpfen bis zum Ende, ganz ohne Not,
Und ohne Angst vor dem Tod.
Flößer-Stößer, Flößer-Stößer, Flößer-Stößer!«

38

Ferago wirbelte den Streitkolben und die Kette herum. Die mit Stacheln besetzte Eisenkugel pfiff und summte, als sie auf Erdstreifs linke Seite zuschoss. Klitsch schlich sich von rechts an und schlug mit seinem Speer nach dem Kopf des Dachses. Erdstreif wirbelte mit einem Brüllen herum und stieß den Speer mit seiner eigenen Waffe beiseite. Er drehte sich um die eigene Achse, fing den Streitkolben mit dem Stiel seines Speers ab und schleuderte Ferago heftig auf den Sand.

Hinter den Felsen wartete eine bewaffnete Bande heimtückischen Gesindels darauf, dass Erdstreif gezwungen wäre, sich umzudrehen und ihnen den Rücken zuzuwenden. Ferago kroch durch den Sand, um zu entkommen, und kauerte im Schatten des Dachsherrschers.

Erdstreif schleuderte dem blauäugigen Meuchelmörder den Streitkolben und die Kette entgegen. »Heb sie auf, Wiesel!«

Klitsch stürmte heran und schlug auf Erdstreifs Schulter ein. Das Kurzschwert erwischte den Dachs an einer offenen

Stelle zwischen Schulterplatte und Rückenpanzer. Mit Gebrüll stürzte sich Erdstreif auf ihn und stieß mit seinem mächtigen Kampfspeer nach dem Schwert.

Ferago lag immer noch im Sand, als er sich den Streitkolben und die Kette schnappte. Er schleuderte sie und fing die Pfoten des Dachses ab, woraufhin Erdstreif stürzte und mit scheppernder Rüstung zu Boden ging.

Klitsch kam mit erhobenem Schwert angerannt, aber Erdstreif brachte sich in eine sitzende Position und schlug um sich. Die metallgeschützte Pranke traf Klitsch an der Brust und ließ ihn gegen die Felsen prallen. Das junge Wiesel schnappte nach Luft, als es auf sein eigenes Blut hinunterblickte, das aus den tiefen Kratzern sickerte, die die gepanzerte Pranke hinterlassen hatte.

Ferago ergriff den Speer, den Klitsch fallen gelassen hatte, und ging auf seinen Gegner los. Sich von Streitkolben und Kette befreiend, erhob sich der Dachsherrscher vom Sand und hielt seinen Speer quer wie einen Kampfstab. Sie prallten aufeinander und Ferago schrie entsetzt auf, als sein Speer wie ein brüchiger Strohhalm entzweigebrochen wurde.

»Klitsch, hilf mir, mein Sohn. Hilf mir!«

Der letzte Kampfgeist war aus dem jungen Wiesel gewichen. Seine blauen Augen füllten sich mit Tränen, während es seine schmerzende Brust hielt. Es schleppte sich die Felsen hoch und keifte die Gruppe des Hinterhalts an: »Hört auf, euch wie ein Haufen Schwachköpfe zu verstecken. Tötet den Dachs!«

Ferago hatte zwei seiner Messer gezogen. Er warf sich flach hin, rollte sich unter Erdstreifs Pfoten hindurch, um dem großen Speer zu entgehen, und stach bösartig nach den Pfoten des Dachses, bis Erdstreif zurücksprang und ihm einen gewaltigen Tritt versetzte. Der Körper des Wiesels verließ den Boden und überschlug sich, als die Angreifer über die Felsen strömten, die Speere bereit und die Bogensehnen gespannt.

Aus einer Wunde im Mund, die der zerbrochene Speer verursacht hatte, spuckte Erdstreif Blut und knurrte: »Du verräterischer Abschaum, komm und hol mich!«

Ferago kämpfte sich hoch und keuchte heiser: »Schießt keine Pfeile ab, bevor ich nicht aus dem Weg bin!«

»Du willst also nicht von deinen Mördern getötet werden, was?« Erdstreif brüllte vor Lachen, als er den Meuchelmörder verfolgte.

Die Reihen der Speere und Klingen schlossen sich und schützten Ferago vor seinem Feind, aber Erdstreif war blind vor Kampfeslust. Mit dem Speer voran stürmte er in die Reihen und schrie, als ihn die Lust am Töten der feindlichen Tiere packte.

»Eulaliaaaaaaa!«

Frettchen, Hermeline, Füchse, Wiesel und Ratten flogen umher, erstochen von der riesigen Speerklinge, aufgespießt von der Parierstange oder besinnungslos geschlagen vom schweren Speerende. Ferago und Klitsch tanzten und sprangen am Rande des Getümmels und schrien:

»Schnappt ihn! Tötet den Dachs!«

»Los! Schnappt ihn euch! Hört nicht auf!«

Speere, Spieße und Schwerter schlugen auf Rüstungen und Felle ein, als Erdstreif unter dem Johlen der Menge zu Boden ging. Mit einem gewaltigen Brüllen bäumte sich der Dachs auf, schleuderte Körper in die Luft, schlug, trat und biss um sich. Der Helm wurde ihm vom Kopf gerissen und sein Speer lag auf dem Boden, doch der Dachsherrscher kämpfte wie ein Verrückter gegen die übermächtige Schar an. Er ging erneut zu Boden.

Die Klingen blitzten im Sonnenlicht auf dem aufgewühlten Sand, kaum sichtbar unter der Meute schreiender, kreischender Angreifer. Wieder flogen sie in alle Richtungen, als Erdstreif, von zahllosen Wunden gezeichnet, mit einem Fuchs zwischen den Zähnen und einer Ratte in jeder Pranke wie ein mächtiger Geysir aus dem Boden schoss, die leblosen Kadaver in die Menge schleuderte und sich wieder auf sie stürzte, lachend wie ein verrückt Gewordener.

Wie ein Rudel wilder Tiere klammerten sie sich an ihn und drückten ihn erneut in den Sand. Um sich schlagend und beißend kämpfte Erdstreif unermüdlich. Die Rüstung wurde ihm entrissen, zerschlagen und bis zur Unbrauchbarkeit verbeult.

Ferago und Klitsch umarmten sich in freudiger Erwartung des unausweichlichen Ergebnisses.

»Blut und Donner, Jungs! Eulaliaaaaaaa!«

Vierzig gut platzierte Pfeile schlugen in die Angreifer ein, als Großes Ochsenauge und zwanzig andere über den Sand stürmten, ihre Speere weit vorne gepackt, um zustechen zu können. Sie stürzten sich direkt in den Kampf und brachten überall dort den Tod über den Feind, wo ihre Lanzenspitzen ihn trafen.

Völlig überrumpelt zerstreute sich das Gesindel und flüchtete in die Sicherheit der Felsen – doch Ferago und Klitsch, die sich zwischen den Felsen versteckten, brüllten hektisch Befehle.

»Fangt sie! Lasst sie nicht entkommen!«

»Macht den Dachs fertig!«

Sechs Hasen stützten den taumelnden Dachsherrscher. Ochsenauge und die anderen zogen sich schnell zurück und feuerten Pfeile in die Felsen, um die Verfolger zu entmutigen. Sie eilten über den Sand auf den Berg zu, duckten sich und erwiderten die Pfeil- und Steinschleudersalven.

Klitsch und Ferago schlugen mit Schwertern und Messerklingen um sich.

»Verfolgt sie, ihr feigen Feiglinge!«

»Kommt schon, ihr wertloses Gesindel. Greift an!«

Ochsenauge sah sie kommen und teilte seine Truppe in drei Teile – fünf schossen Pfeile, fünf warteten hinter ihnen und weitere fünf dahinter. Sobald eine Gruppe geschossen hatte, fiel sie zurück und die nächsten fünf ließen ihre Pfeile los. Sie feuerten und zogen sich zurück, sodass die nächsten fünf schießen konnten. Erdstreifs Pfoten gruben zwei Furchen in den Sand, während sie ihn halb trugen, halb zogen.

Großes Ochsenauge bewegte sich mit seinen Bogenschützen langsam rückwärts. Gelassen kontrollierte er die Situation. »Gut, Jungs. Feuer! Die nächsten fünf, fertig, zielen, wählt eure Ziele. Feuer! Gut gemacht, Fernpatrouille. Die nächsten fünf, bleibt in den Reihen, spannt die Sehnen … und Feuer!«

Die tödlichen Geschosse zischten durch die Luft, als die Angreifer widerwillig vorrückten. Ferago schickte einen weiteren Trupp von den Felsen aus, um die halbherzigen Angreifer zu verstärken.

»Ihre Pfeile sind fast aufgebraucht … seht ihr? Verfolgt sie!«

Als der Berg vor ihnen aufragte, murmelte Bart Distelwolle zu Ochsenauge: »Das ist eine miese Nummer. Wir kriegen Erdstreif niemals durch das Fenster rein, aus dem er geklettert ist. Was sollen wir tun, Ochs?«

Der große Hase blickte über seine Schulter und schätzte die Situation ein. »Du solltest lieber zurücklaufen, Barti, alter Knabe. Sag Goldie und den anderen, sie sollen einen der großen Zugänge im Erdgeschoss freimachen. Los, jetzt geh schon!«

Ferago war den Angreifern gefolgt, lief ein kurzes Stück hinter ihnen und schrie eine Mischung aus Drohungen und Ermutigungen.

Klitsch blieb zurück. Er stand auf einem der hohen Felsen und überblickte die Szene vor sich. Die Aufregung stieg in dem jungen Wiesel, als es das Frettchen Zugschwanz zu sich rief. »Zugschwanz, komm her! Siehst du das? Sie haben einen großen Zugang am Fuß des Bergs freigemacht. Lauf so schnell du kannst und trommle den Rest der Horde zusammen. Eine bessere Chance bekommen wir nicht, den Salamandastron zu erobern. Beeil dich!«

Ochsenauge, Bart Distelwolle und einige andere hatten ihre liebe Müh mit Erdstreif. Sie hatten ihn schon halb durch den langen, freigeräumten Gang gezogen und geschoben, als der Dachsherrscher anfing, rückwärtszudrängen. Halb im Delirium hatte er sich teilweise erholt und wollte zum Kampf zurückkehren.

»Traue niemals dem Gesindel. Ich hätte es wissen müssen – verräterische Kröten. Denen werd ich's zeigen! Wo ist mein Speer, Ochsenauge?«

Der Hase rang verzweifelt mit ihm und umklammerte Erdstreif in dem Versuch, ihn zurückzuhalten. »Ihr seid nicht in der Lage zu kämpfen, Herr! Ihr habt Wunden und Verletzungen. Kommt rein und ruht Euch aus. Genau so, braver Junge.«

Erdstreif setzte sich auf den untersten Absatz der Spalte, schwankte und starrte seinen Freund mürrisch an. »Red keinen Unsinn, Ochs. An dem Tag, an dem ich nicht in einen Kampf ziehen kann, werd ich ... Ich werde ...«

Als er bewusstlos zusammenbrach, war Ochsenauge so geistesgegenwärtig, Erdstreif ins Innere zu stoßen. Er fiel rückwärts über den Absatz und landete im ebenerdigen Korridor. Bereitwillige Pfoten sammelten sich um ihn, um den Dachsherrscher hoch in sein Bett zu tragen, einer mit Binsen bedeckten Felsplatte in der Schmiedekammer.

Goldstück stand Seite an Seite mit Bart Distelwolle und Sternlot und schoss Pfeile auf die anrückende Horde. Sie war sichtlich besorgt. »Oh, Barti, was sollen wir tun? Die meisten

Felsen, die diese Öffnung blockiert hatten, wurden nach draußen geschoben – wir haben sie einfach herausgehebelt, um Herrn Erdstreif hineinzubekommen. Es würde ewig dauern, diesen Spalt wieder zu verschließen.«

Bart Distelwolle spannte seinen Bogen und schoss eine angreifende Ratte zielsicher ab. »Wir können nicht viel tun, Goldie. Halte die Stellung und warte auf weitere Befehle von Ochsenauge. Hey, Sternlot, bring deine Bögen mit und geh uns hier drüben zur Pfote!«

Draußen am Strand funkelten Feragos blaue Augen triumphierend, als er inmitten seiner Horde von Leichenmachern in Richtung des Salamandastron mitgerissen wurde. Jetzt konnte sie nichts mehr aufhalten.

»Yurr, is des noch 'n große See?«

»Nein, das ist das gute alte Meer, Arula. Wir haben das Meer erreicht.« Patsch wedelte mit seinem Paddel in der Luft.

Die Einbäume folgten einem gurgelnden Bachlauf, der einen kurzen Kiesstrand durchzog. Mara drehte sich nach rechts und deutete auf die ferne, abgeflachte Bergspitze. »Seht, der Salamandastron!«

Eingerahmt von einem rötlichen Abendhimmel erhob sich der Dachsberg vor den Bergketten im Osten. Lehmauge legte Erdweiß eine Pfote auf die Schulter. »Sieh ihn dir an, Enkel. Dort regiert dein Bruder Erdstreif.«

Eine Träne sammelte sich im Augenwinkel des herzensguten weißen Dachses. »Erdstreif, der Bruder, den ich nie kannte.«

Die Einbäume schwankten, als sie auf die weiß schäumenden Wellen trafen. Flößer-Stößer rief ihnen Befehle zu, als sie gegen die Strömung ankämpften und den Bug der Boote in die Flut drehten, um die breite, halbkreisförmige Wende einzuleiten, die ihnen schließlich ermöglichen würde, am Strand vor dem Berg anzulegen. Als die Dunkelheit hereinbrach, paddelten sie im Konvoi nebeneinander her.

»Was treibt denn da vorne?«, rief Alfo in einem rauen Flüsterton hinüber.

Flößer-Stößer spähte in die Dunkelheit und rief seinen Paddlern zu: »Wende nach Steuerbord, passt auf das Treibholz da vorne auf!«

Eine Stimme ertönte von dem treibenden Astwerk. »Wenn ihr Gesindel seid, warne ich euch, dass ich um mein Leben kämpfen werde!«

Mara sah Patsch erstaunt an. Wie aus einem Mund entfuhr ihnen ein Wort: »Splintholz!«

Der Feldwebel wurde an Bord gezogen. Er umarmte Mara und Patsch und starrte über ihre Schultern auf den riesigen weißen Dachs in dem Einbaum zu seiner Linken. Patsch duckte sich, tänzelte und knuffte Splintholz mit seiner verbliebenen Geschicklichkeit und Energie mit einem leichten, freundschaftlichen Schlag.

Der boxende Hase wich aus und schlug ihm geschickt mit einer Links-Rechts-Kombination auf beide Ohren, während er zu Mara sprach. »Wer ist der große weiße Dachs da drüben? Grundgütiger, er muss so groß sein wie unser Herr Erdstreif.«

Mara stöberte in einem Sack mit Vorräten. »Oh, das wirst du noch früh genug herausfinden. Das ist eine zu lange Geschichte für heute Abend – wir brauchen Ruhe, wenn wir morgen in die Schlacht ziehen wollen. Hier, nimm das Essen. Ich wette, du bist hungrig, Feldwebel.«

»Hungrig ist nicht das richtige Wort, Kleines. Ich könnte mir einen Eintopf aus meinen eigenen Ohren machen und würde ihn genießen!«

»Das wird wohl nicht nötig sein, Feldwebel.«

Patsch verzog das Gesicht und erschauderte. »Leg dich hin, iss gut zu Abend, mach ein Nickerchen und wach morgen ausgeruht und putzmunter auf, ja?«

Allerdings dauerte es noch eine Weile, bis Splintholz schlafen durfte. Die schlaue alte Dächsin Lehmauge befragte ihn eingehend über das, was im Salamandastron vor sich ging.

Später hielt sie eine Besprechung mit Mara, Erdweiß, Flößer-Stößer und Alfo auf der anderen Seite des Boots ab.

»Nach dem, was ich von Splintholz erfahren habe, glaube ich, dass der Berg meines Enkels in einer gefährlichen Lage ist. Unsere Hilfe wird dort dringend benötigt. Wann, glaubst du, werden wir an Land gehen, Flößer-Stößer?«

Der Anführer der Spitzmäuse beobachtete das mondbeschienene Kielwasser seiner kleinen Flotte. »Wir fahren mit der Strömung und haben den Wind im Rücken. Wenn das Wetter hält, sind wir wahrscheinlich schon im Morgengrauen am Strand – aber wenn ich zusätzliche Paddler einsetze, könnten wir schon in der Stunde vor Tagesanbruch dort sein.«

Lehmauge zögerte nicht. »Dann mach das sofort, mein Freund. Wir haben keine Zeit zu verlieren. Jetzt lasst uns einen Kriegsrat abhalten und Pläne schmieden …«

Nur die nächtlichen Wellen waren Zeuge der fünf Einbäume, die mit hoher Geschwindigkeit das Meer in Richtung Salamandastron durchschnitten. Grimmig dreinblickende Spitzmäuse stachen ihre Paddel tief ein und hielten die Boote dicht beieinander, während sich die Anführer eindringlich berieten.

Der Salamandastron war überrannt worden – die Horde von Ferago war im Inneren des Berges.

Bart Distelwolle und seine kleine Truppe hatten sich tapfer geschlagen. Sie schossen in die entgegenkommenden Massen, bis ihnen die Pfeile ausgingen, schlugen auf die Körper des Gesindels ein und verteidigten den offenen Spalt heldenhaft, bis Ochsenauge Meerholz und zehn andere schickte, um sie herauszuholen. Speere krachten und Schleudern wirbelten, als sie grimmig den Rückzug antraten, die Öffnung verließen und sich in das Tunnellabyrinth zurückzogen, das den Berg durchzog.

In seiner Schmiedekammer auf der mittleren Ebene war Erdstreif schwer verwundet und dick verbunden ans Bett gefesselt und schwebte zwischen Leben und Tod.

Feragos Leichenmacher erfüllten die unteren Gänge und drängten sich in Höhlen und Kammern – bedrängt von den Hasen, die trotz ihrer Unterzahl guerillamäßig kämpften, indem sie an Kreuzungen erschienen und an den unwahrscheinlichsten Orten auftauchten, um Pfeile auf das Gesindel abzufeuern.

Ochsenauge hatte jetzt das alleinige Kommando über die Fernpatrouille. Er setzte seine ganze kriegerische List und Geschicklichkeit ein, um die Horde in den unteren Ebenen einzudämmen. Hasen tauchten auf, griffen an und verschwanden dann wie Rauch in den gewundenen Tunneln. Großes Ochsenauge benutzte die Schmiedekammer als Operationszentrale und gab Anweisungen, während er in der Nähe des benommenen Dachsherrschers blieb.

»Mondpfote, nimm Heidfell und Goldie. Bleibt im südlichen Treppenhaus und gebt ihnen Saures. Ich schicke eine Ablösung, sobald Weidenkätzchen und Spei zurück sind.«

Mondpfote nahm die beiden jüngeren Hasen, salutierte und machte sich im Trab auf den Weg zum Treppenhaus.

Ochsenauge sah ihnen hinterher und schüttelte verzweifelt den Kopf, als er neben Bart Distelwolle zusammensackte. »Es hat keinen Sinn, Barti, alter Knabe. Wir können sie nicht ewig zurückhalten – das ist einfach zu viel Gesindel.«

Verwundet und angeschlagen von der Verteidigung der Öffnung, grinste Bart schief und sah ihn aus einem halb geöffneten Auge an. »Das Kaninchen ist schon in den Brunnen gefallen, Ochs. Daran lässt sich nichts mehr ändern. Wie willst du lieber sterben, an Altersschwäche oder im Kampf?«

Ochsenauge schüttelte bewundernd den Kopf. »Im Kampf, schätze ich. Übrigens, Barti, du bist ein sehr gelassener Pfundskerl!«

Sein Freund strich mit einer verletzten Pfote über ein Lanzenende. »Gelassen stimmt nicht ganz – ich zittere innerlich wie Wackelpudding, aber erzähl das nicht dem alten Erdstreif.«

Ochsenauge nahm ein feuchtes Tuch und betupfte die glühende Stirn des Dachsherrschers. Erdstreif bemerkte nichts von dem, was um ihn herum geschah. Er lag da, kämpfte gegen die fesselnden Bandagen an und murmelte: »Winter ... Goldener Orden ... Kalt ... Vater, Mutter ... wo seid ihr? Weißer Schnee, weißer Bruder ... Kalt!«

Der fahle Mond glitzerte auf Feragos Orden, als er mit Klitsch auf dem Sand saß. Ausnahmsweise waren sich Vater und Sohn über ihre Strategie einig.

Ferago zog sein Abhäutemesser und zeigte auf den Berggipfel. »Ich nehm eine Hundertschaft und klettere rauf, du greifst drinnen weiter an – wir setzen sie aus beiden Richtungen fest.«

Klitschs blaue Augen leuchteten vergnügt in der Nacht. »Du nimmst mir die Worte aus dem Mund, Verräter. Morgen Nacht wird der Berg uns gehören!«

Ferago tippte mit der Messerspitze gegen die Brust seines Sohnes. »Und während du da drin bist, mein Junge, denk dran: Kämpf einfach weiter und halt nicht an, um nach Dachsschätzen zu suchen. Das werd ich tun, wenn meine Horde fertig ist.«

»Deine Horde?« Klitsch lenkte die Messerspitze mit seinem Speerschaft von sich weg.

Der Meuchelmörder wirbelte das Messer geschickt herum. »Ja, meine Horde – und so wird es auch bleiben, solange ich am Leben bin!«

Das jüngere Wiesel sprang auf und hüpfte geschmeidig die Felsen zur Öffnung hinauf. Bevor es darin verschwand, drehte es sich noch einmal zu seinem Vater um. »Wir sind uns wieder mal einig, Alter. Es ist deine Horde … solange du noch lebst!«

39

In der Stunde vor der Morgendämmerung sprangen die Gusim-Spitzmäuse von den Booten ins seichte Wasser und bereitwillige Pfoten schoben und zerrten, als die fünf Einbäume den Strand vor dem Salamandastron erreichten. Samkim und Arula blickten am leeren Strand auf und ab, die Pfoten am Griff ihrer Waffen.

»Yurr, Sankin, hier isses mucksmäus'still. Ich frach mich, wo's ganz Ung'zifa hin is.«

Splintholz stapfte durch den Sand. »Das ist nicht schwer zu erraten, Arula. Ich fürchte, wir sind zu spät gekommen.«

Lehmauge hob Aschnin mühelos aus dem Einbaum und setzte sie an Land ab. Mit einem Paddel in der Hand gesellte sie sich zu den anderen. »Jetzt ist keine Zeit zum Plaudern. Versammelt euch, Tiere!«

Alle Anwesenden ließen alles stehen und liegen und drängten sich um die weise alte Dächsin, während sie Befehle rief. »Erdweiß, Samkim und Arula – geht mit Alfo und seinem Stamm und findet heraus, wie die Lage am Berg ist. Patsch, du gehst mit ihnen und fungierst als Bote. Der Rest von euch bleibt hier bei mir.«

Mit Rapieren und Paddeln bewaffnet, stahl sich der Stamm von Alfo im Gefolge von Patsch und dem weißen Dachs lautlos über das Ufer. Samkim zog das Schwert von Martin, während er mit der Vorhut über den Sand eilte. Arula tapste neben ihm her und schwang eine geladene Schleuder.

Automatisch machte sich Patsch auf den Weg zum Haupteingang. Er stöhnte leise auf, als er den unversperrten Spalt weit aufklaffen sah. »Oh nein, es sieht so aus, als hätte Feragos stinkender Haufen einen Weg hineingefunden!«

An der Öffnung hob Samkim eine Pfote, um alle zum Schweigen zu bringen.

»Hrgh!« Schlimmzahn hatte einen Pfeil in die Pfote bekommen. Das Hermelin zwängte sich mühsam durch die Öffnung und wollte sich einen weichen Platz im Sand suchen. Es war auf halbem Weg durch die Öffnung, als eine riesige weiße Pfote es an der Kehle packte. Schlimmzahn gab ein erschrockenes Gurgeln von sich, als er auf die Felsen geschleppt wurde.

Samkim hielt ihm die Klinge des Schwerts an die Kehle und knurrte bösartig: »Eine falsche Bewegung oder ein falsches Wort und du verlierst deinen Kopf! Nun sag schon, was ist hier passiert?«

Das unglückliche Hermelin schluckte und wimmerte alles, was es wusste. »Die Horde is da drin und versucht, sich durch den Berg zu kämpfen …«

Patsch packte ihn am Ohr. »Wo sind Ferago und Klitsch?«

»Klitsch is da drin, mit Krabbenauge, Zugschwanz und den anderen. Ich hab Ferago seit dem Angriff nich mehr gesehen, ich schwör's!«

Erdweiß und Samkim tauschten einen Blick aus.

»Wir müssen uns auf sein Wort verlassen«, knurrte der weiße Dachs. Er schlug das Hermelin mit einem Hieb seiner Pfote bewusstlos und sah sich um, als wüsste er nicht, was er als Nächstes tun sollte.

Samkim übernahm das Kommando und fand eine schnelle und praktikable Lösung. »Es wird bald hell – wir müssen uns beeilen. Patsch, sag Lehmauge, dass wir auf den Berg gegangen sind, um die Tiere drinnen zu unterstützen. Wenn sie den Rest durch diese Öffnung nach oben bringt, können wir einen Angriff von zwei Seiten starten.«

Alfo klopfte ihm auf die Schulter. »Gute Idee. Bist du sicher, dass du so was noch nie gemacht hast, junges Eichhörnchen?«

Samkim schulterte Martins Schwert mit einem schiefen Grinsen. »Es gibt für alles ein erstes Mal, Kumpel.«

Patsch war in einer Wolke aus losem Sand verschwunden. Seine mächtige Keule auf den Rücken geschnallt, begann Erdweiß zu klettern.

Arula warf resigniert ihre Pfoten hoch, als sie den Aufstieg begann. »Burrhuu! Ich mag keene Höh, bin nur 'n Maulwurf. Bohurr, dann woll' mer ma klettern.«

Die Morgendämmerung brach in rosiger Pracht über den Salamandastron herein, als Mara und Lehmauge mit den Gusim von Flößer-Stößer dicht auf den Fersen über den Sand preschten. Patsch blieb einen Moment stehen, als sie an ihm vorbeirauschten. Schließlich kam er wieder zu Atem und schnappte sich ein Paddel. »Ich sage, wartet auf mich, Jungs!«

Mondpfote wurde bei der Verteidigung des Treppenhauses getötet. Die tapfere Häsin postierte Goldstück und Heidfell hinter sich. Die beiden Jungtiere stießen auf beiden Seiten von Mondpfote mit ihren Lanzen auf das blutrünstige Gesindel, das sich die Treppe hinaufdrängte.

Mondpfote, die an einem Dutzend Stellen verwundet war, rief den beiden Jüngeren zu: »Geht schnell zurück zu Ochsenauge. Sagt ihm, er soll Verstärkung schicken.« Sie blickte einen Moment lang auf Goldstücks tränenverschmiertes Gesicht. »Steh nicht rum und glotz Löcher in die Luft, junge Häsin. Tu, was ich sage. Geh schon!«

Wild zertrümmerte Mondpfote ihren Speer über dem Kopf eines Frettchens. Mit beiden Hälften stürzte sie sich kopfüber in das Gedränge der feindlichen Tiere und stieß einen letzten Kriegsschrei aus.

»Eulaliaaaaaaa!«

Atemlos jammerten die beiden jungen Hasen Ochsenauge ihre Geschichte vor. Er setzte sich mit ihnen hin und behielt seinen ruhigen Tonfall bei. »Also, es sieht so aus, als hätten wir die unteren Ebenen verloren. Es tut mir leid, dass ich euch nichts zu essen oder zu trinken anbieten kann. Setzt euch hin und ruht euch ein wenig aus. Barti, altes Haus, wie geht es dir?«

Bart Distelwolle ballte die Pfoten. Er nickte zwei anderen Hasen zu, nahm seinen Bogen und seinen Köcher mit Pfeilen und humpelte davon. »Oh, ich glaube, ich bin bereit für eine weitere Rauferei, Ochs. Kommt schon, Jungs – die Pflicht ruft. Oh, wenn ich es nicht zurückschaffe, weißt du, es heißt ›Auf Nimmerwiedersehen, Barti‹. Unter diesen Umständen wäre es das Beste, wenn du unseren Herrn in ein anderes Zimmer bringen würdest, nicht wahr? Tüdelü!«

Die Geräusche von schreiendem, skandierendem Gesindel, das im Inneren des Berges herumstampfte, wurden immer lauter. Großes Ochsenauge legte eine Pfote um Heidfells zitternde Schultern und schmunzelte. »Die veranstalten einen ziemlichen Lärm, was?«

In der hellen Morgensonne näherte sich Erdweiß' Gruppe dem Gipfel des Kraters.

Alfo starrte auf einen bestimmten Punkt über sich, während er einen Stein in seine Schleuder spannte. Die Waffe herumwirbelnd, rief er Samkim zu: »Da oben ist eine Ratte. Hey, du!«

Der Kopf der Ratte war kaum zu sehen, aber als Alfo rief, drehte sie sich um und zeigte sich. Das Schleudergeschoss erwischte sie mit einem hörbaren Treffer unterhalb des Ohrs. Die Ratte schrie auf und kippte über den Kraterrand. Sofort war eine Meute von Gesindel da, die Steine schleuderte und Pfeile auf sie abfeuerte.

»Wo kommen die her? Wer sind die?«, hörte man Ferago von der Spitze des Berges schreien.

Arula richtete ihre Schleuder in die Richtung, aus der die Stimme kam. Sie wurde mit einem Schrei des Meuchelmörders belohnt.

»Au, meine Pfote! Tötet sie, wer auch immer sie sind!«

Ein Spitzmäuserich stand auf und wirbelte seine Schleuder herum, aber ein Pfeil traf ihn ins Auge und er fiel tot um. Erdweiß hob einen großen Felsbrocken auf und schleuderte ihn nach oben, wobei er eine Ratte tötete und einen Fuchs verletzte.

»Attacke! Eulaliaaaaaaa!« Der große weiße Dachs stürzte vorwärts, ungeachtet der Pfeile und Steine.

Samkim und Arula griffen den Ruf auf. »Vorwärts, Rotwaaaaaallll!«

»Flößer-Stößer, Flößer-Stößer, Flößer-Stößer!« Die Spitzmäuse brachen aus der Deckung und kletterten die Felsen hinauf. Dabei feuerten sie unablässig aus ihren Schleudern.

Klitsch führte eine Gruppe von Leichenmachern durch einen gewundenen Felsengang zum Treppenhaus. Er trat verächtlich auf die Leiche von Mondpfote, als er die Treppe hinaufstieg.

»Tötet! Tötet! Töteeeeeet!«

Er trat zur Seite und ließ seine Angriffstruppe die Treppe hinauffegen. Mit einem verschlagenen Lächeln hörte er die

Todesschreie der vorderen Reihen, die in die Reichweite von Bart Distelwolles Bogen gekommen waren. »Kommt schon, ihr glückliches Gesindel. Das sind doch nur ein paar Hasen. Schnappt sie euch!«

Großes Ochsenauge griff sich einen Langbogen und Pfeile. Er reichte Goldstück und Heidfell Schleudern und Steinbeutel und nickte in Richtung des Kampfgetöses, das durch den Gang nach draußen hallte. »Gut, Hasen, auf die Pfoten. Spitzt die Löffel und schärft die Waffen. Wir gehen und holen den alten Barti da raus. Unser Herr wird hier sicher sein, bis wir zurückkommen. Junge Goldie und du, Heid, schenkt mir ein breites Lächeln – los jetzt. So ist es richtig. Und jetzt stimmt mit ein, während wir losziehen. Hier kommt die Fernpatrouilleeeeee! Eulaliaaaaaaa!« Schreiend wie Dämonen eilten sie den Gang hinunter, um Bart zu helfen.

Hinter seinem Trupp stehend, beobachtete Klitsch, wie ein aschfahler Zugschwanz aus den unteren Etagen heraufkam. Das junge Wiesel beäugte ihn zynisch. »Wo im Namen des Höllentors hast du gesteckt? Du solltest hier oben sein, wo die Kämpfe stattfinden, nicht da unten, wo's friedlich und ruhig ist!«

Zugschwanz war sichtlich verängstigt, atmete schwer und streckte eine Pfote in Richtung der unteren Ebenen aus. »Hör dir das an!«

Das Geräusch hallte hohl durch den felsigen Korridor und erreichte die erschrockenen Ohren des jungen Wiesels.

»Flößer-Stößer. Flößer-Stößer. Flößer-Stößer!«

Unschlüssig, was er tun sollte, zuckte Klitsch mit den Schultern und lächelte nervös. »Flößer-Stößer? Was soll das denn heißen?«

Ein gut gezielter Pfeil traf Zugschwanz in die Brust, als Flößer-Stößer, Mara und Patsch an der Spitze einer angreifenden Gusim-Bande den Gang entlangrannten.

Mit einem erschrockenen Aufschrei nahm Klitsch die Pfoten in die Hand und kämpfte sich seinen Weg durch das Gesindel im Treppenhaus, bis er sich sicher in der Mitte des Rudels versteckt hatte.

Panisch packte er einen Fuchs an der Kehle und schrie ihm ins Gesicht: »Kein Tier hat mir davon erzählt!«

Der Fuchs wollte gerade etwas erwidern, als einer von Großes Ochsenauges Pfeilen sein Leben auslöschte. Klitsch sah sich wild um und stöhnte: »Das ist 'ne Falle. Wir sitzen in der Falle!«

Mit lautem Gebrüll zerriss Herr Erdstreif die Fesseln und wuchtete seine gewaltige Masse aus dem Bett. Er ergriff einen Schmiedehammer und stürmte in Richtung der oberen Stockwerke. Der Bergherrscher zog seine wilde Kraft aus einer erstaunlichen Reserve. Der Wahnsinn der kriegerischen Dachse hatte ihn gepackt – kein Tier konnte sich ihm jetzt noch in den Weg stellen, trotz der furchterregenden Wunden, die seine riesige Gestalt überzogen.

Erdweiß hatte den Gipfel erklommen und kämpfte nun um den oberen Teil des Kraters.

Ferago starrte den weißen Dachs an und eine Welle der Angst durchfuhr ihn. »Tötet den Weißen! Tötet ihn! Wer den weißen Dachs tötet, wird ein reiches Tier sein!«

Zwanzig Tiere drängten sich um Erdweiß, während er wütend kämpfte. Mächtig brüllend schwang er seine Eichenkeule.

Samkim umrundete den Krater. Sein Schwert blitzte im Sonnenlicht, er sprang, wich aus, hackte und stach zu – während Arula ihm den Rücken freihielt und ihre geladene Schleuder schwang.

»Los, Sankin, urr hurr. Mach Rotwall stolz uff dich!«

Alfo und seine Spitzmäuse kämpften tapfer mit Degen, Paddel und Schleuder. Es wurde keine Gnade gezeigt. Spitzmäuse und Gesindel starben an diesem Tag in den Höhen. Feragos Tiere kämpften mit der Grausamkeit der Verzweiflung, verwirrt von der fremden Macht, die den Berg erklommen hatte, um sich ihnen im Kampf zu stellen.

Ferago sah seine Chance gekommen und schlich sich an Erdweiß heran. Er wusste, dass der Kampf sich zu seinen Gunsten wenden würde, wenn er den weißen Dachs erschlagen könnte.

Erdweiß stand mit dem Rücken zu Ferago und schlug unerbittlich auf jedes Tier ein, das in seine Reichweite kam. Der Meuchelmörder zog seine beiden besten Messer, den Töter und den Abhäuter, und ging in die Hocke. Er spannte seine Muskeln für den Sprung an, der ihn auf den Rücken des weißen Dachses befördern würde, wo sich seine Klingen an seinem ungeschützten Hals laben konnten. Er stählte sich und sprang.

In der Luft schien die Zeit stillzustehen. Er hörte das Gebrüll, sah Erdstreif vor sich auftauchen und spürte den Aufprall, als ihn zwei furchterregende Pranken packten. Ferago schrie vor Schreck auf. Voller Tatendrang stach er mit beiden Messern zu und rammte sie in den Körper des brüllenden Dachsherrschers.

Aufgrund der schweren Verletzungen, die er zuvor erlitten hatte, und der entsetzlichen Wunden, die Feragos Dolche ihm nun zufügten, trübte der Schleier des Todes Erdstreifs grimmige, dunkle Augen, doch noch war sein Schicksal nicht besiegelt. Aus den unergründlichen Kraftreserven in seinem gigantischen Körper beschwor er eine letzte mächtige Welle herauf, die es ihm ermöglichen würde, den Salamandastron von Ferago zu befreien.

Während er das blauäugige Wiesel zermalmte, sprang Erdstreif vom Gipfel des Berges und schrie ein letztes Mal seinen geliebten Schlachtruf: »Eulaliaaaaaaa!!!«

Das Wissen, dass er seinen verlorenen Bruder für einen Moment erblickt hatte, traf Erdweiß schwer. Der Ausdruck auf seinem Gesicht ließ alle Tiere, die Ferago gefolgt waren, endgültig die Nerven verlieren.

Alfo zog Samkim zur Seite. »Lass ihn hier. Bring Arula und meine Spitzmäuse runter in den Berg, bevor er uns alle umbringt. Lass ihn hier bei dem Abschaum.«

Samkim verstand sofort, was Alfo meinte. Der Anblick des berserkerhaften weißen Dachses, der sich auf das panische Gesindel stürzte, sagte alles. Arula vor sich herschiebend, folgte das junge Eichhörnchen der Gusim-Bande die Gänge hinunter, die sich spiralförmig ins Herz des Salamandastron schlängelten.

Goldstück eilte aus der Schmiedekammer mit einem Köcher voller Pfeile herbei. Sie reichte sie Ochsenauge. »Das sind die letzten. Sonst gibt es keine mehr.«

Ochsenauge grinste, als er einen Pfeil anlegte. »Gutes Mädchen. Feuer weiter, Goldie. Sieh dir den jungen Heid an – er wirft mit Steinen, der tapfere Hase. Willst du gute Nachrichten hören, meine Liebe? Eine Bande von Spitzmäusen und was nicht noch alles greift von den unteren Ebenen an. Hör dir das an.« Ochsenauge schrie mit lauter Stimme über das Getümmel hinweg: »Ducken und ausweichen! Gebt ihnen Saures! Die Fernpatrouille ist da!« Der Ruf hallte die felsige Treppe hinunter.

Einen Moment später kam ein Gegenruf. »Schlagt zu und bewegt euch! Verpasst ihnen eine Abreibung! Die Fernpatrouille ist auch hier!«

»Der gute alte Splintholz.« Ochsenauge grinste von einem Ohr zum anderen. »Ich wusste, dass ich ihn nicht umsonst auf diese Reise geschickt habe.«

Heidfell blickte ängstlich über seine Schulter. »Passt auf! Sie sind hinter uns!«

Arula, die ein schweres Paddel und ihre Schlinge trug, verbeugte sich tief. »Mer sin net hinner euch, Jung. Mer sin bei euch!«

Ochsenauge unterdrückte ein Lachen, als er dem Maulwurfmädchen die Pfoten schüttelte. »Na, Gott sei Dank. Ich würde es nur ungern mit einer Kriegerin wie dir zu tun bekommen, junge Maulwurfsdame.«

Arula rümpfte die Nase. »Danke villmas, zurr.«

»Freut mich, euch kennenzulernen, denke ich.« Ochsenauge umklammerte dankbar die Pfoten von Samkim und Alfo. »Aber könnten wir die Vorstellung auf nach der Schlacht verschieben, Freunde?«

Samkim mochte den großen Hasen sofort. Er nahm sein Schwert in beide Pfoten, ging in Kampfstellung und nickte. »Das scheint angebracht. Sollen wir angreifen?«

Paddel, Schleudern und Rapiere wurden hinter Samkim und Ochsenauge geschwungen, als der Hase seinen Bogen wegwarf und eine Lanze aufhob. »Gut gesagt! Fertig, Jungs ... dann ... Angriff!«

»Eulaliaaaaaaa! Rotwaaaaall! Flößer-Stößer, Flößer-Stößer, Flößer-Stößer!«

Die Bande am Fuße der Treppe griff den Ruf auf und stürmte mit ihrem eigenen Kampfschrei los.

Der Kampf war für die einst gefürchtete Horde der Leichenmacher hoffnungslos verloren. Klitsch tötete die beiden, die ihm am nächsten waren, und ließ sich flach auf die Treppe fallen, wobei er ihre Leichen als Deckung über sich zog. Die Felsen hallten vom Geklirr der Schlacht wider. Eingeschlossen und abgeschnitten auf der langen, verzweigten Treppe, kämpfte der letzte Rest der Horde verzweifelt, aber sie waren den Gusim, zwei Dachsen und den restlichen Hasen der Fernpatrouille nicht gewachsen.

Mara wurde vom Ansturm mitgerissen. Vor sich erblickte sie Samkim, dessen Gesicht vom Wahnsinn des Kampfes glühte, während er sich durch die dicht gedrängten Reihen des Gesindels kämpfte, von denen einige tot dastanden, weil sie keinen Platz zum Umfallen hatten. In der Mitte des Getümmels trafen das junge Eichhörnchen und das Dachsmädchen aufeinander.

Plötzlich herrschte Stille. Der Wahnsinn war vorbei, der Salamandastron befreit. Die Tiere, die eben noch gebrüllt und gemordet hatten, standen müde und still da, zum Schweigen gebracht von den Gräueln des Krieges. Die Leichen von Freund und Feind lagen auf den felsigen Stufen verstreut wie Blätter nach einem Herbststurm.

Die Stimme der jungen Goldstück hallte hohl über den Schauplatz des Gemetzels: »Ochsenauge, ich will raus ins Sonnenlicht. Ich will nicht hier sein.«

Ochsenauge strich ihr sanft über die Ohren, während er sich umsah. »Das wollen wir alle nicht, junge Goldie. Kommt, lasst uns alle an die frische Luft gehen.«

Als sie aus der Öffnung kletterten, griff Lehmauge nach Maras Pfote.

»Eulaliaaaaaaa!«

Der Laut, der aus der Kehle der alten Dächsin drang, war wie der Schrei eines Tiers, das erschlagen wurde. Sie ließ Maras Pfote los und stürmte hinaus. Die junge Dächsin wollte ihr gerade nachrufen, als sie ebenfalls sah, was Lehmauge so aufgebracht gebracht hatte. So schnell sie konnte, rannte sie ihr hinterher.

Erdstreif der Starke hatte noch immer seine Pfoten um Ferago den Meuchelmörder geschlungen. Beide waren tot. Neben den beiden Leichen lag Erdweiß auf allen vieren und weinte wie ein Jungtier. Seine Pfoten waren zerschrammt und aufgeschürft von seinem wilden Abstieg vom Berggipfel, um bei seinem Bruder zu sein.

Lehmauge löste die Pfoten des toten Dachsherrschers von Ferago. Als sie dem Wiesel den goldenen Orden vom Hals nahm, kamen Splintholz und Ochsenauge auf sie zu und verbeugten sich tief.

»Können wir zu Diensten sein, Gnädigste?«

Sie drehte den Kadaver des Meuchelmörders mit ihrer Fußpfote um. »Nehmt dieses wertlose Ding und werft es ins Meer. Es verdient keine Ruhestätte wie ein anständiges Tier.«

Von heißen Tränen geblendet, sah Mara zu, wie Lehmauge den Orden um Erdweiß' schneeweißen Hals legte. »Der gehörte einst meinem Vater und dann deinem Vater. Eigentlich hätte ihn dein Bruder Erdstreif tragen sollen. Jetzt gehört er dir, mein Enkel. Trage ihn mit Stolz.«

Mara kniete nieder und umklammerte die großen, vom Kampf vernarbten Pfoten des gefallenen Dachsherrschers. Zusammen mit ihren Tränen sprudelten die Worte nur so heraus. »Ich bin zu spät zurückgekommen. Jetzt kann ich dir nicht mehr sagen, was in meinem Herzen vorgeht. Ich bin weit gereist, um wieder hier bei dir zu sein, und in dieser Zeit habe ich allmählich verstanden, was du mir beibringen wolltest – du, der du deinem eigenen Ehrenkodex und deiner

Pflicht immer treu geblieben bist. Für alle Tiere warst du Erdstreif der Starke, der Herr des Berges. So wird man sich immer an dich erinnern. Du kannst mich jetzt nicht hören, aber ich möchte deinem Titel einen weiteren Namen hinzufügen.« Die junge Dächsin nahm die beiden leblosen Pfoten und legte sie auf ihr gesenktes Haupt, während sie ein einziges Wort sprach: »Vater.«

Klitsch lag still da und lauschte, bis die Sieger abgezogen waren. Unter den erschlagenen Körpern war es heiß und stickig. Seine Zunge klebte ihm am Gaumen, sein Mund war von Kampf, Durst und der Angst vor der Entdeckung ausgetrocknet. Die Stille wurde ohrenbetäubend, erdrückend, wie das Gewicht der beiden Tiere, die er erschlagen hatte und die nun auf ihm lagen. Schiebend und tretend befreite er sich von den Kadavern und schlich die Treppe hinauf. Seine einzige Hoffnung war nun, die Kraterspitze zu erreichen und über den östlichen Rand zu entkommen, während seine Feinde sich im Sand an der Westseite des Berges ausruhten.

Das junge Wiesel nahm mehrere falsche Abzweigungen, als es die Gänge und oberen Galerien durchstreifte und einen Ausgang suchte. Panik machte sich in ihm breit. Die Angst vor der Rückkehr und möglichen Rache seiner Feinde trieb Klitsch an.

Einige Gänge endeten in einer glatten Felswand, andere öffneten sich zu Höhlen und Kammern. Er stapfte weiter und verfluchte leise Feragos Dummheit und die stümperhafte Horde, die ihm blindlings in ein solch dummes Unternehmen gefolgt war. Klitsch leckte sich die knochentrockenen Lippen und stolperte einen Gang entlang, der in eine kühle, dunkle Höhle mündete. Er tastete sich an den felsigen Wänden entlang und schluchzte jämmerlich. Gab es keinen Ausweg aus diesem verfluchten Berg, keinen Weg zurück in die schönen Lande des Südwestens, wo er die Tiere terrorisieren konnte, die von seinem Vater unterworfen worden waren? Sicherlich würden sie wissen, dass er der Sohn von Ferago dem Meuchelmörder war und lernen, ihn zu fürchten, wie sie den Alten gefürchtet hatten.

In der Finsternis stieß Klitsch mit seiner Fußpfote gegen etwas Hohles, Hölzernes. Er hüpfte schmerzerfüllt auf und ab und biss sich auf die Lippe, um nicht aufzuschreien. Als der Schmerz nachließ, sah er genauer hin. Es gab mehrere dieser Objekte. Er klopfte gegen ihre Seiten.

Fässer!

Als Klitsch eines der Fässer anhob, hörte er das Schwappen des Bodensatzes. Der Deckel war offen. Das junge Wiesel lächelte in der Dunkelheit. Vielleicht hatte es ja jetzt mehr Glück. Das Wasser schwappte aus dem offenen Fass auf den felsigen Boden und Klitsch ging auf alle viere und leckte es dankbar auf. Die kühle Flüssigkeit erfrischte ihn und verlieh dem Sohn des Meuchelmörders ein neues Gefühl von Zielstrebigkeit und Entschlossenheit.

Klitsch stand auf, drückte seine schmalen Schultern durch und verließ zielstrebig die Höhle. Die Angst wich, während er im Geiste einen Feldzug des Schreckens plante, der seine Rückkehr in die Südwestlande markieren würde.

Jetzt erschienen ihm jeder Gang und jeder Korridor hell und luftig und der Weg nach oben war frei. Seine strahlend blauen Augen leuchteten zuversichtlich – ja, heute war der Tag, an dem das Glück zu ihm zurückgekehrt war. In der Ferne konnte er den hellen Sommermorgen und den Laufsteg zum Gipfel des Kraters ausmachen.

Ein unerwartetes Magenkribbeln ließ ihn zusammenzucken. Er blieb einen Moment stehen, bis es vorbei war. Als er sich aufrichtete, lächelte er. Der Schmerz war verschwunden – nichts konnte sein neu gefundenes Glück zerstören. Er bestieg den Laufsteg und rannte auf den Kraterrand und die Freiheit zu.

Ein zweites und drittes Mal wurde er von den plötzlichen Schmerzblitzen, die ihn durchzuckten, aufgehalten, aber jedes Mal erholte er sich und eilte nach oben.

Nun wurde Klitsch langsamer, seine Glieder wurden taub – es war, als würde er durch tiefes, kaltes Wasser waten. Das junge Wiesel blinzelte. Warum war der Tag so neblig und dunkel geworden?

Endlich erreichte er den Gipfel und legte sich auf den Rand des Kraters. Er kämpfte gegen das Schwindelgefühl und die Lanzen des Schmerzes an, die seinen Körper durchbohrten. Klitsch rollte sich zusammen und zwängte sich zwischen zwei Felsen. Hier würde er eine Weile schlafen, bis er sich besser fühlte. In dieser Position konnte er nicht über die Bergkante rollen, während er schlief. Nichts würde sein Glück zerstören ... Die einst strahlend blauen Augen trübten sich und erloschen, als er in einen endlosen dunklen Traum glitt.

40

Zwei Tage waren vergangen, zwei Tage voller Traurigkeit und harter Arbeit. Der Salamandastron wurde von den schrecklichen Trümmern der Schlacht befreit. Wimpel wehten von den Lanzen, die im Sand der Küstenlinie steckten – das waren die Gräber der Hasen und Spitzmäuse, die im Kampf um die Befreiung des Berges gefallen waren –, und weiter hinten, an einer unmarkierten Stelle, fanden die Kadaver von Feragos Horde ihre letzte Ruhestätte. Jetzt war es an der Zeit, Licht und frische Nahrung in die Festung am Meer zu bringen. Trupps wurden auf Nahrungssuche geschickt, andere arbeiteten an den Hängen, um die Fenster freizulegen und die Bergterrassen mit Blumen, Feldfrüchten und Bäumen neu zu bepflanzen.

Tief in den Kellern hatte Arula einen Riss im Felsen entdeckt. Sie beaufsichtigte eine Gruppe von Spitzmäusen, die an dem Riss hebelten, meißelten und hackten. Das Maulwurfmädchen hatte darunter Wasser gerochen, eine kalte, klare Quelle mit frischem Trinkwasser. Sie würde den Berg unangreifbar für eine Belagerung machen und einen endlosen Vorrat der kostbarsten aller Flüssigkeiten liefern. Sie schüttelte die Pfote von Flößer-Stößer und Alfo, während sie zusahen, wie das Quellwasser sanft durch das Loch gluckerte, das sie im Schweiße ihres Angesichts in den lebenden Stein geschnitten hatten.

»Hurr hurr, es is zwar keen 'toberbier, aber ich wett, 's schmeckt g'nauso gud, hurr hurr!«

Es blieb noch eine letzte traurige Aufgabe: Erdstreif sollte bei seinen Vorgängern beigesetzt werden.

Samkim wurde gebeten, bei der Zeremonie dabei zu sein. Er hatte das Schwert von Martin dem Krieger auf dem Rücken. Er trug eine Laterne und leuchtete den drei Dachsen, die den Bergherrn trugen, den Weg. Großes Ochsenauge und Feldwebel Splintholz begleiteten sie und wiesen Samkim den Weg.

Erdweiß schob die Platte zur geheimen Höhle zurück. Samkim starrte die Felswände an, die mit geheimnisvollen Dachsschnitzereien und Bildern bedeckt waren.

Splintholz schnüffelte und wischte sich mit einer Pfote unwirsch über die Augen, als er sich die letzte Schnitzerei ansah. »Das hier wurde von unserem Herrn selbst geschnitzt. Seht Ihr, da ist er und da seid Ihr, Herr Erdweiß. Hier sind auch der junge Samkim und das Schwert. Aber ich kann die Schrift nicht lesen, die mein Freund Erdstreif dort eingeritzt hat.«

Lehmauge konnte es jedoch. Samkim hielt die Laterne in der Hand, während sie schweigend die uralte Dachshochschrift überflog. Als sie fertig gelesen hatte, wandte sie sich an die beiden: »Das wurde für mich allein geschrieben, damit ich es lesen kann. Deshalb bin ich auch nicht auf der Wand abgebildet. Ich allein muss die schrecklichen und freudigen Geheimnisse hüten, die hier geschrieben stehen, bis Erdweiß als Herr des Salamandastron unterwiesen werden kann. Es gibt jedoch eine Sache, die ich euch sagen kann: Erdstreif, mein Enkel, will unter dem Sellor ruhen – wo das ist, kann ich nicht sagen. Weiß es jemand von euch?«

Das Licht der Laterne flackerte an den Wänden, als sie sich gegenseitig ansahen.

»Sellor?« Großes Ochsenauge zuckte mit den Schultern. »In diesem Berg gibt es keinen Ort mit einem solchen Namen.«

Samkim wanderte in der Kammer umher und murmelte den Namen vor sich hin. »Sellor, Sellor.«

Am anderen Ende der Höhle war die Wand glatt, aber leer. Es gab keine Schrift darauf. Samkim fuhr mit der Pfote darüber und sprang überrascht zurück. »Seht, das ist kein Stein!«

Es war ein Vorhang aus einem grob gewebten Material. Kieselsteine und Sand waren mit Kiefernharz daran befestigt worden, sodass er wie eine Felswand aussah. Erdweiß schob ihn vorsichtig zur Seite.

Ein beeindruckender Anblick bot sich den Betrachtern. Auf einem Felsthron saß das verfallende Skelett eines Dachses in voller Kriegsrüstung. Die Nische hinter dem

Vorhang war halbkreisförmig und wurde von einem riesigen Felsbrocken geprägt, der auf einer Seite herausragte. »Die Inschrift besagt, dass dies die letzten Überreste des alten Herrn Grimbaums sind, des ersten Dachsherrschers des Salamandastron.« Lehmauges Stimme hallte in der Höhle wider.

Splintholz berührte ehrfürchtig die verstaubten Pfotenschienen. »Ich wette, der alte Herr weiß, wo Sellor ist, aber er wird uns das wohl nicht verraten.«

Mara stand da und starrte auf Herrscher Grimbaums Skelett. Als das Gefühl der Ehrfurcht verflogen war, bemerkte sie etwas. Sie eilte nach vorne und untersuchte die Wand an einer Seite des Throns. »Seine Tatze scheint in diese Richtung zu zeigen. Seht!«

Eine längliche Platte aus Kupfer war in den Felsen eingelassen. Sie war grün angelaufen und vom Alter stumpf geworden. Lehmauge machte sie nass und schrubbte die Oberfläche mit Sand, bis sie matt schimmerte. Sie beugte sich näher und untersuchte sie sorgfältig. »Es ist nur eine glatte Metallplatte – da steht nichts drauf.«

Sie setzten sich auf den Boden und blickten auf die Platte. Ochsenauge drehte sich zum Eingang um, wo Erdstreifs Leiche wartete. »Armer alter Herr, so wie es aussieht, werdet Ihr nicht nach Sellor kommen.«

Mara starrte lange und intensiv auf die Kupferplatte. »Gib mir bitte mal die Laterne, Samkim.«

Das junge Eichhörnchen tat wie ihm geheißen. Mara stellte sie auf die Armlehne des Throns neben die Skelettpfote. »Wer hat gute Augen?«

Splintholz hob seine Pfote. »Ich glaube, ich habe ganz famose Glubscher.«

»Dann setz dich hierher und sag mir, was du siehst, Feldwebel.«

Mara zog sich zurück und Splintholz nahm ihren Platz ein. Er saß da und starrte auf das brünierte Metall, das im Licht der Laterne matt glänzte. »Na, da zieh mir einer am Schwanz! Ich kann Wörter sehen – Buchstaben, meine ich – aber ich weiß nicht, was sie bedeuten. Ich habe nie schreiben gelernt. Ich war zu sehr damit beschäftigt, mir andere Dinge beizubringen – Kämpfen und …«

»Samkim«, unterbrach Lehmauge, »gib ihm dein Schwert. Splintholz, kannst du das Wort hier in den Boden ritzen?«

»Aber sicher, Gnädigste.«

Es war Dachsschrift. Lehmauge las das Wort triumphierend vor: »Sellor!«

Lehmauge legte ihre Pfote auf die Platte und bewegte sich dann in einer geraden Linie durch die Kammer. Ihre Pfote schlug hart auf die Felsausbuchtung an der Seite des Throns. »Gib mir die Laterne. Es ist genau hier! Siehst du das Wort, das in den Felsen geritzt ist? Es steht direkt gegenüber der Platte, sodass es sich im Metall spiegelt, natürlich verkehrt herum – wie alle Spiegelbilder ist es verkehrt herum. Es heißt nicht Sellor, sondern Rolles.«

Erdweiß sah verwirrt aus. Er begann, das Wort immer wieder zu wiederholen, erst schnell, dann langsamer: »Rolles, Rolles, Ro…lle…s, R…oll…es … Roll es!«

Mit festem Schritt ging er zu dem Felsbrocken hinüber, legte seine kräftigen Pfoten darum und ächzte, während er seine Freunde ermahnte: »Geht aus dem Weg!«

Mara wusste, dass Erdweiß ein Dachs von immenser Kraft war, aber sie bezweifelte, dass selbst er einen so gewaltigen Felsbrocken bewegen konnte. Sie wollte gerade zu ihm gehen und ihre Hilfe anbieten, als Lehmauge eine Pranke um sie legte und sie zurückhielt. »Sieh ihn dir an, Mara. Er wird es schaffen.«

Erdweiß stemmte seine Beine wie zwei Baumstämme in den Boden und warf sein Gewicht gegen den Felsbrocken. Die Sehnen traten unter seinem schneeweißen Fell hervor, als sich die Muskeln des großen weißen Dachses anspannten und seine Zähne wie Mühlsteine aufeinandermahlten. Er knurrte wild und das Blut stieg ihm in die Augen, als Erdweiß den Felsbrocken fest mit beiden Pfoten packte. Sein ganzer Körper zitterte und bebte unter der Anstrengung. Er stieß ein zischendes Brüllen aus und stemmte sich mit seinem ganzen Körper gegen den Felsblock.

Mit vor Ehrfurcht geweiteten Augen schnappte sich Ochsenauge Splintholz' Pfote. »Beim flammenden Donner! Er hat ihn nicht gerollt … er hat das Ding hochgehoben!«

Erdweiß stapfte volle drei Schritte weit, bevor er den riesigen Felsbrocken fallen ließ. Der Aufprall erschütterte die ganze Höhle. Der Felsen hatte in einem Loch gelegen. Mit der Laterne in der Hand lagen Mara und Samkim flach auf dem Boden und starrten auf den Schatz der Dachsherrscher des Salamandastron hinunter.

Perlen aus den Tiefen des Meeres, silberne Becher und goldene Teller, dazu Waffen, sagenhafte Waffen, die von den alten Dachsherrschern geschmiedet worden waren – Langschwerter, Säbel, Degen, seltsam gebogene Schwerter, Schilde, Speere, Spieße, Dolche und Lanzen aus den kostbarsten Hölzern und Metallen –, lagen auf einem glitzernden Haufen, der sich über die massiven Rüstungen der alten Dachsherren ergoss, besetzt mit Steinen, die in Scharlachrot, Ultramarin, Türkis, Bernstein und Obsidianschwarz leuchteten und funkelten.

Ihr Licht spiegelte sich in Maras Augen, als sie an den Tag zurückdachte, an dem Klitsch versucht hatte, ihr in den Dünen Informationen zu entlocken. »Es gibt also doch einen Dachsherrscherschatz!«

Erdstreif wurde in seiner vollen zeremoniellen Kampfrüstung herabgelassen, um dort seine letzte Ruhe zu finden, wie er es sich gewünscht hatte, ein ewiger Wächter.

41

»Ho, die gute alte Abtei. Irgendein Tier zu Hause? Rotwaaaaaall!«

Traute Dickicht hüpfte auf der Nordmauer auf und ab wie ein kleiner, dicker Hampelmann und spähte jedes Mal über die Zinnen, wenn sie in der Luft war. »Haltet meine Stacheln fest, es ist Trugg! Gott segne ihn, es ist Trugg!«

Trugan lehnte sich an die Brüstung und schüttelte den Kopf. »Oh ja, das ist mein unbesonnener Bruder. Das könnte ich auch erkennen, wenn er zwei Landmeilen entfernt wäre. Ahoi, Unruhestifter. Warum hast du so lange gebraucht und wer sind all diese hungrig aussehenden Vögel?«

Trugg wirkte ganz wie ein zurückkehrender Held und schritt unbekümmert die Straße hinauf. Auf dem Kopf trug er eine Mütze, die er einem streitlustigen Wiesel abgenommen hatte, das sich mit dem falschen Otter angelegt hatte. In der Mütze steckte eine prächtige Falkenfeder. Trugg nahm sie ab, verbeugte sich tief und grinste wie ein Maulwurf beim

Picknick. »Guten Tag, meine Damen. Begrüßt meine Kumpel Adlerstark, Tamhorn, Flügelauge und Zeterklaue. Ich hoffe, ihr seid alle gesund und wohlauf.«

Traute Dickicht war überglücklich. Trugan öffnete teilnahmslos die Tore. »Mit diesem Hut siehst du aus wie ein streunender Flusshund, Trugg Otter.«

Den Hut elegant schwingend, küsste Trugg liebevoll die Pfote seiner Schwester und verkündete laut und frech, sodass ganz Rotwall ihn hörte: »Ich habe nie aufgehört, an dich zu denken, liebe Schwester, und die ganze Zeit, als ich in den Bergen fror, gegen Krähen kämpfte und armseliger als eine lahme Kröte lebte, gab es eine Frage, die ich dir stellen wollte.«

Trugan schniefte leicht, trocknete sich die Augen an ihrer Tunika und fragte mit zaghafter, sanfter Stimme: »Was war das, mein Bruder?«

»Was gibt's zum Tee? Ich und meine Kumpels sind ziemlich ausgehungert!«

Die vier Falken schlossen sich der Schar der Bewohner Rotwalls an, die zur Begrüßung herbeigeströmt waren, und lachten schallend, als sie sahen, wie Trugg über das Gelände der Rotwall-Abtei flüchtete, während Trugan ihm dicht auf den Fersen war und einen Reisigbesen schwang. »Du flaschennasiger Schurke, ich geb dir gleich Tee. Warte nur, wenn ich dich erwische!«

Später an diesem Tag beobachtete Äbtissin Lebewohl liebevoll, wie Trugg den kleinen Dummel auf seinen Knien schaukelte, während er sich durch den Nachmittagstee ackerte, der extra für ihn und seine vier Falkengäste auf den Stufen des Torhauses serviert worden war. Der kleine Dummel erzählte die wildesten Lügen über seinen epischen Flug im Rucksack – wie er den Adler vor weitaus größeren Vögeln gerettet hatte und wie er Phürchterlich die Flügel auf und ab gedrückt hatte, damit er weiterflog, als er müde war. Trugg und die vier Falken taten ihr Bestes, keine Miene zu verziehen.

Dummel warf ihnen einen misstrauischen Blick zu. »Och, ihr lacht nit übber den juten Dummel, oder?« Er hatte einen leichten Nordlanddialekt entwickelt.

Der Wilde König Phürchterlich saß auf seinem Lieblingsstamm im Obstgarten und nickte zustimmend, während die Falken über ihm kreisten und ihre Flügel ehrerbietig senkten.

»Ja, des sin 'n paar dolle Kerl, nit wahr?«

Als es Abend wurde, wurde Dummel schnarchend von Trugan in sein Bett getragen. Trugg saß entspannt bei einem Krug Oktoberbier und war froh, wieder sicher in seiner geliebten Abtei zu sein.

Eine Delegation von Bewohnern Rotwalls war zugegen, als Hektor Dickicht dem Otter eine speziell geschnitzte Schale und einen Löffel aus Apfelholz überreichte.

Der alte Igel wirbelte unbeholfen mit seinem Stock herum, als er die Rede zur Übergabe hielt. »Äh, oje, ich bin nicht gut mit Worten, aber das ist ein kleines Geschenk von uns allen an dich, Trugg. Rotwall verdankt dir sein Leben. Sie ist hübsch geschnitzt, also … mit deinem Namen und so weiter und Bruder Blasebalg sagt, er füllt sie mit Krabben-Binsen-Suppe, wann immer du willst. So, ähm, hier ist sie, und danke.«

Dreimal ertönte ein lauter Jubel für Trugg. Er zog verlegen den Kopf ein und hielt sich die Schüssel vor sein errötendes Gesicht. »Danke, Freunde. Vielen herzlichen Dank, aber das war doch gar nichts. Ihr hättet dasselbe für mich getan, das weiß ich.«

Am späten Abend saßen sie alle zusammen im Obstgarten um ein kleines Feuer. Der Sommer neigte sich dem Ende zu und die Nächte wurden kühl. Bruder Winterbeere streckte seinen Becher aus, um heißen gewürzten Apfelwein nachgeschenkt zu bekommen, und der Steigerwurf füllte ihn aus einem großen schwarzen Kessel und betrachtete dabei die beladenen Apfelbäume. »Burr, bald is Zeet für de Ernt. De Äppel gebe ’n schöne Troppe Appelween für de nächst Sommerzeet.«

Winterbeere pustete auf das dampfende Getränk und nippte nachdenklich. »Ja, die Jahreszeiten wechseln und die Früchte reifen gut, alter Freund. Ach ja, ich wünschte nur, der junge Samkim und Arula wären wieder bei uns. Ich vermisse die beiden Schlingel.«

Der Steigerwurf schenkte sich einen Becher heißen gewürzten Apfelwein ein. »Recht haste, Beer’wint. ’s g’hört sich net fürn jung’s Maulwurfmeedche, so lang wech zu sin. Burr hurr, ne, tut’s net.«

Schwester Kapuzinerkresse hatte lange dagesessen und in die Flammen gestarrt. In der darauffolgenden Stille sang sie:

»Bring mir ein Eichhörnchen,
das trägt meine Kling',
Bring mir 'nen kleinen Maulwurf,
ein hübsches junges Ding,
Bring mir ein Langohr mit Appetit
und flinke' Bein',
Und einen künft'gen Wächter Rotwalls,
so soll es sein.«

Kapuzinerkresse schüttelte sich und setzte sich aufrecht hin. »Meine Güte, schon wieder singe ich dumme Lieder, ohne die Worte zu verstehen. Es tut mir leid!«

»Nee, nee, Kapuzzekress, 'tschuldig dich net.« Der Steigerwurf tätschelte ihre Pfote. »Des war Mart'n de Kriega.«

Äbtissin Lebewohl schürte das Feuer mit einem Zweig. Die Funken stiegen auf und lösten sich in der Nacht auf. »Den Jahreszeiten sei Dank! Jetzt kann ich aufhören, mir Sorgen um die beiden Jungtiere zu machen. Wenn Martin sagt, dass sie zurückkommen, reicht mir das. Sobald es morgen hell ist, werde ich auf den Mauern Wachen postieren.«

Hoch über dem Moosblumenwald schien der Mond auf Rotwall herab und das Feuer brannte herunter, während alle Tiere um es herum in schläfriger Zufriedenheit dösten.

Die Sonne brannte sich zu den Ufern des Salamandastron durch und ließ die Nebelschwaden verschwinden, um zu enthüllen, dass die Gusim-Spitzmäuse Seite an Seite mit den Hasen der Fernpatrouille standen. Alle Blicke richteten sich auf den Vordereingang und ein großes Raunen erklang, als der Felsblock zur Seite gerollt wurde und den Blick auf Lehmauge freigab, deren Kopf mit einem Kranz aus Wildblumen geschmückt war. Sie war in ein prächtiges blaues Gewand gekleidet. Sie trat zur Seite und Stille trat ein, als die Prozession aus dem Berg herauskam.

Als Ehrengäste aus dem fernen Rotwall führten Samkim und Arula sie an, das junge Eichhörnchen hielt das Schwert von Martin hoch, das Maulwurfmädchen trug ein mit Efeu umwickeltes Spitzmauspaddel. Hinter ihnen liefen die Anführer der Spitzmäuse, Flößer-Stößer und Alfo, mit grünen Umhängen um die Schultern, die Pfoten auf den weggesteckten Rapieren ruhend. Dann kamen Mara und Patsch – das Dachsmädchen in einem verzierten Kleid in sattem Herbstbraun, einen großen Strauß später Rosen auf einer Lanzenspitze tragend, Patsch in hellem Sandgelb, ausgerüstet mit einem Hasenlangbogen und einem Köcher mit grau gefiederten Pfeilen. Aschnin ging hinter ihnen und trug einen prächtigen Umhang, der mit Muscheln verziert war. Erdweiß wurde von Splintholz und Ochsenauge flankiert. Sie waren die letzten, die herauskamen.

Jetzt, wo Erdstreif in seiner besten zeremoniellen Rüstung zur Ruhe gebettet war, trug der große weiße Dachs die alte Kampfrüstung seines Bruders. Sie war von der

Küste geborgen worden, wo er seine letzte große Schlacht geschlagen hatte. Die Rüstung war in Erdstreifs Schmiede von Erdweiß selbst repariert, neu geschmiedet und poliert worden.

Er sah nun ganz wie ein echter Krieger aus. Es strahlte aus seinen Augen und seinem Gesicht und zeigte sich in jeder Bewegung seiner riesigen Gliedmaßen, als er mit Leichtigkeit vor die Versammlung schritt. Die Sonne schimmerte und reflektierte auf schneeweißem Fell und glitzerndem Metall, als Ochsenauge ihm seine riesige Eichenkeule überreichte und Splintholz sich hinkniete und seinen Kopf unter Erdweiß' freie Pfote legte.

»Das ist mein Enkel«, ertönte Lehmauges Stimme majestätisch. »Sein Großvater war Erdklaue, sein Vater Erdhund und sein Bruder Erdstreif der Starke. Er steht vor euch, heute und für alle Zeit, bis seine Zeit abgelaufen ist, Herrscher des Berges! Kommandant der Fernpatrouille! Kriegerherr des Salamandastron! Huldigt Erdweiß dem Mächtigen!«

Lanzen, Bögen, Rapiere und Paddel erhoben sich wie ein Meer von Waffen.

»Eulaliaaaaaaa!«

Alle Tiere schrien den Kriegsschrei des Berges, bis die Felsen widerhallten und die klare Morgenluft von dem anschwellenden Klang erfüllt war. Der Salamandastron hatte einen neuen Dachsherrscher.

Nach der Zeremonie wurde ein Essen am Strand gereicht. Es war ein gutes, bodenständiges Essen, allerdings ziemlich einfach. Da der Salamandastron ein Ort der Krieger war, konnten selbst die besten Köche dort niemals mit den Fertigkeiten der Tiere Rotwalls bei der Zubereitung eines Festmahls mithalten.

Sie setzten sich zwischen die Felsen, breiteten sich auf dem Sand aus und teilten fröhlich das hausgemachte Mahl. Arula, Patsch und Nordo bauten ein Abbild des Salamandastron aus dem meeresfeuchten Sand. Alfo und Aschnin hockten auf einem niedrigen Felsen und beobachteten sie.

Der weise, alte Spitzmäuserich lächelte wehmütig. »Sieh sie dir an, wie sie Sandburgen bauen wie richtige Jungtiere. Arula, wie wäre es mit einem Tunneleingang?«

Das Maulwurfmädchen berührte mit einer schweren Grabklaue seine Nase. »Danke, Alfo. Des mach ich sofott, hurr hurr.«

Arula verschwand in einer Gischt aus aufspritzendem Sand und Aschnin schüttelte verwundert den Kopf. »Sie sind widerstandsfähig wie junge Triebe. Das ist eine gute Sache, Alfo. Es hilft ihnen, all die Strapazen, Kriege und das Töten zu vergessen, die sie durchgemacht haben. Sieh dir den jungen Samkim an, der allein dort unten am Meer sitzt. Ich frage mich, woran er gerade denkt. Er ist schon den ganzen Morgen so ruhig.«

Samkim starrte auf die an der Uferlinie vertäuten Einbäume. Das Schwert von Martin lag neben ihm. Er machte keine Anstalten, sich zu den anderen zu gesellen, sondern blieb allein und abseits der anderen.

Noch immer in ihrem neuen Kleid näherte sich Mara dem einsamen jungen Eichhörnchen. Sie setzte sich neben es und blickte nachdenklich aufs Meer hinaus. Ohne sie anzusehen, sprach Samkim seine Gedanken aus. Bald entwickelte sich daraus ein Gespräch, obwohl sie beide dem Blick des jeweils anderen auswichen.

»Die Jahreszeit geht zu Ende, Mara. Ich spüre, dass der Sommer vorbei ist und der Herbst bevorsteht. Die Blätter werden sich golden und braun färben.«

»Das werden sie, Samkim. Kein Tier kann den Wechsel der Jahreszeiten aufhalten. Ich glaube, du bist einsam und weit weg von zu Hause. Wie ist Rotwall im Herbst?«

»Oh, es ist zu jeder Zeit ein glücklicher Ort. Der Herbst ist die Zeit der Ernte: Die Früchte und das Getreide werden geerntet, Oktoberbier wird gebraut, Kastanien werden in Honig kandiert. Wir sitzen bis spät in die Nacht im Höhlenloch um ein großes Feuer herum, genießen das Abendessen und lauschen den Geschichten und Liedern vergangener Tage. Die Morgenstunden sind ruhig und neblig. Die Blätter rascheln im Moosblumenwald und du kannst den Tau auf dem Gras zwischen deinen Pfoten spüren, das Brot und die Kuchen riechen, die in der Küche gebacken werden, an einem sonnigen Nachmittag im Obstgarten liegen und einen rostroten Apfel oder eine reife lila Pflaume essen. Oh ja, Rotwall ist ein unvergleichlicher Ort.«

»Du musst dein Zuhause sehr lieben, Samkim.«

»Ja, die Abtei ist mein ein und alles. Was ist mit dir, Mara? Der Salamandastron ist ein schöner Ort – bist du nicht gern hier?«

Das Dachsmädchen ließ den trockenen Sand von den Felsen durch seine Pfoten rieseln. »Ich kenne nichts anderes – ich bin mit dem Berg aufgewachsen. Heute Morgen habe ich das Gefühl, dass ich ihn in meinem Herzen trage, aber ich kann ihn nie wieder mein Zuhause nennen. Zu viele unglückliche Erinnerungen umranken ihn. Herr Erdstreif hinterlässt eine große Lücke in diesem Berg. Die Gräber der Tiere, die wir kannten, wirken hier am großen Meer einsam und die Heilung wird eine ganze Weile brauchen. Nur die Zeit kann diese Wunden heilen, obwohl ich hier nicht alt werden wollen würde. Schon heute habe ich die Veränderung in Erdweiß bemerkt – er wird zu einem Dachsherrscher. Das Leben hier ist nichts für mich.«

»Und was willst du tun, Mara? Wohin wirst du gehen?«

»Ich werde meinem Traum folgen.«

»Ah! Der Traum, den du letzte Nacht von Martin dem Krieger hattest?«

»Samkim, woher wusstest du …?«

»Weil ich auch einen Traum hatte. Martin kam auch zu mir. Er sagte mir, ich solle mich heute von den anderen fernhalten, dann würde ich erleben, wie der Wächter der Rotwall-Abtei zu mir kommt. Bist du es, Mara?«

Das Dachsmädchen drehte sich um und sah ihn an. »Martin sagte in meinem Traum, dass dies mein Schicksal sei. Er sagte mir, dass ich in Rotwall glücklich werden würde, glücklicher als je zuvor.«

Samkim ergriff ihre Pfote. »Das wirst du. Komm, lass uns nach Hause gehen, Mara von Rotwall.«

42

Obwohl die Jahreszeit schon weit fortgeschritten war, weigerte sich Äbtissin Lebewohl hartnäckig, ein Fest zum Namenstag zu feiern. Jeden Tag hatte sie auf den Mauern Wachen postiert, die so lange Ausschau hielten, bis die Fackeln entzündet wurden und die Laternen bei Einbruch der Nacht brannten. An sonnigen Tagen, an wolkigen Tagen und an Tagen, an denen leichter Nieselregen fiel und Nebel tief über den Wäldern hing, hielten sie Wache, aber noch immer gab es kein Zeichen von Samkims oder Arulas Rückkehr.

An einem windigen Morgen saßen Äbtissin Lebewohl und Traute Dickicht bei heißem Pfefferminztee und Nussgebäck mit Sahne im Torhaus, während sie gemeinsam eine Decke bestickten.

Traute nahm die Brille vom Ende ihrer Nase und massierte sanft ihre Augenwinkel. »Meine alten Augen werden in letzter Zeit schnell müde, Lebewohl. Ich denke, das liegt daran, dass ich gestern den ganzen Nachmittag auf der Mauer gestanden habe.«

Die Äbtissin blickte ernst über ihre Brille hinweg. »Traute, was habe ich dir gesagt? Es gibt viele Jüngere, die den Wachdienst gern übernehmen – du musst nicht bei jedem Wetter auf der Mauer stehen.«

Die Igeldame schenkte Lebewohl Tee nach. »Aber ich will sie als Erste sehen. Außerdem kann ich so Dummel aus dem Weg gehen. Das Kind ist ein richtiger kleiner Schrecken geworden.«

»Das ist er in der Tat.« Die Äbtissin nickte zustimmend, während sie die Nadel einstach. »Wohin ich auch gehe, er folgt mir und liegt mir mit seinem Nordlanddialekt wegen eines Fests zum Namenstag in den Ohren.«

»De Hervest des Adlers, meinst du.« Traute gluckste.

Lebewohl schlug sich die Pfoten über die Ohren. »Ganz ehrlich, wenn ich diesen Namen noch einmal höre, werde ich dem kleinen Schurken den Schwanz gerben!«

Der besagte kleine Schurke heckte zusammen mit Trugg, Phürchterlich, Bruder Blasebalg und einigen anderen eine Verschwörung aus. Sie brodelte schon seit drei Tagen. Geheime Treffen in den Kellern, bei denen der Steigerwurf und Hektor Dickicht Wache hielten, heimliche Zusammenkünfte im Schlafsaal, bei denen Bruder Winterbeere die Tür bewachte, und geflüsterte Konferenzen im Obstgarten waren in Rotwall an der Tagesordnung. Dummel ließ die Teilnehmer einen Eid auf ihr Leben schwören, dass Äbtissin Lebewohl und Traute Dickicht nichts erfahren durften, bis die Zeit reif war.

Die Küchenfeuer brannten bis spät in die Nacht und heizten die Öfen, während zusätzliche Kuchen, Torten, Flans und Pasteten goldbraun gebacken wurden. Gruppen von Maulwürfen plünderten regelmäßig den Obstgarten und junge Maulwürfe sah man kommen und gehen und heimlich miteinander murmeln, während sie andere deckten, die große Käselaibe aus den Lagern rollten, große Fässer mit Oktoberbier und Erdbeersirup aus dem Keller schleppten und unter geheimnisvollen sperrigen Säcken ächzten, während sie sich bemühten, sie heimlich zu bewegen.

Um die Mittagszeit legte sich der Wind und damit neigte sich auch Äbtissin Lebewohls Kopf. Sie schlief in ihrem Sessel am Feuer ein. Traute Dickicht deckte sie mit der Decke zu, an der sie gearbeitet hatten, und schlich sich leise aus dem Torhaus.

Die Sonne brach gerade durch die vorbeiziehenden Wolkenmassen, als der Wilde König Phürchterlich mit den Flügeln schlug und einen kurzen Anlauf nahm. Der Steinadler stieß fast mit Traute zusammen, als sie aus dem Torhaus kam. Er bremste ab und stakste mürrisch zum Startpunkt seines geplanten Abflugs zurück.

Traute folgte ihm. »Entschuldigung, Majestät. Habe ich Euch bei Euren Übungen gestört?«

Phürchterlich schnupperte die Luft und hüpfte von einem Fuß auf den anderen. »Ach nee, klahne Dam, bin nur kurz wech, um mine Flüjel zu strecke. Mine Feddern brauche jute Wind, der sie aaflockert.«

Er schwankte von einer Seite zur anderen, schoss vorwärts und erhob sich in die Lüfte.

Traute schüttelte fassungslos den Kopf, als sie den riesigen Vogel in die Lüfte steigen sah. »Was immer du sagst, du wirst schon recht haben. Meine Güte, ich wünschte, ich könnte auch nur ein Wort aus dem Schnabel dieses Vogels verstehen.«

Winterbeere beobachtete die Szene vom Fenster der Infirmerie aus und beschrieb sie dem Steigerwurf, der auf einem Bett saß und sich ein riesiges Stück gelben Selleriekäse einverleibte.

»Er beginnt gleich mit seiner zweiten Runde – warte, er spricht mit Traute Dickicht. Ich kann nicht hören, was er sagt. Da, jetzt steigt er hoch in die Luft! Traute sieht nach oben und sagt etwas. Hoffen wir, dass Phürchterlich ihr nichts verraten hat.«

Der Steigerwurf rümpfte die Nase. »Traute versteht de Adlavög'l net. Se könne net mitenanner spreche. Keen Angst, Beer'wint.«

Die fünf Spitzmauseinbäume befanden sich in einem breiten, offenen Bereich des Großen Südstroms. Mara saß Seite an Seite mit Samkim und sie paddelten stetig, so gut wie zwei Spitzmäuse. Das Dachsmädchen konnte hören, wie Arula Patsch von den Festen in Rotwall erzählte, während sie im Bug des gegenüberliegenden Boots paddelten.

Patsch unterbrach sie immer wieder mit etwas, das man nur als Stöhnen des Entzückens bezeichnen konnte, wenn sie ein neues Gericht erwähnte.

»Yurr, un' dann nehm se de Wiese'krem un' ...«

»Wooooah, mein Magen knurrt! Sag's mir nicht, lass mich raten, sie nehmen die gute alte Wiesencreme und streichen sie dick auf den Zwetschgenkuchen und geben jede Menge kandierte Kastanien obendrauf, nicht wahr?«

Arula blinzelte ernst und schüttelte erstaunt den Kopf. »Bohurr, ja. Aber woher wusst'ste des, Pflogger?«

Patsch rieb sich den Bauch. »Der Name ist Folger, altes Haus, nicht Pflogger – und wenn es irgendetwas mit Essen zu tun hat, kannst du eine Eichel gegen einen Felsbrocken verwetten, dass ein Folger es weiß. Wir sind professionelle Vielfraße, verstehst du?«

Mara spritzte ihn mit ihrem Paddel nass. »Dafür kann ich bürgen, Arula!«

»Zurückrudern, Schiffspaddel! Bogen und Schleudern bereithalten, Gusim!«

Mara blickte auf und sah einen riesigen Raubvogel, der mit seinen weiten Schwingen dicht über dem Wasser auf die Einbäume zuschoss. Schnell schwang sie ihr Paddel in die Luft, während Samkim sein Schwert zog und ihr zur Seite stand.

Flößer-Stößer brüllte weitere Befehle: »Nicht schießen, bevor er versucht anzugreifen – vielleicht jagt er nicht!«

Der große Vogel flog über sie hinweg und streifte Mara und Samkim mit einer Flügelspitze, als er sich in die Lüfte erhob und Kreise über ihnen zog. »Ach, ihr seid ja so mutich, aver wenn ihr aach nur ahn' Schuss abfeuert, komm ich nunner und ihr werd's bereue!«

Patsch legte sein Paddel weg und kratzte sich an den Ohren. »Was im Namen des verrückten Kuckucks brabbelt der Kerl da? Kann mir das ein Tier sagen?«

Alfo legte eine Pfote auf Patschs Mund. »Warte, ich glaube, er will uns etwas sagen. Der Vogel will uns bestimmt nichts Böses, sonst hätte er uns schon längst angegriffen. Hallo, du da oben! Wir sind die Gusim-Spitzmäuse. Wer bist du und woher kommst du?«

Der Steinadler tauchte ab und kreischte wie eine Sirene.

»Rotwaaaaaaaaalllll!«

Samkim sprang auf und fuchtelte mit seinem Schwert, als er die Antwort rief.

»Rotwaaaaaalllllll!«

Der Adler drehte eine langsame Runde und flog dann gemächlich davon, um nach Norden abzubiegen und dem Verlauf eines anderen Kanals zu folgen.

Samkim zitterte vor Aufregung, als er sein Paddel in die Hand nahm. »Hast du das gehört, Mara? Komm schon, Wächter, paddle! Ich bin sicher, er will, dass wir ihm folgen. Was sagst du, Flößer-Stößer?«

Der Anführer der Spitzmäuse hielt sein Paddel bereit. »Ich glaube, du hast recht. Er fliegt auf jeden Fall in die richtige Richtung – der Nebenfluss ist eine gute Abkürzung, jetzt, wo ich darüber nachdenke. Also gut, lasst uns dem Vogel folgen. Hoch mit den Paddeln, Gusim. Nehmt den Wasserlauf auf der

Backbordseite. Wir haben einen neuen Navigator, der uns zu Samkims Zuhause bringt!«

»Flussaufwärts kämpf' ich,
 stromabwärts geht's ganz allein dagegen,
Sucht mir einen Liegeplatz, Jungs,
 wo ich mich kann zum Träumen legen,
Stilles, ruhiges Wasser wartete dort,
 wo Lilien schwimmen.
Im kalten Grün werd' ich vor Anker gehen,
 wo im Mondlicht Blüten glimmen.
Oh, du altes Paddel, hast mir wehgetan,
Meinen Rücken gebrochen,
 genommen mir den Elan.
Zieh mich in den Hafen,
 dort werd' ich mich bedanken,
Mich ans Ufer legen
 und lang den Schlaf auftanken.
Wo die Farne sich wiegen,
die Lande übers Wasser siegen,
Dort will ich ausruhen, für immer liegen.«

»Äbtissin, Traute, würdet ihr bitte in den Wagen steigen?« Trugg stand mit dem Geschirr um die Schultern da und der kleine grüne Abteikarren stand auf seinen vier kleinen Rädern bereit. Äbtissin Lebewohl und Traute Dickicht waren geweckt worden, als es gerade erst dämmerte, und von

Hektor und Schwester Kapuzinerkresse aus dem Pförtnerhaus und dem Schlafsaal der Abtei gedrängt worden. Nun standen sie eilig angezogen auf dem Rasen.

Trugg blickte über seine Schulter zu ihnen. »Kommt schon, meine Damen. Bewegt eure Pfoten. Hüpft in den Wagen und wir machen eine schöne Fahrt, ja?«

Traute Dickicht fummelte an ihrem Umhangverschluss herum. »Hab Erbarmen, Trugg. Wozu?«

Der Otter schnaubte ungeduldig. »Für ein paar Veilchen und Steinbrech, die auf dem Kirchhof der alten Sankt-Ninian-Kirche wachsen natürlich. Ich habe euch doch gesagt, dass Bruder Winterbeere sie für eine neue Ladung Medizin braucht. Jetzt kommt schon, Gnädigste. Wir können ihn doch nicht im Stich lassen, oder?«

Widerwillig kletterten die beiden Freundinnen in den Wagen und ließen sich auf die Kissen plumpsen, die extra für sie auf die Sitze gelegt worden waren.

»Aber warum müssen wir jetzt aufbrechen? Die Sonne ist ja kaum aufgegangen.« Äbtissin Lebewohl schüttelte den Kopf.

Hektor Dickicht öffnete das Haupttor und winkte den Wagen auf den Weg hinaus. »Das ist die beste Zeit für Veilchen und Steinbrech, hat man mir gesagt. Los geht's, Mädels. Habt eine schöne Zeit!«

Traute wedelte mit einer strengen Pfote nach ihrem Mann. »Hektor Dickicht, du alter Schwindler. Was ist in dich gefahren, dass du uns einfach so wegschickst? Ich bin mir sicher, dass es viele Jüngere gibt, die besser Pflanzen pflücken können als wir zwei alten Tiere.«

Durch den frühmorgendlichen Nebel lief Trugg den Pfad hinab in Richtung Süden. »Aha, da liegst du falsch, Gnädigste. Winterbeere sagt, dass die Jungtiere Lupinen nicht von Flieder unterscheiden können. Er sagt, dass du und die Äbtissin die Schönheit der Erfahrung besitzt.«

Mächtig geschmeichelt reckte Äbtissin Lebewohl ihren Hals und klimperte mit den Wimpern. »Winterbeere neigt nicht zu Unwahrheiten, Traute. Er könnte recht haben.«

Hinter ihnen schlug Hektor Dickicht das Tor zu, humpelte über den Rasen und schwang seinen Stock. »Bewegt eure Füße, gute Rotwall-Bewohner. Sie sind weg. Lasst uns loslegen!«

Die Sonne läutete den Tag ein, zunächst blass, doch allmählich brach sie in einem schweren goldenen Herbstglanz hervor. Traute Dickicht blickte zu den dunklen Nadelbäumen und den goldbraunen Blättern hinauf, die trocken an den Ästen raschelten. Die durch das Laub gezeichneten Licht- und Schattenmuster ließen sie blinzeln, während sie weiterrollten.

»Na ja, es ist ein heiterer und schöner Tag für was auch immer wir tun sollen, Lebewohl.«

Die Äbtissin verschränkte ihre Pfoten in den weiten Ärmel ihrer Kutte. »Veilchen und Steinbrech, meine Pfote! Wenn in Rotwall nicht irgendetwas im Gange ist, bin ich ein Frosch. Habe ich nicht recht, Trugg?«

»Nicht so laut, Gnädigste. Sankt-Ninian ist noch ein gutes Stück entfernt. Warum haltet ihr beiden Damen nicht ein Nickerchen und holt euren Schlaf nach. Ich gebe euch Bescheid, wenn wir da sind.«

Die Einbäume waren so nah wie möglich an der Abtei an Land gezogen worden. Nun bestand der Rest der Reise aus einem zügigen Marsch durch Wald. Sie aßen zu Abend und schliefen am frühen Abend am Ufer des Flusses.

Zwei Stunden nach Mitternacht hatte Flößer-Stößer die fünf Boote zur Sicherheit mit Zweigen und Farn bedeckt. Er weckte sie und sie brachen das Lager ab. Mit angezündeten Laternen machten sie sich auf den Weg in die Tiefen des Moosblumenwaldes. Samkim und Arula gingen voran und beobachteten die dunkle Gestalt von Phürchterlich, wann immer sie über den Baumwipfeln zu sehen war.

Arula holte tief Luft. »Booharr, riech ma, Sankin. Des riecht nach zu Haus!«

Samkim schnupperte dankbar. »Ich weiß, was du meinst, Arula.«

Mara zupfte an einem Bergahornblatt und spähte angestrengt in den Wald. »Bäume, Patsch – ich habe noch nie so viele Bäume gesehen. Außerdem ist es hier so still und friedlich, nicht so heiß und karg und sandig wie an der Küste des Salamandastron. Ich könnte mich an diese Wälder gewöhnen.«

»Ich könnte mich an jeden Ort gewöhnen, an dem es auch nur ein bisschen was zu essen gibt, altes Mädchen. Es ist eine Ewigkeit her, dass wir zu Abend gegessen haben, ich bin am Verhungern.«

Zur selben Morgenstunde, in der der Karren Rotwall verließ, traten die Reisenden aus dem Wald auf den Pfad. Obwohl sie dort leichter vorankamen, waren viele von ihnen müde von der langen Nacht. Der unverwüstliche Patsch hielt alle Tiere auf Trab, indem er ein dummes Liedchen improvisierte.

»Mein linkes Ohr gäb ich, würd zögern nich',
Für'nen Teller mit Waldkuchen prall,
Und für 'ne Creme, das wär' genehm,
gäb ich mein rechtes Aug auf jeden Fall.
Ich gäb 'ne Pfot', das ist Gebot,
Zu kosten Kuchen mit Marillen.
Für Knödel und 'nen Eintopf,
　gäb ich glatt her den Schopf.
Ich mein, beim besten Willen,
Säh' ich Torten, ich würd' sie nicht horten,
Geschwind gäb ich für sie die Nas.
Und könnt' ich auch riechen nicht,
　ich wär' erpicht,
würd' sagen: ›Gebt das mal dem Has'.‹
Also nimm mein Herz, das ist kein Schmerz,
Aber ich tu kund, lasst mir den Mund
Denn ich brauch den Mund, so tu ich kund,
Damit ich werde kugelrund!«

Das zunehmende Sonnenlicht belebte die schwindenden Lebensgeister und sie schritten voller Tatendrang aus. Der Steinadler flog tief vor ihnen, während sie laut riefen.

»Rotwall! Flößer-Stößer! Rotwall! Gusim! Rotwall! Flößer-Stößer! Rotwall! Gusim!«

Äbtissin Lebewohl rieb sich die Augen und sah sich misstrauisch um.

Es war mitten am Vormittag und sie rumpelten noch immer mit dem Karren über den staubigen braunen Weg. Sie klopfte heftig an die Seite. »Trugg, wo bringst du uns hin? Ich bin schon seit vielen Jahreszeiten nicht mehr so weit gefahren, aber ich erkenne das Land. Wir sind schon weit hinter Sankt-Ninian.«

Trugg murmelte etwas Unverständliches vor sich hin und beschleunigte seinen Schritt.

Traute Dickicht wurde plötzlich wach. »Was ist das, meine Liebe? Was ist ein Flößer-Stößer?«

Das Rütteln des Wagens trug nicht gerade zu Lebewohls Stimmung bei. »Flößer-Stößer? Ich habe nie etwas von einem Flößer-Stößer gesagt. Was faselst du da, Traute Dickicht?«

Traute hielt eine Pfote hoch. »Bitte halt an, Trugg. Pst, hört hin!«

Trugg hielt den Wagen an. Alle drei Tiere lauschten aufmerksam. Durch die stille Morgenluft drang das Geräusch von hinter einer Wegbiegung zu ihnen heran.

»Rotwall! Flößer-Stößer! Rotwall! Gusim!«

Traute Dickicht schüttelte langsam den Kopf. »Was für ein Tier ist wohl ein Gussen, Lebewohl? Und wer macht eigentlich diesen ganzen Lärm?«

Ein Lächeln breitete sich auf dem Gesicht der Äbtissin aus. Sie beugte sich vor und klopfte Trugg auf den Rücken. »Es sind Arula und Samkim, ich weiß es. Vorwärts, mit voller Geschwindigkeit, Trugg. Los geht's!«

Als sie um die Kurve kamen, sah Samkim die Staubwolke auf ihn zukommen und hörte das Rattern des Karrens. Stets wachsam rief Flößer-Stößer seinen Spitzmäusen zu: »Bögen und Schleudern bereithalten, da kommt ein Tier schnell auf uns zu!«

Aber Samkim und Arula hatten Trugg und die Insassen des Wagens erkannt, die aufgestanden waren und deren Umhänge im Wind wehten. »Es sind die Äbtissin, Traute Dickicht und Trugg! Der gute alte Trugg! Komm schon, Arula!«

Sie stürmten auf den entgegenkommenden Wagen zu und Traute Dickicht konnte man schrill rufen hören: »Oh, meine Lieben, es sind Samkim und Arula! Oh, meine Stacheln! Oh, diese jungen Strolche! Oh, sieh sie dir an, Lebewohl, sieh sie dir an. Und der junge Samkim schwingt das große Schwert! Bei meinem Leben und großen Eicheln! Es ist das Schwert von Martin! Seht, er hat es uns zurückgebracht!«

Alle Tiere jubelten wild und Äbtissin Lebewohl stiegen unwillkürlich Tränen in die Augen, als sie das junge Eichhörnchen sah, das nun als vollwertiger Krieger die große Klinge im Sonnenlicht schwang.

Der kleine Karren hüpfte auf vom Weg, als Trugg mit Höchstgeschwindigkeit und unter wildem Gelächter dahinraste. »Haharr haharr, ich wusste, dass ihr zwei jungen Piraten es seid. Samkim! Arula! Ich bin's, euer alter Kumpel Trugg!«

Arula wirbelte ordentlich Staub auf, als sie den Weg entlangtapste. »Äbtin, Gnädigst! Frau Dickich! Ich bin's, 'rula, des Maulwurfmeedche!«

Lachend, weinend und nach Luft schnappend trafen sie sich.

Für jemanden, der so alt und gebrechlich war, entpuppte sich die Äbtissin als eine feste Umarmerin. Sie umklammerte Samkim und umschlang ihn völlig, während sie ihm ins Ohr schrie: »Samkim, Samkim. Ich wusste, dass du eines Tages zurückkommen würdest!«

Traute Dickicht küsste Arula und boxte ihr gleichzeitig auf die Ohren. »Oh, du kleine Ratte. Willkommen zurück, meine Liebe! Verlass ja nie wieder die Abtei, hörst du?«

Trugg wischte sich den Staub aus dem Gesicht und klopfte ihnen kräftig auf den Rücken. »Ihr seid ein Anblick für Otterklüsen, Leichtmatrosen! Ich wette, ihr habt ein paar gute alte Geschichten über eure Abenteuer und Reisen zu erzählen!«

Die Äbtissin hatte es geschafft, sich zu beruhigen. Sie legte ihre Pfoten um Samkim und Arula, um sie vor dem neugierigen Bewohner Rotwalls zu schützen. »Es wird später noch ausreichend Zeit für das Erzählen von Geschichten geben. Vielleicht sollten wir lieber all die neuen Gäste begrüßen, die sie in unsere Abtei gebracht haben.«

Mara hatte sich absichtlich im hinteren Teil der Menge gehalten. Etwas verlegen und unsicher hörte sie den Damen der Abtei zu, als sie die anderen begrüßten.

»Schön, euch kennenzulernen, Herr Flößer-Stößer und Herr Alfo. Danke, dass Ihr unsere Kleinen sicher zu uns zurückgebracht habt. Oje, Ihr seid so viele und wir haben nichts vorbereitet, aber Ihr seid alle herzlich eingeladen, mit uns in die Rotwall-Abtei zu kommen. Samkim, Arula, würdet ihr bitte diese guten Geschöpfe nach Rotwall führen? Ich bin sicher, Ihr entschuldigt uns. Frau Dickicht und ich müssen vor Euch zurück sein und sehen, was wir für das Mittagessen arrangieren können. Trugg, wende den Wagen und bring uns mit Volldampf zurück zur Abtei! Traute, steh da nicht so herum, steig in den Wagen – schnell!«

Die Spitzmäuse stießen einen mächtigen Jubel aus, als Trugg den Weg entlangrannte und den Wagen hinter sich herzog.

Am frühen Mittag standen die Gusim vor dem Tor der Abtei. Sie trafen auf eine sehr verlegene Äbtissin und Traute, die resigniert im Wagen saßen. Äbtissin Lebewohl riss die Pfoten hoch. »Wir sind ausgesperrt, Samkim. Wir haben geklopft, gebrüllt und geschrien, aber kein Tier hat geantwortet. Trugg ist zur Rückseite gegangen, um zu sehen, ob er irgendwie über die Mauer klettern kann.«

Traute Dickicht verbarg das Gesicht in ihrer Schürze. »Oh, was für eine Schande, meine Lieben. Wir haben uns aus unserer eigenen Abtei ausgesperrt und jetzt steht ihr hier, ohne ein Willkommen, verstaubt und ausgehungert!«

»Verzeiht mir, aber kann ich behilflich sein?«

Äbtissin Lebewohl blickte in die tiefbraunen Augen eines schönen jungen Dachsmädchens. Sie war völlig verdutzt. »Oh, Samkim! Oh, warum hast du mir das nicht gesagt?«

Das Dachsmädchen tätschelte die Pfote der Äbtissin sanft. »Mein Name ist Mara.«

»Mara – ein guter Name für so ein hübsches Geschöpf.« Lebewohl umklammerte die Pfote des Dachsmädchens fest. »Ja, ich bin sicher, dass du uns helfen kannst, Mara.«

Langsam zum Tor schreitend, hob Mara ihre Pranke und versetzte ihm einen Schlag. Es dröhnte, als sie rief: »Öffnet dieses Tor im Namen eurer Äbtissin!«

Sofort knarrten die Scharniere, als das Tor aufschwang.

Es war ein freudiger Schreck. Jedes Tier in der Abtei drängte sich auf dem Rasen vor dem Haupteingang und jubelte ihnen widerhallend zu. Traute und Äbtissin Lebewohl waren fassungslos, bis Trugg nach vorne trat und sich verbeugte.

»Verzeiht unsere kleine Überraschung, meine Damen. Sie haben mich durch das Nordtor hereingelassen. König Phürchterlich hat Samkims Annäherung in den letzten drei Tagen beobachtet. Ihr braucht euch nicht den Kopf zu zerbrechen, kommt einfach hier entlang, wenn ich bitten darf.«

Samkim und Arula wurden auf den Schultern getragen und das junge Eichhörnchen, das Martins Schwert schwang, jubelte so laut wie alle anderen Tiere. Mara und die Äbtissin führten die Prozession Pfote in Pfote an.

In der Mitte des Obstgartens war ein Festmahl aufgebaut worden.

Patsch starrte es an und ihm lief das Wasser im Mund zusammen. »Na, spitz mir einer die Ohren! Ich habe schon viel Proviant gesehen, aber ich hätte nie gedacht, dass ich je so ein Festmahl erleben würde!«

Dummel tauchte unter einem Tisch auf und vergaß seinen Nordlanddialekt, als er sich an das Gewand der Äbtissin klammerte und die Armee von seltsamen Spitzmäusen anstarrte. »Heut is Namenstag, Mudda. Wie sollen wir ihn nennen?«

Die Äbtissin blickte liebevoll zu Mara und Patsch, die neben Arula und Samkim standen. »Der Herbst der Heimkehrer. Wie sonst sollten wir ihn nennen?«

43

Das Fest zum Herbst der Heimkehrer war ein Ereignis, das in den Annalen der Rotwall-Abtei lange in Erinnerung bleiben würde. Zum ersten Mal seit vielen Jahreszeiten saß in dem großen Dachssessel, der so lange leer geblieben war, ein Dachs: Mara, die Wächterin von Rotwall.

Bruder Blasebalg, gekleidet in eine schicke neue weiße Schürze und eine Kochmütze, stand mit einer Schöpfkelle in der Pfote auf einem Fass mit Schlüsselblumensirup, sodass alle Anwesenden ihn sehen konnten. Die dicke Maus räusperte sich bedeutungsvoll. »Äh, ähem, ähem! Ich bitte um eure Aufmerksamkeit, Freunde. Sehr gut, sehr gut! Nun, äh, da die meisten von euch neue Gäste an unserem Namenstagstisch sind, hat mich die Äbtissin gebeten, ein oder zwei Worte zu sagen.«

Lebewohl kicherte leise und flüsterte Alfo zu: »Ich habe Blasebalg nie gebeten, etwas zu sagen, aber er wird es trotzdem tun.«

Der Rotwall-Bruder fuhr mit seiner Rede fort und kam langsam in Fahrt. »Es ist in der Tat ungewöhnlich, dass uns solche Besucher beehren. Ich habe noch nie für einen königlichen Steinadler, vier Falken, einen Dachs und ein ganzes Heer von Spitzmäusen gesorgt, ganz zu schweigen von einem Hasen ...«

»Ich habe dir nie gesagt, dass du nichts über mich sagen sollst, alter Knabe«, mischte sich Patsch ein.

Blasebalg warf ihm einen bösen Blick zu. »Äh, nun ja. Wo war ich? Ach ja. Willkommen in Rotwall – fühlt euch in unserer Abtei wie zu Hause. Schließt euch uns an diesem freudigen Tag an. Esst, seid fröhlich und genießt die Gaben der Jahreszeit, auch wenn ich nicht weiß, ob euch allen unser Essen schmecken wird, denn meine Helfer und ich haben noch nie eine so seltsame Gruppe verköstigen müssen. Ja, sehr gut!«

Druni streckte seinen Kopf unter dem Tischtuch hervor und rief: »Hurr, dann gib deem Kiefa 'ne Paus un' lass 's Esse probier'n!«

Allgemeines Gelächter erklang.

Inmitten der ausgelassenen Stimmung stand Mara auf und rettete den rotgesichtigen Mönch. »Ich bin sicher, das Essen wird uns allen schmecken, Bruder Blasebalg. Es sieht zu gut aus, um es in Worte zu fassen. Du und deine Küchenmannschaft sind in ganz Moosblume eine Legende. Wir werden dieses Festmahl in vollen Zügen genießen. Äbtissin, ich glaube, es ist üblich, dass Ihr bei solchen Anlässen das Tischgebet sprecht. Wärt Ihr so freundlich?«

Äbtissin Lebewohl sprach das Gebet der Abtei, während sie alle ihre Köpfe verneigten.

»Eichhörnchen, Otter, Igel, Mäuse,
Maulwürfe mit Fell ohne Läuse,
Alle sitzen fromm und frisch
An diesem festlich gedeckten Tisch.
Nun wollen wir essen, trinken und ruh'n,
doch lasst uns danken, bevor wir das tun,
Den Früchten des Walds, der Felder und Flüsse,
Der Jahreszeit mit all ihren Ergüsse'.«

Unter dem Geklapper von Schüsseln und Löffeln begann das Festmahl. Die Tische waren zu einem großen Kreuz zusammengeschoben worden und es gab fünf Tafelaufsätze. Ein Rotwall-Festtagsschichtdessert aus Birnen, Zwetschgen, Grünsaftcreme und Haselnusstrüffeln stand am nördlichen Ende. Gegenüber am Südende stand ein prächtiger Pudding aus schwarzer Johannisbeere, der in einer mit Pfirsichen bedeckten Bucheckern-Erdbeer-Sahne schwamm und von einem in Zucker eingelegten Ahornzweig gekrönt wurde. Die Ostseite zierte ein hohes, wackelndes Gelee aus roter Johannisbeere, in dem Mandel- und Kastanienflocken wie ein Schneesturm im Sonnenuntergang tanzten und das von gelben Tupfen Wiesencreme umhüllt war. Auf der westlichen Tafel stand ein goldenes, mit Honig überbackenes Gittergebäck, aus dem Minzcreme und kandierte Kastanien auf ein Bett aus lila Pflaumen tropften. In der Mitte stand eine breite Raute aus süßem Pfeilwurzelkuchen, auf dem alle Früchte des Sommers aufgeschichtet und mit steifem Wabenhonig fixiert waren, der mit einem Püree aus Äpfeln und Himbeeren vermischt war. Zehn verschiedene Salate warteten zwischen den weißen, gelben und beigen Käsescheiben, die mit Nüssen, Kräutern und Sellerie gespickt waren. Haferflocken, Bauernbrot und Stangen von Roggenbrot, die alle noch warm vom Ofen waren und deren Kruste braun glänzte, lagen verstreut zwischen Gemüsepasteten, Krabben-Heißwurzel-Suppe und der bei den Maulwürfen beliebten Riebn-un'-Toffl-un'-Rotbeet-greeßer-als-je-z'vor-Pastet, Johannisbeerkuchen, Heidelbeergebäck, Pflaumenkuchen, Apfelkuchen, Erdbeerflans und Zwetschgenpudding waren in Mustern angeordnet. Dazwischen standen Schüsseln mit Nuss-, Wiesen-, Abtei- und Rosencreme und Butterblumenfondant. Krüge, Kannen und Becher voller Oktoberbier, Erdbeersirup, Löwenzahn-Kletten-Saft, Beerenwein und Schlüsselblumensirup drängten sich zwischen Schalen mit warmem, duftendem Rosenwasser und bestickten Servietten, die für klebrige Pfoten bereitlagen.

»Hey, Nordo, was hältst du von unserer Krabben-Heißwurzel-Suppe, Matrose?«

»Huah, ist die scharf! Gib mir bitte das Oktoberbier.«

»Yurr, probier was vonner Greeßer-als-je-z'vor-Pastet, Adla.«

»Ach, sobald ich min Schnabbel von dem klebriche Nachtisch befreit hab, min Jung.«

»Gut, Dummel, mein alter Pfadfinder, schaufel den Käse und den Salat auf den Teller. Du fängst auf dieser Seite des Laibes an und ich auf der anderen Seite. So ist es richtig – wir treffen uns in der Mitte, nicht wahr?«

»Mögt Ihr Käse und Selleriekäse, Herr Flößer-Stößer? Probiert doch mal ein Stück auf Eurer Gemüsepastete.«

»Mmh! Es hat sich gelohnt, den ganzen Weg zu paddeln, Herr Dickicht – und ich glaube, ich werde für den Rest meines Lebens von Eurem Oktoberbier träumen. Alfo, was isst du denn da?«

»Heidelbeergebäck mit Wiesensahne. Der Bruder wird mir das Rezept verraten – wirklich sehr freundlich. Also, junger Maulwurf, fall nicht in dieses Größer-Pasteten-Ding.«

»Hurr hurr, Des is des Best', wemmer inne Pastet fällt, kammer sich rausesse!«

»Oh, seht mal, Trugan und Bruder Winterbeere haben einen Wettstreit im Krabben-Heißwurzel-Suppe-Essen gestartet. Seht euch nur den Pfeffer an, den sie da reinhauen!«

»Wie sieht's aus, Jungs, ist noch Platz für einen weiteren fröhlichen Kandidaten?«

»Immer mit der Ruhe, Patsch Folger. Du bist mitten in einem Pasteten-Esswettbewerb mit mir.«

»Haha, das bin ich, Bäuchlein, alter Knabe. Wartet mit der Suppe – ich komme zu euch, sobald ich mit diesem Gusim-Fresser fertig bin.«

»Ark, de dürre, langbein'che Jung is 'n jute Esser. Ich würd nit wolle, dass er 'ne Jahreszig lang min Nest besucht. Givste mir bidde 'n paar kandierte Kastanie, Tamhorn?«

»Awa, du machst dir gar nit schlecht für 'n verletzte Falk, wenn de ma de Schnabbel aasm Schichtdessert nimmst, Adlerstark!«

Der Sohn von Herrscher Klauensohn nahm seinen Schnabel lange genug aus dem Schichtdessert, um den Verband von seinem Flügel abzureißen. Er spannte ihn an und stieß einen wilden Schrei aus. »Kaah! Min Flüjel funktioniert widder. Truch, du bist ’n dolle Flusshund!«

Schon war er in der Luft und kreiste und segelte um den hohen Turm und die roten Steintürme der Abtei. Dann stürzte er sich in die Tiefe und glitt majestätisch über die Köpfe der Feiernden im Obstgarten, die jubelten und Hurra riefen.

Äbtissin Lebewohl lächelte ihre alte Freundin zufrieden an. »Na so was, Traute, die amüsieren sich ja prächtig. Ich hoffe, es wird nichts knapp.«

»Hm!« Bruder Blasebalg beugte sich zwischen die beiden. »Knapp, hast du gesagt? Du solltest mal sehen, was ich im Großen Saal für das Abendessen vorbereitet habe – das würde eine ganze Armee durch einen harten Winter bringen.«

Mara schüttelte der beleibten Maus feierlich die Pfote. »Danke, Bruder Blasebalg, du hast unsere Abtei stolz gemacht.«

Äbtissin Lebewohl lächelte, als sie die Pfote des Dachsmädchens ergriff. »Hast du das gehört, Samkim? Sie hat ›unsere Abtei‹ gesagt. Glaubst du, sie wird als Wächterin hierbleiben?«

»Ich bin mir sicher, Äbtissin. Martin der Krieger hat gesagt, dass es so sein soll.«

Lebewohl lehnte sich auf ihrem Stuhl zurück und verschränkte die Pfoten in den Ärmeln ihrer Kutte, während ihre

Augenlider schwer wurden. »Ihr müsst mir verzeihen, es war ein langer Tag und ich muss ein kleines Nickerchen machen. Samkim, ich wusste immer, dass du zurückkommen würdest. Du hast Martins Schwert zurückgebracht und morgen wird der Wilde König Phürchterlich es wieder an seinen Platz an der Wetterfahne bringen. Dort wird es bleiben und über unsere Abtei wachen. Mein Herz ist froh, denn du hast uns nicht nur das Schwert gebracht, sondern auch unseren schönen Dachs Mara. Helden, Samkim – an ihnen hat es uns nie gemangelt: Trugg, der kleine Dummel, Arula und du, ihr seid alle tapfere Geschöpfe. Was könnte sich eine alte Maus wie ich mehr wünschen, als hier bei den Bewohnern Rotwalls zu ruhen, die sich bei bester Gesundheit, in Frieden und Glück vergnügen ...«

Das junge Eichhörnchen und das Dachsmädchen beobachteten die Äbtissin von Rotwall, wie sie ruhig schlief, umgeben von ihren Freunden im Obstgarten an einem sonnigen Nachmittag im Herbst der Heimkehrer.

44

Die große Joseph-Glocke erfüllte sanft den warmen Frühlingsabend, als eine alte Maulwurfsgroßmutter langsam zu dem kleinen Feuer hinüberging, das fröhlich neben dem Buchenstamm im Obstgarten loderte. Das Maulwurfskind röstete gerade eine Kastanie auf einem Stock am Feuer und sein Freund, der Haselmäuserich, döste vor sich hin.

Die Großmutter nahm den kleinen Maulwurf bei der Pfote und flüsterte: »Kumm, Burrem, 's is längs' Schlafeszeet. Un' nimm de Kastenj mit.«

Pfote in Pfote schlenderten sie zurück zu den Schlafsälen der Abtei, während die Alte ihren Enkel ausfragte. »War's 'ne schöne G'schicht, Burrem?«

Der Kleine patschte neben ihr her und nickte. »Hoo urr, uh ja, obwohl ich glaub, dass de ale Hase'maus 'n gude Schwindla is, Großmurr.«

Sie blieb stehen und wedelte mit einer schweren Klaue nach ihm. »Gurr, Dummel is keen Schwindla, 'tschuldig dich soffot, junge Mann!«

Das Maulwurfskind lächelte sie gewinnend an. »Ich 'tschuldig mich, Großmurr 'rula. Du wars' inne G'schicht, also musse wahr sin, burr!«

Die alte Arula tätschelte seinen samtigen Kopf. »Dir sei verziehe, kleene Schling'l.«

Sie setzten ihren Weg zur Abtei fort.

»Warum schläft Dummel imma drauße im Obstgarte, Großmurr? Er geht nie im Schlafsaal ins Bett.«

»Oh, Burrem, er bleibt jetz schon ville Jahr' jed' Nach' drauße un' wart' druff, dass de Adla und Falge z'rückkumme. Schätz, irjenwann wer'nse 's wohl tun, hurr.«

Gemeinsam betraten sie die Abtei und ließen die Tür offen, wie immer, um Reisende in Rotwall willkommen zu heißen.

ÜBER DEN AUTOR

Bevor Brian Jacques anfing, Bücher für Kinder zu schreiben, erlebte er ebenso viele Abenteuer wie die Figuren in seinen Geschichten. Mit fünfzehn fuhr er zur See und bereiste die Welt, kehrte dann aber in seine Heimatstadt Liverpool zurück, wo er bis zu seinem Tod im Jahr 2011 lebte. Er hat als Komiker und Bühnenautor gearbeitet und moderierte seine eigene Sendung, *Jakestown*, für die Merseyside-Radiostation der BBC. Seit vielen Jahrzehnten erobern seine *Redwall*-Bestseller die Herzen von Leserinnen und Lesern in aller Welt und werden von Kritikerinnen und Kritikern gelobt.

Weitere Informationen über Brian Jacques und seine Arbeit findet ihr auf der englischsprachigen Webseite **www.redwall.org**.

Redwall 1: Der Sturm auf die Abtei

Redwall 2: In den Fängen der Wildkatze